W0001378

ullstein

LEONARD BELLS heimliche Leidenschaft gilt den Fünfzigerjahren, die er, da zu spät geboren, nicht miterleben durfte. Umso lieber begleitet er seine Ermittlerfiguren zu Rock'n'Roll-Konzerten in Kellerkneipen und durch das Berlin der nicht nur goldenen Wirtschaftswunderzeit. Leonard Bell lebt unter seinem bürgerlichen Namen als erfolgreicher Drehbuch- und Romanautor in Berlin und in der Märkischen Schweiz.

Von Leonard Bell ist in unserem Hause bereits erschienen:
Der Petticoat-Mörder

LEONARD BELL

DER WEIßE PANTHER

Ein Fall für Fred Lemke

Ullstein

Besuchen Sie uns im Internet:
www.ullstein.de

Wir verpflichten uns zu Nachhaltigkeit

- Klimaneutrales Produkt
- Papiere aus nachhaltiger Waldwirtschaft und anderen kontrollierten Quellen
- ullstein.de/nachhaltigkeit

Originalausgabe im Ullstein Taschenbuch
1. Auflage September 2021

Umschlaggestaltung: bürosüd GmbH, München
Titelabbildung: © bpk / © Hanns Hubmann (Bar);
www.buerosued.de (Vordergrund)
Gesetzt aus der Quadraat Pro powered by pepyrus.com
Druck und Bindearbeiten: CPI books GmbH, Leck
ISBN 978-3-548-06311-9

Für Helena
die wunderbarste Tochter der Welt

Prolog

»Zwei Negroni. Und komm nicht auf die Idee, uns einen Americano zu mixen!«, sagte Otto Zeltinger und drohte mit dem Zeigefinger.

Auf die Idee wäre Gottfried nie gekommen. Campari, Wermut, Gin zu gleichen Teilen in ein Rührglas und mit dem langstieligen Löffel sanft verquirlt, das Ganze auf Eiswürfeln serviert – das war ein Negroni. Für einen Americano würde er den Gin durch Soda ersetzen.

»Und die Apfelsinenscheiben? Wo sind die?«

»Keine Apfelsinen mehr da, Herr Zeltinger, heute war wieder der Teufel los. Tut mir leid.«

»Ja, und? Darum geht's doch. Dann kauft man halt mehr ein oder wie oder was.« Zeltinger sah sich suchend um. »Wo ist der Harry?«

»Weg, nehme ich an.«

»Quatsch, weg! Ich hab ihn doch vorhin in sein Büro stiefeln sehen.«

Gottfried antwortete mit einem Schulterzucken. Was sollte er sich darüber Gedanken machen, ob sein Chef noch da war? Für ihn und seine Arbeit machte es keinen Unterschied. »Wir haben ja eigentlich schon geschlossen.«

»Geschlossen! Hast du das gehört, Hildchen? Eine Schande ist das.«

Gottfried wusste, was jetzt kommen würde. Zeltingers Lieblingsthema: er und die Sperrstunde.

»Weißt du, warum es in Berlin keine Sperrstunde gibt?«

Hildegard Knef nippte an ihrem Negroni und stellte ihn mit spitzem Mund wieder auf die Theke. Gottfried wunderte sich darüber nicht, Frauen bevorzugten in der Regel geschüttelte Cocktails, mit Fruchtsäften oder Sahne, eher süß als sauer. Für die Knef hätte er einen Monkey Gland empfohlen, Gin, Orangensaft, Absinth, Grenadine und Zuckersirup, auf viel Eis gewissenhaft geschüttelt, nur so bildete sich der feinperlige Schaum, und anschließend in eine vorgekühlte Cocktailschale abgeseiht.

»Nein, Zelli, keine Ahnung, aber du wirst es mir bestimmt gleich sagen.«

Sie sah sich nach ihren Bekannten um. Vor zwei Stunden war sie mit Schauspielerkollegen, Regisseuren und Produzenten in Harry's Ballroom eingefallen, eine laute, lebendige und feierlustige Truppe. Die Berliner Filmfestspiele waren heute zu Ende gegangen, und da wollten sie offenbar noch ein wenig nachfeiern. Inzwischen waren allerdings alle wieder verschwunden bis auf Yves Allégret und Georges Glass, Regisseur und Produzent von Hildegard Knefs neuestem Kinofilm, »La Fille de Hambourg«. Die anderen, die normalen, die nicht berühmten Gäste hatte der Türsteher schon vor einer Stunde hinauskomplimentiert, nicht zuletzt, weil sie die Knef angestarrt hatten wie ein Weltwunder und sie davon zunehmend genervt war.

»1949, da mussten Kneipen in Berlin noch um 22 Uhr schließen. Die Alliierten wollten nicht, dass wir allzu viel Spaß hatten. Logisch, erst alles kaputt machen, und dann noch Ringelpiez mit Anfassen! Aber ich, ich fand das nicht so stramm, hoppla, schließlich sind wir in Berlin! Weltstadt! Roaring Twenties, schon vergessen? Also bin ich zu Frank, Frank Howley, dem amerikanischen Stadtkommandanten, mit einer Flasche Rittenhouse Rye Whisky, hat mich ein Vermögen gekostet. Als ich wieder rauskam, war die Pulle leer, der Frank redete nur noch verdrehtes Zeug, und ich hab erst mal hinter den nächsten Holunderbusch«, fast hätte er ›gekotzt‹ gesagt, beließ es jedoch bei einer eindeutigen Handbewegung. »Was soll ich sagen, Hildchen, vom nächsten Tag an war die Sperrstunde in Berlin Geschichte. So war das.«

»Dolle Sache, Zelli.« Die Knef rutschte von ihrem Barhocker. Regisseur und Produzent standen schon am Ausgang, der eine müde und schwankend, der andere mit dem pulsierend roten Kopf eines Menschen mit Bluthochdruck, und winkten ihr auffordernd zu. Sie drehte sich zu Gottfried und warf ihm einen intensiven Blick zu, einen, den er so schnell nicht vergessen würde: Für ihn war sie die schönste Frau der Welt. Jeden ihrer Filme hatte er sich gleich mehrere Male im Kino angesehen. Vor allem »Die Sünderin«, die wenigen Sekunden ihrer Nacktheit darin. Worum es in dem Film ging, war ihm egal.

»Ich habe Sie beobachtet, Gottfried. Knorke, wie Sie das machen. Hätte ich in Deutschland nicht erwartet.«

Gottfried verbeugte sich verlegen. Ein solches Kompliment von einer Frau, die in Paris lebte und mit absoluter Sicherheit luxuriösere Etablissements gewohnt war als Harry's Ballroom ...

»Danke.« Mehr fiel ihm nicht ein.

»Du musst mir noch von deinem neuen Film erzählen,

›Das Mädchen aus Hamburg‹, schöner Titel«, drängte sich Zeltinger dazwischen, warf Gottfried einen 50-D-Mark-Schein hin und heftete sich an Knefs Fersen.

»Ach, Zelli, lass gut sein, ich weiß doch, worum es dir eigentlich geht, ich ...«

Mehr konnte Gottfried nicht verstehen, der Abstand war zu groß geworden. Denken konnte er sich das auch so. Zeltinger hatte den Ruf eines rastlosen Schürzenjägers, das war einer der Gründe, warum er gerne in Harry's Ballroom kam, obwohl er selbst Betreiber eines Nachtklubs war. Hier, hieß es, verkehrten die tollen Frauen, die wilden, die, die Lust auf Abenteuer hatten und sich nicht übertrieben zierten. Harry hatte denselben Ruf wie Zeltinger, allerdings mit dem Unterschied, dass Harry als Gentleman galt, als ein feiner, höflicher Mann, der eine Frau niemals derart bedrängen würde, wie Zeltinger es ständig tat, und es fand sich keine Frau, mit der Harry einmal zusammen gewesen war oder ein Verhältnis gehabt hatte, die schlecht über ihn redete.

Gottfried begann aufzuräumen. Zu seinem Erstaunen verließen die Knef und ihre Begleiter den Ballroom ohne Zeltinger, der ihnen wütend hinterherstarrte, bevor er zur Theke zurückkehrte, noch einen Negroni bestellte und stumm vor sich hinbrütete.

Gottfried stellte die Musik ab. Solange er unter Hochdruck arbeitete, nahm er sie nicht wahr, wenn jedoch das hektische Treiben abflaute, fühlte er sich von dieser merkwürdigen Mischung aus Schlager und Swing, die Harry Renner höchstpersönlich jede Woche neu auswählte, regelrecht angegriffen. Nur selten traf ein Titel seinen eigenen Geschmack. Er liebte Songs wie ›All I have to do is dream‹ von den Everly Brothers oder ›Lonesome Town‹ von Ricky Nelson. Musik, wie Harry sie hasste, trauriges Gejammer, Musik für Selbstmörder nannte er sie.

»Ruf mir mal ein Taxi, Gottfried«, sagte Zeltinger mit gruftiger Stimme, der weitere Negroni hatte seinen Frustpegel offenbar noch ansteigen lassen. »Der Fahrer soll sich beeilen. Bestell gleich zwei. Wer zuerst da ist, kriegt die Fahrt.«

Gottfried bestellte nur ein Taxi. Wenn Zeltinger gleich das erste nahm, bekam er ja nicht mit, dass kein zweites kam; er verschloss die Geldkassette und brachte sie in den Safe in Harrys Büro. Zeltingers Fünfziger steckte er in seine Hosentasche, in der er schon Fünfmarkstücke und andere Scheine gebunkert hatte. »Alle Barkeeper bescheißen«, hatte Harry ihm gleich am Anfang gesagt, als er ihn eingestellt hatte. »Ich weiß das, und ich will von dir kein peinliches Versprechen, dass das bei dir anders ist. Aber ich sage dir eins: Wenn es mir zu arg wird, bist du raus, und mit raus meine ich, du wirst in dieser Stadt keinen Job mehr als Barmixer kriegen. Kapiert?« Gottfried hatte es kapiert, nur wäre er witzigerweise nie auf die Idee gekommen, in die eigene Tasche zu wirtschaften, wenn Harry nichts gesagt hätte.

Als er in die Bar zurückkehrte, war Zeltinger verschwunden. Ein Glück, dachte Gottfried, einen wie Zeltinger konnte man nicht rausschmeißen, da musste man warten, bis der freiwillig ging.

»Ich bin dann mal weg, Gottfried. Bis morgen!«

Er hatte Rosi nicht bemerkt, die sich zusammen mit Rucki Müller anschickte, den Ballroom zu verlassen. Rucki machte einen deprimierten Eindruck, seine Glatze glänzte vor Schweiß, und er schlich wie ein trauriger, trotziger Dackel hinter Rosi her.

»Ich geh alleine, okay?«, pflaumte sie ihn an, und er nickte betreten. Die beiden hatten Streit, so viel war klar.

»Bis morgen, ja«, antwortete Gottfried abwesend. Er werkelte weiter und vermied es, Rucki anzusehen. Der wollte offensichtlich etwas loswerden, bestimmt wegen Rosi, aber Gottfried hatte keine Lust, es sich anzuhören. Eine Minute später hatte auch Rucki sich verzogen. Gottfried fühlte sich unendlich müde. Zehn Stunden hinterm Tresen waren an sich schon harte, anstrengende Arbeit, doch das Mixen und Schütteln, das durch die Luft Wirbeln von Flaschen, Gläsern und seinem Boston Shaker, sprich die akrobatische Choreografie seiner einzigartigen Barmixer-Show, die er Abend für Abend ablieferte – das war noch anstrengender. Und weniger Show ging nicht, schließlich hatte Harry ihn vor allem deswegen eingestellt, und sein Können war mit einer der Gründe, warum Harry's Ballroom schon kurz nach seiner Eröffnung vor einem Jahr der angesagteste Nachtklub Berlins geworden war. Es gab einen zweiten Barmixer, dem Gottfried nicht aus Nettigkeit, sondern einfach, um etwas mehr Freizeit zu haben, versucht hatte, ein paar Tricks beizubringen, doch dabei waren so viele Gläser und Flaschen draufgegangen, dass Harry ihm jede weitere Nachhilfestunde untersagt hatte.

Gottfried öffnete die Tür, ein Windstoß wehte ihm die Schiebermütze vom Kopf und ließ ihn frösteln, erst jetzt merkte er, wie durchnässt sein Hemd war. Er zögerte. Draußen war es nicht wirklich kalt, aber er wollte sich nicht schon wieder so eine Sommergrippe einfangen wie vor zwei Wochen. Also ging er noch einmal zurück ins Büro, wo Harry seinen weißen, federleichten Seidensommermantel hatte hängen lassen, und schlüpfte hinein.

Sorgfältig verschloss er die Tür, zwei Schlüssel, zwei Schlösser, und dann noch das Scherengitter, dessen Rasseln ihm jetzt um kurz nach fünf Uhr morgens unangenehm laut erschien. Um diese Zeit war es noch still auf dem Ku'damm, zumindest an einem Dienstagmorgen. Er fischte eine reichlich verschrumpelte Zigarette aus der Pall-Mall-Packung in seiner Gesäßtasche. Freizeit, endlich! Es war Sommer. Er würde ein paar Stunden schlafen, dann raus zum Wannsee fahren und dort den Tag verbringen, sich im Strandcafé Lido bedienen lassen, allein Zeltingers Fünfziger würde mehr als ausreichen, das eine oder andere Fräulein einzuladen. Geld zu haben, war eine feine Sache.

Er riss ein Streichholz an. In das Zischen der Flamme mischte sich ein merkwürdiges Geräusch, ein Sirren, wie wenn man mit einem Stöckchen schnell durch die Luft fährt. Im selben Augenblick traf ihn ein heftiger Schlag in den Rücken. Ein brennender Schmerz fuhr durch seinen Körper und warf ihn fast zu Boden. Seine Augen wanderten langsam hinunter, als wären sie plötzlich gelähmt. Aus seinem Brustkorb sah er etwas Schwarzes herausragen, was da nicht hingehörte, eine Spitze – mit einem Widerhaken? Vergeblich versuchte er, seine Hand zu heben, um danach zu greifen. Er sackte auf die Knie, ihm wurde schwarz vor Augen, und er fiel nach vorn. Den Aufprall auf den Pflastersteinen spürte er nicht mehr.

1. Kapitel

Der Sekundenzeiger des TriVox-Silent-Tic-Weckers wurde immer langsamer. Zumindest kam es Fred so vor. Und immer wenn seine Blicke durch den Raum streiften und wieder zum Zifferblatt zurückkehrten, schien der Zeiger sogar stillzustehen. Fred schüttelte seinen Kopf, wie ein Hund, der ins Wasser gefallen war und alle Tropfen wieder loswerden wollte. Es half nicht, natürlich nicht. Nichts half gegen diese unendliche, tiefe Müdigkeit. Außer Schlafen. Das war das Problem: Der Schlaf war nicht gekommen.

Gestern hatte Fred seinen ersten Fall gelöst, genau eine Woche, nachdem er seinen Dienst als Kriminalassistent bei der Mordkommission I in der Hauptabteilung Delikte am Menschen angetreten hatte. Die sieben vergangenen Tage waren wie ein Ritt auf einem Wildpferd gewesen, wie Rudern in seinem Skiff bei Windstärke 10, und als es vorbei war, hatte sich das nur einen Moment lang wie Erleichterung angefühlt. Kaum hatte er gestern das LKA verlassen und war mit seinen Gedanken allein, bedrängten sie ihn wie die Meeresbrandung bei Springflut. Einem Impuls folgend, hatte er sich eine Tafel Schokolade und einen halben Liter Milch gekauft, beides ein Luxus, den er sich in all den Jahren als Gaslaternenanzünder nie gegönnt hätte. Er hatte die Schokolade in Windeseile verschlungen und die Milch hinterhergeschüttet. Der Geschmack beschwor Erinnerungen an seine Kindheit in Buckow in der Märkischen Schweiz herauf, als es nur zweimal im Jahr Schokolade gegeben hatte. Weihnachten und an seinem Geburtstag. Bei diesem Gedanken erschrak er heftig. Der 8. Juli, vor drei Tagen war sein Geburtstag gewesen ... er hatte ihn vergessen, er hatte einfach seinen Geburtstag vergessen! Alle Aufmerksamkeit, alle Energie waren auf den Mordfall gerichtet gewesen. Diese entsetzliche Bösartigkeit, die der Hintergrund für den Mord gewesen war, und die Begleitumstände ... Was für ein merkwürdiges Wort. Dann der Umgang mit seinen Vorgesetzten und mit seiner Kollegin, Sonderermittlerin Ellen von Stain. Und er hatte das erste Mal in seinem Leben mit einer Frau geschlafen, Hanna, seiner Pensionswirtin.

Unendlich müde hatte er sich gestern Abend in sein Bett geworfen, aber jedes Mal, wenn seine Glieder sich entspannten und der ersehnte Schlaf kommen wollte, tauchten diese Fotos von den Opfern vor seinen Augen auf, beschleunigte sich sein Puls, und er begann wie nach einem harten Rudertraining zu schwitzen. Um die Erinnerung zu verscheuchen, sprang er aus dem Bett, tigerte in seinem Zimmer hin und her, lehnte sich zum Fenster hinaus, suchte Ablenkung in den vorbeiziehenden Autos und U-Bahnen, schnappte sich ein Buch, Shakespeare, *Sommernachtstraum*. »Eine Komödie, die bringt dich auf andere Gedanken«, hatte Hanna gesagt, als sie es ihm gestern Abend aus dem gigantischen Bücherregal im Aufenthaltsraum vom obersten Regalbrett heruntergeholt hatte. Sie hatte ihm angesehen, wie sehr ihn der Fall mitgenommen hatte, zugleich hatte sie sich geärgert, dass er ihr keine Einzelheiten erzählen wollte.

Es war immer heftiger geworden. Zuerst waren es nur

die grauenhaften Fotos gewesen, die ihn verfolgten. Doch die zeigten nur Menschen, die er nicht kannte, deren Schicksal und Leiden ihn zwar zutiefst berührten und in ihm eine ohnmächtige Wut auf den Täter und dessen Sadismus auslösten. Dennoch quälten sie ihn nicht so wie die Bilder, die dann auftauchten, die in einem Winkel seiner Erinnerung gewartet hatten, um sich über ihn herzumachen. Die Erinnerung an Ilsa, an ihren nach Hilfe schreienden Blick, sie in ihrer kleinen Kammer und er draußen auf seiner Leiter an der Gaslaterne. An die beiden Männer, die sich über sie hergemacht hatten, und an seine Machtlosigkeit, die Unfähigkeit, Ilsa zu beschützen.

Als sein Wecker fünf Uhr anzeigte, gab Fred endgültig auf, zog sich an, packte seine schmutzige Wäsche in seinen Handkoffer und machte sich zu Fuß auf den Weg ins LKA, den längeren, schöneren Weg entlang des Landwehrkanals, die aufgehende Sonne im Rücken. Die Wettervorhersage in der Berliner Morgenpost hatte für heute wieder einmal kurze, heftige Gewitter angekündigt, allerdings erst am Nachmittag; noch sah es nach einem grandiosen, wenn auch schwül-warmen Sommertag aus. Beim Bäcker am Kottbusser Tor holte er sich eine dick mit Butter geschmierte Schrippe, ohne wirklich Hunger zu haben. Im Grunde ging es ihm nur darum, mit der Verkäuferin ein paar Worte zu wechseln, was die jedoch so früh morgens gar nicht wollte, und schon nach dem ersten Bissen schob er die Schrippe zurück in die Papiertüte.

Fred liebte die frühmorgendliche Atmosphäre im erwachenden Berlin, sie war ihm noch vertraut aus seinen Jahren als Laternenanzünder. Wenn er damals weit vor Tagesanbruch begonnen hatte, die Gashähne der Straßenlaternen in seinem Bezirk zuzudrehen, herrschte noch diese wundersame Ruhe der Nacht. Zwei Stunden später, so lange brauchte er für alle Laternen, war die Stadt zwar immer noch nicht hellwach, aber schon spürbar unruhiger. Nach getaner Arbeit streifte er dann durch die Straßen, wie ein unsichtbarer Beobachter, der alles wahrnahm und doch von niemandem gesehen wurde und der diese Unsichtbarkeit genoss. Erst im Laufe des Vormittags verschwand sein wohliges Gefühl. Je mehr Menschen er begegnete, die ihrem Tagewerk nachgingen, desto einsamer fühlte er sich. Jeder schien ein festes Ziel zu haben, einen definierten Sinn im Leben, selbst die zahlreichen Bettler in den Straßen. Und die, die keins hatten, waren Arbeitslose, Obdachlose oder durch die Straßen torkelnde Überbleibsel nächtlicher Sauftouren. Und Fred selbst. Meist war er dann ins Kino gegangen, noch nicht müde genug, um schlafen zu gehen. Zuerst ins AKI am Zoo, in dem von morgens um neun bis Mitternacht fünfzigminütige Zusammenschnitte verschiedener Wochenschauen in Endlosschleife liefen, mit atemberaubenden Einblicken in Welten, die Fred unendlich fremd waren, ihm, dem Jungen vom Land, geboren und aufgewachsen in einem kleinen Dorf in Brandenburg. Danach wechselte er häufig in eins der zahlreichen Programmkinos und sah sich an, was gerade lief. Hollywoodfilme, französische Filme, deutsche Filme, manchmal sogar russische. Irgendwann stellte sich endlich nach und nach eine erschöpfte Müdigkeit ein, die ihn ins Bett zwang, in seinem winzigen Zimmer im Hinterhaus eines düsteren Wohnblocks in der Goltzstraße in Schöneberg. Um dann ein paar Stunden später wieder loszuziehen, wieder die Gashähne der Straßenlaternen aufzudrehen, deren warmes, gelbliches Licht die von Hundekot und sonstigem Dreck verschmutzten Straßen fast wie gemütliche Orte erscheinen ließ.

Die Mordkommission war noch verwaist, als Fred sich in den Schreibtischstuhl fallen ließ und seinen Koffer neben den Tisch stellte. Nicht einmal die Sekretärin Sonja Krause war vor Ort. Normalerweise war sie die Erste der gesamten Abteilung. Sie machte dann Kaffee, füllte ihn in eine riesige Thermoskanne, goss die Gummibäume und wischte mit einem feuchten Tuch den Staub von ihren Blättern, auch wenn nicht ein einziges Staubkörnchen darauf zu erkennen war, und wenn sie damit fertig war, setzte sie sich hinter ihre Schreibmaschine und wartete, bis einer der Kommissare oder die Chefsekretärin Josephine Graf auftauchte. Dann erwachte sie wie eine mechanische Puppe zum Leben, wünschte einen guten Morgen und lächelte beflissen, den Blick schnell wieder auf den Boden gerichtet. In diesen Momenten war sie Fred immer ein wenig unheimlich gewesen.

»Fred.«

Er zuckte zusammen. Ellen von Stain. So wie sie seinen Namen aussprach, tat es niemand sonst. Ironisch, zugleich überheblich und lässig, und all das mit nur einer Silbe.

»Sie hätte ich um diese Zeit am allerwenigsten hier erwartet«, erwiderte er und streckte sich. Vor ihm lag die Berliner Morgenpost, die er sich unten in der Poststelle besorgt hatte. Schon beim Lesen des ersten Artikels hatte ihn seine

Müdigkeit übermannt. »Urteil im Butterprozess – 49 Monate Gefängnis, 14,8 Millionen DM Strafe«: Zollbeamte hatten sich von Schmugglern einspannen lassen und waren aufgeflogen.

Ellen lehnte mit verschränkten Armen am Türrahmen, sie sah auf den ersten Blick umwerfend wie immer aus, auf den zweiten jedoch müde und blass. Sie stieß sich ab und ging zu ihrem Schreibtisch, dem einzigen, auf dem außer einer Schreibunterlage aus grünem Leder und einem gewaltigen verchromten Ventilator von General Electric nichts zu finden war, kein Bleistift, kein Papier, keine Büroklammer, gar nichts. Sie schaltete den Ventilator ein und hob ungeniert ihre Bluse ein wenig hoch, um den Luftstrom auf ihre nackte Haut zu lenken. Beschämt senkte Fred seinen Kopf und widmete sich wieder der Zeitung.

»Und? Gibt es was Interessantes?«, fragte Ellen mit geschlossenen Augen.

»Petticoat Mörder überführt«: Die Überschrift stach Fred unten auf der Seite ins Auge. Den Artikel dazu wollte er nicht lesen. Er hatte den Fall mithilfe von Ellen von Stain gelöst, aber es war klar, dass sich sein direkter Vorgesetzter, Kriminalkommissar Auweiler, den Erfolg auf die Fahnen geschrieben hatte und entsprechend in dem Artikel dafür gelobt werden würde.

»Nein«, antwortete er.

Ellen lächelte ihn an. »Steht da nichts über Gina? Die war doch gestern beim ollen Willy zu Besuch. Kein Foto?«

»Doch.« Das Foto prangte oben rechts auf der Titelseite und zeigte die Lollobrigida, wie sie sich ins Goldene Buch der Stadt Berlin eintrug, Willy Brandt stand daneben mit einem Strauß roter Rosen. In seinen Händen wirkten die Blumen wie Fremdkörper. Hatte der Willy denn noch nie einer Frau Rosen geschenkt?

»Tolle Frau. Ich habe sie nach ihrem persönlichen Spaghettirezept gefragt. Jede Italienerin hat bekanntlich ein eigenes.«

»Und?« Fred versuchte, sich nicht anmerken zu lassen, wie beeindruckt er war. War Ellen von Stain wirklich bei dem Empfang dabei gewesen?

»Sie glauben mir nicht, Fred.«

»Ist das wichtig?«

»Nicht wirklich«, antwortete sie, drehte ihren Rücken in den Luftstrom und lüftete erneut ihre Bluse ein wenig.

Zum hundertsten Mal fragte Fred sich, was Ellen hier bei der Mordkommission verloren hatte. Warum tat sie sich diese Arbeit an, sie, die in höchsten Kreisen verkehrte und es finanziell ganz sicher nicht nötig hatte, überhaupt zu arbeiten.

»Lassen Sie mich raten. Sie sind so ein Sensibler, Sie haben keinen Schlaf gefunden letzte Nacht. Wegen der Fotos.«

Fred zog es vor zu schweigen. Ellen von Stain war unberechenbar und konnte mit ihrer ewigen Ironie sehr anstrengend sein. Sie wandte sich um, und für einen Moment meinte er, in ihren Augen ein feuchtes Schimmern zu sehen. »Furchtbar, was manche Menschen anderen antun.«

Fred sah sie erstaunt an. Bei ihr hätte er alles Mögliche erwartet, erkennbares Mitgefühl gehörte nicht dazu.

»Ich bin keine Maschine, Fred«, sagte sie mit sanfter Stimme.

Fred spürte, wie er unter ihrem Blick errötete. Sie setzte an, weiterzusprechen, und wirkte fast ein wenig unsicher, als würde ihr das, was sie sagen wollte, nicht leichtfallen. In dem Moment klingelte das Telefon auf Kommissar Auweilers verwaistem Tisch. Sie schüttelte leicht den Kopf – weil sie es bedauerte, gestört zu werden?

Fred zögerte. Sein Status als Kriminalassistent in Probezeit gestattete es ihm nicht, offizielle Telefonate ohne Erlaubnis eines Kommissars entgegenzunehmen, und nach den Rüffeln, die er vom stellvertretenden Abteilungsleiter Kriminalhauptkommissar Willi Merker in den letzten Tagen hatte einstecken müssen, war offenkundig, dass er die Probezeit nicht bestehen würde, wenn er sich »irgendetwas zuschulden kommen lassen« würde, was auch immer das genau bedeutete.

»Gehen Sie ran, Fred«, sagte Ellen, griff nach seiner Tageszeitung und gähnte lächelnd. »Erlaubnis erteilt von der Sonderermittlerin Ellen von Stain.«

Fred hob den Hörer ab. »Guten Morgen.«

»Morjen. Wachtmeister Koschewski hier. Bin ick hier jetzt da rischtisch inner Mordkommission oder wat?«, berlinerte eine genervte Stimme in der Leitung.

»Sind Sie, Kriminalassistent Lemke am Apparat«, erwiderte Fred.

»Ach nee. Zuerst verbinden die mich mit der Sitte, und da sitzen nur Frauen«, bemühte sich der Wachtmeister, hochdeutsch zu sprechen, »und jetzt mit einem Assi statt einem Kommissar. Was ist bloß los mit dir, Berlin?«

»Worum geht's?«, fragte Fred, ohne sich provoziert zu fühlen. In Berlin erwiesen sich die, die sich leicht aufregten, oft als die Nettesten. Das war anders als auf dem Land, wo er herkam.

»Ick darf nur mit'm rischtjen Kommissar reden«, fiel der Wachtmeister wieder ins Berlinern zurück. »Dienstanweisung.«

Fred hielt Ellen den Hörer hin.

»Hallo, was gibt's?«, fragte Ellen in den Hörer. »Sie sprechen mit der Mordkommission, Sonderermittlerin von Stain.« Sie hörte einige Sekunden zu. Sehr schnell bildete sich über ihrer Nasenwurzel eine tiefe Zornesfalte. »Hören Sie zu, Herr Bratkowski oder wie Sie heißen.« Als der Mann am anderen Ende der Leitung das offenbar nicht tat, schlug sie ein paar Mal den Telefonhörer auf die Tischplatte, bevor sie ihn wieder ans Ohr hielt.

»Okay, guter Mann. Wenn Sie weiterhin meinen Dienstgrad in Zweifel ziehen, werden Sie bald keinen mehr haben, haben Sie mich verstanden? Dann wird Ihr Chef heute noch einen Anruf vom stellvertretenden Polizeipräsidenten Grasner erhalten. Also, jetzt reden Sie.«

Fred horchte auf. Das war das zweite Mal, dass er einen Hinweis bekam, warum Ellen diese Sonderstellung innehatte. Vor ein paar Tagen hatte er die beiden gemeinsam in der Kantine gesehen, was allerdings nicht so ungewöhnlich war: Grasner galt als jovialer Dienstherr, der die Nähe zu seinen Untergebenen nicht scheute, allerdings auch als die graue Eminenz im LKA, ein geschickter, mächtiger Strippenzieher.

Ellen riss die Augen auf. »Ist das Opfer weiß gekleidet?« Die Antwort ließ sie eine Spur blasser werden. »Scheiße. Wir kommen.« Sie legte auf. »Ein Ermordeter vor Harry's Ballroom. Offensichtlich der Besitzer, Harry Renner selbst.«

Fred sah sie fragend an.

»Fred, Fred, Fred«, sagte sie, jetzt klang sie wieder ganz wie die Ellen von Stain, deren Überheblichkeit ihn zur Weißglut treiben konnte. »Harry's Ballroom ist der angesagteste, berühmteste, erfolgreichste Nachtklub von ganz Berlin. Von ganz Deutschland. Den kennt jeder. Sogar unsere Brüder und Schwestern drüben in der Zone.«

»Ich nicht«, erwiderte er.

»Na, dann kommen Sie mit, und lernen Sie ihn kennen.« Sie tippte auf das Foto auf der Titelseite der Zeitung. »Haben Sie es bemerkt? Der olle Willy guckt der Lollo nicht auf die Hand, sondern in den Dekolleté.«

• • •

Egon Hohlfeld, der Fahrer der Mordkommission I, saß auf der Treppe, die hinaus in den Innenhof führte, und las in einem Comicheft. »Sigurd, der ritterliche Held«, entzifferte Fred. Als Hohlfeld Ellen erkannte, sprang er auf.

»Da brat mir doch einer 'n Storch, die Sonderermittlerin! Um die Zeit!«

»Zum Ku'damm, Fahrer, WOGA-Komplex«, erwiderte Ellen kühl. »Wir nehmen den Benz.«

»Du Ellen, ich Egon«, sagte er grinsend. »Wir waren schon beim Du.«

»Ich habe es mir anders überlegt. Und jetzt los.«

Für einen winzigen Moment verunsichert, forschte Hohlfeld in Ellens Gesicht, ob sie es ernst meinte, bevor sein Grinsen zurückkehrte.

»Also, den Mercedes hat der Chef genommen. Ihr ... Sie können nur das Motorrad nehmen. Oder Fahrräder. Wir haben hier klasse Räder der Marke Vaterland. Die sind nicht totzukriegen. Vorkriegsräder. Das Hakenkreuz mussten sie wegschleifen.« Er lachte. »Halten länger als das Tausendjährige Reich!«

»Wir nehmen das Motorrad.« Ellen deutete auf die fünfsitzige BMW, die die Mordkommission vom Überfallkommando übernommen hatte, nachdem man dort zwei nagelneue BMW 502 mit Achtzylindermotor bekommen hatte. Autos, die sich bei einem Kaufpreis von fast 20 000 Mark kaum jemand leisten konnte. Der Berliner Polizei hatte das bayerische Unternehmen sie praktisch zum Selbstkostenpreis überlassen. Nicht ohne Hintergedanken, denn überall, wo die »Barockengel«, wie man sie scherzhaft wegen ihrer ausladend knuffigen, abgerundeten Form nannte, auftauchten, rissen sich die Leute darum, sie aus der Nähe zu betrachten. »Wir fahren Reklame für die Bayerischen Motorenwerke«, hieß es deswegen spöttisch unter den Polizisten des Überfallkommandos.

Hohlfeld zog sich am Treppengeländer hoch und schlurfte hinüber zu dem Motorrad, auf dem Weg klaubte er drei Helme aus einem Regal. Einen warf er Fred zu, den anderen überreichte er Ellen mit einer ironischen Verbeugung. Sie setzte ihn wortlos auf. Hohlfeld zuckte mit den Schultern.

»Auf geht's, Damen und Herren. Wir legen ab. Knattermann und Söhne.« Er trat den Anlasser und lauschte mit Hingabe dem laut werkelnden Boxer-Motor.

Fred grinste. Er mochte den nur zwei Jahre älteren Fahrer, der immun gegen jede Art von Angst oder Einschüchterung zu sein schien, eine unabhängige Frohnatur, die sich mehr herausnehmen konnte als andere hier im LKA. Wie die Narren, früher, an den Fürstenhöfen.

Der Fahrtwind tat gut. Gleich einem Delfin und deutlich schneller als die erlaubte Höchstgeschwindigkeit von 50 km/h lenkte Hohlfeld das sperrige Gespann durch den Morgenverkehr, auf seinem Gesicht lag ein zufriedenes Lächeln. Mehrere Male hatte Fred das Gefühl, dass eine Kollision mit einem anderen Verkehrsteilnehmer unvermeidbar war, doch im letzten Moment fand Hohlfeld wieder eine Lücke, durch die er lässig hindurchschlüpfte. Während Fred eine Weile brauchte, bis er seinem Fahrstil vertraute – es war das erste Mal, dass er Hohlfeld als Lenker des Motorrads erlebte –, saß Ellen von Anfang an entspannt mit geschlossenen Augen auf dem Soziussitz hinter Hohlfeld, und, wie um ihr uneingeschränktes Vertrauen zu dokumentieren, löste sie hin und wieder ihre Hände vom Haltegriff und streckte ihre Arme weit von sich, als wollte sie fliegen.

Vor Harry's Ballroom hatten sich nur wenige Neugierige eingefunden, die von Streifenpolizisten weit auf Abstand gehalten wurden. Hohlfeld lenkte die BMW an den Polizisten vorbei und hielt zwei Meter neben der Leiche.

»Du Rüpel, was fällt dir ein?«, brüllte einer der Beamten, kam herbeigestürzt und packte Hohlfeld am Ärmel. »Hier ist ein Bürgersteig, du halbstarkes Bürschlein, hier ist ein Tatort, hier ...« Er verstummte, als Ellen ihm ihre Marke unter die Nase hielt.

»Lassen Sie den Mann los.« Sie schwang sich vom Motorrad. »Ist die Spurensicherung schon da?«

Der Wachtmeister starrte sie sprachlos an, als sie ihren Helm abzog und ihre Haare ausschüttelte.

Hohlfeld ließ den Motor kurz aufheulen. »Ich bin da vorne an der Ecke, Leute, in der Bäckerei. Muss was frühstücken, 'n Kaffee, 'n Zigarettchen.« Ohne eine Antwort abzuwarten, gab er Gas, jagte die BMW quer über den Bürgersteig und zwang sie zu einem Satz den Bordstein hinunter auf die Straße.

»Lemke, Mordkommission I«, stellte Fred sich vor. »Das ist Sonderermittlerin Ellen von Stain. Sind Sie Wachtmeister Koschewski?«

»Ja, das bin ich.«

»Weiß man schon, wer der Tote ist?«, fragte Fred.

»Er arbeitet in dem Nachtklub. Die Schlüssel an dem Schlüsselbund neben ihm passen zur Eingangstür und zu dem Gitter davor.«

»Das ist nicht Harry«, stellte Ellen fest und wandte sich an den Wachtmeister. »Wurde Harry Renner schon benachrichtigt?«

»Nein«, antwortete er und sah, während er fortfuhr, nur

Fred an, »wir wurden ja erst vor einer halben Stunde gerufen.«

»Lassen Sie sich die Adresse vom Einwohnermeldeamt geben. Hallo, was ist los mit Ihnen? Hier spielt die Musik!«, fuhr Ellen den Wachtmeister an, worauf der rot anlief und Mühe hatte, sich zu beherrschen. »Und wenn Sie die Adresse haben, holen Sie Harry Renner her. Haben Sie verstanden?«

Koschewski murmelte einige unverständliche Worte und wandte sich zum Gehen.

»Ich habe Sie gefragt, ob Sie verstanden haben.« Ellen von Stains Ton war leise und ruhig, was umso bedrohlicher wirkte.

»Verstanden, ja«, erwiderte der Wachtmeister und salutierte übertrieben.

Ellen entließ ihn mit einer Handbewegung. Fred hatte die Szene mit gemischten Gefühlen beobachtet. Der Wachtmeister tat ihm leid, wie die meisten Männer tat er sich schwer damit, Befehle von einer Frau entgegenzunehmen, andererseits hatte Ellen lediglich den Respekt eingefordert, der ihr zustand.

Fred hockte sich neben den Toten, der auf dem Bauch lag, den Kopf zur Seite gedreht. Ein junger Mann, etwa in seinem Alter, die Augen weit geöffnet. Aufgerissen, vor Entsetzen? Der Tod lässt alle Muskeln entspannen, selbst bei einem plötzlichen Tod spiegelt der Gesichtsausdruck nicht das letzte Gefühl eines Sterbenden wider. Das war zumindest die allgemeine Lehrmeinung, von der Fred nichts hielt. Der erste Tote, den er gesehen hatte, war sein Vater gewesen, und in dessen Gesicht hatte er geglaubt, den unendlichen Schmerz gelesen zu haben, den dieser in den letzten Monaten am Ende seines Lebens gelitten und der ihn den Freitod als einzigen Ausweg hatte sehen lassen.

Vor Freds Augen wurde es plötzlich dunkel, als hätte sich ein Vorhang herabgesenkt, der nicht nur jedes Licht schluckte, sondern alle Geräusche dumpf und entfernt erscheinen ließ. Um nicht sein Gleichgewicht zu verlieren, ließ er sich in den Schneidersitz fallen und schloss die Augen.

»Was machen Sie da, Fred?« Ellens Stimme riss ihn aus seinen Gedanken. »Meditieren Sie? Soll ich für Sie eine Kerze anzünden und einen Gong schlagen?«

Fred riss sich zusammen und widmete sich wieder dem Toten vor sich.

»Sie wissen nicht, was Meditieren bedeutet, geben Sie es zu«, hakte Ellen nach und bedachte ihn mit einem strahlenden Lächeln, das ihm das Gefühl gab, auf Zwergengröße zu schrumpfen.

»Buddhisten meditieren. Wissen Sie, was Buddhismus bedeutet?«, fragte er zurück.

»Natürlich weiß ich das«, erwiderte sie.

»Tatsächlich? Wurde so etwas an der Eliteschule gelehrt, auf der Sie mit Sicherheit waren?«

Ellen lachte, als hätte er einen großartigen Scherz gemacht.

»Ich war auf einem katholischen Mädcheninternat, das von Nonnen geführt wurde. Wenn Sie da das Wort Buddhismus in den Mund genommen hätten, hätten Sie zwanzig

Mal den Rosenkranz beten und eine Woche auf den Nachtisch verzichten müssen.«

»Aha.«

Auf dem Rücken des Toten hatte sich in dem weißen Seidenmantel ein großer, kreisrunder Blutfleck abgezeichnet. In der Mitte des Flecks war der Stoff zerrissen, die Ränder um das mit Blut gefüllte, längliche Einschussloch waren ausgefranst. Das war merkwürdig: Ein Projektil aus einer Pistole oder einem Gewehr hätte den Stoff glatt durchdrungen, ein Messer ebenfalls.

»Er heißt Gottfried. Den Nachnamen kenne ich nicht. Es ist der Barmixer«, sagte Ellen. »Wenn man jemanden nur nachts im Schummerlicht sieht, erkennt man ihn am Tag kaum wieder.«

So wie die Arme neben dem Toten lagen, nach hinten gestreckt wie die Flügel eines Pinguins, und so wie er mit dem Gesicht ungeschützt auf den Boden aufgeschlagen war, hatte er nicht versucht, seinen Fall abzufangen. Was immer ihn in den Rücken getroffen hatte, hatte den Mann wie einen angesägten Baum nach vorne kippen lassen.

»Ah, guten Morgen, Herr Lemke.«

Fred blickte auf. Julius Moosbacher von der Spurensicherung stellte seinen riesigen Arbeitskoffer neben dem Toten ab und klappte ihn auf.

»Frau von Stain.« Moosbacher nickte Ellen zu, holte eine Leica-Kamera aus seinem Koffer und begann ohne weitere Worte zu fotografieren. Auch er machte einen müden Eindruck.

Ellen beäugte den Inhalt des Koffers, als sähe sie zum

ersten Mal, was zu einem Mordbereitschaftskoffer gehörte: Schrittmesser, Bandmaß, Schraubenzieher, Säge, Spritzen zum Aufsaugen von Blut, Wasserstoffsuperoxyd, um Spuren von Blut erkennbar zu machen, Kreide, Draht, Glasbehälter für die Sicherung von Beweismitteln, ein Kompass, Blechetiketten zum Kennzeichnen gesicherter Gegenstände, Gummihandschuhe, Millimeterpapier und Stifte, um eine Tatortskizze anzufertigen, und vieles mehr.

»Und, schon eine Theorie, was hier passiert ist?«, fragte Moosbacher.

»Er wurde von hinten attackiert, keine Ahnung, womit«, erwiderte Fred. »Keine Kugel, und ein Messer war es auch nicht.«

Moosbacher fotografierte schweigend weiter, die Lage der Leiche, die Ausrichtung, die Distanz zum Eingang des Nachtklubs, die Eintrittswunde aus diversen Blickwinkeln. Dann legte er die Leica weg, zeichnete mit beeindruckender Geschwindigkeit eine Skizze des Tatorts, bevor er sich über den Kopf des Toten beugte und die Beweglichkeit des Kiefers, des Halses, der Schulter überprüfte.

»Rigor Mortis bis einschließlich der Nacken- und oberen Brustmuskeln. Todeszeitpunkt also etwa«, er sah auf seine Armbanduhr, »zwischen fünf und sechs Uhr früh heute.« Er winkte Fred heran. »Fassen Sie mal mit an?«

Gemeinsam drehten sie den Toten auf den Rücken und kauerten sich neben den Körper. Aus dem Augenwinkel nahm Fred wahr, wie Ellen amüsiert die Augenbrauen hob und den Blick zwischen Fred und Moosbacher hin- und herwandern ließ.

»Das ist die Spitze eines Pfeils«, sagte Moosbacher. »Einer mit Widerhaken. Deswegen ist er nicht zurück in den Körper gedrückt worden, als der Mann nach vorne fiel.«

Er beugte sich weit vor, um die Spitze aus der Nähe zu begutachten. »Nein, das ist kein Pfeil, das ist ein Bolzen. Der Mann wurde mit einer Armbrust erschossen.«

»Armbrust?«

»Die perfekte Waffe, wenn man aus einer gewissen Distanz töten und jeden Lärm vermeiden will.«

Fred stellte sich hinter den Kopf des Toten und peilte längs des Körpers. »Wenn er nach vorne gefallen ist, ohne sich zu drehen, dann kam der Schuss von da drüben.« Er deutete auf den Lehniner Platz auf der gegenüberliegenden Seite des Ku'damms, der von teils zerbombten, teils intakten Häusern und einem riesigen planierten Trümmergrundstück umgeben war. Auf dem Platz selbst wuchsen vereinzelt Bäume, und dazwischen wucherte Gebüsch. Brombeeren, wie es aussah.

»Der Bolzen hat den Solarplexus durchbohrt. Das bedeutet, seine Muskeln waren unmittelbar nach dem Einschlag vollkommen reaktionsunfähig. Mit einiger Sicherheit ist der Mann gerade nach vorne gefallen. Ja, das würde ich auch sagen: Der Schuss wurde von da drüben ausgelöst.«

»Kann eine Armbrust auf die Entfernung wirklich tödlich sein?«

»Freilich ...« Moosbacher zögerte für einen Moment, er bemühte sich normalerweise sehr, nicht durchblicken zu lassen, dass er aus Bayern kam, sein Deutsch war akzentfrei, nur manchmal schmuggelte sich ein bayerisches Wort hinein. »Im Mittelalter haben sie damit die Eisenrüstungen der Ritter glatt durchschossen. Eine gute Armbrust ist zielgenau, man kann aus der Distanz zuschlagen, vierzig Meter und mehr sind kein Problem.« Moosbacher setzte sich auf seinen Koffer. »Bei einem Schuss aus der Nähe wäre der Bolzen mit Sicherheit vorne wieder ausgetreten.«

Er fischte ein Päckchen Wrigley-Kaugummi aus der Brusttasche seines Hemdes. »Auch einen?«

Fred zog einen Streifen aus der Packung heraus, Moosbacher tat dasselbe.

»Wrigley, Chicago. Das wär was, wenn man da mal hinkönnte, oder?«

Fred nickte, auch wenn die einzige Vorstellung, die er von Chicago hatte, aus dem Film »Der Mann mit dem goldenen Arm« stammte, in dem Frank Sinatra den drogenabhängigen Pokerspieler Frankie Machine verkörpert. Darin sah Chicago nicht viel anders aus als Berlin. Er hatte den Film gleich mehrere Male gesehen, nicht, weil ihn die Geschichte begeistert hatte, sondern wegen Kim Novak. Er würde nie einen Film verpassen, in dem sie mitspielte.

»Auf die Distanz so genau zu treffen, dürfte nicht leicht sein.«

»Stimmt, das braucht eine Menge Übung. Und Armbrüste fallen unter das Waffenverbot der Alliierten. Da können Sie nicht im nächsten Park Ihre Zielscheibe aufbauen, um zu üben.«

»Gab es schon mal einen Mord mit einer Armbrust?«

»Nein, das nicht. Aber Armbrust ... das ist eine skurrile

Geschichte. Kennen Sie Keerans Range? Den Schießstand der Amis im Grunewald? In der Nähe vom Schlachtensee?«

»Ich habe davon gehört. Am Wochenende sammeln Kinder da leere Patronenhülsen ein, um das Metall zu Geld zu machen.«

Moosbacher nickte. »Die Hülsen, aber auch die Projektile aus Kupfermantel und Blei.« Er gähnte. »Ah, dieses Frühaufstehen ist nichts für mich. Macht es Ihnen nichts aus?«

»Doch, sehr viel.«

»Vor ein paar Monaten gab es einen interessanten Zwischenfall«, fuhr Moosbacher fort. »Eine scharfe Granate, die die Amis wohl übersehen hatten, ist auf dem Schießstand explodiert. Warum, war erst unklar. Offiziell gab es keine Informationen. Unter der Hand habe ich erfahren«, er stockte, fast so, als wollte er, dass Fred fragte, von wem, »dass die von der Military Police mit ihren Metalldetektoren gleich mehrere Armbrustbolzen gefunden haben. Sie sind davon ausgegangen, dass einer davon zufällig den Zünder dieser Granate getroffen hat.«

»Und Sie meinen, da hat jemand Armbrustschießen geübt?«

»So nah bei den Amis? Da gibt es im Grunewald bessere Stellen. Nein, wahrscheinlich war es ein Wilderer.«

»Direkt neben dem Schießstand? Ist da das Risiko nicht groß, entdeckt zu werden?«

»Das stimmt, aber da tummeln sich halt auch die meisten Wildschweine. Unsere amerikanischen Freunde haben die Angewohnheit, ständig irgendwas zu futtern. Schokoriegel, Sandwiches, Cookies. Und wenn sie satt sind, packen sie die Reste nicht ein, um sie später zu Ende zu essen, nein, sie schmeißen sie in den Wald, und das lockt die Viecher massenhaft an.«

Fred erinnerte sich an die angebissene Butterschrippe in seiner Jackentasche. Was für eine absurde Vorstellung, sie einfach wegzuwerfen.

»Wenn Sie sich da am Wochenende bei Einbruch der Nacht auf die Lauer legen, brauchen Sie nicht mal ein guter Schütze zu sein, einfach nur in die Richtung der Rotte schießen, irgendein Tier treffen's alleweil.«

Fred sah Moosbacher amüsiert an. Der verstand den Blick nicht sofort, lachte dann aber.

»Wenn ich müde bin, kommt der Bajuware in mir zum Vorschein. Alleweil heißt ›immer‹.«

»Gottfried sieht nicht gerade wie ein Wildschwein aus«, wandte Ellen, die schweigend zugehört hatte, spöttisch ein.

Moosbacher lachte freundlich. »Sie verstehen schon, dass der Täter trotzdem ein Wilderer sein könnte, oder?«

»Das ist nicht schwer zu verstehen, Herr Moosbacher, nur ist es nicht gerade eine zwingende Schlussfolgerung.«

»Da haben Sie recht. Aber ist das nicht genau unsere Arbeit? Verschiedene Details sammeln, Vermutungen anstellen und immer wieder abgleichen, ob und wie sie zusammenpassen?«

Ellen antwortete nicht, ihr Blick ruhte einige Sekunden auf Moosbacher, ohne dass sich auch nur eine Spur von Unsicherheit in ihren Augen zeigte. »Von wem haben Sie das mit der Granate erfahren?«

»Einem Bekannten«, wich Moosbacher einer klaren Antwort aus.

»Von einem sehr großen Mann, 1,90 mindestens, muskulös, sehr schwarze, sehr kurze Haare, mit einer Narbe hier?« Sie deutete auf ihre rechte Wange.

Moosbacher bemühte sich, keine Reaktion zu zeigen, trotzdem spürte Fred, wie er für einen Moment verunsichert war.

»Wie kommen Sie denn darauf? Nein, eine Frau, klein, braune Haare, sehr dunkle Augen und mit einer etwas zu großen Nase im Gesicht«, antwortete er. Die Beschreibung passte auf Ellen, was sie mit einem lässigen Lächeln quittierte.

»Wertvolle Kontakte gibt man nicht preis, das würde ich an Ihrer Stelle auch nicht machen«, antwortete sie, wandte sich ab und verschwand im Nachtklub.

»Ich werde aus ihr nicht schlau«, sagte Moosbacher und warf Fred einen prüfenden Blick zu.

»Ich auch nicht«, erwiderte Fred, der sich keinen Reim auf diesen merkwürdigen Dialog zwischen den beiden machen konnte.

»Dann werde ich mal weitermachen«, sagte der Spurensicherer und widmete sich wieder der Leiche.

Fred peilte hinüber zum Lehniner Platz. Falls der Täter nicht aus einem Auto geschossen hatte, war das der einzige Ort, an dem jemand ungesehen mit einer Armbrust hantieren konnte. Fred überquerte den Ku'damm und zählte vierzig Schritte bis zu den ersten dürren, frisch gepflanzten Bäumen. Zahlreiche Baumstümpfe ragten nur wenige Zentimeter aus dem Boden, Reste der stattlichen Bäume, die die Berliner sich in den harten Wintern nach Kriegsende zum Heizen geholt hatten. Dichtes Gebüsch, das als Versteck taugte, vor allem Brombeeren, Efeu und stachelige, nicht mehr als zwei Meter hohe Robinien, begann erst zehn Meter weiter hinten. Erst aus der Nähe entdeckte Fred eine etwa zwanzig Zentimeter große Lücke im Geäst zwei Handbreit über dem Boden, die in Richtung von Harry's Ballroom ausgerichtet war. Er umrundete das Gebüsch. Auf der Rückseite fand er eine mit abgeschnittenen Brombeerranken verdeckte Öffnung, hinter der sich ein etwa einen Meter durchmessender, in die Brombeeren hineingeschnittener Tunnel verbarg. Auf den ersten Blick erspähte er nichts, was als Hinweis taugen könnte, keine Stofffetzen an den Dornen, keine Zigarettenkippen, auch keine Fußabdrücke. Die Schnittstellen an den Zweigen waren hart und trocken, der Mörder hatte dieses Versteck also schon vor mehreren Tagen angelegt. Moosbacher würde sich darum später kümmern.

Fred kehrte zu Harry's Ballroom zurück, wies einen der Polizisten an, das Gelände auf dem Lehniner Platz zu sichern, und informierte Moosbacher. Ellen stand fröstelnd auf dem Bürgersteig.

»Kannten Sie ihn gut?«, fragte Fred.

»Gottfried? Gar nicht. Man sah ihm zu bei seiner Barmixer-Show. Erstklassig. Der hätte damit auch im Zirkus auftreten können.«

»Waren Sie oft hier?«

»Mich müssen Sie nicht verhören, Fred, ich komme nicht als Täterin infrage«, erwiderte sie spöttisch.

»Tut mir leid«, murmelte er. Ellen von Stains Privatleben ging ihn in der Tat nichts an.

»Nicht sehr oft«, beantwortete sie seine Frage. »Hier will jeder rein, und die Schlange draußen ist meistens lang. Ich stelle mich nicht gerne irgendwo hinten an.«

»Keine guten Beziehungen, die die Tür öffnen?«, fragte Fred ironisch.

Ellen lachte auf. »Hier sind die wirkungslos.«

Hinter ihnen hielt ein VW-Käfer, Wachtmeister Koschewski im Streifenwagen. Der luftgekühlte Motor lärmte unangenehm laut. Auf der Beifahrerseite stieg ein Mann aus. Weiße Schuhe, weiße Socken, weißes Hemd, gelbweiße Krawatte, weißer Anzug, weißer Seidensommermantel, auf den ersten Blick genau der gleiche, den der Ermordete trug. Mit freundlichem Gesicht und gewinnendem Lächeln sah er sich um. Koschewski deutete auf Fred und Ellen, der der Mann charmant zulächelte, während er mit federnden Schritten auf sie zukam.

»Sie habe ich hier schon mal gesehen«, rief er, an Ellen gewandt. »Ich bin Harry Renner«, stellte er sich Fred vor. »Man sagte mir nicht, warum ich ...« Sein Blick fiel auf den Toten, sein Lächeln verflog und machte einer gefassten Sachlichkeit Platz. »Mein Barmann. Er hat meinen Mantel an.«

Fred versuchte, sich sein Erstaunen nicht anmerken zu lassen. Da sieht jemand einen Toten, jemanden, den er praktisch täglich um sich herum hatte, und das Erste, was ihm einfällt, ist »Er hat meinen Mantel an«? Überhaupt schien dem Nachtklubbesitzer der Anblick der Leiche nichts auszumachen, was allerdings bei einem Mann in seinem Alter, Fred schätzte ihn auf Mitte dreißig, im Grunde nichts Besonderes war: Renner dürfte den Krieg als junger Soldat miterlebt haben.

»Sind Sie bereit für ein paar Fragen, Herr Renner? Ich bin Kriminalassistent Fred Lemke, das ist Sonderermittlerin Ellen von Stain.«

Harrys Blick wurde hart und sehr wach.

»Von Stain?«

»Erzählen Sie uns bitte etwas über das Opfer«, sagte Fred. »Seinen vollen Namen, wo er herkommt, seit wann er für Sie arbeitet, alles, was Ihnen einfällt.«

»Sind Sie mit Theodora von Stain verwandt?«, fragte Harry.

»Das tut hier nichts zur Sache«, erwiderte Ellen kühl.

Es dauerte einen Moment, bis Renner mit gespielter Leichtigkeit antwortete. »Nur eine Frage, sonst nichts.«

Nein, das stimmte nicht, das spürte Fred genau. Renner verband mit dem Namen von Stain mehr, als ihn irgendwann einmal in den Klatschspalten einer Zeitung gelesen zu haben, in denen Ellens Mutter Theodora Baronin von Stain zu Lauterburg in der Tat häufig Erwähnung fand. Wusste Renner, was in den Artikel nie erwähnt wurde? Dass die Baronin die Patentante von Nazi-Feldmarschall Hermann Göring war, dem sie sowohl ihren Reichtum als auch ihren Einfluss innerhalb des Führungszirkels der Nationalsozialisten damals verdankt hatte? Nach Kriegsende hatte es keine Anklage gegen sie gegeben, offiziell hatte sie keine Schuld auf sich geladen, nicht einmal, dass sie die Gummifabrik, die ihr im Krieg gewaltigen Reichtum gebracht hatte, für ein lächerliches Geld und auf Betreiben Görings von einem jüdischen Fabrikanten gegen dessen Willen übernommen hatte. Der Kaufvertrag war legal, und der Fabrikant und seine gesamte Familie waren später vergast worden. Es gab schlichtweg niemanden mehr, der Ansprüche hätte stellen können.

»Also, was ist jetzt?«, fragte Ellen.

»Er heißt Gottfried Sargast, hat vor, keine Ahnung, eineinhalb Jahren aus Ostberlin rübergemacht, die Stasi saß ihm wohl im Nacken. Für mich arbeitet er seit vielleicht einem halben Jahr. Ein grandioser Barkeeper.«

»Was hatte die Stasi gegen ihn?«, fragte Fred.

»Er war bei den Falken, der Jugendorganisation der SPD. Für die Stasi sollte er gegen die eigenen Leute spitzeln. Hat er nicht gemacht. Als sie ihn verhaften wollten, konnte er gerade noch entwischen. Das ist die Geschichte, die er mir erzählt hat.«

»Sie haben sie nicht geglaubt?«

»Mir war sie schnuppe. Gottfried ist ein grandioser Barkeeper.«

»Das sagten Sie bereits.« In Ellens Stimme schwang ein Hauch Sarkasmus mit. »Und davon gibt's ja im Osten reichlich. Die besten Bars sind ja bekanntlich in der Zone.«

Harry Renner lachte ein unerwartet jugendliches Lachen. »Ich verstehe, was Sie meinen. Nein, sein Handwerk hat er wohl hier im Westen gelernt, bei einem GI.«

»Moment, das verstehe ich nicht. Er kommt in den Westen, und das Erste, was er macht, ist, sich zum grandiosen Barmixer ausbilden zu lassen?«

Harry zuckte mit den Schultern. »War vielleicht immer ein Traum von ihm. Und wie Sie schon mit Ihrer Ironie angedeutet haben: Im Osten geht so was nicht. Da kriegen Sie ja noch nicht mal die Zutaten für einen anständigen Cocktail. Haben Sie mal probiert, was in der Zone Cognac genannt wird? Da rollen sich einem die Fußnägel auf, und zwar schon beim Dranriechen.«

»Was ist mit seiner Familie? Wie alt war er?«

»Zwanzig. Seine Familie ist noch drüben.« Renner zuckte mit den Schultern. »Ich weiß nicht viel über ihn. Interessiert mich auch nicht, ich schau mir die Leute an, dann habe ich ein Gefühl, ob sie in Ordnung sind oder nicht. Gottfried tauchte hier eines Tages auf, ging hinter die Theke. So.« Renner machte ein übertrieben sauertöpfiges Gesicht. »Ich dachte zuerst, der ist über irgendwas wütend, der haut gleich alles kaputt, und ich wollte schon meinen Türsteher holen. Aber denkste, Puppe! Der Gottfried nimmt sich ein paar Flaschen, Gläser und einen Mixer und legt aus dem Stand eine wahnsinnige Show hin. So was habe ich sonst nur im Kino gesehen. Ich habe ihn sofort eingestellt.«

»Wo wohnte er?«, fragte Fred.

»Keine Ahnung. Da müssen Sie meine Sekretärin fragen, Anna Sansone, die macht den ganzen Papierkram hier im Laden.«

Fred reichte ihm Zettel und Stift. »Notieren Sie bitte Namen und Adresse der Dame.«

»Die wohnt bei mir. Zurzeit jedenfalls.« Er lachte.

»Und wie ist Ihre Telefonnummer, Herr Renner? Sie haben doch ein Telefon, oder?«

»Natürlich, mein Freund! Sogar zwei.« Harry schrieb zwei Nummern auf den Zettel und tippte lächelnd auf eine der beiden. »Autotelefon. Ich habe alles, was modern ist. Nur keine Rakete. Waren Sie schon drinnen?« Er deutete auf den Nachtklub.

»Noch nicht.«

»Leinwand, Filmprojektor, eine Bühne, Musikboxen, Scheinwerfer, Ventilatoren, wenn's mal zu heiß wird, alles da. Demnächst blase ich sogar noch Düfte in den Raum, wie die Amis in den New Yorker Bars. Macht die Leute richtig happy. Muss nur der richtige Duft sein.«

Fred sah Harry Renner zu, während der seine Adresse notierte. Sein ganzer Körper war dabei in Bewegung, und er lächelte, als bereitete ihm genau das, was er da gerade tat, größtes Vergnügen. Überhaupt hatte er die Ausstrahlung eines Menschen, der sein Leben genoss, der jeden Moment positiv sehen wollte. Sogar der Hinweis auf sein Autotelefon – solche Geräte gab es erst seit ein paar Monaten, und sie waren so teuer wie ein VW Käfer – hatte nichts von Angeberei, sondern wirkte charmant und wie eine Einladung, sich mit ihm zu freuen. Der ganze Mann hatte etwas Mitreißendes. Fred konnte sich gut vorstellen, dass Menschen seine Nähe suchten. Vor allem Frauen.

»Sie sagten vorhin: ›Er hat meinen Mantel an.‹ Der weiße Mantel ist also nicht so etwas wie eine Uniform in Ihrem Nachtklub?«, fragte Fred. »Die jeder trägt?«

»Uniform? Von Uniformen haben wir doch wohl die Nase voll, oder? Er hat ihn sich wohl ausgeliehen.«

»Und Sie haben zwei davon?«

»Fünf. Und fünf weiße Anzüge. Und fünfzehn weiße Hemden. Alle gleich, alle vom selben Schneider. Ist mein Markenzeichen.« Er lachte, und wieder wunderte sich Fred, dass darin keine Spur von Großspurigkeit lag. »So gesehen, doch eine Uniform. Aber nur für mich.«

»Haben Sie Feinde, Herr Renner? Gibt es jemanden, der Ihnen ans Leder will?« Aus dem Augenwinkel sah Fred, wie Ellen ihn erstaunt ansah.

»Mir?«

»Sie sagten, der Ermordete habe Ihren Mantel an. Einen sehr auffälligen weißen Mantel, der gleiche, wie Sie ihn jetzt auch tragen. Seine Haarfarbe ist Ihrer ähnlich. Vielleicht hat der Täter Gottfried Sargast mit Ihnen verwechselt.«

»Erschrecken Sie mich doch nicht so, Herr Kommissar.« Harry zog ein Zigarettenpäckchen und ein Benzinfeuerzeug aus seiner Manteltasche. »Nein, da können Sie jeden fragen: Ich komme mit allen klar und alle mit mir.« Er schnippte mit dem Zeigefinger gegen das Rädchen, und das Feuer flammte auf. »Ich liebe die Menschen, und die Menschen lieben mich.«

Fred wartete, bis Harry seinen ersten Zug genommen hatte. »Die Tatwaffe war eine Armbrust.«

Harrys Hand zuckte, er tat so, als müsste er husten. »Das ist ja exklusiv.«

»Erschreckend, oder?«

Der Barbesitzer inhalierte tief. Erneut hustete er, fast als wollte er beweisen, dass sein erster Huster echt gewesen war. Er breitete die Arme aus. »Mit mir hat niemand Probleme. Ich streite mich nie, dafür ist das Leben viel zu kurz.

Fragen Sie, wen Sie wollen, Sie werden keinen finden, der sagt: Der Harry ist ein Mistkerl.«

War ein Mensch, der zu allen freundlich war, nicht jemand, der sein wahres Gesicht hinter einer Maske versteckte? Unwillkürlich musste Fred an Moosbacher denken, der sich ihm gegenüber immer freundlich verhielt. Tatsächlich hatte er nie darüber nachgedacht, ob sich dahinter vielleicht ein ganz anderer Mensch verbarg. »Um wie viel Uhr haben Sie Ihren Nachtklub heute Morgen verlassen, Herr Renner?«

»Gegen vier. Ich bleibe nicht gerne bis zum Schluss. Es drückt mir auf die Laune, wenn alle anfangen zu gähnen. Da fahre ich lieber nach Hause, nehme ein Bad, zusammen mit, ja, wer grad Lust hat.«

»Kann das jemand bezeugen?«

Renner warf Fred einen schiefen Blick zu. »Warum denn das?«

»Routinefragen, nichts Besonderes.«

Renner lächelte breit. »Die Routine. Manchmal nutzt sie, meistens ist sie eine Riesenbehinderung. Also, Rucki Müller, mein Angestellter, kann das bezeugen. Ich gehe möglichst unauffällig, ich will nicht, dass die Gäste denken, sie müssten auch gehen.«

»Haben Sie auch jemanden, der bezeugen kann, was Sie zwischen 5 und 6 Uhr morgens gemacht haben?«

Harry kratzte sich ausgiebig am Ohr. »Heute nicht. Die Anna ist gestern zu ihren Eltern, um ein paar Sachen zu regeln, und kam erst kurz bevor der Streifenwagen mich abgeholt hat, wieder zurück.«

»Hat Gottfried Sargast einen Ort, wo er seine persönlichen Sachen aufbewahrt?«

»Einen Spind, ja. Wollen Sie ihn sehen?«

Fred und Ellen folgten Renner in den Ballroom. Fred erwartete eine mondäne, edle Glitzerwelt, vielleicht auch etwas Schwülstiges, Orientalisches oder eben das genaue Gegenteil, eine kühle Welt voller Chrom, Stahl und Messing, doch was sich seinem Auge darbot, war von ernüchternd schmuddeliger Hemdsärmeligkeit. Ein Durcheinander, als hätte jemand das Inventar von sehr unterschiedlichen Kneipen in einen Raum geworfen, ergänzt durch ein paar Kinositzbänke und schiefe Regale, auf denen Fernsehgeräte, Musikboxen, Scheinwerfer und ein Filmprojektor standen. Das Holzparkett war mit Brandflecken von Zigaretten übersät, an den Wänden klebten Plakate, Fotos, Zeitungsausschnitte, und die Raumdecke war voller handgemalter Zeichen, Grafiken, Figürchen und Symbole, als hätten die Gäste Pinsel in die Hand gedrückt bekommen mit der Aufforderung, sich nach Lust und Laune auszutoben. In einer Ecke erhob sich eine aus Stahlrohren zusammengeschweißte Empore, die man über eine eiserne Leiter erklimmen konnte. Renner folgte Freds Blick.

»Da oben mache ich meine Ansagen. Wir haben hier verdammt viel Spaß. Schönheitswettbewerbe, Tanzwettbewerbe, Lotterien, Miss oder Mister Unterwäsche-Wahlen, solche Sachen.« Renner klatschte gut gelaunt in die Hände. »Der Laden brummt wie kein anderer in Berlin! Können Sie jeden fragen.«

»Was sind das für Leute, die hierherkommen?«, fragte

Fred und konnte regelrecht spüren, wie Ellen hinter seinem Rücken grinsend die Augen verdrehte: Fred, das Landei.

»Lebenslustige! Menschen, die *action* wollen, wie die Amis sagen!«, schwärmte Renner. »Hier herrscht ein neues Lebensgefühl, werter Herr Kommissar. Bei mir leben die wilden Zwanzigerjahre, die *roaring twenties*, wieder auf. Nur nicht mit dem ganzen Geklimper und Gedöns von damals, sondern pur, echt, direkt, wie das Leben. Wer hierherkommt? Filmstars, Künstler, Musiker, Politiker, GIs, Architekten, Fotografen, Werber, Fabrikbesitzer, Neureiche, Lebenslustige, all die Goldgräber des Wirtschaftswunders. Und Touristen, auch die müssen sein. Damit überall«, er breitete die Arme aus und rief lachend in den leeren Raum hinein, »über den Ballroom geredet wird!«

Wie schaffte er es nur, bei so viel Angeberei so sympathisch zu sein?

Renner öffnete eine Tür, die in einen Büroraum führte, und deutete auf einen Spind, der mit einem Vorhängeschloss gesichert war.

»Einen Schlüssel habe ich nicht.«

Fred zog den Schlüsselbund hervor, der bei dem Toten gefunden worden war, einer der Schlüssel passte. Der Spind war vollkommen leer.

»Kein Wunder, dass er sich meinen Mantel genommen hat.«

»Bewahrt er hier normalerweise irgendetwas auf?«

Renner zuckte mit den Schultern. »Weiß ich nicht. Ist ja sein Spind und nicht meiner. Kann ich sonst noch was für Sie tun?«

Sie verließen das Büro, das der Nachtklubbesitzer sorgfältig abschloss.

»Wohin geht's da?«, fragte Fred und deutete auf eine gepolsterte Tür am Ende eines kurzen Ganges, über dem ein Schild »Privat« sagte.

»Ein Ruheraum. Wenn's meinen Leuten hier zu laut wird.« Er legte Fred eine Hand auf den Arm. »Was ist denn heute Abend? Darf ich wieder öffnen?«

Fred überlegte, ob er die Frage geschmacklos fand. Ein wenig schon.

»Das klingt komisch, ich weiß«, fügte Renner hinzu. »Aber das Leben geht weiter. Für die Leute, die hierherkommen, ist das alles nur eine schockierende Randnotiz.«

Fred tauschte mit Ellen einen Blick. »Heute nicht«, antwortete er. »Ich weiß nicht, was die Spurensicherung noch tun muss.«

»Okay«, erwiderte Renner.

»Ich weiß, Sie haben beste Kontakte zur Presse«, sagte Ellen. »Aber heute halten Sie bitte den Ball flach. Keine Informationen über den Mord, keine Interviews, einfach nur Stillschweigen.«

»Okay, mach ich.«

•••

»Haben Sie bemerkt, wie Harry auf den Toten reagiert hat?«, fragte Fred.

Sie hatten Renner mit der Auflage gehen lassen, sich für weitere Fragen bereitzuhalten.

»Es hat ihn weder berührt noch schockiert. Ziemlich abgebrüht, der Mann. Oder ein guter Schauspieler.« Ellen lächelte ihn süffisant an. »Sind Sie auch ein guter Schauspieler, Fred?«

»Ich verstehe nicht.«

»Sie machen so einen sanften, schüchternen Eindruck, Sie fluchen nicht, Sie kratzen sich nicht an Ihrem Gemächt, Sie sind leise, Sie treten keinem auf die Füße.«

Wieso schaffte sie es immer, ihn zu verunsichern? Oder vielleicht sollte er sich fragen: Warum versuchte sie es immer wieder?

»Zum Schauspielern fehlt mir das Talent«, sagte er. »Ich bin der, den Sie sehen.«

Sie lachte auf. »Glaube ich nicht.«

Sie hatte recht. Nur, galt das nicht für jeden Menschen? Erneut nahm Fred sich vor, ihre Worte einfach nicht so wichtig zu nehmen und sich auf seine Arbeit zu konzentrieren.

Mittlerweile wimmelte es auf dem Ku'damm vor dem Ballroom von Polizisten, die den Tatort und den Lehniner Platz weiträumig sicherten. Moosbacher hatte zwei weitere Kollegen angefordert, die akribisch nach Spuren suchten. Zwei Streifenpolizisten hatten einen glatzköpfigen Mann herangebracht, den Türsteher Rucki Müller, der jetzt zitternd vor ihnen stand. Er wirkte wie ein gestrandeter Außerirdischer, der nicht begriff, in welcher fremden Welt er gelandet war.

»Die Frage war doch einfach, Herr Müller«, sagte Fred. »Sie sind nach Ihrer eigenen Aussage der Letzte, der Gottfried Sargast lebend gesehen hat. Richtig?«

»Ja, ja, schon.«

»Und waren Sie alleine?«

Rucki Müllers Augen zuckten nervös. »Alleine, ja.«

»Sie scheinen sich nicht sicher zu sein.«

Ruckis Nervosität nahm zu. »Nein, da war niemand. Ich eben. Und der Gottfried, aber der war noch drinnen. Davor sind die letzten Gäste gegangen, die Knef, zusammen mit zwei Franzosen, Filmfritzen, keine Ahnung, und Otto Zeltinger.«

»Die Schauspielerin Hildegard Knef?«, fragte Ellen atemlos.

»Hm.« Rucki machte ein wichtiges Gesicht, als dürfte er keine Geheimnisse an Außenstehende verraten.

»Heißt: Ja?«

»Genau. Die gingen kurz vor mir.«

»Ist Ihnen draußen irgendetwas aufgefallen?«, fragte Fred. »Jemand, der sich ungewöhnlich benommen hat?«

»Hm ...« Der Boxer blies seine Wangen auf und bemühte sich, nicht zu schwanken.

»Heißt ›Hm‹ ja oder nein?«, fragte Ellen.

»Also, nee, da war niemand.«

»Und dann«, fuhr Ellen fort, »haben Sie den Ku'damm überquert, sind nach drüben auf den Lehniner Platz, haben die im Gebüsch versteckte Armbrust hervorgeholt und damit auf den Barmixer geschossen?«

»Ich? Auf Gottfried? Warum denn das?«

»Sagen Sie es mir.«

Fred hielt sich zurück, obwohl er nichts von Ellens Art

hielt, einfach ins Blaue Verdächtigungen anzustellen, für die es keine zwingenden Gründe gab.

»Nein! Ich bin nach Hause und ins Bett. Mit drei Contergan. Konnte nicht schlafen.«

Das erklärte, warum die Streifenpolizisten so große Mühe gehabt hatten, ihn aus seinem Tiefschlaf zu klingeln. Ellen fixierte ihn für einige Sekunden, Rucki erwiderte ihren Blick und schüttelte immer wieder den Kopf. »Was soll ich denn gegen Gottfried haben?«

»Wie stehen Sie zu Harry Renner?«

»Ich arbeite für ihn. Außerdem sind wir Freunde. Der Harry war auf allen meinen Kämpfen.«

»Was für Kämpfe?«

Rucki machte ein paar sehr schnelle Boxbewegungen, hatte allerdings Mühe, das Gleichgewicht zu halten, zu viel des Schlafmittels steckte noch in seinen Knochen. »Weltergewicht. Aber sie haben mich gesperrt. Der Boxverband. Für'n Jahr.«

»Warum?«

»Sag ich nicht.«

»Machen Sie sich nicht lächerlich. Ein Anruf beim Verband, und wir wissen Bescheid.«

Rucki starrte sie an und überlegte. »Hab einen umgenietet. Der hat sich über mich lustig gemacht.«

»Was heißt: umgenietet?«

»Dong-dong.« Ruckis Fäuste zuckten durch die Luft. »Der war fertig danach.«

»Tot?«

»Nein! Nur beschädigt, ein paar Knochen. Knack.«

»Und jetzt sind Sie vorbestraft?«

»Nee. Ich musste ein paar Monate bei den Bekloppten arbeiten. Irrenhaus. Und Strafe zahlen.«

»War es das erste Mal?«

Rucki Müllers Lider zuckten. »War es.«

»Oder war es nur das erste Mal, dass es zu einer Anklage gekommen war?«, mischte sich Fred ein, er war sicher, dass Rucki log.

Rucki schluckte ein paar Mal, bis er antwortete. »Ich hab's kapiert. Würde ich nicht mehr machen. Einen umhauen. Außer im Ring.«

»Sie haben also für die Tatzeit zwischen fünf und sechs Uhr heute Morgen kein Alibi, richtig?«, fragte Fred und ergänzte auf Ruckis verwirrten Blick hin: »Es gibt niemanden, der bezeugen kann, was Sie zu der Zeit gemacht haben?«

»Also … nein.«

»Wie waren Sie gekleidet, als Sie den Nachtklub verließen?«

»So wie jetzt.« Er deutete auf seine dunkle Chinohose und sein Polohemd.

»Gut, Sie können gehen, aber verlassen Sie Berlin nicht. Für den Fall, dass wir noch Fragen haben.«

Rucki nickte und ging grußlos. Als er die Leiche passierte, zog er seine Schultern hoch und blickte starr geradeaus in die Ferne.

Aus dem Augenwinkel nahm Fred wahr, wie einer der Streifenpolizisten, die das Gebiet rund um den Nachtklub nach Spuren absuchten, Moosbacher herbeirief. Kurz darauf winkte der Spurensicherer Ellen von Stain und ihn selbst zu sich herüber.

Moosbacher deutete auf einen stark deformierten Bolzen am Boden vor der Hauswand und auf eine frische Scharte im Putz in etwa ein Meter fünfzig Höhe. »Offensichtlich hat der Schütze sein Opfer mit dem ersten Schuss verfehlt.«

Fred peilte die wahrscheinliche Schusslinie entlang. Sie wich von der des Bolzens ab, der den Barmixer getroffen hatte. Hatte der Schütze den ersten Schuss verrissen, neu gespannt und beim zweiten Versuch getroffen? Oder hatte der Schuss einer anderen Person gegolten? Etwa Rucki Müller, der kurz vor dem Barmixer den Ballroom verlassen hatte? Oder Harry Renner?

»Sehr undurchsichtig alles.« Moosbacher betrachtete den deformierten Bolzen.

»Der ist aus Eisen«, sagte Fred. »Wenn der in eine Betonwand einschlägt, muss das doch ein Geräusch machen. Das kann man nicht überhören. Nicht früh morgens, gegen fünf, wenn alles noch so ruhig ist.«

Moosbacher nickte. »Ja, und so wird ein Schuh draus: Gottfried Sargast hört den Aufprall, dreht sich in die Richtung. Jetzt zeigt sein Rücken dorthin«, er deutete hinüber in den Lehniner Park. »Der Täter spannt die Armbrust erneut und schießt ihm in den Rücken.« Moosbacher schob den Bolzen in einen Glasbehälter, verschloss ihn sorgfältig und beschriftete ihn.

»Wir sollten uns die Wohnung des Ermordeten ansehen«, sagte Fred.

»Wieso?«, fragte Ellen, die bislang schweigend zugehört hatte.

Fred zuckte mit den Schultern. »Einfach nur ein Gefühl.« Er sagte nicht, wie stark dieses Gefühl war, Ellen hätte ihn deswegen nur ausgelacht.

»Das kann warten. Zuerst befragen wir die Knef. Und die beiden Franzosen, die bei ihr waren.«

»Und diesen Otto Zeltinger.«

»Auch«, erwiderte Ellen, es klang sehr verschlossen.

»Wie kommt man an jemanden ran wie Hildegard Knef? Lebt die in Berlin?«

Ellen schenkte Fred ein mitleidiges Lächeln. »Nein, in Paris. Wenn wir Pech haben, ist die längst abgereist. Also los, legen wir einen Zahn zu! Kommen Sie, in Harrys Büro steht ein Telefon, Sie haben doch die Schlüssel.«

Fred folgte ihr hinein in den Nachtklub.

»Die Knef ist wegen der Filmfestspiele hier, die können uns sagen, in welchem Hotel sie hier wohnt.«

Ellen fand ein Telefonbuch in einer der Schreibtischschubladen. »Na bitte, da haben wir es doch: Büro der Filmfestspiele, Am Hirschsprung 4, Dahlem.«

Sie zog das Telefon heran und wählte die Nummer. Die Sekretärin am anderen Ende zierte sich wie eine Diva, bevor sie endlich zu ihrem Chef durchstellte. Der zierte sich noch mehr, wiederholte mehrere Male, wie sehr er dem Schutz »seiner Stars« verpflichtet sei, und erst als Ellen ihm eine sofortige Vorladung ins LKA androhte, gab er unter der Bedingung nach, persönlich Ellens Dienstausweis in Augenschein zu nehmen. Ellen legte auf. »Er ist in einer halben Stunde in der schwangeren Auster. Wir fahren hin. Kommen Sie.«

Wie jeder Berliner wusste Fred, dass damit die Kongresshalle am Spreeufer unweit des Reichstags gemeint war, die offiziell Benjamin-Franklin-Halle hieß, was wiederum den wenigsten Berlinern geläufig war.

Ihr Fahrer Egon Hohlfeld hockte vor der Bäckerei an der nächsten Straßenecke auf der Lehne einer Bank, die Schuhe auf der Sitzfläche, und grinste ihnen entgegen. »Was gibt's? Geht's wieder zurück?«

»Sieht aus, als machten Sie Urlaub«, sagte Ellen.

»Ich bin da, wenn Sie mich brauchen. So steht's in meinem Arbeitsvertrag.«

Ein Passant hatte Ellens Worte mitbekommen und mischte sich ein. »Die Füße von der Bank, du Flegel!«, brüllte er mit einem um Zustimmung heischenden Blick zu Ellen. »Ihr halbstarken Eckensteher habt überhaupt keinen Anstand mehr!«

»Ganz ruhig, guter Mann«, erwiderte Hohlfeld, steckte den letzten Bissen seines Krapfens in den Mund und fuhr nuschelnd fort. »Meine Schuhe sind sauber wie ein frisch geputzter Kinderpopo.«

Was der sich traut, dachte Fred bewundernd, so mit einem Erwachsenen zu reden. Hohlfeld zwinkerte ihm zu.

Der Mann blieb stehen. »Ich hole die Polizei, wenn du dich nicht augenblicklich anständig hinsetzt, du Rotzlöffel.«

»Nicht nötig. Die ist schon da.« Hohlfeld deutete auf Fred und Ellen.

Fred konnte sich ein Grinsen nicht verkneifen.

»Wir müssen los«, ging Ellen dazwischen.

Der Mann machte einen Schritt auf sie zu. »Wer bist du denn? Seine Konkubine oder was?«

Ellen kletterte auf den Soziussitz der BMW. »Verhaften Sie den Mann wegen Beleidigung, Herr Lemke«, sagte sie lässig.

»Oha.« Hohlfeld glitt von der Lehne hinunter. »Jetzt haben Sie ein Problem, guter Mann, die vom LKA sind extrem humorlos.«

»LKA?«, stotterte der Mann erschrocken.

Hohlfeld schwang sich auf das Motorrad, ohne zu antworten.

»Wissen Sie, was Konkubine bedeutet?«, fragte Fred. Der Mann nickte und wirkte plötzlich ängstlich. »Dann wissen Sie auch, dass das eine Beleidigung ist?«

»Hören Sie, es tut mir leid, ich wusste ja nicht, dass Sie vom LKA …«

»Es spielt überhaupt keine Rolle, wer wir sind. Eine Beleidigung ist eine Beleidigung. Und das wegen einer dusseligen Parkbank?«

Die Reaktion des Mannes schockierte Fred. Seine Schultern sackten nach vorne, er senkte seinen Kopf und schlug wie ein Soldat seine Hacken zusammen. »Ich bitte ergebenst um Entschuldigung«, sagte er im unterwürfigen Klang eines Rekruten, der vor seinem Befehlshaber stand. Das Verhalten des Mannes war Fred peinlich, und er wusste nicht, wie er reagieren sollte.

»Wir müssen los, Fred!«, rief Ellen. Fred ließ den Mann stehen und stieg auf einen der drei Beifahrersitze. Er kam sich feige vor, unanständig, als hätte er jemanden mutwillig gedemütigt. Er beobachtete, wie der Mann mit merkwürdigen kleinen Schritten davonging, den Kopf weiterhin gesenkt, als befürchte er eine körperliche Züchtigung.

»Spießer«, kommentierte Hohlfeld abfällig.

»Ein armes Schwein«, entgegnete Fred und registrierte aus dem Augenwinkel Ellens erstaunten Blick. Einmal mehr hatte er in der kurzen, aggressiven Begegnung die große Kluft gespürt zwischen den Erwachsenen, den Älteren, der Kriegsgeneration, die von blindem Gehorsam, bedingungsloser Unterordnung und viel zu oft von Fanatismus geprägt waren, und der nachrückenden Generation, die für sich in Anspruch nahm, sich nicht bevormunden zu lassen und nach eigenen Regeln zu leben. Für die, die in der Vergangenheit so viel verloren hatten, war das eine Provokation. Wie oft hatte er von Erwachsenen den Satz hören müssen: »Wir haben uns für euch geopfert, dafür erwarten wir Dankbarkeit.« Natürlich war das Unsinn, welcher Jugendliche hatte von den Älteren erwartet, einen grauenhaften Krieg anzuzetteln und die halbe Welt mit in den Abgrund zu reißen? Fred hatte sich oft gefragt, wie er sich verhalten hätte. Hätte er sich heldenhaft gegen das Unrecht der Nazis gestemmt? Oder hätte er auch in das große Hurrageschrei eingestimmt und wäre mitmarschiert? Hanna hatte einmal gesagt: Entscheidend ist, wie sich die Täter, die Mitläufer, die Feiglinge heute verhalten, ob sie die Verantwortung für ihr Tun übernehmen und sich nicht schon wieder wegducken.

Fünf Minuten später bog Hohlfeld in die Hofjägerallee ein. Die mehr als acht Meter große, vergoldete Bronzefigur der Siegesgöttin Viktoria, von den Berlinern Goldelse genannt, auf der Siegessäule im Zentrum des mehrspurigen Großen Sterns reflektierte das Sonnenlicht derart intensiv, dass sie selbst wie eine kleine Sonne wirkte. Hohlfeld fädelte sich in den Kreisverkehr ein, beschleunigte, zog hinüber auf die innerste Spur, drehte eine völlig überflüssige Runde, bevor er sich mit wilden Lenkmanövern quer durch den dichten Verkehr zur Ausfahrt Spreeweg durchwühlte. Ellen warf Fred einen amüsierten Blick zu und verdrehte die Augen. Er grinste zurück. Ein flüchtiger Moment, in dem Fred einmal mehr das Gefühl hatte, wie toll es war, jung zu sein.

Durch den nach dem Krieg zur Brennholzversorgung der frierenden Bevölkerung abgeholzten Tiergarten hatte man einen nahezu ungehinderten Blick sowohl auf das Brandenburger Tor als auch auf den arg zerbombten Reichstag: Die noch jungen Bäume, die zur Aufforstung in den vergangenen Jahren gepflanzt worden waren, würden noch lange brauchen, bis sie ein durchgehendes Blätterdach schaffen würden. Zwischen ihren Stämmen konnte man noch Spuren der vielen Beete erkennen, mit denen sich die hungernden Berliner immerhin einige Jahre und geduldet von den Alliierten und der Stadtverwaltung Gemüse angebaut hatten, immer auf der Hut vor denen, die zwar Gemüse haben, sich jedoch nicht den Mühen der Gartenarbeit unterziehen wollten.

Die Kongresshalle erinnerte an einen griechischen Tempel, und war doch eine unerhört gewagte Konstruktion mit einem sattelförmigen Dach, dessen Enden nicht zum Boden, sondern schräg und kühn in den Himmel wiesen. Tatsächlich ähnelte sie einer gigantischen, weit geöffneten Muschel. Die Halle war ein Geschenk der Amerikaner an die Berliner. Im Endeffekt erwies sie sich jedoch als ziemlich teuer für den Senat und die Bundesregierung, die viele Millionen Mark beisteuern mussten. Fred hatte das Gebäude noch nie aus der Nähe gesehen, es war erst vor drei Monaten fertiggestellt worden, und die Internationalen Filmfestspielen waren das erste Großereignis überhaupt, welches dort stattgefunden hatte.

Fred und Ellen schritten auf dem breiten, ewig langen Zugangsweg aus hellem Beton auf die Kongresshalle zu, der mitten durch einen quadratisch angelegten See führte, rechts spien fünf Fontänen Wasserbögen in den Himmel.

»Das ist doch mal ein Aufgang für Adelige, Ellen«, flachste Fred. »Fehlen nur noch die Spalier stehenden Massen.«

Ellen schüttelte den Kopf. »Adel ist für Sie immer direkt der Sonnenkönig, habe ich recht? Damit haben die von Stains nichts gemein, gar nichts.«

»Hatte Ihre Familie kein Schloss?«

»Eine Ritterburg. Mein Vater war ein großer Mittelalterverehrer. Und«, sie zögerte einen Moment, »wir sind kein Adelsgeschlecht, wir haben das ›von‹ als Anerkennung zugesprochen bekommen. Nichts Besonderes also.«

Fred spürte, dass es sie Überwindung gekostet hatte, sich mit dieser Information in gewisser Weise eine kleine Blöße zu geben, deshalb verkniff er sich einen Kommentar, auch weil es ihn freute, dass sie ihm einen winzigen Einblick in ihr Privatleben gegeben hatte.

Sie erklommen die lange Doppeltreppe zum erheblich erhöhten Plateau, auf dem die Auster weithin sichtbar als visionäres Bauwerk beispielhaft für die Leistungsfähigkeit und Überlegenheit des westlichen Kapitalismus thronte. Ein Türwärter führte sie ins Foyer, gerade in dem Moment, als Alfred Bauer, der Leiter der Filmfestspiele, die spiralförmige Treppe heruntergeschritten kam.

»Die Herrschaften von der Kriminalpolizei, Herr Dr. Bauer«, stellte sie der Wachmann vor.

Von der vorletzten Stufe herunter begrüßte Bauer sie mit großer Geste und der arroganten Stimme eines Generals. »Meine Zeit ist knapp bemessen, also kommen wir gleich zum Punkt, die Herrschaften. Die Ausweise, bitte.« Er hatte sich nur an Fred gewandt, Ellen würdigte er keines Blickes. Fred reichte ihm seinen Ausweis.

»Kriminalassistent? Und Sie wollen Hildegard Knef mit Ihren Fragen belästigen, einen Weltstar, der …«

»Herr Bauer, würden Sie sich bitte nicht so aufblasen?«, fuhr Ellen ihn an. »Es geht um einen Mord, da ist es vollkommen schnuppe, ob ein möglicher Zeuge ein Weltstar oder ein Obdachloser ist.«

»Welchen Ton erlauben Sie sich?«, brauste Bauer auf. »Unerhört! Ich will auf der Stelle den Namen Ihres Vorgesetzten wissen.«

Ellen zog ihren Dienstausweis aus ihrer Handtasche und hielt ihn dem Festivaldirektor hin, ohne einen Schritt auf ihn zuzugehen. »Sonderermittlerin Ellen von Stain, ich bin direkt dem stellvertretenden Leiter des Polizeipräsidiums Kurt Grasner unterstellt. Sagt Ihnen der Name etwas?«

Bauers Augen wurden sehr schmal und bekamen etwas Lauerndes. Sein Blick wanderte zu Ellens Dienstausweis, als überlegte er, ob es besser war, zu warten, bis Ellen auf ihn zukam, oder ob er auf sie zugehen sollte. »Der Name ist mir geläufig.«

Die Situation hatte etwas sehr Merkwürdiges. Warum gab Ellen ihm nicht einfach nur ihren Ausweis? Warum musste sie aus dieser Kleinigkeit eine Machtdemonstration machen? Vor allem: Wieso war sie sicher, Bauers Widerstand alleine mit der Nennung des Namens Kurt Grasner zu brechen?

»Wunderbar. Dann sagen Sie uns doch bitte, wo wir Hildegard Knef finden.«

Bauer stieg die letzten Stufen hinab, ging auf Ellen zu und tippte gegen ihren Ausweis. »Danke, das ist nicht nötig, Frau von Stain. Es tut mir leid, die Festspiele sind gerade erst zu Ende gegangen, es war aufregend, aber auch ungeheuer anstrengend. Ich bitte, meinen Ton zu entschuldigen.«

Ellen steckte ihren Ausweis wieder ein, bemerkenswert gelassen, wie Fred fand, beneidenswert selbstbewusst. Einmal mehr spürte er, wie unterschiedlich sie beide waren. Sie, die parkettsichere Aristokratin, und er, der Junge vom Lande aus kleinsten Verhältnissen.

»Sie residiert selbstredend im Kempinski. Allerdings reist sie heute Nachmittag schon ab.«

Das Kempinski, Berlins einziges Luxushotel von Weltrang, befand sich am Ku'damm ein paar Hundert Meter westlich der Gedächtniskirche. Der Rezeptionist telefonierte mit Hildegard Knef und zitierte einen Pagen herbei, der Fred und Ellen ins Zimmer der Schauspielerin führte. Fred war überwältigt. Der allgegenwärtige Luxus war irreal: Selbst kleinste Details waren aufeinander abgestimmt, wie in einer barocken Kirche glänzte und funkelte es, wo man hinsah, Messing, Gold und Kristalle. Der Aufzug surrte in die vierte Etage. Als sie in den Flur hinaustraten, wartete die Schauspielerin bereits in der offenen Tür ihrer Suite, barfuß und in einem luftigen Kleid, die blonden Haare kurz und lockig. Fred brachte vor Aufregung kein Wort hervor, als sie sie mit einem wunderbaren Lachen begrüßte.

»Die Polizei! So jung, das lässt doch hoffen!«

»Wieso?«, fragte er und starrte die Frau an, deren nackten Körper er in ihrem Film ›Die Sünderin‹ gesehen hatte und den er mit der energiegeladenen, burschikosen und äußerst freundlichen Frau vor ihm nicht in Verbindung brachte.

Knef ignorierte seine Frage. »Wollt ihr was trinken? Es ist ja so verdammt heiß. Und schwül, wie im Dschungel.« Sie deutete auf eine Anrichte, auf der Gläser, ein Eiskübel und verschiedene Getränke standen. »Sie sehen nicht aus wie ein Polizist«, sagte sie zu Fred. »Ihre Haare! Ich wette, wenn Sie die Pomade rauswaschen, stehen sie lang und wild vom Kopf ab. Wunderbar!«

Sie lachte laut, und Fred lachte mit. Einen Weltstar hatte er sich ganz anders vorgestellt: divenhaft, herablassend und schwierig.

»Meine Hauswirtin nennt mich deswegen Caesar.«

»Caesar? Wie der römische Kaiser?«

»Sie sagt, das käme vom Lateinischen *caesaries* und bedeutet Mähne oder volles Haar.«

»Ist das süß!« Die Knef wackelte gespielt drohend mit dem Zeigefinger. »Sie haben doch nicht etwa ein Verhältnis mit Ihrer Wirtin?«

Fred wurde so knallrot wie gefühlt noch nie in seinem Leben. Er spürte Ellens sprachlosen Seitenblick.

»Och, Mensch, ich wollte Sie nicht in Verlegenheit bringen. Wissen Sie, wir Schauspieler haben den unstillbaren Drang, immer und überall Scherze zu machen. Ach was, Drang, es ist ein Zwang, eine Sucht! Bitte, vergeben Sie mir.« Sie legte ihre Hand auf Freds Arm, und in ihren Augen las er nichts anderes als echtes Bedauern.

»Schon gut«, murmelte er, fasziniert von dem hellen Blau und der Tiefgründigkeit.

»Dürfen wir Ihnen ein paar Fragen stellen?«, meldete sich Ellen zu Wort. »Es geht um einen Mord.«

Die Knef zuckte zurück. »Oh je. Schießen Sie los. Wobei ... Das klingt ja in dem Zusammenhang furchtbar.«

»Bei dem Ermordeten handelt es sich um den Barmixer aus Harry's Ballroom, Gottfried Sargast.«

»Was? Mit dem habe ich doch noch gestern, ach was, heute Morgen in der Früh geredet! Ein super talentierter Bursche. Sympathisch. Wer hat denn, warum ...« Sie beendete den Satz nicht, sondern schüttelte fassungslos den Kopf.

»Er wurde mit dem Schuss einer Armbrust getötet, nachdem er den Ballroom verlassen hatte.«

»Oh Gott.« Die Knef lehnte sich gegen einen der wuchtigen Sessel. »Wie kann ich Ihnen helfen?«

»Sie und Ihre beiden Begleiter waren mit Otto Zeltinger die letzten Gäste im Ballroom, richtig?«

»Die vorletzten, der Zeltinger ist noch mal zurückgegangen, als wir ins Taxi stiegen.«

»Wissen Sie noch die Uhrzeit?«

»Oh je, nein. Fünf? Ich kann's nicht sagen.«

»Ist Ihnen irgendetwas aufgefallen, als Sie den Ballroom verlassen haben?«, fragte Fred. »Jemand, der sich auffällig benommen hat? Der den Ballroom beobachtet hat?«

Die Knef nahm sich Zeit nachzudenken, dann schüttelte sie den Kopf. »Nein, da war niemand, die Straße war menschenleer, wir waren die Einzigen.«

»Vielleicht haben Ihre Kollegen etwas bemerkt, die beiden Franzosen«, wandte Ellen ein.

»Yves Allégret und Georges Glass? Die sind leider schon abgereist, nach Paris. Aber, *to be honest*, die hatten schon sehr viel Champagner im Kopf.«

»Der Schuss kam von der gegenüberliegenden Seite des Ku'damms, vom Lehniner Platz«, sagte Fred.

Die Knef zuckte mit den Schultern. »Bedaure, mir ist wirklich nichts aufgefallen. Wie furchtbar! Der Gottfried war ein netter Kerl. Ein bisschen verschlossen allerdings, ein wenig wie jemand, der sich ständig in Acht nehmen muss.«

»Weil er vor irgendetwas Angst hatte?«

Knef hob abwehrend beide Hände. »Nur ein Gefühl. Ich kenne ihn ja nicht.« Sie stieß sich von dem Sessel ab, ging zu einem Sekretär, auf dem Kugelschreiber und Briefpapier lagen. »Ich gebe Ihnen die Telefonnummer von meiner Agentur in Paris. Wenn Sie irgendwann noch Fragen haben, die ich vielleicht beantworten kann, zögern Sie nicht, anzurufen.« Sie notierte die Nummer auf einen Bogen Papier und reichte ihn Ellen.

»Das ist sehr freundlich«, antwortete Ellen.

»Es tut mir so leid, dass ich nicht helfen konnte.«

»Danke, dass Sie sich die Zeit genommen haben«, sagte Ellen.

Fred gab sich einen Ruck. »Darf ich fragen, warum Sie nicht mehr in Berlin leben? Eine private Frage«, stotterte er. Er wusste, dass sie den Krieg hier erlebt und ihre ersten Filme für die UFA in Berlin gedreht hatte, bevor sie in die USA gezogen war und sogar die deutsche gegen die amerikanische Staatsangehörigkeit getauscht hatte.

Hildegard Knef lächelte ihn sehr warmherzig an. »Wissen Sie, zum Leben gehört Gegenwind, der ist gut und wichtig. Um sich darüber klar zu werden, wohin man will. Um seine Kräfte zu erproben, um zu wachsen. Aber wenn der Gegenwind von allen Seiten kommt?« Sie schüttelte sanft und ein wenig traurig ihren Kopf. »›Die Sünderin‹ war nur ein kleiner Film, ein Melodram, mit ein bisschen Nacktheit. Doch der Sturm, den er erzeugte, war groß und böse. Sie glauben gar nicht, wie viele Menschen in Deutschland aus der Abbildung meines Busens ableiten wollten, ich sei ein liederlicher Mensch.«

Fred konnte ihrem Blick nicht standhalten. Verurteilt hatte er sie nicht, im Gegenteil, doch auch seine Erinnerung an den Film bestand fast ausschließlich aus den wenigen Bildern ihrer Nacktheit.

Die Knef lachte, ihre Augen blitzten vor Vergnügen, und erneut legte sie ihre Hand auf seinen Arm. »Alles gut.«

Als hätte sie seine Gedanken gelesen. Er fühlte sich ertappt, und zugleich war da ein Gefühl von ... Einverständnis? Er lächelte befreit, ja, alles gut.

• • •

Moosbacher war sehr in seine Arbeit vertieft. Als er Fred und Ellen zurückkehren sah, packte er seinen Mordbereitschaftskoffer zusammen.

»Wir können«, sagte er. »Ich habe inzwischen Gottfried Sargasts Adresse besorgt. Kurfürstenstraße 40, mitten im Straßenstrich. Keine Viertelstunde entfernt.«

»Tatsächlich?« Ellens Augen waren plötzlich hellwach, Fred kannte das schon. Manchmal hatte er das Gefühl, sie machte diese Arbeit nur, um Spannendes zu erleben, weil sie sich in ihrem sonstigen Leben furchtbar langweilte.

»Tatsächlich.« Moosbacher deutete auf den vor dem Ballroom parkenden Lloyd P 400. »Nehmen wir mein Auto.«

Ellen machte ein Gesicht, als hätte man sie aufgefordert, eine Nacktschnecke zu streicheln.

»Ich habe alles mögliche Zeug in meinem Auto. Man weiß nie, was man braucht.«

Fred zwängte sich auf den Rücksitz, der Einstieg durch die Fahrertür nach hinten war etwas für Schlangenmenschen. Ellen nahm den Beifahrersitz.

»So ein Leukoplastbomber ist gewiss für Sie nicht standesgemäß, Frau von Stain.« Moosbacher lachte und startete den Zweitaktmotor, der röchelnd und knatternd seine Arbeit aufnahm. Ellen antwortete nicht, während Fred sich ein Grinsen verkniff. Die aus Sperrholz auf ein tragendes Holzgerüst geschreinerte Karosserie war mit einer Kunststofffolie überzogen, die dem von Beiersdorf erfundenem Heftpflaster zum Abdecken kleinerer Wunden ähnelte, daher der Spitzname. Moosbacher ließ den Motor aufheulen, gab unter einigen Fehlzündungen Gas, und mit zunehmender Geschwindigkeit wurde es so laut, dass man kein Wort hätte wechseln können, ohne zu brüllen. Kein anderes Auto klang so heiser und schrill wie ein Lloyd.

Sehr vorsichtig steuerte der Gerichtsmediziner den Wagen nach rechts in die schmale Wielandstraße hinein. Die Fußgänger auf dem Ku'damm verhielten sich, als gäbe es keinen Autoverkehr, und warfen sich förmlich wie Lemminge vor die abbiegenden Autos. Um nicht hupen zu müssen, ließ Moosbacher einige Male den Motor aufheulen und erntete dafür böse Blicke.

»Ich glaube, es liegt am Auto«, lachte er. »Wenn ich mit einem Achtzylinder-Ami-Schlitten hier entlangkäme, würden alle ehrfurchtsvoll stehen bleiben und Spalier bilden.«

»Na, das Gefühl kennen Sie ja gut«, erwiderte Ellen.

Fred konnte vom Rücksitz aus nur das Profil des Spurensicherers sehen, trotzdem nahm er wahr, wie der sich bemühte, die Fassung zu wahren. Ellen wiederum schien die Wirkung ihrer Worte zu genießen. Was wollte sie mit ihrer Andeutung sagen?

»Ich habe zwar auch amerikanische Freunde, Frau von Stain. Aber von denen fährt keiner so ein Auto. Wie steht es mit Ihnen? Haben Sie Freundinnen?«

»Natürlich, warum nicht?«

»Gute Freundinnen? Die mit Ihnen durch dick und dünn gehen?«

»Was sollen die Fragen?«

Fred brauchte ihr Gesicht nicht zu sehen: Er kannte diese steile, sehr tiefe Zornesfalte, die sich garantiert auf ihrer Stirn gebildet hatte.

»Gegenfrage. Was sollte Ihre Bemerkung?«

Ellen drückte sich in den Sitz und sah hinaus. Fred verstand nicht, was da zwischen den beiden los war. Offenbar hatte Ellen Moosbacher irgendwann einmal zusammen mit einem GI gesehen, »ein sehr großer Mann, 1,90 mindestens, muskulös, sehr schwarze, sehr kurze Haare, mit einer Narbe im Gesicht«, hatte sie ihn beschrieben. Eigentlich waren die US-Soldaten, genauso wie die Franzosen und Briten, von ihren Kommandeuren angehalten, persönliche Kontakte zu den Deutschen zu vermeiden. Anfangs, kurz nach Kriegsende, hatten sie sich daran gehalten, mittlerweile kaum noch. Alliierte Soldaten, vor allem amerikanische, besuchten deutsche Kneipen und Musikklubs, tanzten mit deutschen Frauen oder trafen sich mit ihnen in Cafés oder Milchbars. Nicht wenige führten sogar mehr oder weniger offen Beziehungen mit deutschen »Frolleins«, und nicht selten gingen daraus uneheliche Kinder hervor. Fred hatte sich allerdings bisher nie Gedanken darüber gemacht, dass diese Kontakte fast ausschließlich zu deutschen Frauen bestanden. Deutschen Männern schienen die Soldaten immer noch mit großem Misstrauen zu begegnen, zumindest denen, die alt genug waren, um im Krieg gegen sie gekämpft zu haben.

Die weitere Fahrt verlief schweigend. Moosbacher schlängelte sich auf vielen kleinen Nebenstraßen zum Ziel. Am Ende der Mackensenstraße bog er auf die Kurfürstenstraße ab. Auf der linken Seite der Straße war ein riesiges Areal mit Trümmerschutt bedeckt und von den Gerippen bombardierter Häuser gezeichnet, auf der rechten thronte die völlig unzerstörte Zwölf-Apostel-Kirche. Auf der Straße kamen ihnen drei voll besetzte Mannschaftswagen der Bereitschaftspolizei entgegen.

»Sieht aus, als hätte es wieder einmal eine Razzia gegeben.«

Kurz hinter der Kirche parkte Moosbacher den Leukoplastbomber am Straßenrand vor der Staatlichen Bauschule, die mit ihren zehn der Fassade vorgelagerten Säulen etwas Wuchtiges, Einschüchterndes hatte.

»Hier soll ein Straßenstrich sein, ausgerechnet neben der Kirche?«, fragte Ellen spöttisch.

Moosbacher deutete auf das Ruinenfeld. »Wenn Sie da hineingehen, werden auch Sie angesprochen. Oder da in Richtung Potsdamer Straße, da gibt es mehr Luxus, vögeln in Zimmern mit Bett und Matratze. Da drüben ist Haus Nummer vierzig.«

»Woher wussten Sie das?«, fragte Ellen.

»Ich bin in den letzten Jahren oft hier gewesen bin.«

Ellen starrte ihn an. »Das geben Sie so einfach zu?«

Moosbacher grinste. »Sieben Morde, verehrte Frau von Stain. Fünf Hurenmorde, zwei zu Tode geprügelte Männer, einer war ein Freier, der andere ein Zuhälter. Kein großes Vergnügen.«

Sie überquerten die Straße. Die Eingangstür stand offen. Kaum eine der Klingeln auf dem Klingelbrett war beschriftet. Anders die sehr unterschiedlichen, meist selbst gebastelten Briefkästen, die im Hausflur hingen. Auf fast allen klebten gleich zwei oder mehrere Namen, wahrscheinlich teilten sich jeweils mehrere Männer oder mehrere Frauen eine Wohnung; für unverheiratete Paare war es praktisch unmöglich, eine Wohnung zu mieten. Gottfried Sargasts Briefkasten war einer der wenigen, auf denen nur ein Name stand.

Auf knarzenden, teilweise angebrochenen Stufen stiegen sie im Treppenhaus nach oben und klopften so lange an Türen, bis sich ein Mieter fand, der ihnen sagen konnte, wo sich Sargasts Wohnung befand. Vierte Etage, am Ende des Ganges. Moosbacher holte den Schlüsselbund hervor, den Sargast bei sich gehabt hatte, zog sich Gummihandschuhe über und öffnete die Tür.

»Sie folgen mir, fassen aber nichts an, ja?«

In der Wohnung herrschte penible Ordnung, was Fred überraschte. Ein Barmixer, der die ganze Nacht durcharbeitete, zehn, elf, manchmal zwölf Stunden, dann tagsüber schlief, bevor er sich wieder in der Bar zeigte, der müsste doch in einem ziemlichen Chaos leben, hatte er gedacht. Hier jedoch sah es so aus, als habe Sargast jeden Tag viel Zeit darin investiert, Ordnung zu halten. Herd, Tisch und Boden in der Küche waren blitzblank, die Vorratskammer war voller Lebensmittel, auf der Ablage neben dem Spülstein stand abgewaschenes Geschirr zum Trocknen in einem Ständer. Ellen ging ins Schlafzimmer und öffnete den Kleiderschrank.

»Nichts anfassen, hatte ich gesagt«, fuhr Moosbacher sie an und begann, im Flur seinen Spurensicherungskoffer auszupacken. Sie ignorierte seine Worte und deutete auf die darin hängenden Kleidungsstücke. »Er lebt mit einer Frau zusammen.«

Einen geringeren Teil des Schranks nahm Gottfrieds Wäsche ein, die im Wesentlichen aus unauffälligen Hosen und Hemden in Farben, die man kaum Farben nennen konnte, bestand: grau, schwarz, dunkelblau. Die Frauenkleidung hingegen fiel deutlich farbenfroher aus. Ellen nahm ein paar Bügel mit Blusen heraus und besah sie genauer. Sie waren weniger elegant als auffallend weiblich, mit Rüschen, verspielt und mit sehr tief geschnittenem Dekolleté.

»Wahrscheinlich eine von den Huren«, sagte sie.

»Glaube ich nicht, die kleiden sich nicht so auffällig, jedenfalls nicht die Straßenhuren«, erwiderte Moosbacher. »Fassen Sie nichts mehr an.«

»Ja, doch.« Sie betrachtete die Blusen, als wollte sie sich Inspiration für ihre eigene Kleidung holen, hängte sie zurück in den Schrank und ging ins Badezimmer.

»Auf jeden Fall will diese Frau gut riechen.« Sie deutete auf eine Dose mit 8x4-Körperpuder und auf eine Metallröhre, die ebenfalls mit dem Markennamen 8x4 beschriftet war. »Was ist das?«

»Das ist das Neueste«, antwortete Moosbacher. »Ein Aerosolsprüher, ein Spray, wie die Amis sagen, gegen Schweißgeruch.«

»Sensationell«, spottete Ellen von Stain. »Jetzt fehlt nur noch, dass Sie erklären können, warum das Zeug 8x4 heißt.«

»Hexachlordihydroxydiphenylmethan«, erwiderte Moosbacher. »So heißt die schweißtötende Substanz. Das sind 32 Buchstaben, acht mal vier eben.«

»Das soll der Grund sein? Im Ernst?«

»Im Ernst.«

Fred hatte die Tür zu einem weiteren Raum geöffnet, einer kleinen Kammer mit Regalen, in denen Werkzeug verstaut war, Schnüre, Kabel, Lampenfassungen aus Porzellan, Glühbirnen, ein paar Tonbänder, Schachteln mit krummen, rostigen Nägel. Dazwischen standen verschiedene Flaschen mit Flüssigkeiten, Kettenöl, Terpentin, Alkohol 90%, wie auf einigen Etiketten zu lesen war, andere waren unbeschriftet, nichts Besonderes also, im Grunde wie ein Werkraum in der fünften Etage statt im Keller. Mit seinem Taschentuch öffnete Fred den schmalen Metallspind zwischen den Regalen, dessen Tür nur angelehnt war, ein Zahlenschloss baumelte geöffnet im Griff. Er war leer.

Moosbacher warf einen kurzen Blick hinein. »Unser Mann scheint ein Hobbybastler zu sein«, sagte er und sah sich weiter in der Wohnung um.

Fred drehte sich langsam im Kreis. Überall lag und stand etwas herum, es wirkte chaotisch, und doch erspürte man eine gewisse Ordnung, ein System, wie in jeder Werkstatt, die aktiv genutzt wurde. Warum war der Schrank vollkommen leer? Fred inspizierte ihn genauer. Da war nichts, nicht einmal Staub. Er war also normalerweise immer verschlossen. Jetzt war die Tür nur achtlos angelehnt. Hatte jemand den Inhalt, der zuvor durch ein Schloss gesichert worden war, entfernt, und danach war es nicht mehr wichtig gewesen, die Tür zu verschließen?

Ellen stand im Türrahmen. Sie hatte ihn beobachtet und sah ihn fragend an.

»Ich glaube«, sagte Fred, »was uns hätte weiterhelfen können, ist in diesem Schrank gewesen, und jetzt wurde es entfernt.«

»Wie kommen Sie denn darauf?«

Fred erklärte es ihr. Sie zeigte ihm einen Vogel. »Vielleicht haben sie den Schrank erst seit Kurzem, und sie hatten noch keine Gelegenheit, etwas hineinzutun.«

Fred drückte mit einer Schulter gegen den Schrank und verschob ihn um ein paar Zentimeter. Da, wo er gestanden hatte, war der Boden staubfrei, ein deutlicher Rand markierte seine vorige Position. »Der steht hier schon länger.«

»Hm. Plötzlich glaube ich dasselbe wie Sie«, sagte Ellen. »Nur nützt es nichts.«

Fred schob sich an ihr vorbei in den Flur, vielleicht fanden sich ja andere, ergiebigere Spuren in der restlichen Wohnung. Er passierte die Eingangstür auf dem Weg zur Küche, als er von draußen Geräusche hörte. Jemand war vor der Tür. Alarmiert drehte er sich um, signalisierte Ellen, still zu sein. Hoffentlich machte Moosbacher, der sich im Schlafzimmer aufhielt, keinen Lärm. Fred zog seine Pistole und positionierte sich seitlich zur Eingangstür. Ellen zog sich in die Kammer zurück. Ein Schlüssel wurde ins Schloss geschoben und gedreht – und im nächsten Moment wieder abgeschlossen. Von draußen waren schnelle Schritte zu hören.

Na klar, als sie vorhin gekommen waren, war die Tür mit zwei Umdrehungen abgeschlossen gewesen – das wusste derjenige da draußen, und als sie sich schon nach einer halben Umdrehung öffnen ließ, wusste er, dass jemand in der Wohnung war. Fred holte Gottfrieds Schlüssel hervor, er ließ sich nicht ins Schloss schieben, weil von draußen der Schlüssel steckte.

»Wir werfen uns dagegen. Zusammen bei drei!« Moosbacher war herbeigestürzt, er hatte die Situation offenbar schnell erfasst. Sie nahmen Anlauf, die Tür wehrte sich erfolgreich. Fred rannte in den Werkraum und kehrte mit einem Fäustling zurück. Nach ein paar Schlägen auf das Holz neben dem Schloss riss es auf, ein paar Schläge später konnte er hindurchfassen und den draußen steckenden Schlüssel drehen. Er stürmte hinaus und stolperte über eine große, leere Einkaufstasche. Im Treppenhaus hörte er Schritte von sehr weit unten. Er lief hinterher, nahm vier Stufen auf einmal, konzentrierte sich, in einer Hand die Pistole, mit der anderen packte er in den Kurven das Geländer, um seine Geschwindigkeit nicht reduzieren zu müssen. Unten auf der Straße sah er niemanden, zumindest nicht in der Nähe. Er lief nach rechts in das Trümmergelände, blieb kurz stehen, lauschte: Tatsächlich, da war das Geräusch von Ziegelsteinen, die herunterpurzelten und aufeinanderprallten. Er kletterte auf einen hohen Mauerrest. Nicht weit entfernt verschwand eine Frau zwischen den Trümmern. Er rannte los, im Sprinttempo, das er nicht lange durchhalten würde, doch das Areal war riesig und unübersichtlich, und wenn er die Frau nicht sehr schnell einholte, würde sie entkommen. Eine Verfolgungsjagd wie in einem Labyrinth. Er hatte Glück, wieder sah er sie hinter einer Mauer verschwinden, und als er selbst dort um die Ecke bog, stand sie schwer atmend in einem ausgebombten Zimmer, dessen Wände noch standen und aus dem es keinen Ausgang gab. Fred richtete seine Waffe auf sie, sprechen konnte er nicht, sein Mund war ausgetrocknet, und sein Atem ging rasend schnell. Sie hob ihre Arme und ging in die Hocke, ebenfalls völlig außer Atem. Fred ließ ein paar Sekunden verstreichen.

»Fred Lemke, Mordkommission, LKA. Sie sind vorläufig festgenommen.«

»Wer sagt, dass das stimmt?«

Fred zog seine Marke und hielt sie ihr entgegen. »Wir gehen zurück in die Wohnung. Nehmen Sie die Tasche herunter, langsam, stellen Sie sie auf den Boden und gehen drei Schritte zurück.«

Die Tasche, eher ein Beutel mit langer Schlaufe, hatte sie sich schräg über die Schulter gelegt. Fred griff hinein, ohne sie aus den Augen zu lassen. Eine Geldbörse, Kleinkram, keine Waffe. Er warf sich den Beutel über, packte ihren Arm, drehte ihn ihr auf den Rücken und schob sie vor sich her. Sie wehrte sich nicht, aber er hatte das sichere Gefühl, dass sie nur eine gute Gelegenheit abwarten würde.

»Versuchen Sie nicht abzuhauen«, sagte er.

»Was dann? Wollen Sie mich erschießen?«

Schießen würde er niemals, aber wusste sie das?

»Wenn Sie fliehen, dürfte ich das.«

Sie drehte den Kopf und sah ihm in die Augen. Sie war schön, hohe Wangenknochen, sehr volle Lippen, die Haare hatte sie zu einem Pferdeschwanz gebunden, an ihren Schläfen kräuselten sich feine Löckchen. Obwohl sie sehr schwitzte, roch sie gut, irgendein Parfüm, das intensiv genug war, alle anderen Gerüche zu überdecken.

»Sie sind sehr jung«, sagte sie.

»Das ändert nichts.«

»Ich habe nichts getan. Sie verfolgen mich und bedrohen mich mit einer Pistole. Was soll das?«

»Gehen Sie.«

Sie versuchte, den Blickkontakt zu halten. Fred schob sie weiter.

»Sehen Sie nach vorne. Ich möchte nicht, dass Sie stürzen.«

Sie ignorierte seine Worte und tippelte mit unregelmäßigen Schritten, die so wirkten, als würde sie ständig stolpern.

Das ist Absicht, dachte er, sie will Schwäche und Unsicherheit vorgaukeln, sie weiß genau, was sie tut. Er konzentrierte sich. Da schnellte sie plötzlich mit großer Kraft nach vorne und warf sich hin und her, um seinem Griff zu entkommen. Sie trat nach hinten, traf aber nur seinen Oberschenkel, nicht seine Hoden, auf die sie gezielt hatte. Er gab nicht nach, zog sie enger zu sich heran, konnte jedoch nicht verhindern, zusammen mit ihr zu Boden zu gehen. Sie fiel auf den Bauch, und er landete auf ihr. Sie schrie los, rief um Hilfe, mit einer Mischung aus Panik und Weinen. Fred sah sich um. Wenn jemand sie so sah, würde er annehmen, dass er ihr Gewalt antun wollte. Er richtete sich auf, stemmte sein Knie in ihren Rücken, nahm ihren Beutel, riss die Schlaufe heraus und fesselte ihr damit die Hände. Dabei blickte er sich immer wieder um. Weiter hinten sah er zwei Männer heraneilen.

Er riss sie hoch und schob sie weiter. Entkommen konnte sie jetzt nicht mehr, die herbeirennenden Männer bereiteten ihm allerdings Sorge. Er sah Ellen um die Ecke biegen, sie hatte offenbar zuerst in der Gegenrichtung nach ihm gesucht. Fred deutete auf die beiden Männer, sie schien zu verstehen, was er sagen wollte. Sie zog ihre Waffe und hielt sie in die Luft, sodass die Männer deren Umrisse gut erkennen konnten. Die beiden blieben wie angewurzelt stehen, hoben die Arme und entfernten sich langsam rückwärts. Ellen wartete, bis sie verschwunden waren, und kam zu ihm.

»Wen haben Sie denn da eingefangen, Fred?«, fragte sie lächelnd, und einmal mehr stellte Fred fest, wie sehr sie es genoss, wenn etwas Spannendes passierte.

»Gerda Kalitz«, las Moosbacher und betrachtete den Behelfsmäßigen Personalausweis sehr genau. Moosbacher befühlte das Papier und den grünen Einband, hielt beides gegen das Licht und steckte den Ausweis in einen Papierumschlag.

»Der ist gefälscht, Frau Kalitz. Das dürfte dann wohl kaum Ihr richtiger Name sein.«

Die Frau schwieg, ohne eine Regung zu zeigen, keine Angst, keine Wut, nichts. Nachdem sie sich zuerst furchtbar aufgeregt hatte, war sie von einem Moment zum nächsten in so etwas wie eine Winterstarre verfallen, die Augen hielt sie auf den Boden gerichtet.

Neben dem Ausweis hatten in der Geldbörse sagenhafte dreitausend Mark in Hundertern gesteckt. Fred hatte noch nie in seinem Leben so viel Geld auf einem Haufen gesehen.

»Die Tasche, die sie vor der Tür zurückgelassen hat, war sehr groß. Und leer.« Fred musste an den leeren Spind denken. »Was haben Sie aus dem Spind entfernt, Frau Kalitz?«

Keine Antwort.

»Sie wohnen hier zusammen mit Gottfried Sargast.«

Wieder keine Antwort.

»Sargast wurde heute Morgen mit einer Armbrust erschossen. Was wissen Sie darüber?« Fred beobachtete sie genau. Sie zuckte mit keiner Wimper, zeigte überhaupt keine Reaktion.

»Was haben Sie heute zwischen 4 und 6 Uhr morgens gemacht? Wo waren Sie?«

Gerda Kalitz schwieg.

• • •

»Wo kommen Sie denn jetzt um diese Zeit her?«, empfing Kommissar Auweiler Fred, als der das Büro alleine betrat. Ellen hatte sich ohne Erklärung ins Zimmer der Chefsekretärin Josephine Graf begeben, und Fred hatte Gerda Kalitz den Spezialisten in der Abteilung Erkennungsdienst übergeben, um Fotos von ihr machen zu lassen und ihre Fingerabdrücke zu nehmen, in der Hoffnung, ihre wahre Identität ermitteln zu können.

»Dr. Mayer hat eine Sitzung unserer Abteilung anberaumt, die vor einer Stunde stattfand. Ich konnte ihm Ihre Abwesenheit nicht erklären.« Auweiler zog an seiner Panatella und starrte Fred mit zusammengekniffenen Augen an.

»Ein Mord, heute in der Früh ...«

»Sie haben nicht die Kompetenz, allein zu einem Einsatz auszuschwärmen!«, brüllte Auweiler. Fred nahm an, dass Kriminaloberrat Mayer, Leiter der Hauptabteilung ›Delikte am Menschen‹, Auweiler seinetwegen einen Rüffel erteilt hatte, weswegen der jetzt seine Wut an ihm ausließ. »In memoriam, Herr Lemke: Ihr Rang ist der eines Kriminalassistenten auf Probe.«

»Sonderermittlerin von Stain hat den Einsatz angeordnet«, erwiderte Fred und spürte eine gewisse Genugtuung, als er sah, wie Auweiler sich bemühte, seinen Ärger herunterzuschlucken. Auweilers Meckereien und Zurechtweisungen machten Fred nicht allzu viel zu schaffen, sie waren nichts gegen die Beleidigungen und Demütigungen, die er während seiner zwanzigmonatigen Ausbildung hatte ertragen müssen. Nein, wenn ihn etwas an seinem Führungskommissar furchtbar wurmte, dann war es, mit welcher Dreistigkeit dieser sich alle Ermittlungserfolge im letzten Fall auf die Fahnen geschrieben hatte und dass er es in dieses Mal mit absoluter Sicherheit wieder genauso machen würde. Und es wurmte ihn nicht, weil es seine Eitelkeit kränkte, sondern weil es zutiefst verlogen war.

»Ach, ja? Und wo ist sie, die Sie gedenken, als Schutzschild zu nutzen?«

»Drüben. Bei Kriminaloberrat Mayer«, antwortete Fred. Erst jetzt registrierte er die Anwesenheit des zweiten Kommissars der Mordkommission I, Edgar Leipnitz, der am Ende des Raums hinter seinem Schreibtisch konzentriert in einem Aktenordner las.

Auweiler schob die Panatella in den Mundwinkel, lehnte sich in seinen Schreibtischstuhl zurück und verschränkte wichtigtuerisch seine Arme. »Lemke, Lemke, Lemke, absit omen, möge es ohne böse Vorbedeutung sein, wie Sie hier agieren. Nun, ich höre. Die Einzelheiten zu dem Mord, präzise und knapp, wenn ich bitten darf. Wenigstens das sollte Sie die Arbeit hier in dieser Abteilung in der letzten Woche gelehrt haben. Auch wenn schnelles Lernen wohl nicht zu Ihren Paradedisziplinen gehört.« Er lachte meckernd und grinste Fred humorlos an.

Fred konzentrierte sich darauf, unnötige Ausschweifungen zu vermeiden, was ihm selten gelang, und fasste die bisherigen Ergebnisse zusammen. Als er fertig war, schwieg Auweiler mit geschlossenen Augen und sanft auf seinem Stuhl hin- und herdrehend. Leipnitz' Blick war immer noch auf die Akten gerichtet, Fred konnte jedoch spüren, wie er mit sich rang, ob er sich äußern oder lieber schweigen sollte. Auweiler reagierte auf alles, was Leipnitz sagte, mit großem Unwillen, und mit seiner bräsigen Art trieb er den nervösen und wenig selbstbewussten Kommissar leicht in die Enge.

»Wenn das eine Zusammenfassung war, Lemke, dann möchte ich auf keinen Fall eine ungekürzte Beschreibung hören«, stöhnte Auweiler. »Warum zum Kuckuck fällt es Ihnen so schwer, sich kurz zu fassen?«

Fred zuckte mit den Schultern. Wenn er es wüsste, würde er sich kurz fassen. Irgendetwas in seinem Hirn wollte so genau wie möglich sein und drängte ihn dazu, jeden Nebensatz durch weitere erklärende zu ergänzen. Beim Sprechen fiel ihm das meist nicht auf, erst, wenn er seine Erklärungen niedergeschrieben las, wurde ihm deren Umständlichkeit bewusst.

»Hat sich ein Grund gezeigt, warum dieser Harry Renner das eigentliche Ziel des Armbrustbolzens gewesen sein könnte?«, fragte Auweiler mit dem säuselnden Ton eines predigenden Pfarrers.

»Nur dass der Täter aus der Entfernung das Opfer mit Renner verwechselt haben könnte«, antwortete Fred. »Er trug dessen Mantel, hat fast dieselbe Haarfarbe und etwa die gleiche Körpergröße. Renner selbst hält das für abwegig. Er sagt, er habe keine Feinde.«

»So, so, der Besitzer eines eher zwielichtigen Etablissements, und diese Einordnung ist nicht fakultativ, soll keine Feinde haben?«

»Es gab einen zweiten Schuss. Moosbacher hat noch einen Bolzen gefunden, der nur die Wand getroffen hat.«

»Aha. Ein Schuss also, von dem wir nicht wissen können, wen er treffen sollte.«

»Es gibt vier Möglichkeiten.«

»Vier. Quattuor variationes.« Auweiler drückte mit quälender Akribie seine Panatella im Aschenbecher aus. »Ich spüre eine erwartungsvolle Anspannung in mir, Herr Lemke, wie Sie auf vier kommen.«

»Nummer eins. Der Täter wollte sowohl Harry Renner als auch Gottfried Sargast töten. Der erste Schuss hat Renner verfehlt, als der den Klub verlassen hat. Der Täter hat in seinem Versteck abgewartet, um zumindest eines seiner zwei Opfer zu erwischen. Der zweite Schuss auf Sargast traf. Also keine Verwechslung.«

»D'accord, wenn auch unwahrscheinlich. Der Tod des Zweiten würde Ersteren für die Zukunft warnen.«

»Nummer zwei. Es ging dem Täter nur um Sargast. Mit dem ersten Schuss hat er ihn verfehlt. Er hat die Armbrust erneut gespannt und war mit dem zweiten Schuss erfolgreich.«

»D'accord.«

»Nummer drei. Es ging dem Täter nur um Harry Renner. Er hat Sargast mit ihm verwechselt. Er hat geschossen. Ein Fehlschuss. Er hat erneut geschossen. Treffer.«

»D'accord. Ich zähle drei.«

»Der Fehlschuss sollte jemand anderen treffen, zum Beispiel den Türsteher Rucki Müller, der den Nachtklub ...«

»Rucki Müller? Der Boxer?«, unterbrach Auweiler.

Fred nickte. »... der den Nachtklub kurz vor Sargast verlassen hat und ...«

»Quod erat demonstrandum. Da sehen Sie doch, mit welcher Klientel wir es hier zu tun haben«, unterbrach Auweiler erneut. »Ein Schläger, ein schlichtes Gemüt mit asozialen Tendenzen.«

»Der Täter könnte allgemein wütend auf den Nachtklub

sein, möglicherweise, weil er sich schlecht behandelt oder übergangen fühlte, ein Psychopath vielleicht, der sich rächen wollte für …«

»Hören Sie auf, Lemke, hören Sie auf! Ihre Fantasie in allen Ehren, mit Dichtung indes kommen wir schwerlich weiter.«

»Ich sagte ›möglicherweise‹.«

»Mit Impertinenz auch nicht. Und in der Wohnung des Ermordeten haben Sie nichts Ungewöhnlicheres entdeckt, als dass er mit einer Frau zusammenlebt, die über gefälschte Papiere verfügt. Welche sind nun die nächsten Schritte?«

»Ich würde unser Archiv forschen lassen, ob es in der letzten Zeit Fälle von Mord oder versuchtem Mord im Zusammenhang mit einer Armbrust gegeben hat.«

»D'accord. Und Sie schicken ein Fernschreiben ans BKA und die anderen Landeskriminalämter in Deutschland.«

Freds Aufmerksamkeit richtete sich inzwischen auf Leipnitz, der immer unruhiger geworden war. Jetzt holte er ein braunes Fläschchen aus einer Schreibtischschublade hervor und tröpfelte sich daraus eine durchsichtige Flüssigkeit direkt in den Mund. Wie Fred letzte Woche zufällig gesehen hatte, handelte es sich um Carnigen, ein Arzneimittel gegen zu niedrigen Blutdruck. Was gar nicht zu Leipnitz' hibbeliger Nervosität passen wollte. Oder war er so hektisch, weil er ständig diese Tropfen nahm?

»Harry Renner …«, Leipnitz musste aufstoßen und setzte neu an. »Harry Renner ist Jude.«

»Ach, kommen Sie, Herr Kollege!«, fuhr Auweiler ihn an. »So etwas spielt doch heutzutage keine Rolle mehr. Und woher wollen Sie das denn so aus der Leere des Nichts wissen?«

Leipnitz zog seine Schultern hoch und sprach weiter, ohne Auweiler anzusehen. »Es hat einen Artikel über ihn im Tagesspiegel gegeben, vor etwa einem halben Jahr.«

»Und den wollen Sie sich gemerkt haben, um ihn hier und heute zu zitieren?«

»Was stand in dem Artikel?«, fragte Fred.

»Renner hat Deutschland wenige Tage nach Hitlers Machtübernahme verlassen und ist mit seinen Großeltern nach Palästina gegangen, da war er zwölf. Anfang der 50er, nach dem Ende des Palästinakriegs, der die Antwort auf Israels Unabhängigkeitserklärung und Staatsgründung war, ist er weitergezogen, nach Paris und Rom, wenn ich mich recht erinnere. Und dann …«

»Verehrter Kollege, ich bitte Sie!«, ging Auweiler dazwischen. »Welchen Wert sollen wir denn Ihrem Einwurf beimessen?«

»1957 hat der Berliner Senat allen im Ausland lebenden Berlinern einen Betrag von 6000 Mark zugesichert, sofern diese zurückkehren und sich hier selbstständig machen. Renner war einer der Ersten, denen das Geld ausgezahlt wurde. Er hat damit seinen Nachtklub gegründet, der von Anbeginn an sehr erfolgreich war.«

»Aetas volat, Herr Kollege, die Zeit entflieht schnell. Wenn man sich dem Nutzlosen widmet.«

Fred mochte die Art nicht, wie Auweiler Leipnitz behandelte, auch nicht, wie defensiv sich Leipnitz verhielt, gleichwohl fragte auch er sich, was Leipnitz mit seinen Worten bezweckte.

»Harry Renner wird in dem Artikel mit der Aussage zitiert, er habe Morddrohungen bekommen, weil ihm als Juden kein ›gutes deutsches Geld‹ zustünde.«

Auweiler verdrehte die Augen, murmelte unverständliche Worte, zog seine Butterbrotdose zu sich heran, holte ein dick mit Käse belegtes Brot hervor und genehmigte sich einen gewaltigen Bissen.

»Mir gegenüber hat Renner gesagt, er hätte keine Feinde«, wiederholte Fred.

»Das haben viele Juden 1933 auch gedacht«, erwiderte Leipnitz und verzog sein Gesicht zu einem verkrampften Lächeln.

»Sie wollen damit ausdrücken«, sagte Auweiler, »der Mordanschlag habe in Wahrheit Harry Renner gegolten, weil der ein erfolgreicher Jude ist, und demzufolge handele es sich bei Gottfried Sargast nur um das Opfer einer Verwechslung?«

»Das wäre für mich das Wahrscheinlichste.«

»Nun, was aphorismierte schon der große Philosoph und Naturforscher Aristoteles? Zur Wahrscheinlichkeit gehört auch, dass das Unwahrscheinliche eintrifft.«

»Und was wollen Sie damit ausdrücken?«, fragte Leipnitz.

Auweiler betrachtete eingehend sein Käsebrot. »Das, was ich gesagt habe.«

• • •

»Gottfried Sargast hat mit Gerda Kalitz offensichtlich zusammengelebt«, sagte Moosbacher. »Die Kleidung im Schrank, die Toilettenartikel, das Doppelbett.«

»Eine Prostituierte? Ihre Kleider waren sehr auffällig und, wie soll ich sagen, aufreizend.«

»Auf jeden Fall kein Heimchen am Kochherd, wenn Sie verstehen, was ich meine.«

Fred nickte zustimmend. »Als sie beim Aufschließen merkte, dass jemand in der Wohnung war, hat sie sehr entschlossen reagiert. Die wusste genau, was sie tat.«

Moosbacher griff nach einem rechteckigen, mit brokatartigem Stoff ummantelten Kästchen, entnahm ihm zwei gleich große, glänzend lackierte Kugeln und begann sie in seiner Linken gegeneinanderzudrehen. Dabei erzeugten sie sanfte, metallische Klänge.

»Einen gefälschten Ausweis zu bekommen, ist nicht leicht. Da muss man Kontakte haben.«

»Gottfried Sargast war erst seit einem Jahr hier im Westen. Ich kann mir nicht vorstellen, dass der solche Kontakte hatte. Merkwürdig, die Nachricht, dass Sargast ermordet wurde, hat sie kein bisschen berührt.«

»Ja, gar nicht.« Moosbacher reckte sich. »Mal abwarten, was der Erkennungsdienst über sie herausbekommt.«

Da die Frau durch nichts zu bewegen gewesen war, auch nur ein einziges Wort zu sagen, hatte Fred sie in die JVA Moabit einliefern lassen. Die Suche in der Delinquentenkartei würde viel Zeit beanspruchen, und sollte sie ergebnislos bleiben, würde er als Nächstes das Bundeskriminalamt um Amtshilfe bitten. Sollte auch dort nichts zu finden sein, würde ein Richter das öffentliche Aushängen des Fotos veranlassen und eine unbefristete Beugehaft anordnen, bis die Identität geklärt war.

»Und zeigen Sie bei nächster Gelegenheit diesem Türsteher und Harry Renner das Foto von ihr«, fuhr Moosbacher fort.

»Auf jeden Fall.« Fred deutete auf die Kugeln. »Das hat was Beruhigendes.«

Moosbacher lachte. »Das findet nicht jeder. Ich habe Kollegen, die macht der Klang regelrecht wild.«

»Ist das ein Spielzeug für Kinder?«

»Nein, Qigong-Kugeln. Die Chinesen nennen sie auch *jianshenqiu*, Kugeln zur Kräftigung der Gesundheit. Sie sollen das Gleichgewicht von Yin und Yang im Körper wiederherstellen. Probieren Sie es.«

Fred schaffte es nicht, sie so flüssig kreisen zu lassen wie Moosbacher. »Mein Gleichgewicht scheint gestört zu sein. Was ist Yin und Yang?«

Moosbacher schmunzelte. »Am besten fragen Sie mich das noch mal, wenn wir mehr Zeit haben.«

Fred gab ihm die Kugeln zurück. »Merkwürdig, dass Kommissar Leipnitz sich einen sechs Monate alten Zeitungsartikel so genau gemerkt hat«, sinnierte er.

Moosbacher sah ihn einen langen Moment schweigend an.

»Können Sie ein Geheimnis für sich behalten, Herr Lemke?«, fragte er ihn schließlich.

Fred fand die Frage befremdend. Für ihn war es selbstverständlich, nichts weiterzuerzählen, was ihm jemand im Vertrauen erzählte.

Moosbacher lächelte. »Blöde Frage, oder? Ich weiß, dass Edgar Leipnitz weder Frau noch Kinder noch Verwandte hat. Sie sind alle umgekommen, und nur er hat überlebt. Formt sich das bei Ihnen zu einem Bild?«

In Moosbachers Blick las Fred Ernst, große Vorsicht und noch etwas, was er nicht einordnen konnte. »Wissen Sie, was er im Krieg gemacht hat?«, fragte er.

»Soldat war er nicht.« Moosbacher lehnte sich in seinen Stuhl zurück und drehte ihn sachte hin und her.

»Ist Leipnitz Jude? Ist er deswegen besonders aufmerksam, wenn das Thema aufkommt?«, fragte Fred und kam sich etwas unbeholfen vor. Wie lange würde es wohl in Deutschland ein unwohles Gefühl verursachen, das Wort Jude auszusprechen?

Moosbacher antwortete nicht.

Für Fred fügte sich das in der Tat zu einem stimmigen Bild. Leipnitz, ein Mann, der nie lachte, der von vielen Krankheiten geplagt war, dem irgendetwas das Rückgrat gebrochen zu haben schien, der eine schwere Last mit sich herumtrug.

»In den letzten Jahren hat er mehrfach darum gebeten, in eine andere Abteilung versetzt zu werden. Ohne Erfolg. Mayer will, dass er bleibt.«

»Warum wollte er sich versetzen lassen? Und warum wurde das immer abgelehnt?«

»Das müssen Sie selbst herausfinden, Herr Lemke. Nur so viel: Sie haben letzte Woche bei Ihrer Arbeit an dem Fall des Petticoat-Mörders selbst unangenehme Bekanntschaft mit eben diesem Grund gemacht.« Moosbacher erhob sich schwungvoll. »Jetzt geht's in die Kantine! Ich würde Ihnen ja anbieten mitzukommen, aber Kantine ist nichts für Sie, habe ich recht?«

»Ich wollte Sie eigentlich fragen, ob Sie mit zu Riese gehen.«

»Würde ich liebend gerne«, seufzte Moosbacher. »Aber einmal die Woche gehe ich zusammen mit meinen Kollegen essen. Das ist gut für die allgemeine Stimmung. Und anders als ich essen die gerne zerkochtes Gemüse, matschige Kartoffeln und lederartige Schnitzel. Morgen wieder, abgemacht?«

Fred nickte und wollte gehen.

»Herr Lemke, eins ist mir wichtig. Denken Sie bitte nicht, dass ich den Menschen um mich herum hinterherspioniere. Es ist wohl eine Berufskrankheit, dass ich genauer hinschaue als andere.«

»Nein, das denke ich nicht«, erwiderte Fred und winkte zum Abschied. In Gedanken versunken verließ er das Büro. Was meinte Moosbacher? Womit hatte er letzte Woche unangenehme Bekanntschaft gemacht? Das Unangenehmste war der heftige Rüffel des stellvertretenden Leiters der Mordkommission, Hauptkommissar Merker, gewesen, den er wegen seiner Nachforschungen über die Nazivergangenheit des Ermordeten und anderer Tatverdächtiger kassiert hatte. Fred hatte es für selbstverständlich gehalten, sogar noch viel mehr Informationen einzuholen, um die Spuren zu den geheimen Nazi-Organisationen ODESSA und Werwolf

2 weiterzuverfolgen. Aber Merkers Botschaft war eindeutig: Finger weg von dem Thema, oder Sie können wieder Gaslaternen anzünden.

Fred vergewisserte sich, Geld eingesteckt zu haben, und machte sich auf den Weg, vorbei an dem einarmigen Pförtner, Josef Willmer, den er grüßte, um wie meistens nur einen wütenden Blick als Antwort zu bekommen.

»Fred, warten Sie!«

Er drehte sich um. Ellen kam mit aufreizender Langsamkeit die Treppe herunter.

»Wo soll's denn hingehen?«

2. Kapitel

Magda Riese begrüßte Fred sehr freundlich. Als Ellen die Metzgerei betrat, verpuffte ihr Lächeln.

»Heute ohne den Herrn Moosbacher«, stellte sie fest und begutachtete Ellen.

»Das ist eine Kollegin, Ellen von Stain«, stellte Fred sie vor.

Ellen warf ihm einen belustigten Blick zu. Wahrscheinlich fand sie es absonderlich, sich mit einer Person, bei der man Essen bestellte, persönlich bekannt zu machen. Sie bestellte ihr Essen mit knappen Worten und schob sich zwischen den ausschließlich mit Männern besetzten Tischen hindurch zu den letzten beiden freien Plätzen am Ende des Raumes, offenbar davon ausgehend, dass ihr das Essen gebracht werden würde. Die Blicke der Männer beachtete sie nicht, obwohl sie in ihrer Aufdringlichkeit nicht zu übersehen waren. Fred war schon einige Male in Magda Rieses Metzgerei zum Mittagessen gewesen, doch erst jetzt fiel ihm auf, dass er an den Stehtischen hier noch nie eine Frau gesehen hatte.

»Ist sie eine Sekretärin?«, fragte Riese leise, während sie zwei Teller füllte.

»Nein, eine Sonderermittlerin.«

»Aha, und was darf man darunter verstehen?«

Fred zuckte mit den Schultern. »Ehrlich gesagt, ich weiß es auch nicht.«

»Eine sehr selbstbewusste Dame«, sagte Riese schnippisch, ohne Zweifel mochte sie sie nicht.

Fred wurde rot. Musste er Ellen jetzt verteidigen? Er spürte eine sanfte Berührung am Arm.

»Sie müssen mir meinen Teller nicht bringen, Fred.« Ellen griff nach dem Teller und dem in eine Serviette eingewickelten Besteck und kehrte an den Tisch zurück.

»Guten Appetit«, sagte die Metzgerin und lächelte Fred warmherzig an. »Und grüßen Sie den Herrn Moosbacher von mir.«

»Ist diese dicke Frau in Sie verliebt, Fred?«, fragte Ellen spöttisch, als Fred sich zu ihr gesellte.

Fred ignorierte die Frage und probierte das Essen. Gebratene Leber mit scharf angebratenen Zwiebelringen und Kartoffelpüree.

»Harry Renner hat uns gesagt, er hätte keine Feinde. Dieser Zeitung gegenüber hat er dagegen vor einem halben Jahr sogar von Morddrohungen schwadroniert. Das ist doch merkwürdig, oder?« Ellen schob die Zwiebeln beiseite und probierte mit spitzen Lippen das Püree. »Zu viel Butter, zu wenig Salz.« Sie griff nach der Flasche mit Maggi-Würze auf dem Tisch und gab einen kräftigen Schuss ins Essen. »Wir müssen mehr über seine Vergangenheit herausbekommen. Und vor allem über die des Ermordeten.«

»Renners Sekretärin, Anna Sansone, hat vorhin eine Liste mit den Namen und Adressen der Angestellten vorbeigebracht. Über Gottfried Sargast wusste sie nicht viel. Nur das, was Harry Renner auch schon gesagt hat: Er hat vor eineinhalb Jahren aus Ostberlin rübergemacht. Seine Familie ist noch drüben und wohnt am Boxhagener Platz.«

»Steht diese Gerda Kalitz auf der Liste?«

»Nein.« Fred griff auch nach dem Maggi. ›Die edelste Würze ist und bleibt Maggi‹ war auf dem gelben Etikett in leuchtend roten Buchstaben zu lesen. Warum er die Worte jedes Mal las, wenn er die Würze nutzte, war ihm ein Rätsel.

Ellen warf ihm einen befremdeten Blick zu. »Suchen Sie eine Gebrauchsanweisung?«

Fred ignorierte ihre Frage und gab ein paar Tropfen aufs Püree. Ellen pickte ein kleines Stück Leber mit ihrer Gabel auf und schnüffelte misstrauisch daran.

»Was halten Sie davon, Fred: Wir fahren rüber, informieren die Eltern und fragen sie gleichzeitig über Gottfried aus.« Sie schob die Leber in den Mund und kaute genüsslich.

»Gute Idee, und wenn sie uns erwischen, bleiben wir halt ein paar Jahre drüben, im Knast.«

»Es gibt keinen Grund, warum sie uns festnehmen könnten. Niemand kann uns verwehren, in den Ost-Sektor rüberzufahren. Wir tun so, als wären wir Musiker, die Noten kaufen wollen. Die sind drüben billiger.«

Ellen hatte alle Zwiebelringe auf ihre Gabel gefädelt und hielt sie ihm hin. »Wollen Sie?«

Fred schüttelte den Kopf. »Die Stasi könnte von Gottfried Sargasts Tod gehört haben. Möglicherweise wissen sie, dass wir vom LKA sind.«

»Noch ist nichts rausgegangen. Nur wir wissen von dem Mord. Wir fahren heute. Jetzt gleich.« Sie lachte ihn an, in ihren Augen blitzte Abenteuerlust. »Oder stehen Sie auf einer Fahndungsliste der Volkspolizei?«

Nein, wahrscheinlich nicht. Als er vor über sechs Jahren die Grenze in den Westen überquert hatte, galt zwar noch die ›Verordnung über die Rückgabe Deutscher Personalausweise bei Übersiedlung nach Westdeutschland oder Westberlin vom 25. Januar 1951‹, die verlangte, sich bei der Volkspolizei abzumelden und seinen Ausweis abzugeben. Drei Monate Gefängnis bekam, wer es nicht tat und beim Übertreten der Grenze erwischt wurde. Doch Fred war noch zu jung gewesen, um überhaupt einen Personalausweis zu haben, er war also noch nicht als ›Republikflüchtling‹ aktenkundig geworden, und die Wahrscheinlichkeit, dass das Ministerium für Staatssicherheit überhaupt von seiner Flucht wusste, war sehr gering. Er war damals von einem Tag auf den anderen verschwunden, niemand hatte gewusst, wohin, und seine Mutter war wahrscheinlich einfach nur froh gewesen, endlich ihr Leben mit ihrem neuen Ehemann ungestört leben zu können.

»Hallo?« Ellen pikste mit ihrer Gabel in seinen Arm. »Was ist? Keinen Mumm?«

Sie steckte sich ihr letztes Stück Leber in den Mund und schaffte es, zu kauen und gleichzeitig spöttisch zu lächeln. War es ihr ernst mit diesem Vorschlag? Oder war sie sich einfach nur sicher, dass er ablehnen würde, weil der Gedanke zu absurd, das Vorhaben zu gefährlich war?

»Was machen Sie mit der Pistole in Ihrer Handtasche?«, fragte Fred.

Ellen lachte, als hätte er einen guten Witz gemacht,

nahm ihre Tasche und ging an die Theke zu Magda Riese. Sie winkte die Metzgerin zur Seite, sprach einige Worte mit ihr und hielt ihr die Handtasche hin, nachdem sie zuvor ihr Portemonnaie herausgezogen und es in die Tasche ihres Hosenrocks gesteckt hatte. Riese nahm sie zögernd und verstaute sie unter der Theke. Ellen winkte Fred zu. Der sammelte Teller und Besteck ein und brachte sie zur Theke.

»Es war wieder sehr lecker, Frau Riese.« Fred legte das Geld für sein Essen in die Münzschale.

Anders als sonst quittierte die Metzgerin sein Kompliment dieses Mal nur mit einem knappen Nicken. »Und was ist mit der Dame?«

Fred sah sich um, Ellen war schon hinausgegangen.

»Ich bezahle für sie.«

»Von der kriegen Sie Ihr Geld nicht zurück.«

Fred bekam rote Ohren. »Doch, doch«, murmelte er und reichte ihr ein Fünfmarkstück.

Magda Riese sah ihn mitleidig an. »Na, dann wünsche ich Ihnen viel Glück. Sie haben's doch bestimmt nicht so dicke.«

»Haben Sie die Adresse der Familie Sargast, Fred?«, empfing ihn Ellen.

»Nur Boxhagener Platz.« Fred zögerte. »Ich habe das Essen bezahlt.«

»Danke«, antwortete Ellen und wandte sich zum Gehen.

»Ich bekomme dann eine Mark von Ihnen.«

Ellen drehte sich um, und in ihrem Blick meinte Fred alles zu lesen, was er befürchtet hatte: Arroganz, Überheblichkeit, Herablassung. Na klar, sie war es gewohnt, eingeladen zu werden, wahrscheinlich rissen sich die Männer sogar darum. Für einen Moment fühlte Fred sich wie ein kleiner Junge, doch im nächsten Moment ärgerte er sich über sich selbst. Es gab keinen Grund, sie einzuladen, so wie er nie auf die Idee gekommen wäre, Julius Moosbacher einzuladen, mit dem er einige Mal hierher zum Essen gegangen war und der ihm um einiges sympathischer war.

Sie fischte das Geld aus ihrem Portemonnaie und drückte ihm die Münzen in die Hand.

»Können wir dann?«

Auf dem Weg zum U-Bahnhof Wittenbergplatz wechselten sie kein Wort. Sie tippelte neben ihm her, ihre hohen Absätze waren für das von Löchern übersäte und von Baumwurzeln hochgewölbte Pflaster denkbar ungeeignet. Zugleich hatten ihre Bewegungen etwas Leichtes, Tänzerisches, zumal sie entspannt lächelte.

Merkwürdigerweise machte ihm heute die Vorstellung, eventuell die U-Bahn nutzen zu müssen, keine Angst. Irgendetwas hatte sich seit seinem letzten Klaustrophobieanfall vor ein paar Tagen verändert, der so heftig wie lange nicht gewesen war. Seine Beine hatten versagt, er hatte aus dem U-Bahn-Waggon herauskriechen müssen, und ohne Hannas Hilfe hätte er wahrscheinlich nicht einmal das geschafft. Er gab sich einen Ruck, die Stille war ihm unangenehm.

»Harry Renner scheint kein unangenehmer Mensch zu sein«, sagte er.

»Er ist sehr charmant und großzügig. Das alleine lässt

ihn bei vielen Frauen erfolgreich sein. Aber da ist noch etwas anderes, etwas Geheimnisvolles, was ihn umgibt.«

»Was?«

»Erinnern Sie sich, wie er auf seinen toten Barmixer reagiert hat? Wie einer, für den ein Toter nichts Besonderes ist. Wie ein Soldat.«

»Ein deutscher Soldat war er jedenfalls nicht. Er ist ja kurz nach Hitlers Machtübernahme '33 nach Palästina gegangen.«

»War er in Palästina vielleicht Soldat? Haben die auch gegen uns gekämpft?«

Fred zuckte mit den Schultern: Er wusste nur, dass ein Teil von Palästina Ende der Vierzigerjahre zum Staat Israel geworden war und dass in der Region dort ständig irgendwelche kriegerischen Auseinandersetzungen stattfanden. »Es dürfte schwer sein, mehr über ihn herauszubekommen, als er selbst bereit ist zu erzählen.«

»Für Sie vielleicht.«

»Was soll das heißen?«

»Harry Renner zeigt sich in der Öffentlichkeit gerne als gut gelaunter Lebemann. Garantiert ärgert ihn dieses Zeitungsinterview heute noch, weil er so viel von sich preisgegeben hat. Aber ich bin sicher, dass er den Frauen, mit denen er zusammen ist, viel mehr erzählt.«

»Aha, heißt das, Sie wollen sich an ihn heranmachen?«

»Was ist das denn für eine Unverschämtheit!« Ellens Augen blitzten zornig.

»Das klang so, als wäre das Ihr Plan.«

»Gehen Sie nicht zu weit, Herr Lemke.«

Fred müsste sich eigentlich entschuldigen, das war ihm klar, doch etwas in ihm sträubte sich dagegen, und so schwieg er. Sie bemühte sich, ihren Ärger wieder in den Griff zu bekommen, wahrscheinlich war das kleine bevorstehende Abenteuer zu verlockend, um mit einem Streit die Laune zu verderben.

»Ich kenne zwei Frauen, denen er heftige Avancen gemacht hat. Mit zumindest einer hatte er eine *liaison amoureuse*, einige Wochen nur, aber heiß und kochend. Die weiß mehr über ihn, da bin ich sicher.« Sie lachte. »Beide sind übrigens blond. Soviel ich gehört habe, ist das sein wichtigstes Auswahlkriterium, ich hätte also gar keine Chance.«

Dem Schema entsprach auch seine Buchhalterin Anna Sansone, die zurzeit bei ihm wohnte. Die Römerin hatte die blondesten Haare, die Fred bisher gesehen hatte. Fast weiß waren sie und glänzten auf unnatürliche Weise.

Am U-Bahnhof studierte Fred lange den neben den Fahrplänen ausgehängten Stadtplan, bis er den Boxhagener Platz etwa auf halber Strecke zwischen dem U-Bahnhof Warschauer Brücke und der Stalinallee fand. Zehn Stationen mit der Linie B. Zum Glück jedoch nur drei unterirdisch.

• • •

Fred atmete auf, als die Bahn vor der Station Gleisdreieck den Tunnel verließ und mit metallischem Getöse zur Hochbahn wurde. Ellen hatte sich dem Fenster zugewandt und betrachtete die Welt draußen mit einer Art von Neugierde, die Fred an seine ersten Monate in Berlin erinnerte, als alles für ihn so neu war. Für Ellen, die in dieser Stadt aufgewachsen war, konnte das wohl kaum gelten. Er stutzte. War sie tatsächlich in Berlin aufgewachsen? Oder glaubte er das nur, weil sie so gute Kontakte hatte?

»Das Nonneninternat, auf das Sie gegangen sind, war das in Berlin?«, fragte er.

Ellen wandte sich ihm erstaunt zu. »Nanu, Fred Lemke, was ist denn in Sie gefahren?«

»Ich frage mich nur gerade, ob Sie eine richtige Berlinerin sind oder so wie ich woandersher kommen.«

»Und wieso fragen Sie sich das?«

Fred zuckte mit den Schultern, er bereute schon, die Frage gestellt zu haben. »Nur so.«

Ellen sah wieder hinaus. »Ich bin hier geboren, hier zur Schule gegangen und lebe seitdem hier.«

»Und während dem Krieg?«

»Wo waren Sie während des Krieges?«, fragte sie zurück.

»Da, wo ich geboren und aufgewachsen bin. Buckow, in der Märkischen Schweiz.«

»Waren Sie mal in der Schweiz? In der richtigen Schweiz?«

»Nein, ich war noch nie woanders. Buckow, Berlin, das ist alles.«

»Da ist es sehr schön, mit den Bergen, richtigen Bergen.«

Fred schwieg. Das war der große, unüberbrückbare Unterschied. Er war in Armut aufgewachsen, und sie gehörte zum betuchten Adel.

»Wie hoch ist der höchste Berg in der Märkischen Schweiz?«

»129 Meter. Der Krugberg.«

»Das Matterhorn ist 4 478 Meter hoch. Können Sie sich das vorstellen?«

»Ein bisschen schon. Kennen Sie den Luis Trenker-Film ›Der Berg ruft‹?«

Ellen ging nicht darauf ein. »Meine Mutter hat mit mir 1944 Berlin verlassen. Als allen außer Hitler und ein paar anderen Spinnern klar war, dass wir den Krieg verlieren.«

Die Ratten verlassen das sinkende Schiff, dachte Fred, wobei »Ratten« nicht wirklich passte: Es waren die Privilegierten gewesen, für die die Kriegsjahre kein reiner Überlebenskampf gewesen waren.

»Wo konnte man denn zu dem Zeitpunkt noch hin?«, fragte er.

Auf Ellens Gesicht zeichnete sich Unwillen ab. »An einen Ort, der sicher war.«

»Und wo hat es den gegeben?«

»Was wollen Sie, Fred? Warum belästigen Sie mich mit solchen Fragen?«

»Was ist an den Fragen so schlimm?«

»Sie wollen mich damit in eine bestimmte Ecke stellen.«

»Bisher hatte ich nicht den Eindruck, dass irgendwer Sie irgendwo hinstellen kann, wo Sie nicht stehen wollen.«

Sie warf ihm einen langen Blick zu, in dem er nichts lesen konnte. »Auf unserem Familiensitz, die Burg Stain zu Lauterburg in Österreich. Sind Sie jetzt zufrieden?«

»Eine richtige Ritterburg? Mit Zugbrücke und Verlies?«

Ellens Gesichtsausdruck entspannte sich, sie lächelte, für einen kurzen Moment nur, bevor ihr gewohnter, ironischer Ausdruck zurückkehrte. »Ja, genau so.« Sie deutete hinaus. »Ist da nicht die Pension, in der Sie wohnen, Fred? Wie heißt sie gleich noch?«

Die Bahn näherte sich mit laut quietschenden Bremsen der Station Görlitzer Bahnhof. Fred konnte in die Zimmer der Pension hineinsehen, die sich etwa auf derselben Höhe wie die Trasse der Hochbahn befanden.

»Duft der Rose«, antwortete er.

»Putziger Name.« Ellen sagte das in einem Ton, der unmissverständlich ausdrückte, wie armselig sie es fand, dass er an einem solchen Ort wohnte.

Fred wandte wortlos den Blick ab und schaute an ihr vorbei aus dem Fenster hinaus. Es war sinnlos: Ellen von Stain und er würden nie miteinander warm werden. Hinter dem Küchenfenster sah er mehrere Frauen zusammenstehen. Eine löste sich aus der Gruppe, öffnete das Fenster, stützte sich mit beiden Armen auf die Fensterbank und sah hinaus. Hanna, seine Wirtin. Fast war er versucht, ihr zuzuwinken, die Entfernung betrug vielleicht zehn Meter, sie würde ihn sehen. Sie würde ihm zulachen, er würde zurücklachen – und Ellen würde sich über ihn lustig machen.

Er drehte dem Fenster den Rücken zu und schloss seine Augen. Noch eine Station, dann wechselte die Bahn vom amerikanischen in den sowjetischen Sektor, die Grenze verlief entlang des südlichen Spreeufers. Er war nervös. Auch wenn der Personenverkehr zwischen Ost- und Westberlin immer noch uneingeschränkt möglich war – das Abkommen zwischen den Alliierten garantierte offene Grenzen innerhalb Berlins –, wurden die in die Sowjetische Zone Einfahrenden mittlerweile von den Vopos viel häufiger kontrolliert als früher. Zum einen, um aus Westberlin zurückkehrende DDR-Bürger zu erwischen, die sich eines ›Devisenvergehens‹ schuldig gemacht hatten, also Waren im Westen eingekauft hatten. DDR-Bürgern war der Umtausch ihrer Ostmark in Westmark verboten, und manchmal reichte es für eine Anklage und eine darauffolgende empfindliche Strafe, wenn die Vopos die Rechnung eines Westberliner Cafés oder eines Kinos in der Hosentasche eines Ostlers entdeckten. Zum anderen aus rein politischen Gründen: Die sozialistische Staatsführung zog an den Sektorengrenzen generell die Daumenschrauben von Tag zu Tag fester an, Kontrollen und Schikanen häuften sich, alles mit dem strategischen Ziel, den Ostdeutschen den Besuch im Westen so ungemütlich und riskant wie möglich zu machen. Die Zeichen standen auf Abschottung, aus Sicht der DDR-Staatsführung aus gutem Grund: Seit Gründung der DDR vor neun Jahren hatten mehr als zwei Millionen ihrer Bürger in den Westen ›rübergemacht‹, vor allem die gut Ausgebildeten hatten das Weite gesucht, Ingenieure, Akademiker, Facharbeiter. Trotzdem bereitete Fred der Gedanke einer Kontrolle keine allzu großen Sorgen: Wer einen Westberliner Behelfsmäßigen Personalausweis hatte, wurde in der Regel einfach durchgewunken.

Auch Ellen schien nicht beunruhigt zu sein, im Gegenteil, lächelnd beobachtete sie die ein- und aussteigenden Menschen und studierte die rundbogige Eisenkonstruktion der U-Bahn-Station. Wie eine Architekturstudentin, dachte Fred belustigt. Fuhr sie nur selten mit der Bahn, war das der

Grund für ihre neugierige Aufmerksamkeit? Ja, wahrscheinlich wurden die von Stains von einem Chauffeur durch die Gegend kutschiert. Außerdem besaß sie ja selbst ein Auto, ein nagelneues Renault-Floride-Cabrio, in dem sie ihn letzte Woche einmal mitgenommen hatte.

Die Bahn fuhr wieder los, hielt kurz am Schlesischen Tor und rollte sehr langsam weiter. Am Ufer der Spree konnte man die vielen bunten Verkaufsstände sehen, in denen Händler den herüberkommenden Ostberlinern alles Mögliche zum Kauf anboten, Zeitungen, Südfrüchte, Kaugummis, Nylonastrümpfe und Schokolade, dazwischen fanden sich zahlreiche Wechselstuben, in denen Ost- in West-Mark umgetauscht werden konnten zu einem Wechselkurs von im günstigsten Fall 1:4, vier Ostmark für eine D-Mark. Alle Stuben waren so ausgerichtet, dass die Vopos auf der anderen Spreeseite nicht mit ihren Ferngläsern Ostdeutsche beim Geldwechseln beobachten konnten.

Der Zug rumpelte über die Oberbaumbrücke, auf der sich Fußgänger in beide Richtungen drängten. Autos konnten dort nicht mehr verkehren, seit die SED auf der Ostseite einen Bauzaun hatte errichten lassen, dessen Durchlässe so eng waren, dass sie nicht einmal für Fahrradfahrer breit genug waren.

Die Bahn hielt in der Endstation Warschauer Brücke, die Türen öffneten sich, pro Waggon stiegen zwei Vopos ein und führten ihre Kontrollen durch. Für Ellen und Fred interessierten sie sich nicht weiter, nachdem sie einen kurzen Blick auf ihre Ausweise geworfen hatten. Fünf Minuten später verschwanden sie wieder, und die Fahrgäste strömten hinaus.

»Habe ich es nicht gesagt?«, frohlockte Ellen. »Alles kein Problem. Wo geht's jetzt lang?«

Fred hatte sich den Weg nach dem Stadtplan eingeprägt: auf der Warschauer Straße nach Norden, dann rechts in die Grünberger, die nach zwei Blocks auf den Boxhagener Platz mündete, ein spärlich mit noch jungen Bäumen bepflanzter, nicht sehr einladender, von hohen Mietskasernen umsäumter Platz. Fußballspielende Jungs lärmten in einer Ecke, einige Gruppen von Frauen standen zusammen und unterhielten sich, nur zwei der Bänke waren mit Männern besetzt.

Fred winkte Ellen zu, ihm zu folgen, und ging zu den Jungs. In einem günstigen Moment erdribbelte er sich deren Fußball, lupfte ihn und hielt ihn unter Protestgeheul in die Höhe. »Kennt einer von euch Gottfried Sargast?«

»Klar«, antwortete der Größte.

»Wo wohnt der?« Fred signalisierte, dass er den Ball zurückwerfen würde.

»Da in dem grünen Haus.«

Fred schoss den Ball steil in den Himmel und sah lächelnd zu, wie die Jungs sich johlend in Position brachten, um ihn als Erster zu erwischen. Ellen hatte Fred genau beobachtet, in ihrem Gesicht lag etwas fast Liebevolles, das sofort verschwand, als sie seinen Blick bemerkte.

Dem Klingelschild nach wohnte die Familie Sargast im Hochparterre, darunter im Erdgeschoss hatte ein Schuster seine Werkstatt. Der Hausflurtür stand offen. Fred und Ellen stiegen die wenigen Stufen hinauf.

»Sie klingeln«, flüsterte Ellen, sie schien plötzlich aufgeregt zu sein.

Fred klopfte, eine Klingel gab es nicht. Eine Weile passierte nichts, dann sah er, wie sich der Türspion verdunkelte. Er klopfte noch einmal.

»Hallo, mein Name ist Fred Lemke«, sagte er und sah direkt in den Türspion. »Ich habe Informationen über Ihren Sohn Gottfried.«

Die Tür flog auf, sehr weit, eine Frau sah ihn böse an, sie hatte einen Arm um ein vielleicht zehnjähriges Mädchen gelegt, das sich ängstlich an ihr festklammerte.

»Was denn?«

»Dürfen wir hereinkommen?«

»Seit wann fragt ihr?«, erwiderte sie mit einer Mischung aus Wut und Resignation, sie hielt sie offensichtlich für Vertreter der DDR-Sicherheitsbehörden.

»Wir sind aus Westberlin«, sagte Fred.

»Ist das die neueste Volte, um Leuten was vorzugaukeln?« Sie trat zur Seite und signalisierte den beiden einzutreten.

Fred zog seinen Behelfsmäßigen Personalausweis hervor und hielt ihn der Frau hin. »Ich sage die Wahrheit. Erna Sargast, nehme ich an?«

Sie warf nicht einmal einen Blick auf das Dokument. »Dass ich Erna Sargast bin, stimmt. Bei allem anderen bin ich mir nicht so sicher.«

Fred und Ellen warteten, bis sie die Tür geschlossen hatte.

»Und nu'?«

Fred deutete auf das Mädchen. »Wir müssen Sie alleine sprechen, Frau Sargast.«

Sargast ließ das Mädchen los. »Uschi, geh du mal in die Küche.«

Das Mädchen klammerte sich weiter an sie. »Nu' geh schon, ich pass auf dich auf, vom anderen Zimmer aus.« Sie schob das Mädchen von sich, das ängstlich zu zittern begann. »Und mach die Tür zu.«

»Wir wollen euch nichts Böses, Uschi«, sagte Fred und lächelte sie an. »Das kannst du mir glauben, du brauchst dir keine Sorgen machen.«

Uschi sah ihm in die Augen, nickte zögernd und ging in die Küche.

»Da können Sie sich jetzt was einbilden, der Herr. Dass das Kind keine Angst mehr hat.«

Erna Sargast führte sie in einen zweiten Raum, der offensichtlich Schlafzimmer und Wohnraum in einem war. Er war vollgestopft mit Kisten, Wäsche türmte sich auf dem Bett, die einzigen Sitzgelegenheiten waren ein Sessel, der mit einem Tuch abgedeckt war, durch das man die Konturen einer herausgetretenen Sprungfeder erkennen konnte, und ein Holzschemel. Sargast blieb mitten im Raum stehen, als hoffte sie, die beiden dadurch schneller loszuwerden. Fred folgte ihr. Ihm war Armut sehr vertraut, und er wusste, wie viel Scham im Spiel war, wenn man sie vor Fremden offenbaren musste. Ellen stakste mit hochgezogenen Schultern herein und verhehlte ihren Ekel nur schlecht.

»Wir waren auch mal besser dran, schöne Frau, das können Sie mir glauben«, pflaumte Erna Sargast sie an und wandte sich Fred zu. »Also?«

»Ist Gottfried Sargast Ihr Sohn?«

»Was soll das? Ihr wisst doch alles über uns.«

»Wir sind nicht von der Stasi, wir sind ...«, Fred zögerte, es war äußerst riskant, sich als West-Polizisten zu erkennen zu geben.

»Es ist so, Frau Sargast«, sagte Ellen, »wir müssen Ihnen die traurige Nachricht überbringen, dass Ihr Sohn Gottfried heute Morgen ermordet wurde.«

Erna Sargast starrte sie beide an, lange, gefühlt eine Minute.

»Ich wusste es«, flüsterte sie. »Wenn man sich mit euch einlässt, ist man schon fast tot.«

»Wir sind nicht von der Stasi«, wiederholte Fred sanft. »Wir sind aus dem Westen, wir haben mit der DDR nichts zu tun. Bitte glauben Sie das, mehr kann ich Ihnen nicht sagen.«

Gottfrieds Mutter drückte sich ihre Schürze vors Gesicht und rang um ihre Fassung, wahrscheinlich, weil sie wusste, dass ihre verängstigte Tochter nebenan auf jedes Geräusch lauschte.

»Musste er leiden?«, fragte sie mit brüchiger Stimme.

»Nein.«

»Wer war es?«

»Wir wissen es nicht. Deswegen sind wir hier.«

Erna Sargast stolperte zum Fenster und deutete durch die Gardinen hindurch hinaus auf die zwei Männer, die nach wie vor betont unauffällig auf verschiedenen Bänken im gegenüberliegenden Park saßen, einer las eine Zeitung, der andere hatte ein Schachspiel neben sich aufgestellt und spielte gegen sich selbst. »Fragen Sie die da.«

»Wer sind die?«, fragte Ellen.

»Wer die sind? Kriminalpolizei, Stasi, Vopos in Zivil, was weiß ich.« Sie zitterte. Fred spürte, wie sie alle Kräfte mobilisierte, um nicht zusammenzubrechen.

»Ihr Sohn ist seit über einem Jahr im Westen. Warum sollten die noch Interesse an ihm haben?«

Sargast schüttelte schweigend ihren Kopf.

»Wir gehen ein großes Risiko ein, hierherzukommen«, sagte Ellen, ihre Stimme nahm einen leicht drohenden Ton an.

»Ach ja, welches denn? Ich gehe ein Risiko ein. Weil Sie hier sind. Es ist besser, Sie verschwinden. Die da draußen geben nie auf.«

»Helfen Sie uns. Geben Sie uns ein paar Informationen. Vielleicht können wir dann wenigstens den Täter stellen«, bat Fred. Er spürte, wie Ellens Ungeduld und damit ihre Unberechenbarkeit zunahmen.

»Wir sind von der Mordkommission, LKA, Westberlin«, sagte Ellen. »Wenn man uns hier erwischt, werden wir als Spione angeklagt, verstehen Sie? Also, wie sieht Ihre Gegenleistung aus? Wir handeln nicht aus Liebe oder Sympathie, wir handeln als Polizisten, die den Mord an Ihrem Sohn aufklären wollen.« Ellens Ungeduld war in Ärger umgeschlagen.

Sargast ließ ihren Blick zwischen Ellen und Fred hin- und herwandern.

»Gottfried hat dem Mann, für den er gearbeitet hat, gesagt, er musste den Osten verlassen, weil die Stasi ihn zum

Spitzel machen wollte«, sagte Fred. »Er sollte seine Genossen bei den Falken ans Messer liefern.«

Erna Sargast schob den Wäschestapel zur Seite und setzte sich auf das Bett. Fred nahm auf dem Hocker Platz, Ellen ließ sich auf den Sessel sinken, vorne auf die Kante und steif wie eine Puppe. Sargast brauchte eine Weile, bis sie es schaffte zu sprechen.

»Hören Sie gut zu. Ich erzähle Ihnen alles, was ich weiß. Das bin ich meinem Sohn schuldig. Aber wenn Sie nachher gehen, gebe ich Ihnen fünf Minuten, bevor ich rüber zu diesen Kerlen da draußen gehe und ihnen sage, dass zwei West-Agenten bei mir waren, um mich auszufragen.« Ihre Augen wurden feucht, und sie hatte Mühe weiterzusprechen. »Das muss ich tun«, flüsterte sie, »das bin ich meiner Tochter schuldig. Aber ich werde denen nicht Ihre Namen verraten. Falls die denn überhaupt stimmen.«

»Okay«, erwiderte Ellen. »Dann reden Sie.«

Sargast atmete einige Male tief durch, der Schmerz auf ihrem Gesicht wich einer unerwarteten Härte. »Gottfried war bei den Falken, ja. In der DDR sind die verboten, nur in Berlin nicht, wegen dem Viermächteabkommen. Aber den Mächtigen da oben sind sie ein Dorn im Auge, die Falken sind ja SPD und haben eine andere Vorstellung von Sozialismus. Vor einem Jahr standen hier zwei Stasi-Männer und eine Frau vor der Tür. Sie hatten einen Zettel. Darauf stand, dass meine jüngere Tochter Bärbel, die war da vier, in ein Heim eingewiesen wird, weil sie hier bei mir verwahrlose. Mein Mann würde das bezeugen, der Vater meiner Kinder.

Die Männer hielten mich fest, und die Frau nahm meine Bärbel mit. Sie hat sich gewehrt und geschrien. Es war ...«

Wieder versteckte sie ihr Gesicht in ihrer Schürze, ihr Körper zuckte. Aber sie weinte nicht. Fred kannte das Gefühl: Irgendwann führten Tränen zu immer größeren Schmerzen, so groß, dass sie nicht mehr zu ertragen waren.

»Zwei Wochen später kamen die Männer wieder. Sie sagten, wenn ich meine Tochter wiedersehen will, muss Gottfried rüber in den Westen, als Informant, als Spion. Sie sagten, einem Mitglied der Falken würde man im Westen vertrauen. Sie sagten: ›Bring uns Informationen, die was wert sind, dann darf eure Bärbel wieder zurück in die Familie.‹ Gottfried hat keine Sekunde gezögert und hat gemacht, was sie wollten. Aber Bärbel ist immer noch in dem Heim.«

Erna Sargast sackte in sich zusammen, die Augen geschlossen, die Hände ineinandergekrallt, die Knöchel weiß vom Druck ihrer Finger.

»Und jetzt, werden die mir mein Kind zurückgeben?«

»Das tut mir so leid, Frau Sargast«, sagte Fred. »Ich wünschte, ich könnte Ihnen helfen.« Er legte eine Hand auf ihren Arm. Sie zuckte zurück.

»Warum hat Ihr Mann das bezeugt?«, fragte Ellen, ohne Anteilnahme.

Fred spürte Wut in sich aufsteigen. Schon bei ihrem ersten gemeinsamen Fall hatte sie andere mit ihrer kalten, rücksichtslosen Art verletzt. Umso mehr erstaunte ihn Sargasts Reaktion.

»Mein Vater war SPD-Mitglied«, sagte sie mit trotzigem Stolz in der Stimme. »Er ist für seine Überzeugung ins Gefängnis gegangen, als der Adolf kam. Gefängnis und dann Konzentrationslager Buchenwald. Achtzehn Tage, bevor die amerikanische Armee das Lager befreite, wurde er getötet.« Sie schüttelte schwer atmend den Kopf und musste ein paarmal schlucken, bevor sie weiterreden konnte. »Meine Mutter und ich, wir sind gleich nach dem Krieg, bei der ersten Gelegenheit, in die SPD eingetreten, auch ihm zu Ehren. Ein Jahr später, 1946, haben die Russen die SPD mit der KPD zur SED zwangsvereint – aus der Traum! Können Sie sich vorstellen, wie glücklich ich war, als Gottfried zu den Falken ging? Dann musste er wenigstens nicht in diese heuchlerische FdJ. Die sind doch wie die Hitlerjugend, nur mit anderem Namen.«

Sie biss sich auf die Lippen und schloss die Augen, als wollte sie sich selbst daran hindern weiterzureden.

»Bei den Falken war einer«, fuhr sie fort, »der die Wahrheit über meinen Ehemann wusste, über den ach so harmlosen, netten Wilhelm Sargast. Der war nämlich kein kleiner Soldat gewesen, der sich im Krieg nichts hat zuschulden kommen lassen, wie er immer behauptet hat. Nein, er war Aufseher, im KZ Buchenwald. Einer der grausamsten, dafür war er berüchtigt. Niemand hat gezählt, wie viele Häftlinge er eigenhändig totgeschlagen hat. Vielleicht sogar meinen Vater.« Erna Sargast lachte bitter auf. »Ich, aus einer Sozialdemokraten-Familie, und dann dieser menschenverachtende Mörder an meiner Seite? Ich habe mich sofort von ihm getrennt und die Kinder mitgenommen. Er wollte das nicht. Ich habe ihm gedroht, ihn wegen seiner Vergangenheit anzuzeigen. Da hat er nur gelacht: ›Die wissen alles über mich, und es interessiert kein Schwein‹, hat er gesagt.«

»Und trotzdem haben Sie die Kinder behalten können?«, wandte Ellen ein.

»Er hat eine andere Frau kennengelernt, da hat er Ruhe gegeben, die wollte nämlich eigene Kinder und nicht drei aus dem Bauch einer anderen.« Sargast kämpfte jetzt wieder mit ihren Tränen. »Und dann hat er mir sogar noch meine Bärbel genommen. Warum?« Sie sah nur Fred an. »Warum?«

»Wo lebt Ihr Mann?«, fragte Ellen.

»Ich weiß es nicht, ist mir egal.«

»Was macht er heute? Was hat er für einen Beruf?«, fragte Fred.

Erna Sargast lachte plötzlich los, mit sich überschlagender Stimme, und konnte gar nicht mehr aufhören. Als wäre sie in dieser Sekunde dem Irrsinn verfallen. Fred fasste sie bei den Armen und schüttelte sie sanft. Unter heftigem Husten erstarb ihr Lachen.

»Totengräber. Bei einem Beerdigungsinstitut. Ist das nicht kurios? Manche Menschen sind süchtig nach dem Geruch des Todes.«

»Wie kommen Sie zurecht? Wovon leben Sie, Frau Sargast?«

»Früher habe ich im Labor gearbeitet, hier im Krankenhaus. Seit Gottfried spioniert, hat er mir immer Geld geschickt, Westmark, das reichte zum Leben. Jetzt weiß ich nicht, wie es weitergehen soll. Ich kann nicht arbeiten gehen. Seit sie mir Bärbel weggenommen haben, kann ich meine Uschi nicht mehr alleine lassen.«

»Ich hoffe, sie geben Ihnen Ihre Tochter zurück«, sagte Fred. »Wir werden den Tod Ihres Sohnes offiziell bekannt geben, und wir werden uns um eine offizielle Überstellung der Leiche bemühen.«

Erna Sargast nickte. »Und jetzt gehen Sie bitte. Je kürzer Sie hier waren, umso besser.«

Ellen erhob sich, Fred zögerte. »Die da draußen, warum beschatten die Sie?«, fragte er.

»Ich weiß es nicht. Die sind immer da.«

»Warum machen die sich so große Mühe?«

»Damit ich nicht in den Westen rübermache?«

»Aber Sie würden doch nicht ohne ihre Tochter gehen.«

Sargast atmete schwer, ihr Brustkorb hob und senkte sich heftig, ein gequältes Stöhnen bahnte sich seinen Weg durch ihre zusammengepressten Lippen. »Vielleicht doch. Wenn es Uschi immer schlechter geht? Wenn meine Angst zu groß wird, dass sie mir auch dieses Kind noch wegnehmen? Wenn ich keine Hoffnung mehr habe, dass sie mir meine Bärbel jemals wieder zurückgeben?« Sie schaffte es nicht mehr, ihre Tränen zurückzuhalten, und presste ihre Hände auf den Mund, um ja kein Geräusch zu machen, was ihre Tochter nebenan hören könnte.

Fred schluckte schwer und rang seinerseits mit den Tränen. Ohne zu überlegen, nahm er sie in die Arme. Es fühlte sich falsch an: Erna Sargasts Körper war vollkommen verhärtet, aber in dem Moment, als er sie wieder loslassen wollte, ließ sie ihre Hände sinken und legte ihr Gesicht gegen seine Schulter. Fred erhaschte Ellens Blick, in dem fast so etwas wie Faszination lag. Schon nach kurzer Zeit spürte er, wie Sargast ihre Kräfte zu sammeln begann. Sie schob ihn sanft von sich und nickte ihm zu, ein Dank ohne Lächeln.

»Gehen Sie jetzt bitte.«

Fred erhob sich. »Gibt es einen anderen Ausgang als vorne raus?«

»Nein«, antwortete Erna Sargast.

»Ich wünsche Ihnen viel Glück«, sagte Fred und ging zur Tür.

Ellen hielt kurz inne. »Gottfried wurde mit einer Armbrust erschossen«, sagte sie.

»Mit einer ...?« Sargast starrte sie entsetzt an.

»Verbinden Sie etwas mit so einer Waffe?«, fragte Ellen. »Einen Gedanken, eine Assoziation?«

»Wilhelm Sargast, Gottfrieds Vater, hat nach dem Krieg einen Verein gegründet. Bogenschützen- und Armbrustverein Alt-Treptow. Er ist der Vorsitzende.«

• • •

»Sie würde sich doch ins eigene Fleisch schneiden, wenn sie denen von unserem Besuch erzählt«, sagte Ellen, als sie die Wohnungstür hinter sich zuzog.

»Es ist genau andersherum«, erwiderte Fred. »Sie steht unter Beobachtung. Die haben uns hier hereingehen sehen. Wenn sie denen nichts sagt, legen die das als bewusste Täuschung aus.«

»Was für eine Täuschung?«

»Man könnte ihr unterstellen, die Geheimdienste der Alliierten oder des BND über Gottfrieds Tätigkeit für das Ministerium für Staatssicherheit zu informieren. Zum Beispiel. Dann sieht sie nicht nur ihre große Tochter mit Sicherheit niemals wieder, dann nehmen sie ihr auch noch die zweite weg.«

Ellen stöhnte betroffen auf. »Das ist so unglaublich brutal.«

Fred sah sie erstaunt an. »Ich hatte eben nicht den Eindruck, dass sie davon besonders berührt waren.«

Ellen schüttelte nur leicht den Kopf. In ihren Augen las Fred zwar Unmut, aber auch Mitgefühl, ja, sogar Schmerz. Hatte er sich wieder einmal in ihr getäuscht? Mittlerweile hatte er manchmal den Eindruck, dass es ihr unendlich schwerfiel, ihre Gefühle zu zeigen, dass sie regelrecht Angst davor hatte und sich deswegen hinter Härte und Sarkasmus verschanzte. Oder war er gerade im Begriff, erneut auf eine ihrer kleinen Inszenierungen hereinzufallen, mit denen sie ihn von Zeit zu Zeit narrte?

»Dass der Vater hinter dem Mord steckt, kann ich mir trotzdem kaum vorstellen«, sagte sie.

Fred antwortete nicht. Doch, er konnte es sich vorstellen. Der Krieg hatte so viele zerstörte Seelen hervorgebracht, hatte bei so vielen Menschen das Gute weggebrannt und jegliches Mitgefühl vernichtet.

Er öffnete die Haustüre einen Spaltbreit und peilte zu den beiden Männern hinüber. »Wir können nicht verschwinden, ohne dass die uns bemerken.«

»Die werden sich schon nicht auf uns stürzen. Die kennen uns nicht. Wir könnten irgendeinen anderen Mieter besucht haben.«

Fred sah das anders. Es gab ungezählte Geschichten, wie Stasiagenten Menschen auf offener Straße ohne jede Begründung einkassierten, nicht wenige tauchten nie wieder auf. Und das nicht nur im Osten. Auch in Westberlin schlugen die Stasi oder der russische KGB in aller Öffentlichkeit und am helllichten Tag zu, immer nach demselben Muster: Ein Auto hielt neben dem Opfer, Männer sprangen heraus, zerrten es in den Wagen und rasten über die nächste Sektorengrenze in die sowjetische Zone, in die die westlichen Sicherheitskräfte nicht folgen konnten, ohne eine gefährliche internationale Konfrontation zu riskieren. Von den Entführten war noch nie einer zurückgekehrt.

»Wir sollten an einer anderen Stelle rüber in den amerikanischen Sektor«, sagte Fred. »Nicht da, wo wir angekommen sind. An der U-Bahn-Station können die uns ganz leicht abgreifen. Und wenn wir zu Fuß über die Oberbaumbrücke gehen, haben die es noch leichter.«

»Das ist lächerlich, Fred Lemke.« Ellen lachte, zog die Tür auf und trat hinaus auf den Bürgersteig.

Fred folgte ihr verärgert. Sofort erhob sich der Schachspieler und schlenderte scheinbar zwanglos in Richtung eines am Straßenrand parkenden grauen Wartburg mit einem auffallend stabilen Dachträger. Der Mann mit der Zeitung starrte zu ihnen herüber.

»Finden Sie es immer noch lächerlich?«, fragte Fred und zog Ellen mit sich um die nächste Ecke in die Krossener Straße.

Ellen antwortete nicht und tippelte auf ihren hohen Schuhen hinterher. Fred drehte sich um und peilte um die Hausecke. Der zweite Mann war aufgesprungen und rannte jetzt auch zu dem Auto.

»Schneller! Die haben ein Auto.«

Sie rannten los. Am Ende der Straße wandte Fred sich nach links.

»Wir sind von da gekommen!«, keuchte Ellen und deutete in die entgegengesetzte Richtung.

»Genau da werden sie uns suchen.« Er zog sie weiter.

»Moment!« Ellen riss ihre Schuhe von den Füßen und schleuderte sie weg. »Ich sollte gleich barfuß zum Dienst kommen.« Sie lachte, als handelte es sich hier um ein lustiges Abenteuer, das in jedem Fall gut ausgehen würde.

»Wir laufen im Zickzack. Die nächste Straße rechts, dann die nächste links und so weiter. Nach Süden.«

Als sie von der Krossener in die Gärtnerstraße einbogen, blieb Fred kurz stehen und lugte erneut um die Hausecke zurück. Der Wartburg kam aus der Straße Boxhagener Platz geschossen und fuhr in die entgegengesetzte Richtung. Wie lange würden sie die Verfolger täuschen können?

»Wir müssen ans Spreeufer. Dann schwimmen wir rüber.«

»Wie bitte?«

»Das geht am schnellsten. In drei Minuten sind wir auf der anderen Seite.«

»Sie vielleicht. Ich nicht.«

Fred verdrehte die Augen. »Dann eben vier Minuten.«

»Ich kann nicht schwimmen.«

»Was? Das glaube ich nicht.«

»Ist so.«

»Ich könnte Sie rüberziehen«, sagte Fred, war sich allerdings nicht sicher, ob er das wirklich schaffen würde. Er hatte einmal mitansehen müssen, wie jemand versucht hatte, einen Ertrinkenden im Schermützelsee zu retten, und beide zusammen ertranken.

»Nein. Eine andere Idee.«

»Es gibt noch eine S-Bahnbrücke über die Spree ein Stück weiter.«

»Gute Idee.«

Sie rannten weiter und kämpften beide gegen ihre Atemnot an. Sie erreichten die Simplonstraße und folgten ihr. Plötzlich war da das Geräusch eines hochdrehenden Motors. Fred sprang in einen Hauseingang und zerrte Ellen zu sich herüber.

»Was …?«

»Still!«

Vorsichtig warf Fred einen Blick um die Ecke. Der Wartburg schoss aus der Gärtnerstraße heraus und blieb mit kreischenden Reifen mitten auf der Simplonstraße stehen. Beide Männer sprangen heraus und suchten mit Ferngläsern die einsehbaren Straßen und Freiflächen ringsherum ab.

Fred zuckte zurück, wartete eine Weile und peilte erneut um die Ecke. Der Wartburg rollte langsam in ihre Richtung. Der Beifahrer hatte sich auf den Dachträger geschwungen und beobachtete von der erhöhten Position aus die Umgebung.

»Wir müssen hier rein.« Die Tür hinter ihnen war mit

zwei Brettern vernagelt, das Haus war offenbar als unbewohnbar aufgegeben worden. Fred versuchte, die Bretter von der Tür wegzuhebeln. Vergeblich.

»Die sind gleich da«, flüsterte Ellen. Immer noch klang sie, als säße sie im Kino und würde von einem spannenden Film bestens unterhalten.

Der Wartburg hielt an der nächsten Straßenkreuzung. Der Fahrer stieg aus, und wieder suchten die beiden mit ihren Ferngläsern die Querstraßen und die Umgegend ab.

»Fassen Sie mit an«, wisperte Fred.

Gemeinsam packten sie eines der Bretter. Beim dritten Versuch löste es sich vom Türrahmen. Fred rammte es in den schmalen Spalt zwischen dem anderen Brett und dem Rahmen und nutzte es als Hebel. Mit einem schrillen Quietschen löste sich auch das zweite Brett. An dessen Ende starrten rostige Nägel heraus. Fred hielt es ihr hin.

»Im Notfall schlagen Sie damit zu.«

Sie nickte, packte das Brett und deutete ein paar Schläge an, als müsste sie üben.

Die Tür war frei, ließ sich jedoch nicht öffnen, obwohl das Schloss fehlte. Fred würde Anlauf nehmen müssen, um sich dagegen zu werfen. Dafür musste er für einen Moment die Deckung verlassen.

»Sagen Sie Bescheid, wenn beide nicht hierhersehen.«

Ellen schaute vorsichtig um die Ecke. Die beiden Männer ließen ihre Blicke mit großer Ruhe kreisen, zwei Profis, die wussten, dass jede Hektik ihre Chance verminderte, irgendetwas Auffälliges zu entdecken.

»Jetzt, Fred, jetzt!«, flüsterte Ellen.

Er schnellte aus dem Hauseingang heraus auf den Bürgersteig, nahm Anlauf, verhaspelte sich aber und prallte mit nur geringer Kraft gegen die Tür.

»Noch mal.«

Ellen nickte und peilte erneut um die Ecke. Die beiden Männer sprachen miteinander, einer deutete in die entgegengesetzte Richtung, der zweite schüttelte den Kopf.

»Jetzt. Schnell.«

Wieder sprang Fred aus der Deckung heraus, legte seine gesamte Konzentration in den kurzen Anlauf, warf sich gegen die Tür. Zum Glück hatte der Fahrer den Dreizylinder-Zweitakter des Wartburg gestartet, und sein Pöttern und Rasseln schien das Geräusch von splitterndem Holz übertönt zu haben. Fred zerrte Ellen mit sich, bevor sie um die Ecke lugen konnte, um sich zu vergewissern, ob die Männer auf sie aufmerksam geworden waren. Der Boden im dunklen Hausflur war mit Trümmerstücken übersät, die Decke war teilweise eingestürzt, zersplitterte Balken hingen schräg nach unten und sahen verdächtig danach aus, als würden sie im nächsten Moment auf sie herabfallen. Fred schob die Tür wieder zu, quälend langsam, um weitere Geräusche zu vermeiden, lehnte sich dagegen und lauschte. Die Motorgeräusche kamen langsam näher, das Auto hielt an. Fred griff nach einem gedrechselten Holz, offenbar ein Teil des zerstörten Treppengeländers. Autotüren wurden geöffnet. Fred signalisierte Ellen, sich bereitzuhalten. Sie postierten sich rechts und links der Tür und warteten. Was war besser? Sich widerstandslos festnehmen zu lassen, zu hoffen, dass sie die mit Sicherheit folgenden Verhöre glimpflich überstehen würden? Oder sich zu wehren und auf die nicht sehr große Chance zu setzen, doch noch zu entkommen?

Minuten verstrichen, bis endlich zuschlagende Türen und ein anschwellendes Motorgeräusch zu hören waren. Der Wartburg wendete und raste davon.

Vorsichtig traten Fred und Ellen hinaus und sahen, wie der Wagen nach links verschwand, wieder in Richtung Oberbaumbrücke, wobei er eine blaugraue Abgasfahne und den Gestank von unverbranntem Zweitakteröl zurückließ.

Sie rannten in die entgegengesetzte Richtung. Ein paar Hundert Meter weiter sahen sie die zahlreichen Bahngleise und weiter hinten die lang gestreckten Dächer des Ostbahnhofs auf.

»Nehmen wir doch die S-Bahn«, keuchte Ellen.

»Nein, die Vopos kontrollieren die Züge vor der Westgrenze. Zu riskant.«

»Scheiße!«, brüllte Ellen und lachte gleichzeitig.

Hatte sie immer noch nicht kapiert, in welcher Gefahr sie schwebten? Sie erreichten die Trasse. Etwas weiter rechts führte eine schmale Brücke über die Spree, eine Brücke für Autos. Nein, keine gute Idee, wenn der Wartburg sie dort stellte, hatten sie keine Chance mehr zu entkommen. Es gab keinen anderen Weg als die dahinter die Spree überspannende S-Bahn-Brücke.

»Über die Schienen und dann nach links!«, rief Fred.

Sie mussten einen Zug abwarten, einen Güterzug voller Kohle, der quälend langsam vor ihnen entlangschlich und dann mit schrillem Quietschen anhielt. Fred deutete auf die Kupplung zwischen zwei Waggons.

»Da durch!«

Erinnerungen blitzten auf, wie er als Kind mit seinen Freunden am Buckower Bahnhof zwischen den Waggons der Kleinbahn gespielt hatte, immer auf der Hut, um nicht erwischt zu werden. Er kroch unter der Kupplung durch und vermied es, irgendeins der dick mit Schmierfettschicht belegten Teile anzufassen. Ellen folgte ihm, kam jedoch auf den Schottersteinen, die schmerzhaft in ihre nackten Füße schnitten, kaum von der Stelle. Fred drehte sich um, nahm sie, ohne ein Wort zu verlieren, auf die Arme und tastete sich auf dem losen Untergrund voran. Ellen sah ihn ernst mit ihren dunklen Augen an.

»Mein Retter«, hauchte sie und lachte.

Fred wunderte sich, wie schwer sie trotz ihrer geringen Größe war, und hoffte, es bis auf die andere Seite der insgesamt sechs Trassen zu schaffen.

Eine S-Bahn verließ den Ostbahnhof zu ihrer Linken und nahm Fahrt auf. Der Lokführer entdeckte sie, winkte hektisch und betätigte das Signalhorn, trotzdem beschleunigte er den Zug. Fred stolperte weiter und erreichte die andere Seite gerade noch. Die Waggons rollten vorbei, hinter den Fenstern sah er, wie die Fahrgäste ihn und Ellen anstarrten. Vorsichtig tastete er sich weiter.

»Und? Halten Sie durch, Fred?«, fragte Ellen spöttisch.

»Keine Sorge«, antwortete er, obwohl er sich nicht sicher war. Er war sehnig und schlank, aber kein Athlet. Rucki Müller hätte keine Probleme mit dieser Last, dachte er.

Auf der anderen Seite der Bahntrassen erwartete sie ein riesiges Trümmerfeld. Ein Trampelpfad schlängelte sich zwischen den Betonbrocken hindurch zu einem Fußballfeld, dessen makelloser Rasen wie ein Fremdkörper wirkte. Fred ließ Ellen zu Boden gleiten.

»Schön. Frisch besprengt«, sagte sie und betastete mit ihren nackten Füßen den feuchten Rasen.

»Wir müssen weiter«, drängte Fred.

Sie erreichten die Stralauer Allee längs der Spree. Links, ein paar Hundert Meter entfernt, überspannte die eiserne Brücke die Spree. Sie liefen darauf zu. Unter der höhergelegten Trasse hatten kleine Handwerksbetriebe ihre Werkstätten. Misstrauische Blicke verfolgten sie, Fred alleine wäre nur jemand gewesen, der es eilig hatte, die barfuß laufende Frau in ihrer edlen Kleidung jedoch musste auf die Menschen verdächtig wirken. Erst unmittelbar am Ufer fanden sie eine Möglichkeit, die steile Böschung hoch zu den Gleisen zu erklimmen. Parallel zu den Schienen führte ein schmaler Gang über die Brücke. Ellen schrie auf, als ihre nackten Füße das sonnendurchglühte Metall berührten. Wieder musste Fred sie tragen.

Auf der anderen Seite der Spree überquerten sie einen weiteren Sportplatz, rannten durch eine baumbestandene Allee an herrschaftlich anmutenden Gründerzeithäusern mit großzügigen und zugleich merkwürdig verwahrlosten Gärten entlang, als wären die Villen unbewohnt. Puschkin Allee, las Fred auf einem Straßenschild. Hin und wieder passierte sie ein Auto in geringer Geschwindigkeit. Vor ihnen befand sich die Sektorengrenze, mehr als Schritttempo war hier nicht erlaubt. Einige Vopos standen vor der Grenze am Straßenrand, die nur durch einen breiten weißen auf den Asphalt gemalten Strich markiert war. Auf der anderen Seite des Streifens standen drei Westberliner Polizisten mit ihren schwarz glänzenden Tschakos mit riesigem silbernem Stern auf der Vorderseite.

»Wir müssen langsam gehen«, warnte Fred. Jeder, der an der Grenze Eile zeigte, machte sich verdächtig.

Die Vopos, sechs, wie Fred jetzt zählte, zwei trugen Gewehre, die anderen Pistolen, die in ihren Holstern steckten, schenkten ihnen zuerst keine Beachtung – bis ihnen auffiel, dass Ellen barfuß war. Fast beiläufig vergrößerten sie den Abstand zur Grenzmarkierung und formierten sich zu einer Kette quer über die Straße. Die drei West-Polizisten reagierten ihrerseits darauf und bildeten ebenfalls eine Kette auf der anderen Seite unmittelbar an der Markierung.

»Verdammt!«, wisperte Ellen.

»Sie werden uns kontrollieren. Wir müssen den richtigen Moment erwischen und loslaufen.«

»Dürfen die schießen?«

»Nicht in Richtung der Westberliner Seite.«

»Wie beruhigend«, sagte Ellen. Plötzlich strahlte sie ihn an. »Kommen Sie, wir tun so, als hätten wir großen Spaß und sind einfach nur auf einem entspannten Spaziergang.«

Fred bemühte sich zurückzulächeln. »Gut.«

»Na, dann los! Gucken Sie nicht, als hätten Sie in eine Zitrone gebissen.«

Fred lachte gezwungen, er tat sich immer schwer damit, Gefühle vorzutäuschen.

»Ich erzähle Ihnen was Lustiges. Das Nonneninternat, auf dem ich war, Sie erinnern sich? Wir Mädchen durften nicht schwimmen lernen, weil die Nonnen gegen jede auch nur angedeutete Form von Nacktheit waren.«

»Warum haben Sie nicht später schwimmen gelernt?«

Ellen winkte ab. »Auf einem Schulausflug sind wir mit Ruderbooten raus auf den Tegeler See. Dabei ist eine der Nonnen ins Wasser gestürzt. Und weil keiner schwimmen und sie retten konnte, ist sie ertrunken. Sie verschwand in die Tiefe, nur ihr Schleier kam langsam wieder nach oben.«

Fred sah sie fassungslos an. »Was ist denn daran lustig?«

»Die Ironie.«

»Ironie ist nicht in jedem Fall lustig.«

Sie schlug ihm mit der flachen Hand auf den Arm. »Komm schon, in dem Fall doch wohl, oder?!«

»Nein«, erwiderte er und schnappte nach ihrer Hand, als sie sie wieder erhob. Aus dem Augenwinkel sah er, wie sich die Vopos entspannten und sich grinsend ansahen. Offensichtlich waren sie streitend überzeugender als beim Vortäuschen von Spaß.

»Du bist ein moralinsaurer Spießer!« Sie blieb stehen und sah ihn wütend an.

»Können wir bitte weitergehen?«, raunte er halblaut.

»Weiter? Ich bleibe hier, wenn du dich nicht entschuldigst!«

Fred atmete tief durch. »Stell dich nicht so an.« Das ›du‹ fiel ihm erstaunlich schwer.

»Das ist so gottverdammt unverschämt! Deinetwegen habe ich schon meine Schuhe liegen lassen.«

Einige Vopos grinsten wieder, selbst der ranghöchste, der bisher skeptisch geblieben war.

»Ihre Papiere, bitte sehr«, sagte er. Ellen tat, als würde sie vor Wut auf Fred ihn nicht gehört haben, und ging weiter. Die Entfernung zur Markierung betrug vielleicht zehn Meter.

»Halt, die Dame, die Papiere.« Der Vopo klang nicht unfreundlich.

»Oh, Entschuldigung, Herr Polizist. Der Kerl macht mich noch verrückt.« Sie zog ihr Portemonnaie aus der Tasche ihres Hosenrocks.

»Auch Ihre Papiere«, wandte sich der Vopo an Fred. So wie es schien, würden die Vopos doch nicht allzu streng sein. Während der Polizist Ellens Behelfsmäßigen Personalausweis nur flüchtig durchblätterte, suchte Fred noch in seinen Hosentaschen nach seinem. Das heisere Singen eines hochdrehenden Motors ließ ihn herumfahren. Der graue Wartburg mit dem Dachträger preschte auf der Puschkin Allee heran. Die Vopos um sie herum reagierten wie einstudiert. Zwei versperrten Fred und Ellen den Weg, die anderen zogen ihre Pistolen, der Anführer hob seinen Arm in Richtung des Wartburg und brüllte: »Anhalten!«

»Jetzt«, flüsterte Fred Ellen zu und rammte gleichzeitig seine Schulter in den Vopo vor sich, schleuderte ihn gegen seinen Kameraden, um so eine Lücke zu schaffen. Ellen rannte los, ihr Bewacher griff ins Leere. Fred spurtete hinterher, doch ein Vopo erwischte sein Hemd und stellte gleichzeitig Ellen ein Bein. Sie stürzte. Die anderen Vopos sahen irritiert ihren Vorgesetzten an. Sollten sie sich jetzt mehr um das heranrasende Auto kümmern oder die beiden Grenzüberquerer?

»Los, los, los!«, brüllten die West-Polizisten ihnen zu. »Nur ein paar Meter!« Sie standen unmittelbar an der Linie und achteten darauf, keinen Fuß auf die andere Seite zu setzen. Auch sie hatten ihre Pistolen gezogen.

Fred drehte sich um, schaffte es, dem Vopo sein Knie in den Bauch zu stoßen, und lief weiter. Aus dem Augenwinkel sah er, wie Ellen wieder auf die Beine kam. Er überquerte die Linie. Ellens Schrei ließ ihn herumfahren. Ein Vopo hatte sich mit einem Hechtsprung auf sie geworfen, ein zweiter eilte zu Hilfe. Es war klar, dass die West-Polizisten keine Konfrontation riskieren konnten und nicht helfen würden. Fred machte auf dem Absatz kehrt und rannte in die beiden Vopos hinein. Ellen befreite sich und kroch über die Grenzlinie. Fred kämpfte verbissen, nur einen Meter von dem rettenden weißen Streifen entfernt. Die beiden Stasiagenten hatten ihren Wagen inzwischen mit einer Vollbremsung zum Stehen gebracht und sprangen heraus, ebenfalls mit gezogenen Pistolen.

»Den Mann festhalten! Sofort!«, schrie der Fahrer.

Die Art, wie die beiden auftraten, signalisierte den Vopos offensichtlich, es mit zwei Vertretern des Ministeriums für Staatssicherheit zu tun zu haben.

Wie in Zeitlupe sah Fred sein zukünftiges Schicksal vor seinem inneren Auge ablaufen: Festnahme, endlose Verhöre, vielleicht sogar Folter, eine fingierte Anklage und eine harte, lange Strafe. Arbeitslager. Oder Todesstrafe? Er wäre nicht der Erste, der für ein kleines Vergehen von den SED-Schergen mit dem Äußersten bestraft wurde. Spionage oder der schwammige Vorwurf der sogenannten Boykotthetze hatten in der Vergangenheit in zahlreichen Fällen für den Tod unter dem Fallbeil genügt.

In einem letzten Versuch stemmte Fred sich gegen die beiden Polizisten, mit einem Arm langte er über die Grenzlinie. Die Westdeutschen packten ihn und zogen, während auf der anderen Seite zwei weitere Vopos ihren Kameraden zu Hilfe kamen.

»Wir schießen, wenn ihr die Grenze übertretet!«, brüllte der Höherrangige die West-Polizisten an. »Kapitalistensäue!«

Fred trat nach hinten, traf einen der beiden empfindlich im Gesicht, für einen Moment ließ dessen Griff nach, und mit einem Schwung zerrten ihn die West-Polizisten hinüber. Sofort bauten sie sich zwischen ihm und der Linie auf, die Waffen auf die Vopos gerichtet. Auf der anderen Seite der Grenze passierte dasselbe, mit dem Unterschied, dass die Vopos mit den Stasiagenten zu acht waren.

»Gebt sie raus, oder wir knallen euch alle vier ab.« Einer der Stasi-Männer sprach mit harter Ruhe. »Hier ist keiner, der euch helfen kann.«

»Die beiden sind im amerikanischen Sektor, und da bleiben sie auch«, antwortete der West-Polizist mit den meisten Streifen auf der Schulterklappe nicht weniger ruhig und zielte auf den Kopf des Stasi-Mannes. »Ein Schuss von euch, und du bist tot.«

Fred hörte das Klicken der Pistolen, die entsichert wurden. Der Wortwechsel wurde heftiger. Zwei Welten standen sich unversöhnlich gegenüber. Ost gegen West. Deutsche gegen Deutsche. Der von den Russen erzwungene Sozialismus hatte sich zwischen die Menschen geschoben, und statt die Gräueltaten des Krieges gemeinsam zu verarbeiten, gemeinsam den Neuanfang zu stemmen, war eine neue Feindschaft geschaffen worden.

Fred stolperte zu Ellen, die entkräftet am Boden hockte, und zog sie hoch. Sie sah ihn für einen langen Moment an, gab ihm einen Kuss, drehte sich um und humpelte davon. Kopfschüttelnd folgte er ihr.

Ein westdeutscher Polizist schrie ihnen etwas hinterher. Sie kümmerten sich nicht darum, überquerten den Landwehrkanal und wandten sich nach links. Am Behelfskrankenhaus ein paar Hundert Meter weiter hielt Ellen ihn am Arm fest.

»Warten Sie.«

Fred deutete hinter sich. »Die werden nicht ewig beschäftigt sein.«

Ellen antwortete nicht, verschwand im Eingang des Krankenhauses und kam kurz darauf wieder heraus. »Wir nehmen ein Taxi.«

• • •

Vor einem weißen herrschaftlichen Haus am Fraenkelufer hielt das Taxi. »Wollen Sie mit hochkommen, Fred?«, fragte Ellen.

»Sollten wir nicht lieber ins LKA?«, erwiderte Fred. »Es weiß ja keiner, wo wir sind.«

»Na und?« Sie bezahlte den Fahrer. Fred sah einen ziemlich dicken Stoß Geldscheine in ihrer Börse. »Keine Sorge, ich sage denen, dass Sie mich zu einem Verhör begleiten mussten. Ein konspiratives Treffen mit einem namenlosen Wilderer, der mit Armbrust und Streitaxt im Grunewald Wildschweine tötet, oder irgend so einen Blödsinn.«

Ein sanft nach oben gleitender Aufzug in der Mitte des Treppenhauses brachte sie in den dritten Stock. Ellen fischte einen Schlüssel unter einem Terracottatopf hervor, der zwischen zwei bunt verglasten Hausflurfenstern stand und in dem ein Gummibaum und verschiedene andere Pflanzen wuchsen. Sie schloss die Haustür auf und trat ein, Fred folgte ihr. Er hatte sich keine Gedanken über Ellens Wohnumstände gemacht, und doch hätte er eine für die Zeit typische Einrichtung erwartet, das, was 1958 modern war und was auf Reklamebildern von Möbelhäusern, auf Litfaßsäulen, an Plakatwänden, in den Zeitungen zu sehen war. Was sich jedoch tatsächlich vor seinen Augen auftat, schockierte ihn regelrecht. Im Flur sah es aus wie in einem Barockschloss. Die Wände waren in einem satten Tiefrot gestrichen, die Türrahmen wirkten wie vergoldet. Eine halb offen stehende, intarsiengeschmückte Doppelschiebetür gewährte einen Blick in das riesige, ebenfalls rot gestrichene Wohnzimmer. Alle Polstermöbel waren mit einem Stoff in derselben Farbe bezogen, die Bilderrahmen an den Wänden waren mit Blattgold belegt, und selbst die Teppiche waren goldfarben.

Wie deprimierend, dachte Fred, ohne erkennbaren eigenen Geschmack, einfach nur … aristokratisch. Ein anderes Wort fiel ihm nicht ein. Ellen strebte zu einer Tür mit mattiertem Glas. Dahinter verbarg sich die Küche, ein ebenfalls riesiger Raum, der allerdings wie ein Fremdkörper in dieser Wohnung wirkte. Sie war mit modernsten Geräten ausgestattet und machte den Eindruck, als wäre sie einem Katalog für hypermoderne Luxusküchen entnommen. Hier herrschte eine angenehme Unordnung, und es fühlte sich so an, als würde Ellens Leben hauptsächlich in diesem Raum stattfinden. In einer Ecke standen gemütliche Sessel mit Blickrichtung auf eine Kuba Komet, ein Tonmöbel, wie Fred es bisher nur in einem Schaufenster des KaDeWe gesehen hatte. Ein spitzzackiges über zwei Meter breites und fast genauso hohes Möbel, das dem Leitwerk eines Flugzeugs ähnelte und neben einem Fernseher ein Radio, einen Plattenspieler und ein Tonbandgerät in sich barg. Der Kaufpreis war nur mit Mühe zu entziffern gewesen, fast als schämten sich die Aussteller. 3200 Mark? So viel verdiente er im ganzen Jahr!

Mehrere Langspielplatten lagen auf der ausklappbaren Frontabdeckung. Vico Torriani, Ralf Bendix, Peter Kraus, las Fred auf den bunten Covern, deutsche Schlager, wie sie Ellen gerne voller Inbrunst mitsang und die ihm ein Graus waren. Seine Musik war der Rock'n'Roll von Little Richard, Elvis Presley oder Eddie Cochran. Oder die Balladen von den Platters, Sam Cooke oder Ricky Nelson.

»Also, was haben wir?«, fragte Ellen, nachdem sie zwei Flaschen Coca-Cola aus dem Kühlschrank geholt und eine vor ihn auf den mit gebrauchten Gläsern und Kaffeetassen gefüllten Nierentisch gestellt hatte. Gierig trank Fred ohne abzusetzen die Hälfte der kalten amerikanischen Brause. Ellen nippte nur an ihrer Flasche und sah ihn belustigt an.

»Was ist?«, fragte Fred. »Habe ich schon wieder irgendwelche Benimmregeln missachtet?«

Statt zu antworten, setzte Ellen ihre Flasche an, trank sie in einem Zug leer und rülpste laut. Fred starrte sie an.

»Kohlensäure«, sagte sie, zuckte lässig mit den Schultern und lachte laut los. Fred mit ihr, das tat gut nach dem Druck der letzten Stunden. Ellen holte zwei weitere Flaschen aus dem Kühlschrank. Dieses Mal nahmen beide nur einen Schluck.

»Die Frage ist mehr, was wir mit dem, was wir haben, machen«, sagte Fred. »Das Verhör mit Gottfrieds Mutter ist illegal, wir dürfen es nicht verwenden.«

»Wir haben sie nicht verhört, wir haben sie über den Tod ihres Sohns informiert, woraufhin sie uns ein paar Geheimnisse verraten hat.«

»Sie wissen, dass wir damit nicht durchkommen.«

»Weiß ich das?«

»Jetzt ja.«

»Gut, dann haben wir eben offiziell nie mit ihr gesprochen. Schnuppe. Wir wissen, dass Gottfried für das MfS spioniert hat.« Ihre Augen leuchteten. »Das ist so spannend!«

»Wir müssten den BND einschalten. Geht aber nicht«, sagte er.

Erinnerungen an den unendlich langweiligen Theorieunterricht während seiner Ausbildung kamen wieder hoch. Wo sind die Grenzen in der Polizeiarbeit, wann ist wer für was zuständig, welche Besonderheiten gelten für die Polizeiarbeit insbesondere in Berlin, wann müssen die Polizeiorgane der Alliierten miteinbezogen werden ... Trockener Stoff, den seine Ausbilder zusätzlich noch mit unheilvollen Drohungen durchsetzt hatten, was passieren würde, wenn man die Regeln nicht einhielt. Die Situation vorhin, die Konfrontation zwischen West-Polizei und Ost-Vopos an der Sektorengrenze, war ein Klassiker. Hätte einer die weiße Linie überschritten, hätte das schnell zu internationalem Säbelrasseln führen können, jeder würde behaupten, die anderen hätten die eigene territoriale Integrität verletzt, und gerade jetzt, da die SED immer nervöser wurde, weil sich so viele ihrer Bürger wie nie zuvor nach Westberlin absetzten, würde man das als willkommenen Anlass nehmen, schärfere Strafen für sogenannte Republikflüchtlinge zu fordern. Manche munkelten sogar, Erich Mielke, der Minister für Staatssicherheit, verlangte immer eindringlicher, eine Mauer zu bauen, statt nur weiße Streifen auf die Straßen zu malen.

»Dann lassen wir es doch«, erwiderte Ellen.

»Wenn das rauskommt, fliege ich raus. Sie wahrscheinlich nicht.«

Ellen zuckte mit den Schultern. »Doch, ich auch.«

»Aber Ihnen ist es egal, habe ich recht?«

»Wenn wir auf anderem Weg herausbekommen, wie und wen Gottfried ausspioniert hat«, überging sie seine Frage, »können wir ohne Probleme später den BND einschalten. Dann werden die nicht fragen, ob wir das schon vorher gewusst haben.«

Freds Blick fiel auf eine Schale mit Erdnüssen, zumindest vermutete er, dass es sich um solche handelte, auf denen feine Salzkristalle klebten. Ellen folgte seinen Augen, nahm die Schale und reichte sie ihm herüber.

»Greifen Sie zu.«

Fred nahm eine Handvoll und steckte sich Nüsse einzeln in den Mund. »Wenn ich das richtig sehe, hat Gottfried praktisch jeden Tag in Harry's Ballroom gearbeitet. Immer zehn, zwölf Stunden, vielleicht noch mehr. Danach war der sicherlich völlig fertig. Was soll er denn dann noch groß spioniert haben?«

Ellen hielt die kühle Colaflasche an ihre Wange. »Er muss die Informationen während seiner Arbeit gesammelt haben.«

Fred warf ihr einen zweifelnden Blick zu. Das Salz auf den Nüssen tat gut. Als wüsste sein Körper, dass er durch die anstrengenden Ereignisse der letzten Stunde zu viel davon ausgeschwitzt hatte.

»Haben Sie eine Vorstellung, wer alles im Ballroom verkehrt?«, fragte sie.

»Klar, Harry Renner hat ja ausgiebig damit geprahlt.«

»Der Ballroom ist berühmt. Der Ballroom ist heiß wie ein Vulkan. Da kommen Politiker, amerikanische Soldaten, Leute aus Westdeutschland, viele, für deren Wissen sich die Kommunisten drüben in der Zone brennend interessieren dürften.«

»Gut, aber wie kann ein Barmixer, der den ganzen Abend hinter der Theke steht, die ausspionieren? Da wird doch keiner am Tresen irgendwelche Geheimnisse preisgeben.«

»Da nicht.« Ellen stützte ihren Kopf in beide Hände. Sie wirkte plötzlich sehr müde, als würde ihr erst in diesem Moment klar, was sie vorhin erlebt hatten und wie nah sie einer Katastrophe gewesen waren. »Wir brauchen einen Durchsuchungsbefehl. Vielleicht entdecken wir …«

Das Geräusch eines in ein Türschloss geschobenen Schlüssels ließ Ellen zusammenfahren, jemand öffnete die Wohnungstür und knallte sie hinter sich wieder zu. Ellen sprang auf und verließ die Küche. »Mutter?«, hörte Fred ihren entgeisterten Ausruf.

»Liebes Fräulein«, antwortete eine strenge, voluminöse Frauenstimme, »ich habe dir die klare Weisung erteilt, zu dem Termin bei Hofrat Kirchner zu erscheinen, und zwar«, eine kurze Pause ließ Fred vermuten, dass Ellens Mutter das mitgenommene Äußere ihrer Tochter missbilligend betrachtete, »und zwar in anmutiger und in jedem Fall dezenter Kleidung.«

Fred hörte gewichtige Schritte, die Küchentür wurde mit demonstrativem Schwung geöffnet, und eine nicht sehr große, beleibte Frau trat ein. Ihre dauergewellten Haare waren mittellang, asymmetrisch bedeckten sie auf der einen Seite das Ohr, auf der anderen waren sie mit einer Klammer hochgesteckt, auf der kleine Brillanten glitzerten. Sie trug einen mit einem Knopf am Hals verschlossenen Umhang, der fast bis zum Boden reichte und bei jeder Bewegung ihrer Arme den Blick auf ihr Dekolleté und eine schwere Perlenkette freigab. Theodora Baronin von Stain zu Lauterburg, Hermann Görings Patentante und Ellen von Stains Mutter. Sie musterte Fred mit einem schnellen Blick von oben nach unten, ging zum Kühlschrank und holte eine Flasche Selterswasser heraus.

»Ein Glas.«

Fred wusste nicht, wie er sich verhalten sollte. Sich vorstellen? Aufstehen und gehen?

Ellen holte ein Glas aus dem Küchenschrank. Anders, als Fred sie bisher erlebt hatte, wirkte sie verunsichert und verwundbar, zugleich auf eine Art trotzig, wie es Kinder sind, wenn sie um ihre Machtlosigkeit wissen.

Während die Baronin langsam trank, ruhte ihr Blick auf Fred. »Einer deiner Gespielen, Ellen?«

»Ein Kollege«, antwortete Ellen.

»Pah! Damit ist jetzt Schluss, mein Fräulein. Es hat sich ausgespielt.«

»Das entscheide ich und nicht du.«

Die Baronin verzog ihr Gesicht zu einem herablassenden Lächeln. »Nun, der Nährboden für dein Tun ist der Fonds, Kind. Wärest du zu dem Termin erschienen, wüsstest du, dass er ab sofort für dich gesperrt ist und in meine Obhut übertragen wurde. Das bedeutet: Entweder kehrst du zu den Pflichten zurück, die dir deine Herkunft auferlegt, oder du bist ab sofort mittellos.«

Ellen schluckte schwer, zugleich stieg ihr die Zornesröte ins Gesicht. »Vater hat ihn vor seinem Tod eindeutig mir zugeschrieben!«

»Und ich habe das geändert, der Fonds ist ab sofort für dich *perdu. C'est un fait accompli incontestable, ma chère.*« Sie untermalte ihre Worte mit einer Reihe rigoroser Gesten. »Aber, ich bin kein Unmensch. Es sei dir überlassen, jederzeit in den Schoß der Familie zurückzukehren und …«

»Welcher Familie?«, unterbrach Ellen sie. »Es gibt nur noch dich und mich.«

»Ich zähle noch andere dazu, wie du weißt.«

»Ich weiß, und mit denen will ich nichts zu tun haben.«

Die Baronin machte eine gebieterische Handbewegung, hielt Ellen ihr Glas hin, die es entgegennahm, und streckte sich.

»Wie gesagt, jederzeit, liebes Kind, indes, bis dahin wirst du auf dem Trockenen sitzen, und das hier«, sie machte eine umfassende Bewegung, die die gesamte Wohnung miteinbezog, »wirst du dir wohl nicht mehr leisten können. Unter anderem. Denk gründlich darüber nach! Adieu.«

Die Baronin rauschte davon, ihre Absätze knallten auf das Parkett, und sie krönte ihren Abgang mit dem lautstarken Zuwerfen der Wohnungstür.

Fred fühlte sich furchtbar unwohl. Für Ellen musste der herrische Auftritt ihrer Mutter sehr peinlich gewesen sein. Sie stand da mit dem Glas in der Hand und betrachtete es wie einen Fremdkörper.

»Es tut mir leid, Frau von Stain, dass ich Zeuge dieser familiären Situation geworden bin.« Fred hatte das Gefühl, nicht die richtigen Worte zu finden, egal, was er sagte.

»Wir waren schon weiter, Fred.« Auf seinen fragenden Blick fuhr sie fort. »Ellen.«

Fred nickte. »Möchten Sie, dass ich gehe, Ellen?«

Ellen überging die Frage. »Hätte nie gedacht, dass sie das wirklich macht.« Sie schüttelte fassungslos den Kopf und atmete tief durch. »Wo waren wir stehen geblieben?« Sie stellte das Glas in den Spülstein, lehnte sich mit dem Rücken dagegen und wandte sich Fred zu. »Wir haben überlegt, wen Gottfried Sargast auf welche Weise im Ballroom ausspioniert haben könnte. Ich glaube, der Schlüssel zu allem ist Harry Renner.«

»Zumindest ist er der Einzige, auf den wir unmittelbar Zugriff haben. Er und sein Türsteher, Rucki Müller.«

Sie verstummten einen Moment lang, beide in Gedanken versunken, still vor sich hin grübelnd.

Ellen ließ ihren Blick über ihre verschmutzten Füße und die zerrissene Kleidung wandern. »Doch, es ist besser, wenn Sie jetzt gehen. Und holen Sie auf Ihrem Weg meine Tasche bei der dicken Frau ab.« Eilig verließ sie die Küche.

Fred schloss die Wohnungstür hinter sich. Das war sie also gewesen, die Frau, die sich mit Hermann Görings Hilfe an jüdischem Besitz bereichert hatte und die immer noch ohne einen Hauch von Reue in den alten Nazikreisen verkehrte, von keiner Justiz belangt und, zumindest nach Freds Kriterien, unvorstellbar reich. Auch wenn er sich dagegen wehrte, tat ihm Ellen leid. Ihre Biestigkeit ihm gegenüber bekam jetzt ein etwas anderes Gesicht. Ja, sie war immer noch die selbstgefällige, mitunter nervtötende Adelige, aber sie war eben auch eine junge Frau, die eine eigene Last zu tragen hatte und die auf der Suche nach einem neuen Weg war, nach einem Leben, in dem man das Bekannte, Alte nicht einfach weiterlebte.

• • •

»Ah, der verloren gegangene Kriminalassistent Lemke.«

Die Chefsekretärin Josephine Graf zog an ihrer Zigarette, wie immer eine Lucky Strike, und warf ihm einen kritischen Blick zu, der jedoch wohl eher seiner verschwitzten und verknautschten Kleidung galt. Sie hatte ihre Handtasche über einen Arm gehängt und war offenbar im Begriff, Feierabend zu machen.

»Ihr Führungskommissar hat wutschnaubend nach Ihnen gesucht. Gefunden hat er Sie nicht, und als er vorhin bei Hauptkommissar Merker vorsprach, war er nicht gerade gut auf Sie zu sprechen.«

»Das tut mir leid, Frau Graf, ich war mit der Sonderermittlerin von Stain unterwegs und …«

»*Ich* habe Sie nicht wutschnaubend gesucht, Herr Lemke«, schnitt sie ihm das Wort ab und lächelte knapp. »Ich würde denken, Sie hatten einen guten Grund. Einen schönen Feierabend.« Sie zwinkerte ihm lässig zu und ging, wandte sich aber noch einmal um. »Kommissar Leipnitz will Sie sprechen.«

Fred betrat das gemeinsame Büro von Auweiler, Leipnitz, ihm selbst und Ellen von Stain, die sich allerdings, seit sie zur Mordkommission I gehörte, bisher noch nicht eingerichtet hatte, so, als gedächte sie, nur vorübergehend in der Abteilung zu bleiben.

»Ah, Herr Lemke«, begrüßte ihn Kommissar Leipnitz. Auweiler telefonierte und beachtete Fred nicht. Leipnitz sprang auf, ging zum Fenster, lehnte sich mit dem Rücken dagegen und sah Fred nicht an, während er weitersprach.

»Gibt es etwas Neues, was Sie und Frau von Stain zwischenzeitlich noch ermittelt haben?«

»Nein«, log Fred.

»Was ist mit der Theorie, dass der Nachtklubbesitzer Harry Renner das eigentliche Ziel des Mörders und Sargast nur Opfer einer Verwechslung war?«

»Die Tat war gut vorbereitet«, antwortete Fred. »Das Versteck, um seinem Opfer aufzulauern, war sorgsam ausgesucht und präpariert. Der Täter war sehr umsichtig, ich kann mir nicht vorstellen, dass er nicht mitbekommen hat, wie Renner heute Morgen gegen vier Uhr und weit vor Sargast den Nachtklub verlassen hat. Wäre Renner sein Ziel gewesen, hätte er zugeschlagen.«

»Hat er ja vielleicht. Es gab diesen Fehlschuss. Vielleicht wollte der Mörder beide töten. Harry Renner hat er mit dem ersten Schuss verfehlt, Sargast mit dem zweiten Schuss nicht.«

»Auch möglich, nur: warum?«

»Auf jeden Fall würde das bedeuten, dass Renner in großer Gefahr ist. Dann wird es der Mörder erneut versuchen. Haben Sie den Eindruck, er ist sich dessen bewusst?«

Fred musste an Renners kühle Reaktion auf den Toten denken. »Auf mich macht er den Eindruck eines Mannes, der Kampferfahrung hat.«

Leipnitz antwortete nicht sofort. »Seit den Engländern 1920 das Mandat über Palästina übertragen wurde, wird dort gekämpft. Araber gegen Briten, Araber gegen Juden, Juden gegen Briten, Juden gegen Araber, vor allem zwischen '47 und '49, als der Staat Israel durch seine Unabhängigkeitserklärung entstand. Wenn Harry Renner von '33 bis '50 in Palästina lebte, wird er nicht nur Zuschauer gewesen sein. Alle jüdischen Männer mussten kämpfen. Es ging um ihr Überleben.«

Auweiler, der sein Gespräch inzwischen beendet hatte, stöhnte leise und zugleich demonstrativ auf. »Manche vertreten den Standpunkt, dass die Juden den Palästinensern das Land wegnehmen und die sich gezwungenermaßen dagegen wehren.«

»Palästina ist das Land der Juden«, erwiderte Leipnitz und bemühte sich, das Zittern in seiner Stimme zu verbergen. Erneut stöhnte Auweiler verächtlich auf.

Fred wusste nur sehr wenig über den Dauerkonflikt im Nahen Osten, alles war so undurchschaubar. »Was glauben Sie?«, fragte er Leipnitz. »Wen hat Renner gemeint, als er in dem Interview von Morddrohungen gesprochen hatte?«

»Alt-Nazis, Neu-Nazis, Unverbesserliche, Ewiggestrige.«

»Aber wieso hat er uns gegenüber behauptet, keine Feinde zu haben?«

Leipnitz warf ihm einen scheuen Blick zu. »Es gibt Juden, die sind nicht nur auf ewig von der Vergangenheit gezeichnet, sie tragen sie zudem noch wie ein schweres Gewicht mit sich herum. Und es gibt Juden, die schaffen es, alles zu verdrängen und so zu leben, als wäre nichts passiert. Harry Renner gehört wohl zu Letzteren.«

»Darf ich an einen Aspekt erinnern, den die beiden Herren mir möglicherweise als Antisemitismus auslegen?«, fragte Auweiler mit süffisantem Lächeln. »Harry Renner kommt ipse per se als Täter infrage. Er hat den Nachtklub gegen 4 Uhr verlassen, hatte also ausreichend Zeit, sich im Gebüsch auf der anderen Straßenseite zu verstecken, um dann den bedauernswerten Barmixer mit einem wohlfeilen Blattschuss zu erlegen.«

Blattschuss! Fred schüttelte sich angeekelt, was Auweiler sehr wohl bemerkte. »Wir sind hier nicht im Mädchen-Pensionat, Lemke. Dies ist die Mordkommission.«

»Auf jeden Fall müssen wir mehr über Harry Renner in Erfahrung bringen«, sagte Leipnitz. Er lächelte Fred freundlich zu. »Darum kümmern wir uns morgen. Jetzt machen Sie mal Feierabend.«

»Mach ich«, erwiderte Fred dankbar und griff nach seinem Koffer.

»Haben Sie immer noch keine Bleibe gefunden?« Leipnitz' Frage klang so, als hätte er einen Vorschlag, wo Fred unterkommen könnte.

»Schmutzige Wäsche«, lächelte Fred. »Ich muss in einen Waschsalon.«

»Am Fehrbelliner Platz? Da gehe ich auch immer hin. Die Wäschetrockner da ... dass es so was gibt! Bemerkenswert.«

Fred brauchte nur zehn Minuten bis zum Fehrbelliner Platz, der drei U-Bahnstationen vom Wittenbergplatz entfernt war. Schon als die Bahn in die Station einfuhr, sah man überall Plakate, die mit dem holperigen Reim ›Waschen und Trocknen besonders schnell, und das auch noch für wenig Geld‹ warben. Hanna, seine Pensionswirtin, hatte ihm, als sie seine handgewaschenen Unterhosen auf einer quer durch sein Zimmer gespannten Leine entdeckte, mit freundlicher Bestimmtheit klargemacht, dass es dafür im Keller sowohl eine Waschküche mit heizbarem Waschtrog als auch einen Trockenraum gab, und wenn er es eilig habe, müsste er eben in einen Waschsalon gehen, das wäre die allerneueste Errungenschaft, die die Amerikaner uns deutschen Hinterwäldlern geschenkt hätten.

›Feine Wäsche‹ prangte als Neonleuchtreklame in wunderbar kräftigem Rot über einer zehn Meter langen Fensterfront und machte den Waschsalon weithin sichtbar. Im Sonnenlicht wäre sie kaum zur Geltung gekommen, doch der Himmel hatte sich zwischenzeitlich in atemberaubendem Tempo zugezogen, zuerst mit schmutzig grau-schwefeligen Wolken, dann mit einer tiefen Schwärze, die erahnen ließ, was bevorstand. Die Geräusche der Straße, der Busse, der Autos, der vorbeihastenden Menschen hatten etwas Elektrisiertes bekommen, eine helle, nervöse Klangfarbe, die einen förmlich danach fiebern ließ, dass mit dem ersten Blitz und Donner heftiger Regen auf alle herabstürzen würde, die sich nicht rechtzeitig in Sicherheit gebracht hatten. Fred zögerte, als er all die Frauen sah, die vor den Waschmaschinen oder Trocknern saßen, sich unterhielten, in Magazinen blätterten oder einfach nur dem Treiben auf dem Fehrbelliner Platz zusahen. Vorsichtig öffnete er die Tür, als könnte er so unbemerkt eintreten, aber das Bimmeln gleich mehrerer Glöckchen ließ alle Gesichter zu ihm herumfahren. Jede Abwechslung schien den Frauen willkommen zu sein. Ihre Blicke folgten ihm, als er an den Tisch der Inhaberin trat, die ihn im Selbstverständnis, dass es nichts Moderneres gab als einen Waschsalon mit amerikanischen Hoover-Vollautomaten, mit blasiertem Blick maß und den Eindruck vermittelte, als gäbe es ein an höchsten Ansprüchen orientiertes Auswahlverfahren, um überhaupt eine der Maschinen benutzen zu dürfen.

»Guten Abend, ich muss waschen und trocknen, weiß aber nicht, wie es geht«, brachte Fred es auf den Punkt. Im selben Moment zuckte ein Blitz über den Himmel, und nur den Bruchteil einer Sekunde später krachte der Donner mit einem scharfen Knall. Alle Frauen schrien gleichzeitig auf, manche schrill, und fast alle Gesichter spiegelten für einen Moment nackte Panik. Fred verstand sofort, warum. Die Frauen hatten Fliegerbomben, Stalinorgeln und Artilleriebeschuss erlebt und neben der Sorge um das eigene Leben die noch viel größere um das ihrer Kinder erlitten. Das Grauen des Kriegs hatte Reflexe in sie gepflanzt, die sie nie mehr loswerden würden.

Sekunden später machte sich unendliche Erleichterung breit, ein Gewitter, sonst nichts, kein Grund, sich zu sorgen. Die meisten lachten, viel zu laut, manche atmeten schwer und legten ihre Hände auf die Brust, wie in stiller Dankbarkeit. Die Waschsaloninhaberin war plötzlich wie verwandelt und sprang lachend auf.

»Kommen Sie, junger Mann, kommen Sie, ich zeige Ihnen, wie es geht.«

Fred nahm seinen Koffer und folgte ihr. Draußen prasselte der Regen, Menschen rannten am Fenster vorbei, hier drinnen jedoch fühlte Fred sich wie der Teil einer verschworenen Gemeinschaft, zusammengeschweißt für einen Moment.

Der Waschvorgang war nach einer halben Stunde zu Ende, für das Trocknen hingegen musste man zwei Stunden einrechnen. Die Temperatur im Waschsalon war stetig gestiegen, alle Trockner waren in Betrieb und verbreiteten eine feuchte Wärme. Draußen war der Regen zu einem Tröpfeln abgeflaut. Fred trat hinaus auf die Straße. Der Kiez war ihm sehr vertraut, hier hatte er über ein Jahr lang Gaslaternen angezündet, und hier hatte er seinen letzten Arbeitstag gehabt, so wie alle anderen Laternenanzünder in Berlin. Einen Tag später wurden die Gaslaternen in Berlin wieder ferngesteuert gezündet, mit Presszündung, so wie vor dem Krieg, und sein Beruf wurde ein für alle Mal überflüssig. Zudem war die Elektrifizierung der Straßenbeleuchtung längst beschlossene Sache, auch wenn es damit nicht so schnell gehen würde, noch fehlte das Geld, es wurde an anderer Stelle gebraucht. Die riesige Stadt mit ihren mehr als zwei Millionen Einwohnern war immer noch zerstört wie kaum eine andere, Häuser mit insgesamt 600 000 Wohnungen waren den Bomben zum Opfer gefallen und längst noch nicht wiederaufgebaut worden.

Fred war einfach losgegangen, ohne sich Gedanken zu machen, er wusste sowieso, wohin es ihn zog. Er folgte der Brandenburgischen Straße, bog nach zweihundert Metern links in die Wegenerstraße, die in die Fechnerstraße überging.

Es war noch hell, anders als damals, als er seine Leiter zum letzten Mal an die Laterne gegenüber dem Haus gelehnt hatte, in dem Ilsa eine winzige Kammer bewohnte. Ilsa, so hatte er sie genannt, weil sie ihn an Ingrid Bergman in ›Casablanca‹ erinnerte. Ilsa war genauso einsam wie er, das hatte er sofort gespürt, einsam und tapfer. Wie oft hatte er im Schutz der Dunkelheit sehnsüchtig zu ihr hinübergestarrt, mit drückendem Gewissen, er wollte nicht, dass sie schlecht von ihm dachte und ihn für einen ekligen Spanner hielt, und doch konnte er sich nicht losreißen von ihrem Gesicht, ihren Bewegungen, wenn sie ihre Haare bürstete. Irgendwann entdeckte sie ihn, scheu und ernst hatte sie ihn angeblickt, scheu hatte er sie angelächelt, und es dauerte viele Tage, bis sie endlich zurücklächelte. Und dann kam sein letzter Arbeitstag, die letzte Gelegenheit, sie anzusprechen, zumindest fühlte es sich für ihn so an. Er war erschrocken, als er ihr Fenster geschlossen vorfand, die Vorhänge zugezogen. Wohnte sie nicht mehr dort? Er harrte auf seiner Leiter aus, bis drinnen Licht angeschaltet wurde, ein wenig schimmerte es an dem Stoff vorbei nach draußen. Die Vorhänge zuckten hin und her, als würde eine Katze damit spielen. Fred hörte Geräusche. Männerstimmen. Und plötzlich Hilfeschreie. Es war ihre Stimme, er war sich sicher, auch wenn er sie nie zuvor gehört hatte. Die Schreie wurden dumpf, wie wenn sich eine Hand über den Mund legte. Der Vorhang spannte sich und riss herunter. Fred sah zwei Männer, einen, der auf der jungen Frau lag, sie war nackt, und sich an ihr verging, einen, der sie festhielt. Fred starrte hinüber, paralysiert.

Tu was, Fred! Tu was!

Wie denn? Sein Körper war wie zu Eis gefroren.

Ilsa flehte und bat. Die Männer lachten. Sie *lachten!*

Die Frau riss sich los, stürzte ans Fenster. Ihre Augen

suchten und fanden Fred. »Hilfe«, schrie sie hinter der Glasscheibe, tonlos, aber Fred las es von ihren Lippen. *Hilfe!*

Freds Blick verschwamm. Er sah seinen Vater. Wie er an dem Seil baumelte. Und er? Er war nicht da gewesen. Er hätte helfen können. Er hätte ihn nicht allein lassen dürfen, er hatte versagt, es war seine Schuld. Nicht versagen, nicht noch einmal ...

Freds Hand tastete nach dem Schraubenzieher und warf ihn. Wirkungslos prallte er gegen die Hauswand. Der Hammer, aus geschmiedetem Eisen. Er beugte sich weit zurück, holte aus, verlor fast das Gleichgewicht. Träge wirbelte das schwere Werkzeug durch die Luft, durchschlug die Fensterscheibe, traf den auf Ilsa liegenden Mann in den Rücken. Er schrie auf. Der andere Mann ließ sie los und sprang zum Fenster. Im Reflex drehte Fred den Gashahn der Straßenlaterne zu. Dunkelheit. Die Augen des Mannes fanden ihn nicht.

Der Getroffene hatte Mühe, seine Hose hochzuziehen. Blut auf seinem Rücken. Ilsa kroch zur Wand, Panik in den Augen, was werden die Männer als Nächstes tun? Todesangst.

Die Männer rannten hinaus, wenige Sekunden später waren sie auf der Straße. Der Getroffene atmete schwer, er humpelte. Der andere zerrte ihn hinter sich her.

Ilsa. Sie versuchte, ihr Kleid überzuziehen. Es hielt nicht auf ihrem Körper, zerrissen, wie es war. Sie versuchte es immer wieder, wie in Trance, wie eine Aufziehpuppe. Ihre Blicke suchten Fred nicht mehr.

Wut, endlich. Sie durchströmte Freds Körper, löste die

Starre. Die Leiter zwischen die Oberschenkel geklemmt, glitt er hinunter. Zu schnell, er stürzte. Der schmerzhafte Aufprall befeuerte seine Wut. Er lief los, den beiden Männern hinterher. Ihr Vorsprung war groß. Er sah, wie sie in der Roten Laterne verschwanden, einer Bar, einem Bordell, jeder wusste es. Fred stürmte hinterher. Der Kampf war kurz, die Männer schlugen ihn nieder, sie lachten ihn aus: »Geh nach Hause, Kerlchen.«

In der nächsten Polizeiwache, Berliner Straße, Revier 40, er würde es nie vergessen, schilderte er, was er gesehen hatte. Er hatte keine Zweifel, dass die Polizisten die Täter verhaften würden, er war Zeuge, die junge Frau würde die Täter wiedererkennen. Doch auch die Polizisten lachten! Sie drohten *ihm*, er solle sich nicht um Dinge kümmern, die ihn nichts angingen, und wenn er weiter dreiste Anschuldigungen erhöbe, würden sie ihn einsperren. Fred schlich davon. Die Rote Laterne und deren Mitarbeiter wurden von der Polizei geschützt …? Es würde keine Gerechtigkeit für Ilsa geben? Als Fred zum Haus zurückkehrte, war die Kammer dunkel. Er wagte es, die Leiter an die Hauswand anzulegen, warf einen Blick hinein. Niemand da. Trotz der späten Stunde klopfte er an der Haustür, niemand öffnete. Verwirrt brachte er seine Arbeit zu Ende. Am nächsten Tag kehrte er zurück. Der Hausmeister behauptete, dass dieses Zimmer noch nie an eine junge Frau vermietet worden wäre. Kaum dass es dunkel war, kletterte Fred an der Fassade hoch. Seine Leiter und sein Werkzeug hatte er abgeben müssen, der fehlende Eisenhammer war sogar von seinem letzten Lohn abgezogen worden. Das Zimmer war vollkommen leer geräumt, keine Möbel, kein Vorhang, nichts. Keine Spur mehr von Ilsa.

Jetzt, zwei Jahre später, sah Fred an der Hausfassade hoch. An dem Fenster hingen Gardinen. Durch die Scheibe in der Eingangstür sah er die Hausmeisterloge, ein winziger Holzkasten, der in den Hausflur hineingebaut worden war, obwohl der Platz eigentlich nicht ausreichte, und der etwas von einem Wachposten hatte. Ein Mann saß darin und las die Bild-Zeitung.

Fred hörte, wie eine Tür geöffnet wurde, ein Mann mit zwei Hunden verließ das Nachbarhaus.

»Einen Augenblick, bitte!«, rief er. »Wohnen Sie hier?«

Der Mann erschrak, seine Hunde bellten Fred böse an.

Fred hielt ihm seine Polizeimarke hin. »LKA Berlin.«

»Könnt Ihr mich nicht in Ruhe lassen?« Der Mann zerrte seine Hunde zurück.

»Es geht nicht um Sie«, antwortete Fred. »Es geht um eine Information.«

Der Mann sah ihn misstrauisch an. »Was für eine?«

Fred deutete auf das Haus hinter sich. »Was wissen Sie über die Bewohner in diesem Haus?« Er versuchte, so zu klingen, als wüsste er es bereits und brauche nur eine Bestätigung.

Der Mann warf ihm einen langen Blick zu. »Hören Sie, ich will keine Schwierigkeiten.«

»Keine Sorge, ich frage Sie nicht einmal nach Ihrem Namen.«

»Da wohnen lauter junge Frauen drin. Dürfen mit keinem reden. Werden jeden Tag abgeholt und abends wieder zurückgebracht. Durch den Hintereingang.«

»Was sind das für Frauen?«

Wieder warf der Mann ihm einen langen Blick zu. »Ich sage Ihnen nichts, was nicht alle hier wissen.«

»Dann sagen Sie es.«

»Die sind aus der Zone rübergekommen. Deutsche. Allesamt welche, die nicht als Flüchtlinge anerkannt wurden.«

Fred kannte das Problem. Nicht alle Flüchtlinge aus der Sowjetischen Zone, also der DDR oder Ostberlin, wurden offiziell anerkannt, in manchen Jahren fast jeder Zweite nicht. Das Leben, das ihnen bevorstand, war sehr hart: Sie konnten nicht zurück, weil auf sie als »Republikflüchtlinge« hohe Strafen warteten, und sie konnten nicht weiter nach Westdeutschland ziehen, denn für den Transit brauchte man Papiere, die ihnen nicht ausgestellt wurden, weil sie sich weder anmelden durften noch eine Arbeitserlaubnis bekamen. Ein Teufelskreis.

»Welche Arbeiten müssen die machen?«

»Was weiß ich denn.«

Mehr würde der Mann nicht sagen, das spürte Fred. »Gut. Ich bedanke mich. Ich wünsche einen guten Abend.«

Der Mann ging grußlos. Fred blieb unschlüssig stehen. Nicht anerkannten Flüchtlingen ein Zimmer zu vermieten, war nichts Ungesetzliches, sie arbeiten zu lassen, schon. Aber sollte er sich wirklich darum kümmern? Die Flüchtlinge taten ihm leid. Es waren Menschen, die zweimal Pech gehabt hatten: zum einen bei Kriegsende im falschen Teil Deutschlands zu leben, zum anderen nicht anerkannt worden zu sein, ohne je die Gründe zu erfahren oder dagegen vorgehen zu können, denn die entscheidenden Befragungen wurden von den alliierten Geheimdiensten durchgeführt, von der CIA, dem MI6 und dem französischen SDECE, und die gaben praktisch keine Informationen an die deutschen Behörden weiter.

Ilsa. Als Flüchtling nicht anerkannt. Missbraucht und ausgenutzt. Fred ging zu dem Haus und klingelte an der Haustür. Vor zwei Jahren waren seine Nachforschungen, wenn man sie überhaupt so nennen konnte, sehr schnell ins Leere gelaufen. Niemand hatte dem schüchternen jungen Mann etwas erzählen wollen.

Der Pförtner verließ seine Loge, schlurfte herbei und öffnete das kleine, vergitterte Fenster in der Tür. Fred musterte ihn genau, nein, es war nicht derselbe wie vor zwei Jahren.

»Was wollen Sie?«, bellte er Fred an.

Fred zeigte seine Marke. »Kriminalpolizei, LKA. Öffnen Sie.«

Der Pförtner musterte ihn abfällig. Fred spürte, dass er ihn für zu jung hielt, um Schwierigkeiten zu bereiten. »Haben Sie einen Durchsuchungsbefehl?«

»Wofür? Sie lassen mich entweder rein und wir reden. Oder ich rufe einen Streifenwagen und lasse Sie zum Verhör ins LKA bringen.«

»LKA, sagten Sie?«

»LKA. Mordkommission.«

Der Pförtner zuckte zusammen. »Mord? Lieber Herrgott, wer ist denn ermordet worden?«

Fred antwortete nicht. Der Pförtner schlug das Fensterchen zu und schloss die Tür auf. Er wirkte jetzt besorgt. »Womit kann ich Ihnen da …«

»Es geht um eine Mieterin, die vor zwei Jahren«, Fred nannte ihm das genaue Datum, »hier überstürzt ausgezogen ist.«

»Welches Zimmer?«

Fred beschrieb ihm die Lage.

»Zimmer 11 also.« Er zwängte sich in die Loge und holte eine dicke Kladde aus einer Schublade. »Bei uns hat alles seine Ordnung, wissen Sie, hier wird nichts vertuscht.« Er suchte die Eintragungen unter dem Datum heraus. »Hier, Zimmer 11, Elisabeth Fiedler. Sie ist an dem genannten Tag ausgezogen. Konnte die Miete nicht mehr bezahlen.«

Elisabeth. Seine Ilsa hieß Elisabeth. Lisa. Ilsa.

»Wo ist sie hin?«

Der Portier zuckte mit den Schultern. »Weiß ich nicht. Müssen wir ja auch nicht wissen.«

»Die Frauen, die hier wohnen, sind nicht anerkannte Flüchtlinge. Stimmt das?«

»Das ist nicht verboten.«

»Wovon bezahlen die ihre Miete?«

»Die kriegen ein bisschen Geld vom Bezirksamt Wilmersdorf. Die Miete hier ist gering. Der Vermieter ist ein anständiger Deutscher. Der will helfen.«

Fred musste sich eingestehen, dass er keinen Millimeter weiter war. So würde er Ilsa, nein, Lisa nicht finden, es nutzte nichts, ihren wahren Namen zu kennen, Nichtanerkannte waren lediglich verpflichtet, sich einmal im Monat bei einer Polizeiwache zu melden. Nur die, die Fürsorgezahlungen wollten, taten das, die anderen schlugen sich irgendwie durch. Wie viele Wachen gab es in Berlin? Fünfzig? Mindestens.

• • •

Als Fred in den Waschsalon zurückkehrte, lag seine Wäsche fein säuberlich zusammengelegt auf dem Trockner, der wieder neu mit Wäsche befüllt war.

»Ausnahmsweise«, strahlte ihn die Inhaberin an.

Fred bezahlte und trat mit seinem Koffer hinaus auf die Straße. Das Gewitter hatte die Luft um einige Grad abgekühlt, und sie wirkte wie gereinigt. Ein angenehmer Sommerabend deutete sich an, zu schön, um in einem Kino oder in seiner Pension herumzusitzen. Fred stieg in die Straßenbahnlinie 60, die ihn zum Bahnhof Schöneberg brachte, nahm die S-Bahn-Linie 1, und eine halbe Stunde später klingelte er an der Tür der Feuerwache Grunewald am Wannsee.

»Ja, Mensch, Fred!«, begrüßte ihn sein Freund Harald Ringer. Harald war eine Frohnatur, was vielleicht auch an seinem wenig anstrengenden Berufsleben als Feuerwehrmann lag. Vor ein paar Jahren hatte er sich gleich beim ersten Einsatz eine schwere Knieverletzung zugezogen, die ihn für den aktiven Dienst untauglich machte, seitdem saß er in der Notrufzentrale. Zu seinen Füßen schlief der Hund Hugo, den er Fred zu verdanken hatte: Hugos Herrchen, der in Freds ersten Mordfall letzte Woche verwickelt gewesen war, saß in der JVA Moabit ein und würde so bald nicht wieder herauskommen.

»Kannst du einen Blick auf meinen Koffer haben?«, fragte Fred.

»Haben sie dich wieder rausgeschmissen?« Harald legte Hugo beruhigend eine Hand auf den Kopf, der panisch hochgeschreckt war, als er Freds Stimme erkannte. »Hugolein, das ist doch nur der liebe Fred.«

Fred war sicher, dass Hugo das ganz anders sah. »Nein, alles gut. Ich brauche ein bisschen Wind um die Nase.«

»Ich müsste auch mal wieder eine Runde drehen«, sagte Harald mit sehnsüchtigem Unterton und klopfte auf seine ansehnliche Wampe. Er hatte dafür gesorgt, dass Fred sein Skiff an der Außenwand der Feuerwache lagern durfte, und als Gegenleistung konnte er das Skiff, ein wertvoller Stämpfli-Einer, für den Fred über Jahre hinweg jeden Pfennig zur Seite gelegt hatte, ebenfalls nutzen. Eigentlich. Getan hatte er es bisher noch nie.

»Schon gehört, was in Köln passiert ist?«

Fred war schon fast wieder zur Tür hinaus und wandte sich eher unwillig noch einmal um. Früher hatte er oft stundenlang mit Harald gequatscht, meistens über Filme. Aber seit er vor zwei Jahren seine Polizeiausbildung angefangen hatte, hatte er sich dafür immer weniger Zeit genommen. Beschweren würde Harald sich bei Fred nie, doch sein trauriger Blick sagte alles und traf Fred ins Mark. Er zog einen Stuhl heran und setzte sich zu ihm.

»Nee, was denn?«

»Ich weiß, wie das ist, Fred, wenn man neu ist auf der Arbeit. Als ich hier angefangen hab, war mir eine Zeit lang auch alles andere schnurz. Ist so. Versteh ich auch. Wie lange bist du jetzt bei der Polente?«

»Ne gute Woche.«

Harald nickte. »Geh ruhig. Das Boot wartet.«

»Was ist in Köln passiert?«

Haralds Gesicht hellte sich auf. »Die haben ein paar Jungs in der Stadt eingesackt, vor dem Dom, in unserem Alter. Weil die da zusammen rumstanden, Krawall haben die keinen gemacht. Einer hatte ein Kofferradio dabei. In der Wache haben die Tschakos Spalier gebildet, die Jungs durchgejagt und mit ihren Gummiknüppeln krankenhausreif gedroschen. Das ist in Köln passiert.«

Eine Viertelstunde später zog Fred im Holundergebüsch neben der Wache seine Badehose an, die er im Ruderboot aufbewahrte, hob das Skiff aus der Halterung und trug es hinunter zum Ufer, vorbei an der herrschaftlichen Villa des Ruderklubs Wannsee, dessen Mitgliedsbeiträge weit außerhalb von Freds Möglichkeiten lagen. Mücken umkreisten ihn gierig, in der Stille klang ihr eindringliches Summen besonders aggressiv und fordernd. Einige hatten schon mit sicherem Instinkt festgestellt, wie wenig er ihnen gefährlich werden konnte, solange er das Boot über seinem Kopf balancierte, und erst als er weit genug draußen auf dem Wasser war, ließen die Plagegeister von ihm ab. Er tupfte ein wenig Speichel auf die Stiche und nahm sich fest vor, auf keinen Fall zu kratzen, um das Jucken nicht noch zu verschlimmern. Ein Tuten kündigte das Ablegen der Fähre hinüber nach Kladow an. Fred legte ein paar Schläge zu, um vor ihr die Havel zu erreichen. Das sehr schmale Skiff, an der breitesten Stelle nur 29 cm breit, reagierte empfindlich auf die von der Seite anrollenden Wellen, die das Motorboot verursachte. Manchmal hatte Fred den Eindruck, dass der Steuermann der Fähre es regelrecht darauf anlegte, eins von diesen schlanken, schnellen Ruderbooten in Bedrängnis zu bringen, zumindest gab es unter den Fahrgästen immer ein großes Gejohle, wenn Rennruderer das Weite suchten, und noch größeres Gejohle, wenn einer von den Wellen hochgeschaukelt über Bord ging.

Zweieinhalb Kilometer maß der Wannsee, der im Grunde genommen nichts anderes war als eine riesige Ausbuchtung der Havel. Fred bog nach links in die Havel ab, glitt entlang dem Ufer am Düppeler Forst vorbei bis zur Pfaueninsel, nahm die schmale Durchfahrt zwischen der Insel und dem Festland und ruderte weiter in Richtung Potsdam. Ab hier musste er höllisch aufpassen, nicht die unsichtbare Grenze zur sowjetischen Besatzungszone in der Mitte der Havel zu überfahren. Das würde unweigerlich ein Motorboot der DDR-Grenzpolizei auf den Plan rufen, die, seit sie 1952 dem Ministerium für Staatssicherheit unterstellt worden war, deutlich aggressiver gegen sogenannte Grenzverletzer vorging, fast als befürchtete die SED, dass sich die Fluchtbewegung von Ost- nach Westdeutschland umdrehen könnte. Eine lachhafte Vorstellung, fand Fred, wer wollte schon freiwillig in den Osten übersiedeln? Und wer es tatsächlich wollte, brauchte nur zu irgendeinem DDR-Grenzübergang zu gehen und dem Posten zu sagen, er wollte dem unmenschlichen Kapitalismus den Rücken kehren, und man würde ihn gerne aufnehmen; natürlich nur nach eingehender Überprüfung, ob es sich nicht doch um einen feindlichen Agenten handelte.

Die Sonne berührte inzwischen fast den Horizont, ein riesiger rotgelber Ball, dessen Umfang fast bedrohlich zunahm, je tiefer er sank. Fred machte eine kurze Wende, eine Drehung auf der Stelle, was ein Skiff überhaupt nicht mochte und was Ruderanfänger gerne über Bord schickte.

Für die Rückfahrt wollte er sich Zeit lassen. Auf dem Hinweg war es ihm darum gegangen, seinen Körper zu spüren, alle Anspannungen in Bewegung umzusetzen und aufzulösen, dieses unvergleichliche Gefühl zu genießen, wenn alle Muskeln im Körper sich in den Bewegungsabläufen synchronisierten, wenn alles zu einer schwitzenden Leichtigkeit wurde, wenn der Atem seinen Rhythmus fand und man das Gefühl hatte, diesen Zustand ewig aufrechterhalten zu können, ohne zu ermüden.

Mit der Wende wechselte das Gefühl. Es gab nichts, was ihn zur Eile antrieb. Er konnte seinen Gedanken freien Lauf lassen, konnte nach den Gerüchen des Wassers und der Pflanzen schnuppern, konnte den Geräuschen der Enten, der nach Mücken haschenden Fische und der badenden Menschen lauschen, konnte dem Tanz der Lichtblitze des auf den sanften Wellen reflektierenden Sonnenlichts zuschauen. Ein Gefühl unbeschwerter Freiheit, das er nur beim Rudern hatte. Heute jedoch war es anders. Im Hintergrund lauerte etwas. Wie ein Sturm, dessen Vorboten man erkannte, aber bislang nicht ernst genommen hatte. Zuerst wollte er den Grund dafür in seiner Arbeit suchen, Mord,

Spionage, seine und Ellen von Stains Flucht vor den Stasi-Männern, und das alles an einem Tag. Aber nein, es war etwas anderes.

Ein Stein war ins Rollen gekommen, als er in der Fechnerstraße die Spur von Ilsa wiederaufgenommen hatte. Lisa Fiedler, Flüchtling, nicht anerkannt, zur illegalen Arbeit gezwungen. Schlagartig wurde ihm bewusst, dass er in den letzten zwei Jahren die Erinnerung an sie und die Männer verdrängt hatte, dass er wie ein Tier in eine Art von Winterschlaf verfallen war und nichts unternommen hatte, sie zu finden. Er hatte nur die Zeit überbrückt, in der er sich zu schwach und machtlos fühlte: ein Gaslaternenanzünder, ein Quereinsteiger, der eine Ausbildung zum Kriminalbeamten machte, gerade mal zwanzig Jahre alt. Noch dazu mit einem Dämon im Nacken, dem Selbstmord seines Vaters, den er nicht verhindert hatte, an dem er sogar schuld war. Mit einem Mal brach eine Hülle auf, die ihn zwei Jahre lang festgehalten und geschützt hatte. Er hätte Ilsa nicht aufgeben dürfen. Er hätte dranbleiben müssen. Er musste jetzt dranbleiben.

Als Fred die Tür zur Pension Duft der Rose aufschloss, war es schon nach zweiundzwanzig Uhr. Bevor er in sein Zimmer ging, wollte er in der Küche noch etwas essen. Inzwischen hatte er es so wie die anderen Mieter gemacht und einige Lebensmittel in dem riesigen Liebherr-Kühlschrank gelagert, den Hanna alle benutzen ließ. Kaum passierte er jedoch die Tür, die zu ihren privaten Räumen führte, kam sie wütend herausgeschossen.

»Freddy-Boy, was ist das für eine impertinente Person, mit der du da zusammenarbeitest?«, fuhr sie ihn an.

Sie meinte Ellen von Stain, wen sonst? »Was ist passiert?«

»Sie hat angerufen, wieder und wieder. Jedes Mal wurde sie dreister. Als wäre ich ihre Sekretärin.«

»Sie ist schwierig, ich weiß.«

»Schwierig? Sie ist ein kleines Miststück. Ich habe ihr den Kopf gewaschen. Die kann sich ihren Scheiß-Adel sonst wo hinstecken! Was bildet sich diese Nazi-Ausgeburt eigentlich ein?«

Ein hartes Wort, aber im Grunde hatte Hanna natürlich recht. Trotzdem hatte Fred das Gefühl, Ellen verteidigen zu müssen. »Ich frage mich manchmal, wie ich an ihrer Stelle wäre. Wenn meine Familie so einen Hintergrund hätte.«

Hanna wurde unvermittelt ernst, und ihr Ärger war wie weggeblasen. »Es gibt zwei Arten, der Welt zu begegnen, Caesar. Nummer eins: Die anderen sind verantwortlich für das, was ich bin. Nummer zwei: Ich trage selbst die Verantwortung dafür, wer ich bin.«

Fred war sich nicht sicher, ob er verstand, was sie damit meinte.

»Es ist so, Caesar: Mein Leben ist mein Leben, mit allem, was dazugehört. Ganz gleich, welchen Ballast man mitbekommen hat. Ab einem gewissen Alter muss man die Verantwortung für sein Leben übernehmen. Keine Entschuldigungen. Wer etwas wirklich will, findet Wege. Wer etwas nicht wirklich will, findet Gründe.«

»Vielleicht ist es genau das, was bei ihr gerade passiert. Sie sucht Wege.«

Sie lächelte sanft. »Ich hoffe es. Für dich.«

Fred sah sie fragend an. Wieso für ihn?

Hanna ging nicht darauf ein. »Sie wollte, dass ich dir etwas ausrichte. Du sollst sie«, sie zitierte laut und streng, »umgehend anrufen.«

»Ist vielleicht ein bisschen …«

»Egal wie spät«, unterbrach Hanna ihn. »Sagte sie.«

Fred verdrehte die Augen. Was konnte derart wichtig sein, dass sie darüber nicht erst morgen sprechen konnten?

Hanna winkte ihm zu und verschwand wieder in ihren Zimmern. Fred kramte zwei Zehnpfennigstücke aus seiner Hosentasche hervor und ging zum Münztelefon, das Hanna für ihre Gäste im Flur hatte anbringen lassen. Ellens Nummer war leicht zu merken: 555 444. Es klingelte ziemlich lange, bis Ellen mit einem kurzen »Ja?« abhob.

»Fred Lemke hier. Sie wollten, dass ich heute noch anrufe?«

»Verdammt spät, Fred.« Sie lachte. »Das reimt sich.«

»Ich finde auch, es ist spät. Ich will noch was essen und dann ins Bett.« Fred war schwindelig vor Müdigkeit. Oder weil er seit mittags nichts mehr gegessen hatte?

»Essen Sie nicht. Ich hole Sie in zehn Minuten ab. Warten Sie unten auf der Straße.« Sie klang unternehmungslustig, ja, regelrecht fröhlich, offenbar hinterließ die Konfrontation mit ihrer Mutter keine Nachwirkungen. Sie legte auf, bevor Fred etwas sagen konnte. Fluchend hängte er den Hörer wieder in die Gabel. Er brachte seinen Koffer in sein Zimmer, er war verschwitzt, und erst jetzt wurde er gewahr, was für ein unangenehmer Schweißgeruch von ihm ausging. Zehn Minuten. Er ging ins Bad. Dort hatte jeder Mieter seinen eigenen Kleiderhaken für Handtücher, zwei von ihnen besaßen sogar Bademäntel, und jeder hatte ein eigenes Kästchen für Seife und Haarwaschmittel, auf dem kleine Namensschilder mit Reißzwecken fixiert waren. Hanna war es sehr wichtig, dass sich alle wie zu Hause fühlten. Ein warmer Schauer durchfuhr ihn, gefolgt von einem heftigen Verlangen. Die Erinnerung an die Liebesnacht mit ihr in der vergangenen Woche, für ihn die allererste in seinem Leben, poppte hoch, er spürte, wie sein Herz schneller klopfte. Im Spiegel sah er, wie er errötete. Viel lieber würde er den Abend und die Nacht mit Hanna verbringen, ihre Nähe spüren, ihre Wärme, ihren Körper, ihren Humor und ihre atemberaubende Klarheit. Ein unerfüllbarer Wunsch, wie Hanna ihm gleich am nächsten Morgen klargemacht hatte: »Nicht, dass du auf irgendeine falsche Spur einlenkst, Fred. Wir haben jetzt keine Beziehung. Dafür bist du zu jung. Ich mag dich, und wir hatten Sex. Das ist alles.«

Fred duschte, wenn auch nur kalt, doch selbst das war ein unerhörter Luxus. In seiner letzten Pension mit dem euphemistischen Namen Himmelbett hatte es gar kein Badezimmer gegeben, nur in jedem Zimmer eine Waschschale, für die man das Wasser in einer 2-Liter-Kanne aus der Küche holen musste. Und zu Hause in Buckow? Als Kind wurden seine Schwester und er einmal die Woche in einen verzinkten Waschzuber gesetzt, zwei große Kochtöpfe mit kochendem Wasser wurden mit kaltem gemischt und hineingegossen. Einer nach dem anderen durfte für zehn Minuten baden, eine Woche er zuerst, dann in der nächsten sie. Ohne das Wasser zu erneuern. Und heute? Könnte er jeden Tag duschen, wenn er wollte. Luxus eben. Hanna tat es täglich, in ihrem eigenen Badezimmer. Die Pension bestand aus zwei zusammengelegten Wohnungen, die sich lediglich die riesige Küche teilten. Hannas persönlicher Bereich war für die Mieter tabu.

Fred brauchte länger als zehn Minuten, und trotzdem musste er unten auf der Straße noch warten, bis Ellen mit ihrer Renault Floride hupend um die Ecke schoss. Das Verdeck war geöffnet, und sie winkte ihm gut gelaunt zu, als wären sie beste Freunde. Das kleine Auto hoppelte über den brüchigen Asphalt, als sie mit quietschenden Reifen bremste.

»Haben Sie meine Tasche abgeholt?«

Nein, hatte er vergessen. »Können Sie morgen selber machen.«

»Befehlsverweigerung, Fred?« Sie lachte und klopfte mit ihrer Rechten auf den Beifahrersitz. »Steigen Sie ein.«

Fred ließ sich in den Kunstledersitz fallen und machte sich auf eine rasante Fahrt gefasst. Ellen enttäuschte ihn nicht, gab Gas und flitzte los.

»Weil ich wieder mal unfreundlich zu Ihnen war?«

Fred antwortete nicht. Er spürte ihre Ambivalenz. In ihrer Stimme lag etwas Bedauerndes, auf ihrem Gesicht hingegen zeichnete sich Unwille ab.

»Schwamm drüber, in Ordnung?« Sie bog mit radierenden Reifen in die Lausitzer Straße ab, unterquerte die Hochbahn und nahm die Skalitzer Straße in die Gegenrichtung.

»Wo soll's denn hingehen?«, fragte Fred.

»Was essen.«

»Um die Zeit?« Kaum hatte er das gesagt, kam Fred sich schon wieder wie ein unverbesserliches Landei vor.

Wider Erwarten lachte Ellen nicht. »Berlin lebt auch nachts. Genießen Sie es.« Sie schaltete das Radio ein, das eine Weile brauchte, bis die Röhren Betriebstemperatur erreichten. Wie zu erwarten war, hatte sie einen Sender eingestellt, der nur deutsche Schlagermusik spielte. »Kriminaltango« von Ralf Bendix. Sie sang sofort laut mit.

Fred stöhnte auf. »Es gibt auch andere Musik, Ellen.«

»Ich weiß.«

»Die kann man auch im Radio hören.«

Sie lachte. »Sie hören bestimmt AFN, habe ich recht?«

Er tippte auf die Senderwahlleiste, wo die wählbaren Sender aufgelistet wurden. »Schon mal versucht?«

»Krawallmusik.«

»Das meinen Sie jetzt nicht ernst?«

»Doch. Gehen Sie auf AFN. Wetten, dass da gerade Krawallmusik läuft?«

Fred drehte den Senderwahlknopf. Unterwegs zu AFN poppten verschiedene Radioprogramme auf, SFB, der Sender Freies Berlin, RIAS, das Radio im Amerikanischen Sektor, BFBS, das British Forces Broadcasting-System, und, wie ein Fremdkörper, Radio DDR 2. Auf AFN lief – Marschmusik!? Tatsächlich, Mitch Miller, »The Yellow Rose of Texas«. Ellen lachte los und konnte gar nicht mehr aufhören.

»Krawallmusik, sag ich doch!«

Fred lachte mit. »Stimmt.« Marschmusik war noch schlimmer als Schlager-Gedudel. Zum Glück war der Song nach einer halben Minute vorbei und wurde durch »You Send Me« von Sam Cooke abgelöst.

»Singt das nicht ein Schwarzer?«, fragte Ellen.

»Die machen tolle Musik.« Fred sang leise mit, auf Ellens Stirn kräuselten sich ein paar Falten.

Sie schaltete das Radio aus. »Waren Sie schon mal in der Hongkong-Bar?«

Zehn Minuten später rollte die Floride auf der Tauentzienstraße entlang. Ellen fuhr jetzt deutlich langsamer und genoss es sichtlich, mit ihrem Auto aufzufallen. Sie passierten die Kaiser-Wilhelm-Gedächtniskirche, von der nur noch der stark beschädigte Turm stand. Sie deutete darauf.

»Und? Wie ist Ihre Meinung?«

Um die Kirche hatte es monatelang heftige Diskussionen gegeben. Fliegerbomben hatten ihr mächtig zugesetzt, aber noch während die Stadt einen Architekturwettbewerb für ihren Abriss und Neuaufbau ausschrieb, regte sich in der Bevölkerung heftiger Widerstand, eine große Mehrheit wollte den originalgetreuen Wiederaufbau. Ein Kompromiss wurde gefunden. Der Turm sollte in seinem jetzigen Zustand erhalten bleiben, als Mahnmal gegen Krieg und Zerstörung, das Kirchenschiff hingegen sollte abgerissen und durch einen modernen Bau ersetzt werden. Und der neue Name stand auch fest: Gedächtniskirche.

»Dafür«, antwortete Fred.

»Weg damit, radikal. Das ist meine Meinung«, sagte sie und bog in den Ku'damm ein. Plötzlich schien das auf der Tauentzienstraße auch zuvor schon pulsierende Leben geradezu zu explodieren. Glitzernde Lichter, blinkende Leuchtreklamen, hell strahlende Schaufenster, parkende, fahrende, wartende Autos, alle blitzblank geputzt und gewienert. Die zweistöckigen Linienbusse pflügten durch den Verkehr, hupend, oft genug waren die Fahrer ruppig und fuhren riskant. Und unfassbar viele Menschen, selbst um diese Zeit mitten unter der Woche, schoben sich zwischen den Autos hindurch und auf den breiten Bürgersteigen aneinander vorbei, neugierig, nervös, gut gelaunt, überfordert, erwartungsvoll, gespielt gelangweilt, suchend, lachend.

Sie passierten das Café Kranzler, wo Menschen Schlange standen, um einen Sitzplatz zu ergattern. Einen halben Kilometer weiter fuhr Ellen rechts ran und deutete auf die andere Straßenseite: die Hongkong-Bar mit Fenstern, die vom Boden bis zur Decke reichten. Über dem Eingang, der von chinesischen Laternen gerahmt war, prangte der Name in riesigen Lettern.

Alleine schon durch die Glastür in die Bar einzutreten, eigentlich war es eine Mischung aus Bar und Restaurant, fühlte sich für Fred wie ein Spießrutenlauf an. Ellen hatte vor der Tür innegehalten, und Fred verstand das als Aufforderung, voranzugehen, wahrscheinlich eine der vielen Benimmregeln, die er nicht kannte. Alle Gäste waren sehr gut und sehr modern gekleidet, die Männer in Anzügen, die Frauen in ungewöhnlichen Kleidern. Viele hatten ihr Haar kunstvoll in schwindelerregende Höhen toupiert, einige trugen Kurzhaarfrisuren, das Haar mit Haarspray verklebt, sodass es wie künstlich hergestellte, flache Formstücke wirkte. Alle rauchten oder hatten zumindest Zigarettenpäckchen und Feuerzeuge vor sich auf dem Tisch liegen. Es gab zwei hallenartige Räume, einer mit in strengen Linien aufgestellten schmalen Esstischen, dort saß niemand, und die Bar, in der größere rechteckige Tische mit jeweils vier Stühlen standen, die eher wie Plastikschalen auf dünnen, schräg gestellten Metallfüßen aussahen. An den Wänden hingen großformatige Bilder, Kunst, die nichts Wiedererkennbares zeigte, Farbkleckse, Striche, Kreise, Spritzer. In beiden Räumen war es unglaublich, fast schmerzhaft hell. Hinter der Bar stand eine zierliche Chinesin, auch ihre Haare waren in alle Richtungen toupiert, sodass sie aussah wie eine Puppe mit einem überdimensionalen Kopf. Sie trug eine Art Umhang oder Stola aus Seide und zeigte ein sehr gewagtes Dekolleté. Mit einer Mischung aus Gleichgültigkeit und Ablehnung musterte sie Fred, und erst als sie Ellen hinter ihm erblickte, lächelte sie überschwänglich.

»Frau von Stain, wie schön, Sie beehren uns wieder!«

»Guten Abend, Doris.«

Doris? Eine Chinesin?

Doris lächelte Fred an. »Ich weiß, was Sie denken. Meine Mutter ist Deutsche, und zweifellos hat sie sich bei der Wahl meines Namens gegen meinen Vater durchgesetzt.«

Ellen deutete auf einen freien Tisch am Ende des Raums. »Wir brauchen ein ruhiges Plätzchen.«

»Selbstverständlich. Bitte sehr.«

»Und wir haben einen Bärenhunger.«

»Kwan Ti wird sofort bei Ihnen sein.«

Ellen setzte sich so, dass sie die Bar und den Eingang im Blick hatte, Fred nahm ihr gegenüber Platz, aus dem großen Spiegel hinter ihr blickte ihm ein erschreckend übermüdeter junger Mann mit ziemlich langen, durch Pomade einigermaßen gebändigten Haaren entgegen. Du siehst aus wie eine Leiche, dachte er.

»Machen Sie sich keine Gedanken, Fred. Die Männer hier sind zwar besser gekleidet als Sie, aber Sie sehen besser aus.«

Fred wurde knallrot. Machte sie ihn etwa an?

»Keine Sorge«, sagte Ellen, als hätte sie seine Gedanken gelesen.

Als Fred die Speisekarte überflog, die ein sehr höflicher, sehr schweigsamer Kellner gebracht hatte, wurde ihm leicht schwindelig. Die Preise waren astronomisch.

»Tut mir leid«, sagte er, »das kann ich mir nicht leisten.«

Scham verspürte er keine. Er fühlte sich nicht arm, er hatte nur einfach nicht so viel Geld wie andere.

»Ich möchte Sie einladen. Das hat keinen tieferen Grund«, fügte sie schnell hinzu. »Mir ist einfach nach chinesischem Essen, und zugleich habe ich etwas zu erzählen. Bitte, tun Sie mir den Gefallen«, sagte sie, als Fred zögerte. »Keine Sorge, ich bin nicht pleite!«, lachte sie.

Fred verstand ihren Einwand nicht und sah sie fragend an.

»Meine Mutter, der Fonds«, zählte sie ein wenig ungeduldig auf, als wäre es eine Selbstverständlichkeit, dass Fred sich ständig mit ihren Problemen auseinandersetzte. »Also, was ist, Einladung akzeptiert?«

»In Ordnung«, willigte er ein.

Peking-Ente, Frühlingsrolle, Wan-Tan, all das sagte ihm nichts. Er nahm einfach das billigste Gerichte, Nummer 74 auf der Karte. Ellen konnte es kaum erwarten, bis der Kellner ihre Bestellung aufgenommen hatte und wieder gegangen war.

»Ich habe mit Doris gesprochen. Nein, nicht mit der«, sie deutete auf die Chinesin hinter der Theke. »Die Doris, die ein paar Wochen lang Harry Renners Geliebte war. Vor Anna Sansone, die jetzt in seinem Bett wohnt. Wie ich vermutet habe, ist er seinen Frauen gegenüber sehr gesprächig.« Sie zog einen Zettel mit handschriftlichen Notizen aus ihrer Handtasche, beugte sich vor und sprach leiser. »Harry ist mit seinen Großeltern 1933 nach Palästina gegangen, da war er zwölf Jahre alt. Seine Eltern wollten nachkommen, bekamen aber von den Briten keine Einreisegenehmigung mehr nach Palästina. Später wurden sie im KZ Buchenwald ermordet. Deswegen hat er sich einer Untergrundorganisation angeschlossen, die gegen die Briten Anschläge verübte. Die hieß Lechi, Doris hat es sich gemerkt, ›der ewige Lächler Harry war beim Lechi‹, sagte sie zu mir.« Ellen zuckte entschuldigend mit den Schultern. »Doris kann ziemlich albern sein. Renner ist jedenfalls ein beinharter Kämpfer!«

»Und das soll er einer Frau erzählt haben, mit der er nur ein paar Wochen zusammen war?«

»Männer sind von Natur aus Angeber. Ist Ihnen das noch nicht aufgefallen?«

In Sekundenschnelle ließ Fred die Männer, mit denen er fast täglich zu tun hatte, vor seinem inneren Auge aufmarschieren. Auweiler? Angeber. Merker? Auch. Moosbacher? Nein. Leipnitz? Nein. Hohlfeld? Ja.

Ellen beobachtete ihn lächelnd. »Nicht alle, ich weiß. Sie nicht. Oder doch?« Sie grinste ihn an und wandte sich wieder ihrem Zettel zu. »Angeblich war er auch beim Mossad, dem israelischen Geheimdienst.« Sie schlug heftig mit der flachen Hand auf den Tisch, die Köpfe einiger Gäste ruckten herum. »Wenn Sie mich fragen, ist der immer noch beim Mossad. Wenn Sie mich fragen, ist der ein israelischer Spion.«

»Glauben Sie dieser Doris?«, fragte Fred. Was Ellen da erzählt hatte, passte für ihn nicht zu dem Harry Renner, wie er ihn kennengelernt hatte. Einem sonnigen Gemüt, einem, der seinen Spaß haben wollte.

»Sie lügt mich nicht an.«

»Ja, aber vielleicht hat Harry Renner Doris angelogen und sich ein bisschen wichtiggemacht.« Er lächelte. »Ein Angeber halt.«

Sie warf ihm einen langen Blick zu. »Haben wir es hier mit einem heißen Geheimdienstfall zu tun? MfS, Mossad, MI6, CIA. Was sagt Ihr Bauch?«

»Bisher haben wir nur Geschichten gehört, von Gottfried Sargasts Mutter, von Harry Renners Ex-Geliebten. Was wir brauchen, sind Fakten.«

»Das klingt nach Kopf und nicht nach Bauch.«

»Nehmen wir an, Gottfried Sargast spionierte im Ballroom. Vielleicht steckte er mit Harry Renner unter einer Decke. Vielleicht hat es ein Bespitzelter herausbekommen und wollte Renner beseitigen.«

»Oder Harry hat Sargast beim Spionieren erwischt und hat ihn getötet«, mutmaßte Ellen. »Was sagt Ihr Bauch?«

Fred ließ seine Augen durch die Bar streifen. Das Unwohlsein, nichts an einem Ort wie diesem verloren zu haben, hatte sich gelegt. Anfangs hatte er nur die blasierten, arroganten oder belustigten Blicke der Männer wahrgenommen, jetzt bemerkte er die verstohlenen, neugierigen Blicke der Frauen, und es tat ihm gut, dass Ellen ihm nicht wie sonst so oft das Gefühl gab, für sie nicht standesgemäß zu sein.

Aus dem Augenwinkel sah Fred, wie Kwan Ti ein riesiges Tablett heranbalancierte.

»Mit Empfehlung des Hauses«, sagte der Kellner, während er diverse kleine Schüsseln mit undefinierbaren Speisen abstellte. »Kleine Vorspeisen. Wünschen Sie zu wissen, worum es sich im Einzelnen handelt?«

Fred nickte, Ellen lachte. »Nein, das wollen Sie nicht, Fred, glauben Sie mir. Probieren Sie einfach. Am besten mit geschlossenen Augen.«

In Kwan Tis Augen blitzte für einen winzigen Moment Ärger auf, bevor seine maskenhafte Gleichgültigkeit zurückkehrte und er sich mit einer leichten Verbeugung zurückzog.

Freds Hunger war viel zu groß, und er wollte sich nicht bei jeder einzelnen Speise Gedanken machen, was es sein könnte. Einzig bei den klar identifizierbaren aufgespießten, gerösteten Skorpionen und Seidenraupen konnte er sich nicht überwinden, auch nicht, als Ellen sie mit großem Vergnügen verspeiste. Sie benutzte Stäbchen, er Messer und Gabel.

»Normalerweise servieren sie ihren deutschen Gästen solche«, sie wedelte mit einer Hand, »Besonderheiten gar nicht. Ich musste alle meine Überredungskünste aufbieten«, sie machte ein Zeichen für Geld, »um in den Genuss zu kommen. Ich habe brav alles probiert und gegessen, seitdem werde ich wie eine Chinesin behandelt.«

»Wussten Sie denn, was Sie da essen?«

»Ich habe erst nachträglich gefragt. Wollen Sie wissen, was das ist?« Sie deutete auf etwas, was wie Bratwurst aussah.

»Nein«, antwortete Fred, und zugleich wusste er, es würde ihr ein diebisches Vergnügen bereiten, sein Nein zu ignorieren.

»Seewürmer. Sehr teuer.«

Ellen pickte sich fortan alleine Vorspeisen aus den kreisrund auf dem Tisch drapierten Schalen und dozierte, worum es sich handelte. Fred wollte darüber sauer sein, fand ihr Vergnügen jedoch so sympathisch, dass er ihren Erläuterungen lächelnd zuhörte und erschrak, als Kwan Ti plötzlich mit den Hauptspeisen am Tisch stand.

»Peking-Ente für die Dame und Gaeng Peld Gai für den Herrn.«

»Oh, Sie sind mutig, Fred«, sagte Ellen.

Er wusste nicht, was sie damit meinte, und nahm den ersten Bissen. Das Gaeng Peld Gai war scharf, das bemerkte er gleich, nur wie scharf es wirklich war, wurde ihm erst mit Verzögerung klar. Schweiß brach ihm aus, noch nie im Leben hatte er etwas Ähnliches im Mund gehabt. Es runterzuschlucken, war unvorstellbar. Er starrte Ellen an. Sie kicherte wie ein kleines Mädchen und reichte ihm ihre Serviette.

»Ich hatte keine Ahnung, was Sie bestellt haben, Sie haben ja nur die Nummer gesagt. Sonst hätte ich Sie gewarnt.«

Er entsorgte den Bissen in die Serviette. »Hätten Sie das?«

»Sie glauben mir nicht?«

»Doch«, antwortete er, obwohl er das Gegenteil dachte.

»Kommen Sie, wir teilen uns meine Ente, und da ist ja noch genug anderes Zeug.«

Fred sah sie überrascht an.

»Nein?«, fragte sie.

»Doch, gerne.«

Sie schob ihren Teller in die Mitte. »Also, was sagt Ihr Bauch?«

»Zu scharfes Essen.«

3. Kapitel

Am nächsten Morgen wachte Fred um elf auf, das Klingeln des Weckers hatte ihn nicht aus seinem Tiefschlaf reißen können. Im Dezernat war er um kurz vor zwölf. Als er die Tür zum Gemeinschaftsbüro öffnete, war er bereit, die Strafpredigt von Auweiler, vielleicht sogar von Leipnitz über sich ergehen zu lassen.

»Ah, der Kriminalassistent Lemke, guten Morgen«, empfing ihn Auweiler beiläufig, und Leipnitz begrüßte ihn mit einem freundlichen Kopfnicken. Fred sah beide erstaunt an.

»Sonderermittlerin von Stain hat uns heute Morgen schon informiert, dass Sie beide einen sehr langen Arbeitstag hatten. Wohlan, Lemke, dies diem docet, ein Tag lehrt den anderen. Sie machen Fortschritte, die gefallen.«

»War sie hier?«, fragte Fred. Kaum vorstellbar, der gesamte gestrige Tag war extrem anstrengend gewesen, er selbst hatte erst gegen halb zwei im Bett gelegen, sie wahrscheinlich noch später, weil sie ihn noch nach Hause gefahren hatte. Und im Gegensatz zu ihm gab es für die Sonderermittlerin keine Anwesenheitspflicht.

»Sie beliebte sich mittels Fernsprecher zu melden, und sie wird uns aus Gründen, an denen teilzuhaben sie uns nicht für wert befunden hat, heute nicht mehr mit ihrer Anwesenheit beehren«, antwortete Auweiler und widmete sich wieder den Papieren auf seinem Schreibtisch.

»Wie ist denn der Stand der Ermittlungen, Herr Kollege?«, fragte Leipnitz.

Auweiler warf ihm einen kurzen, scharfen Blick zu, offenbar sah er in dem Begriff ›Kollege‹ eine ungerechtfertigte Aufwertung von Freds Position in der Mordkommission I.

»Sonderermittlerin von Stain hat einiges über Harry Renners Vergangenheit herausbekommen«, antwortete er und erzählte, was Ellen, sie hatte ihm ihre handschriftlichen Notizen überlassen, in Erfahrung gebracht hatte. Als er fertig war, herrschte eine Weile Schweigen. Leipnitz tippte nervös mit seinem Bleistift auf der Tischplatte herum.

»Das bringt uns nicht weiter«, sagte Auweiler. »Wo soll da der Zusammenhang mit dem Ermordeten sein? Zudem scheint mir der Mann ein Aufschneider zu sein, ein Schwadronierer, einer, dem seine Wirkung auf die Menschen das Wichtigste ist, einer, dessen Hülle glänzt, gleichwohl sie nur von leichtem Inhalt ist. Der wollte seine Beischläferin beeindrucken. Ich sentiere da lediglich ein Gemisch aus Luft und Eitelkeit. Oder wollen Sie andeuten, es hätten dunkle Mächte aus Renners Vergangenheit zugeschlagen? Agenten, Spione, Söldner, die ihn aus dem Weg räumen wollten? Dann sollten wir den Fall schnell an den BND abgeben.«

»Wie deuten Sie das, Kollege Lemke?«, fragte Leipnitz mit leiser Stimme.

»Ehrlich gesagt, gar nicht«, antwortete Fred.

»Ermordet wurde Sargast«, insistierte Auweiler. »Was wissen wir über ihn? Dass er vor den Nachstellungen der Stasi aus der Zone geflohen ist, ein Mitglied der Falken, der Jugendorganisation der SPD, der Partei, die wie kaum eine andere unter den Nazis gelitten hat. Eine Schande! Ich sage nur, die Kommunisten drüben sind rachsüchtig.« Auweiler nahm einen tiefen Zug aus seiner Panatella, stieß den Rauch aus und verwedelte ihn hektisch mit einer Hand. »Die wollten ihn erledigen. So ist es doch: Den Russen und den SED-Pimpfen ist das glänzend-glitzernde Leben, die vita argentea, im Westen ein Dorn im Auge. Und je mehr die Bedauernswerten sehen und erfahren und hören, wie frei und genussvoll hier gelebt wird, desto mehr von ihnen wollen weg. Vielleicht, das sage ich mit Bedacht und eingedenk anderer verbriefter Ereignisse, wollten die Kommunisten mit dem Mord Angst und Schrecken verbreiten. Nach der Devise: Seht her, so geht es bei den Kapitalisten zu, wollt ihr das? Oder geht es euch nicht doch viel besser unter unserem sozialistischen Schutzschirm, gespannt von Moskau bis an die Grenze der BRD?« Auweiler starrte Leipnitz an, als wäre der schuld an alledem.

»Es kommen jeden Tag Hunderte Flüchtlinge aus dem Osten«, erwiderte Leipnitz. »Die allerwenigsten werden ermordet.«

»Sie wollen mich nicht verstehen, verehrter Kollege Leipnitz, ist es so?«

»Wir wissen, dass der Mord akribisch vorbereitet wurde«, mischte Fred sich ein. »Der Täter hat ein Versteck mit optimaler Schussposition im Gebüsch eingerichtet, er hat eine lautlose Waffe gewählt, die er offenkundig perfekt beherrscht. Eine Waffe, deren Besitz verboten ist. Die allenfalls von Wilderern benutzt wird.« Fred fand den Gedanken selbst etwas dünn, wollte aber vor allem die Situation auflösen, in der zwischen den beiden Kommissaren eine Aggression mitschwang, die er nicht deuten konnte.

»Oha. Und wie kommen Sie an die heran?«, sagte Auweiler mit triefendem Sarkasmus. »Den Verband der Wilderer um Auskunft bitten?«

Fred schwieg. Es war offensichtlich, wie wenig Boden sie bei diesem Fall unter den Füßen hatten.

»Wir fühlen Harry Renner auf den Zahn«, beschied Leipnitz. »Gründlicher als bisher.«

Er griff zum Telefon und sah Fred auffordernd an. Der kramte seine Notizen hervor. Unter seiner normalen Telefonnummer war der Nachtklubbesitzer nicht zu erreichen, unter der Autotelefonnummer schon. Sie verabredeten sich für drei Uhr am Nachmittag bei ihm zu Hause. Leipnitz legte auf und lächelte Fred verhuscht an.

»Gehen Sie erst in die Mittagspause, Herr Lemke. Wir treffen uns dann um halb drei beim Fahrdienst.«

»Wir sollten auch den folgenden Tathergang in Betracht ziehen«, sagte Auweiler in unerwartet sachlichem Ton. »Der Nachtklubbesitzer Harry Renner hat sein Etablissement gegen 4 Uhr morgens verlassen, sein Angestellter wurde zwischen 5 und 6 Uhr erschossen. Renner kommt nach wie vor als Täter infrage, ein Alibi kann er nun ja nicht für diese Zeit vorweisen.«

• • •

Fred war schon zur Tür hinaus auf die Keithstraße getreten, drehte aber noch einmal um und nahm die Treppe hinunter zu den Laboren der Spurensicherung. Moosbacher war nicht an seinem Platz, also musste er doch alleine zu Magda Riese zum Essen gehen.

Sie begrüßte ihn mit fragendem Gesicht, und erst, als sie sah, dass er alleine war, lachte sie.

»Herr Lemke. Das ist doch richtig, oder?«

»Ja, das stimmt, Frau Riese«, antwortete er und las die mit Kreide beschriebene Tafel. Spaghetti Bolognese war das Tagesgericht.

»Heute habe ich ein wenig Dolce Vita für meine Gäste. Nur Wein gibt's nicht dazu. Den darf ich leider nicht ausschenken.« Sie schmunzelte. »Den trinken die Herren dann danach in den Büros und Werkhallen. Da ist der Italiener ja ganz anders. Für ihn gehört das Gläschen zum Essen einfach dazu. Waren Sie denn schon mal in Bella Italia, Herr Lemke?«

»Nein, noch nie.« Fred fand die Frage eigenartig. Er kannte niemanden, der schon mal in Italien gewesen war. Die vielen verlockenden Werbungen von Reisebüros, Ischia, Capri, Rimini, Rom, waren ihm vertraut, überall sah man die Anzeigen in Zeitungen, auf Litfaßsäulen und auf Plakaten an Bauzäune geklebt, vor allem jetzt im Sommer. Für ihn war es unvorstellbar, praktisch seinen gesamten Monatslohn für einen Urlaub auszugeben.

»Hat meine Kollegin schon ihre Handtasche abgeholt?«

»Nein.« Die Metzgerin langte unter die Theke, holte die Tasche hervor und wollte sie herüberreichen. Dabei sprang sie auf, und ein Revolver fiel polternd zu Boden, ein verchromter 38er – zumindest sah er so aus, bisher hatte Fred nur Fotos von dieser Waffe gesehen. Die Köpfe der Gäste fuhren herum, und erschrockene Blicke richteten sich auf den Revolver. Erst jetzt bemerkte Fred den Spurensicherer Julius Moosbacher hinten in der Ecke am letzten Tisch.

»Er ist bei der Polizei!«, rief Magda Riese. »Keine Sorge.« Sie beugte sich zu Fred vor, ihre Lippen bebten, und ihre Stirn glänzte von Schweiß. »In meinem Geschäft dulde ich keine Schusswaffen. Weder bei Polizisten noch bei Soldaten noch bei Leuten aus Ihrem Haus.«

Fred nickte beschämt. »Es tut mir leid.«

Riese antwortete mit einem kurzen Nicken. »Einmal Spaghetti?« Mit einer Nudelzange fischte sie eine große Portion Nudeln aus einem Topf. »Man muss, wenn sie fertig gekocht sind, ein wenig Öl drantun, sonst kleben sie aneinander«, sagte sie, und Fred spürte, wie sie sich bemühte, wieder zu einem leichten Ton zurückzufinden. Sie goss eine Kelle Tomatensoße mit Gehacktem darüber. »Und zum Schluss noch ein Löffel geriebener Käse darüber. So wie es die Italiener machen. Wissen Sie denn, wie man Spaghetti isst?«

Fred sah sie fragend an. Sie hielt ihm Löffel und Gabel hin. »Lassen Sie es sich von dem Herrn Moosbacher zeigen, der hat schon Übung.«

Der winkte ihm einladend zu und schob die Zeitung zur Seite, die er während des Essens gelesen hatte. »Bitte sehr, Herr Lemke.« Mit gesenkter Stimme fügte er hinzu: »Frau Riese ist allergisch gegen Schusswaffen, ich hätte es Ihnen sagen müssen. Auch wenn es Dienstwaffen der Polizei sind.«

Fred stellte seinen Teller ab. »Ist denn ein 38er Revolver eine Dienstwaffe?«

»Nein, nicht bei uns in Deutschland. Nur beim FBI. Wem gehört er denn?«

»Ellen von Stain.«

Moosbacher nickte, als wollte er sagen: Na klar, wem denn sonst?

»Warum ist Frau Riese allergisch gegen Schusswaffen?«, fragte Fred und versuchte sein Glück mit den Spaghetti.

Moosbacher kaute und sah ihn dabei nachdenklich an. »Bei Ihnen komme ich immer in Versuchung, Geheimnisse preiszugeben.« Er deutete auf Freds Besteck. »Hier, so geht's.« Er rollte die Nudeln mit der Gabel im Löffel auf und schob den Bissen in den Mund. Fred bemühte sich, es genauso zu machen, ohne Spritzer von Tomatensauce um sich herum zu verteilen.

»Viele Italiener sparen sich den Löffel und drehen die Nudel im Teller auf.« Moosbacher machte auch das vor. Fred fand die Methode deutlich einfacher und legte den Löffel zur Seite.

»Nur ein paar Tage vor Kriegsende«, nahm Moosbacher Freds Frage wieder auf, »musste Frau Riese mitansehen, wie russische Soldaten in ihren Luftschutzbunker eindrangen und die Tochter ihrer besten Freundin zuerst vergewaltigten und dann erschossen.«

Fred schluckte schwer und ließ die Gabel wieder sinken, er musste an seine Schwester denken, in Buckow. Als die Rote Armee in das Dorf einrückte, waren sie auch in ihr Haus gestürmt. Seine Mutter hatte ihm zugerufen: »Los,

Junge, lauf in den Wald und komm erst zurück, wenn es dunkel wird!«

Als er wieder nach Hause kam, war seine Schwester völlig verändert, sie sprach kaum noch ein Wort und schlief fortan nicht mehr mit ihm in einem Zimmer, sondern bei der Mutter. Damals war er neun Jahre alt gewesen, er hatte sich diese Veränderung nicht erklären können, und seine Mutter wurde jedes Mal wütend, wenn er nachfragte. Inzwischen wusste er den Grund, und bei aller ohnmächtigen Wut war er zugleich froh, dass seine Schwester am Leben geblieben war.

»Unsere Soldaten waren nicht besser, Herr Lemke«, sagte Moosbacher, und wieder mal fühlte es sich für Fred so an, als würde Moosbacher seine Gedanken lesen.

»Ich weiß.«

»Was gibt's Neues in unserem Nachtklub-Fall? Erzählen Sie!« Ähnlich wie die Metzgerin vorhin bemühte sich der Spurensicherer, zu einem leichten Ton zurückzufinden. Fred zögerte ein wenig zu lange.

Moosbacher lachte. »Ich verstehe, Sie überlegen, was Sie sagen dürfen und was nicht, habe ich recht?«

»Auch, aber, ehrlich gesagt, bin ich vor allem ratlos.« Fred legte Löffel und Gabel weg und begann zu erzählen. Moosbacher aß weiter und hörte zu, ohne zu unterbrechen. Als Fred fertig war, hatte er zu Ende gegessen und legte sein Besteck in den Teller.

»Sie haben recht, Sie müssten den BND einschalten, und Sie haben auch damit recht, dass Sie dann morgen nicht mehr im LKA anzutreten brauchen. Ich will Ihre und Sonderermittlerin von Stains Aktion nicht bewerten, doch wenn man Sie an der Grenze festgehalten hätte, wäre daraus ein handfester politischer Skandal geworden.«

»Ich weiß.« Fred nickte zerknirscht.

»Sie müssen die Ermittlungen weiterführen, als hätte Sie diese Information nicht bekommen. Wenn eigentlich Harry Renner sterben sollte und Gottfried Sargast nur Opfer einer Verwechslung war, spielt es sowieso keine Rolle, ob er ein Agent für die Stasi war oder nicht. Dann ist es reiner Zufall, dass der Ermordete ein Spion war. Ein mutmaßlicher«, fügte er hinzu, »Sie haben ja nur die Aussage seiner Mutter.«

Moosbacher sah nachdenklich mit zusammengekniffenen Augen zum Fenster hinaus. Das Sonnenlicht reflektierte grell von der Fassade des hässlichen Zweckbaus gegenüber, dort, wo früher die edle Pension Tscheuschner in einem luxuriösen Gründerzeithaus residiert hatte, deren Zimmer sich nur betuchte Gäste hatten leisten können. Der Büroklotz machte den Eindruck, als wäre er nur hochgezogen worden, um das Loch zu füllen, und keinesfalls, als sollte er mehr als ein paar Jahre überdauern. Überall im zerstörten Berlin gab es diese Billigarchitektur, die gerne als modern verkauft und deswegen von den meisten Menschen nicht hinterfragt wurde. Modern gleich gut, lautete die einfache Formel des Wirtschaftswunders.

»Gottfried Sargast muss wie jeder Flüchtling über das Auffanglager Marienfelde gekommen sein. Dazu gehört die Befragung von den Geheimdiensten der Alliierten. Ich habe einen guten Kontakt innerhalb der CIA, den ...«, er hielt inne, »Sie dürfen das niemandem gegenüber erwähnen, versprechen Sie das?«

»Ich verspreche es, natürlich.«

»Ich werde ihn fragen, was das Ergebnis dieser Befragung war. Morgen weiß ich mehr. Aber jetzt zeige ich Ihnen erst mal, was wir schon herausbekommen haben.«

Sie zahlten und kehrten ins LKA zurück.

»Ein Tässchen? Zur Verdauung?«, fragte Moosbacher und holte den kleinen Tauchsieder, löslichen Kaffee, Trockenmilch und zwei Tassen aus einer Schreibtischschublade. »Eigentlich müssten wir nach Spaghetti einen Espresso trinken.« Er füllte Wasser in eine Tasse und stellte den Tauchsieder hinein. »Sie zuerst. Also, wir haben die Stelle, von der aus der Täter geschossen hat, akribisch untersucht. Da war nichts, gar nichts, keine Spur, und das wiederum ist eine deutliche Spur: Der Boden ist staubig und müsste voller Schuhabdrücke sein. Stattdessen hat der Täter alle Abdrücke mit einem Stück Holz penibel ausradiert. Über die gesamte Strecke vom Gebüsch bis zur Straße. Das Holz haben wir gefunden, ein Stück von einem Eichenparkett, lackiert, also ideal, um darauf einen Fingerabdruck zu finden. Aber nix da, das Einzige, was wir gefunden haben, war Talkum, wie es auf Gummihandschuhen zu finden ist. Der Täter war ein Profi, einer, dessen Handwerk das Töten ist. Kein normaler Mensch geht davon aus, dass ihn ein Schuhabdruck oder ein Fingerabdruck auf einem Stück Holz verraten könnte.«

»Ein Agent«, warf Fred ein.

»Ein Agent oder ein Auftragsmörder. Oder beides.«

Das Wasser kochte. Fred tat Kaffee und Trockenmilch hinein, nahm in Gedanken versunken einen Schluck und verbrannte sich heftig. Moosbacher lachte.

»Passiert mir dauernd. Ich glaube, ich habe schon Hornhaut auf den Lippen.« Er stellte den Tauchsieder in seine Tasse. »Sehr interessant ist der Bolzen, der in Sargasts Körper steckte. Hier.« Er zog ihn aus einem mit Schraubverschluss verschlossenen Glas heraus. »Fingerabdrücke, keine. Wieder nur Talkum. Aber schauen Sie. Der Bolzen ist am Ende wie ein Bogenpfeil gefiedert. Mit drei Federn, die für die Flugstabilität wichtig sind. Hier jedoch fehlt eine Feder. Wir haben das Umfeld der Leiche mit einer Lupe abgesucht. Es war gestern vollkommen windstill, und wir hätten die Feder finden müssen, wäre sie abgerissen, als der Bolzen in den Körper eindrang. In der Pathologie haben sie den Körper aufgeschnitten, auch dort keine Spur von der Feder. Ich habe mit einem unserer Ballistiker gesprochen, Gernot Hölderlin«, Moosbacher lachte, »nein, der ist nicht mit dem Schriftsteller verwandt. Hölderlin sagte Folgendes: Die Federn stabilisieren den Flug, je weiter der Bolzen fliegen soll, desto wichtiger ist das. Wenn man eine Feder entfernt, bekommt der Bolzen einen Drall. Das erhöht bis zu einer gewissen Entfernung die Zielgenauigkeit, bevor der Bolzen dann beginnt zu trudeln. Unser Täter hat das nicht nur gewusst, sondern bewusst eingesetzt. Wie gesagt, ein Profi.« Moosbacher pustete auf seinen Kaffee und grinste. »Damit es mir nicht so geht wie Ihnen.«

»An dem zweiten Bolzen fehlte keine Feder«, wandte Fred ein.

»Vielleicht war das der Grund, warum er danebengeschossen hat. Und noch etwas: Diese Bolzen sind selbst gemacht, sie sind nicht in einem Geschäft für Sportbedarf gekauft. Auch eine Vorsichtsmaßnahme des Täters. Und wissen Sie, von welchem Tier die Federn stammen? Von einer *Rissa tridactyla*, einer Dreizehenmöwe. Die finden Sie meist nur auf offener See im hohen Norden, in der Regel ziehen sie nicht weiter nach Süden als Norddänemark. Manchmal, wenn sie von heftigem Sturm getrieben werden, bis zur Nordsee, Hamburg, Helgoland, Sylt. Kann Zufall sein, kann aber auch sein, dass unser Täter im Norden Deutschlands zu Hause ist.«

• • •

Pünktlich um halb drei durchquerte Fred das Foyer des LKA und betrat den Innenhof. Egon Hohlfeld, der Fahrer der Mordkommission I, begrüßte ihn überschwänglich.

»Ja, halli-hallo! Da ist er, der jüngste Mörder-Jäger des LKA. Auf welcher Spur sind Sie denn heute?«

»Ist der Benz frei?«, fragte Fred.

»Glück gehabt, Lemke. Auf geht's.«

»Gleich, wenn Kommissar Leipnitz da ist.«

»Der Leipnitz? Ein trauriger Geselle.«

Fred sah sich erschrocken um.

»Keine Sorge!«, lachte Hohlfeld. »Regel Nummer zwei beim Sprücheklopfen: vorher immer gucken, wer mithört.«

»Und Regel Nummer eins?«

»Man darf was riskieren. Aber es gibt Leute, die alles zu ernst nehmen. Sogar einen Witz.«

»Haben Sie keine Angst, Ärger zu kriegen?«

»Mich nimmt doch keiner ernst.«

»Und wenn doch?«

»Avus.«

»Die Rennstrecke? Was ist damit?«

»Im Wedding ist ein Rennstall, zwei Brüder, Verrückte. Wenn ich hier gehe, Feierabend, dann fahre ich zu denen. Schrauben, lackieren, frisieren, nicht Frisuren, sondern Motoren, mein Lieber. Macht Spaß, weil ich nicht muss. Flieg ich hier raus, komm ich bei den Verrückten unter, die würden mich nie rausschmeißen. Und wenn doch, geh ich in irgendeine andere Werkstatt. Das nennt man: zwei Standbeine haben. Autos sind das Ding der Zukunft.«

»Wie gut sind Sie denn?«

Hohlfeld blies seine Backen auf. »Der Beste. Ich nehm jeden Motor auseinander und bau ihn wieder zusammen. Das Dolle ist: Danach funktioniert er nicht wie vorher. Sondern besser.«

»Das ist klasse. Beneidenswert.«

»Ich sag Ihnen eins, Lemke. Machen Sie sich nicht abhängig. Immer in Bewegung bleiben. Sonst werden Sie so wie die da oben.«

»Wie sind die denn?«

»Scheintote Spezialisten. In einer Sache gut, ansonsten ist nix los.«

Aus dem Augenwinkel sah Fred, dass Leipnitz den Hof

betrat. »Ich war vorher Gaslaternenanzünder. Den Beruf gibt's nicht mehr.«

»Beruf«, erwiderte Hohlfeld abschätzig. »Es geht nicht immer nur um Beruf. Wissen Sie, was Rock'n'Roll ist?«

»Natürlich weiß ich das.«

»Ich meine nicht die Töne, ich meine das dahinter. Zum ersten Mal, seit die Welt sich dreht, haben wir Jungen unser eigenes Ding. Wir wollen nicht mehr den Kram von euch alten Säcken, das ist die Botschaft.« Er winkte Leipnitz zu. »Der Benz ist frei!«, und fuhr mit gesenkter Stimme fort: »Freiheit, Lemke, Leben! Darum geht's. Das was drinnen kocht, muss raus. Wie beim Vulkan.«

»Guten Tag, Herr Hohlfeld«, begrüßte ihn Leipnitz, »wir nehmen Fahrräder, danke.«

»So ein Pech«, flüsterte Hohlfeld Fred zu und grinste.

Leipnitz reichte Fred zwei Hosenklammern. »Damit Sie sich nicht an der öligen Kette schmutzig machen.«

Leipnitz fuhr voran, er ließ sich Zeit, und Fred hatte den Eindruck, dass er es sehr genoss, durch die große Stadt zu radeln, ja, dass er sogar nicht unerhebliche Umwege nahm, damit sie nicht zu schnell ihr Ziel erreichten. Immer wenn Leipnitz den Kopf zu ihm wandte, sah er ihn lächeln, keine Spur von seiner sonst allgegenwärtigen flatterigen Nervosität, besonders als sie längs des Landwehrkanals am Zoologischen Garten vorbeifuhren und über die Untere Freiarchebrücke ein Stück durch den Tiergarten rollten. Sie kreuzten die Charlottenburger Chaussee unweit der Siegessäule und erreichten ihr Ziel, die Händelallee 5 im Hansaviertel. Seit

Jahren diskutierten, schimpften, verfluchten und bewunderten die Berliner dieses gewaltige Architektur-Experiment. Nirgends in der Stadt hatten die alliierten Bomben so zugeschlagen wie hier. Von dem gutbürgerlichen Wohnviertel war nichts übrig geblieben als Ruinenreste, die wieder aufzubauen niemand für sinnvoll gehalten hatte. Stattdessen hatte der Berliner Senat 1953 zum Ideenwettbewerb aufgerufen, auf dem Gelände zwischen Moabit und Tiergarten und unweit des Schlosses Bellevue so etwas wie die Stadt der Zukunft zu bauen: mehrgeschossige, moderne Mietshäuser im Sinne des ›Neuen Bauens‹, locker auf einer großen Fläche verteilt, mit viel Grün dazwischen. Auch erklärtermaßen als ein moderner, westlicher Gegenentwurf zu den gewaltigen Wohnblocks mit klassizistischen Fassaden längs der Stalinallee in Friedrichshain in Ostberlin. Modern, wegweisend, mit bezahlbaren Mieten, so lauteten die Vorgaben, und Bauhaus-Architekt Walter Gropius hatte sie mit dem neunstöckigen Wohnhaus in der Händelallee perfekt umgesetzt, mit einem konkaven achtzig Meter langen Baukörper, vorspringenden Balkonen mit weißen, segelartig gewölbten Brüstungen und mit einzelnen Bauelemente in Signalfarben. Der Eingang Nummer 5 befand sich in der Mitte, Harry Renners Name war ganz oben auf dem Klingelbrett zu finden.

»Penthouse«, sagte Leipnitz, und es klang in Freds Ohren fast ehrfürchtig. Er konnte mit dem Wort nichts anfangen.

Ein Aufzug brachte sie in den 9. Stock. Renner erwartete sie in der weit geöffneten Tür, gut gelaunt, als wären sie zu einer Party eingeladen.

»Die Herren von der Polizei, guten Tag!«

Mit einer ausladenden Geste ließ er sie ein. Fred hatte eine Wohnung wie diese noch nie gesehen. Sie war im Stil der aktuellen Mode eingerichtet, alles schien nagelneu zu sein, Tische, Stühle, Tapeten, Teppiche und alles war blitzblank, kein Staubkorn trübte den Eindruck von perfekter Sauberkeit und Modernität, zahlreiche Leuchtstoffröhren tauchten alles in fast grelles Licht. Weiß war die dominierende Farbe, weiß war sogar der Stutzflügel, der schräg in einer Ecke des Wohnzimmers gleich neben der Fensterfront stand, die den Blick auf eine riesige Terrasse öffnete. Seine schwarzen Tasten wirkten wie Fremdkörper.

»Wollen Sie den Namen meiner Putzfrau wissen?«, scherzte Renner, offenbar hatte er Freds erstaunten Blick richtig gedeutet.

»Ich habe keine eigene Wohnung«, antwortete er und fand sich humorlos. Renner strahlte eine unmissverständliche Aufforderung aus: Sei originell, schlagfertig und ungewöhnlich. Er gab sich locker und leicht, zugleich machte er mit jeder Geste, mit jedem Wort, mit jedem Lachen klar, was er am meisten hasste: Langeweile.

»Wir kennen uns ja schon. Das ist Kommissar Leipnitz«, stellte Fred seinen Kollegen vor. Er wunderte sich, wie still sich der Kommissar verhielt. Auweiler an seiner Stelle hätte von Anfang an den Ton angegeben.

Der Nachtklubbesitzer nickte nur und lächelte breit.

Fred zog das Foto von Gerda Kalitz hervor. »Vorab, Herr Renner, kennen Sie diese Frau?«

»Klar, das ist Rosi, meine Putzfrau.«

»Ihren Papieren nach heißt sie Gerda Kalitz.«

»Gerda?« Renner lachte. »Wir nennen sie Rosi. Klingt besser, oder?«

»Ihre Papiere sind gefälscht.«

»Was?« Renners Erstaunen schien Fred nicht gespielt zu sein. »Wieso das denn?«

»Das wollen wir von Ihnen wissen.«

»Keinen Schimmer! Ich kümmere mich ja auch nicht darum. Das macht alles die Anna, meine Sekretärin, Anna Sansone.«

»Gerda Kalitz wird nicht in der Liste Ihrer Angestellten geführt.«

»Vielleicht hat die Anna das bisher versäumt.«

»Wie lange arbeitet Gerda Kalitz für Sie? Ein Jahr?«

Renner zuckte mit den Schultern. »Keine Ahnung.«

»Arbeitet sie schwarz für Sie?«

Renner wand sich peinlich berührt. »Möglich. Ich weiß es nicht.«

»Gerda Kalitz und Gottfried Sargast teilten sich eine Wohnung, in der Kurfürstenstraße.«

Renner atmete geräuschvoll aus und hob seine Hände zu einer Geste der Fassungslosigkeit. »Keine Ahnung. Aber ehrlich gesagt: Was meine Leute privat machen, geht mich nichts an.«

»Herr Renner«, übernahm Leipnitz, »ich kenne den Artikel im Tagesspiegel von vor einem halben Jahr. Sie sagten, Sie hätten Briefe mit Morddrohungen bekommen mit den Worten, Ihnen als Jude stünde kein gutes deutsches Geld zu.«

»Ach, wissen Sie«, Renners Lächeln blieb, »ich glaube, ich war da ein bisschen neben der Spur an dem Tag. Völlig übertrieben. Nennen Sie mir einen, der in der Öffentlichkeit steht und keine bescheuerten Briefe bekommt. Irgendwelche Spinner gibt's überall und immer.«

»Es ist ein großer Unterschied, ob man als Jude solche Drohungen bekommt«, sagte Leipnitz.

»Finden Sie?« Als Leipnitz nicht antwortete, winkte Renner ab. »Was war, ist vorbei und kommt nicht wieder. Die Deutschen haben ihre Lektion gelernt.«

»Jemand, der sagt, Ihnen stünde als Jude kein gutes deutsches Geld zu, hat wohl nichts gelernt.«

Renner winkte erneut ab, dieses Mal unwilliger. »Maulhelden. Diese Typen sterben aus.«

Fred musste an seinen ersten Fall denken, an die trickreich entnazifizierten Naziverbrecher, die in überwältigender Zahl unbehelligt in der deutschen Nachkriegsgesellschaft lebten und noch lange nicht aussterben würden.

»Haben Sie die Briefe noch?«

»Sind Sie verrückt? Warum sollte ich die aufbewahren?«

»Um sie der Polizei zu geben. Damit sie herausfinden kann, wer sie Ihnen geschickt hat.«

»Geschenkt.«

»Mir sagten Sie gestern, Sie hätten keine Feinde«, mischte sich Fred ein.

»Habe ich auch nicht. Fragen Sie herum, und Sie …«

»Der auf Ihren Barmixer geschossen hat, weil er ihn vielleicht mit Ihnen verwechselt hat, wäre bestimmt kein Freund«, unterbrach Fred ihn.

»Wie Sie schon sagten: vielleicht, wäre. Hören Sie«, fuhr Renner fort, als Fred und Leipnitz schwiegen, »die Welt ist voller Verrückter. Vielleicht hat es so einer auf Gottfried oder auf mich abgesehen, weil er sich im Ballroom mal einen Korb bei einer Frau abgeholt hat und uns dafür verantwortlich macht. Vielleicht hat Rucki ihn ein paarmal nicht reingelassen. Weil es zu voll war oder weil der Typ zwei Nasen im Gesicht hat.« Renner lachte. »Obwohl, dann wäre er erst recht reingekommen.«

»Haben Sie da jemand Bestimmten im Sinn?«, fragte Leipnitz.

»Nee, keinen Schimmer. Fragen Sie Rucki, vielleicht weiß der was.«

»Wann haben Sie den Ballroom verlassen?«, fragte Fred.

»Habe ich das nicht schon gestern beantwortet?«

»Sagen Sie es noch mal.«

»Gegen vier, schätze ich.«

»Ist Ihnen irgendetwas aufgefallen? Etwas Ungewöhnliches? Ein Geräusch?«

»Was für ein Geräusch?«

»Vor dem tödlichen Schuss hat es einen Fehlschuss gegeben. Der Bolzen ist an der Hauswand abgeprallt.«

Renners Blick wurde scharf und aufmerksam. »Nein, da war nichts. Hundertprozentig.«

Fred glaubte ihm. Die Zeit als Kämpfer bei der israelischen Untergrundorganisation Lechi dürfte Renners Sinne geschärft haben.

»Ich möchte«, ergriff Leipnitz wieder das Wort, »dass wir den Mordfall weiter aus der Perspektive betrachten, dass eigentlich Sie das Ziel des Täters waren und er den Barmixer mit Ihnen verwechselt hat.«

Renner lächelte gönnerhaft. »Dann machen wir das doch.«

»Jemand schickt Ihnen Morddrohungen, jemand versucht, Sie zu töten, jemand meint, mit Ihnen eine offene Rechnung zu haben.«

Renner stöhnte demonstrativ auf. »Drehen wir uns hier nicht ein wenig im Kreis?«

»Sie waren beim Lōchamej Cherūt Jisra'el, den Kämpfern der Freiheit Israels, kurz Lechi, einer zionistischen Untergrundorganisation, die in Palästina gegen die Briten terroristische Anschläge durchgeführt hat. Könnte es da eine Verbindung geben zu einem Mordanschlag auf Sie zehn, fünfzehn Jahre später?«

Renner hatte Mühe, seine Fassung zu bewahren. »Ich weiß nicht, wovon Sie reden.«

»Die Lechi-Kämpfer waren von allen Untergrundkämpfern die radikalsten. Sie haben sich mehr Feinde als alle anderen gemacht. Selbst gegen ihre Auflösung durch den Staat Israel vor zehn Jahren haben sie sich gewaltsam gewehrt.«

Renner lehnte sich mit demonstrativer Gleichgültigkeit in seinen Sessel zurück. »Sie stochern im Dunkeln.«

»Auf der Suche nach Licht«, erwiderte Leipnitz. Fred war regelrecht atemlos. Der bisher scheue Kommissar Leipnitz zeigte plötzlich eine ganz andere Seite.

»Meine Vergangenheit tut hier nichts zur Sache.«

»Die Entscheidung, ob es etwas zur Sache tut, treffen wir, Herr Renner.«

»Ah, ich verstehe. Achtung, halt's Maul, Jude, mach voran, so in der Art?«

Leipnitz Mundwinkel zuckten. Er stieß ein paar Worte hervor in einer Sprache, die Fred fremd war. Renner starrte den Kommissar sprachlos an. Leipnitz hielt seinem Blick stand.

»Ja«, lenkte Renner ein, »ich war beim Lechi, ab Anfang 1940, da war ich gerade neunzehn geworden.«

»Warum der Lechi? Warum nicht der gemäßigtere Irgun? Warum nicht die Hagana?«

Renner brauchte einige Sekunden, bis er sich entschieden hatte, nicht mehr auszuweichen. »Der Lechi hat sich die Briten vorgenommen, deswegen. Meine Großeltern und ich konnten '33 noch in Palästina einreisen, gegen ein Vorzeigegeld von 15 000 Reichsmark. Pro Person. So wollten es die Briten. Meine Eltern hatten versucht, auch das Geld für sich selbst aufzutreiben«, er lachte bitter auf, »aber die Freunde von früher duckten sich alle weg. Wir haben in der Kantstraße gewohnt. Sagt Ihnen das was?«

»Nein«, erwiderte Fred. Leipnitz reagierte nicht.

»Die Kantstraße nannte man früher, vor den Scheiß-Nazis, Boulevard der Einwanderer. Eine bunte, lebendige Straße, da wohnten Künstler, preußische Offiziere, Ingenieure, Varietétänzerinnen, russische Immigranten, Chinesen, Buddhisten, Daoisten, Katholiken, Moslems, Hinduisten, Kommunisten, Atheisten, Nihilisten – alle nebeneinander. In der Kantstraße gab es mehr jüdische Synagogen als sonst wo in Berlin. Als Hitler '33 Kanzler wurde, bekamen es viele mit der Angst, und zwar nicht nur Juden. Die wollten weg, und dafür brauchten sie Geld. So wie meine Eltern. Viele haben in ihren Wohnungen Auktionen veranstaltet und alles verscherbelt, was sie besaßen. Und die, die zum Kaufen kamen, machten die Schnäppchen ihres Lebens. Wie verhandelt man mit Käufern, wenn einem die SS im Nacken sitzt? Als meine Eltern das Geld endlich zusammenhatten, machten die Briten die Grenzen nach Palästina für Juden praktisch dicht. Per Dekret, einfach so. Meine Eltern wurden ins KZ Buchenwald deportiert. Sie wurden ermordet. Wissen Sie, wie viele Juden die Tommies nicht vor dem sicheren Tod gerettet haben?« Renner fixierte Leipnitz mit scharfem Blick, der fast etwas Vorwurfsvolles hatte. »Ich war jung, ich war wütend, und ich wollte es ihnen heimzahlen.«

Fred hatte gebannt zugehört. Der Nachtklubbesitzer hatte eine sehr eigene Art zu erzählen. Mühelos wechselte er zwischen Betroffenheit, Wut und Lust am Erzählen, und das erzeugte in Fred das Gefühl, ihm unbedingt glauben zu wollen. Er gab sich einen Ruck. Du bist Polizist, ermahnte er sich.

»Noch mal: Kann es einen Zusammenhang geben zwischen Ihrer Zeit beim Lechi und den Morddrohungen, die Sie hier in Berlin erhalten?«, fragte er.

Renner schüttelte den Kopf. »Ach, was! Welchen denn? Außerdem gehörte ich nur kurz dazu. Meine Wut gegen die Briten reichte dann eben doch nicht aus, um irgendwelche Soldaten, Polizeibeamte oder jüdische Kollaborateure heimtückisch zu ermorden. Ich wollte für die jüdische Sache kämpfen, für einen Staat Israel, ja, aber nicht so.«

»Man ließ Sie ohne Weiteres gehen?«

»Ich ging einfach.«

»Eine Untergrund-Terrororganisation wie der Lechi ließ Sie einfach gehen?«, wiederholte Leipnitz mit Nachdruck.

Statt zu antworten, sprang Renner auf, ging hinüber zu dem Stutzflügel und intonierte im Stehen ein fröhliches Tanzlied. Er ließ sich Zeit, sang die erste Strophe, den Refrain, dabei strahlte er eine ansteckende Lebendigkeit aus, die Fred elektrisierte, obgleich er weder die Musik noch die Unterbrechung besonders schätzte.

»Das kennen Sie, oder?« Die Frage war an Leipnitz gerichtet, der nur nickte.

»Sie nicht, junger Mann, habe ich recht?«, wandte er sich an Fred. »Das ist ein *Freylekhs*, ein jiddischer Tanz. Ich hatte beim Lechi immer mein Akkordeon dabei. Wir waren Kämpfer, ja, aber wir waren auch Menschen. Meine Musik hat alle immer daran erinnert, Mensch zu sein. Als ich ging, waren meine Mitstreiter sehr traurig. Aber sie haben mich ziehen lassen. Weil sie wussten, dass ich auf meine Art genauso wie sie für den Jischuv kämpfte.«

»Jischuv?«, fragte Fred.

»Das jüdische Gemeinwesen in Palästina vor der Gründung des Staates Israel.«

»Und was haben Sie danach gemacht?«

»Zur Hagana.«

»Zur Hagana?«, fragte Leipnitz. »Die sogar mit den Briten kollaboriert hat, um gegen die Nazis zu kämpfen? Also praktisch das Gegenteil zum Lechi?«

Renner kniff die Augen zusammen. »Sie kennen sich gut

aus. Ja, weil ich verstanden habe, wer meine Eltern umgebracht hat: Es waren die Nazis und nicht die Briten.«

»Es heißt, Lechi-Kämpfer hätten auch Armbrüste als Waffen benutzt, um britische Offiziere lautlos aus dem Hinterhalt zu töten.«

Renners Augen funkelten wild. »Moment mal! Wollen Sie damit sagen, ich hätte Gottfried erschossen?«

»Haben Sie?«

»Nein, habe ich nicht! Gottfried war ein netter Junge, der war in Ordnung, der hat nie Probleme gemacht.«

»Und wenn er Probleme gemacht hätte?«

»Nein, zur Hölle! Ich bin kein Mörder!«

»Sie haben für die Tatzeit kein Alibi, Herr Renner.«

Fred erwartete, dass der Nachtklubbesitzer noch wütender werden würde, stattdessen antwortete er ruhig. »Das mag sein. Trotzdem war ich es nicht.« Er klatschte in die Hände. »Kommen Sie! Ist es nicht so, dass ich ein Motiv haben müsste?«

Leipnitz nickte und sah Renner lange schweigend an. Der erwiderte seinen Blick ohne einen Hauch von Unsicherheit.

»Meine Aufgabe als Polizist ist es, alle Möglichkeiten in Betracht zu ziehen«, sagte Leipnitz. »Das verstehen Sie gewiss.«

»Jeder Beruf hat seine unangenehmen Seiten, habe ich recht?«

»Was mich interessieren würde, Herr Renner«, mischte sich Fred wieder ein, »wie geht es eigentlich zu bei Ihnen im Ballroom? Offenbar darf nicht jeder hinein.«

»Im Gegenteil, ich will, dass jeder reindarf. Die Tür bleibt offen, solange drinnen Platz und genug Luft zum Atmen ist. Nur wenn es zu eng wird, macht Rucki dicht.«

»Was ist, wenn ausgerechnet dann ein berühmter Mensch kommt, so jemand wie ... Hans Albers oder ...«

»Oder Hildegard Knef?« Renner lachte. »Meinen Sie, die Knef hat Gottfried erschossen?« Er tat erschrocken.

»Was machen Sie, wenn alles voll ist, und die Knef will noch rein?«

»Dann bittet Rucki den mit den zwei Nasen zu gehen.«

»Kommt das öfter vor?«

Renner zögerte. »Hin und wieder.«

»Was heißt das genau?«

»Mittlerweile fast täglich. Am Wochenende gleich mehrmals in der Nacht.«

»Und das geht immer ohne Probleme?«

Harry Renner verzog sein Gesicht. »Nein, geht es nicht.« Fred schwieg. »Sie glauben doch nicht im Ernst, dass da einer«, Renner lachte, »dass da einer so stinkesauer ist, einen Menschen zu töten? Mit 'ner Armbrust? Einen harmlosen Barmixer?«

»Es gibt die verrücktesten Motive für einen Mord. Wenn man die ausschließt, weil sie verrückt klingen, hat man in vielen Fällen keine Chance, den Mörder zu finden. Und nur zur Erinnerung: Wir wissen nicht, ob Sargast das Ziel war oder nur mit Ihnen verwechselt wurde.«

Renner stutzte und fuhr sich mit den Fingerspitzen seiner Rechten einige Male langsam über die Schläfe.

»Könnten Sie feststellen«, fuhr Fred fort, »ob da in der letzten Zeit jemand besonders sauer war?«

»Fragen Sie Rucki, mehr kann ich Ihnen nicht bieten.«

»Wie können wir den sicher erreichen?«

Renner lachte. »Nichts einfacher als das. Es gibt nur drei Möglichkeiten. Morgens ist Rucki zu Hause und schläft. Abends ab sieben ist er im Ballroom. Ab heute allerdings nicht mehr, ich habe ihn entlassen. Und ansonsten finden Sie ihn in der Boxhalle in Moabit, in der Lüneburger Straße, in einer von diesen Kleingewerbehallen unter der S-Bahn.«

»Entlassen? Warum?«

»Interne Angelegenheit.«

»Die nichts mit dem Mord zu tun hat?«

Renner winkte ab. »Nichts.«

»Und Sie sind sicher, das beurteilen zu können? Wohl kaum. Also: warum?«

Renner stöhnte auf. »Also gut. Er hat Nebengeschäfte gemacht, Geld abgezweigt.«

»War Gottfried Sargast da mit im Spiel?«

»Nein, war er nicht.«

Renner sagte das mit einem entspannten Lächeln. Fred war sich sicher, dass er log. Er warf Leipnitz einen Blick zu. Der Kommissar nickte und wandte sich an Renner.

»Die Gefahr für Ihr Leben ist nicht gebannt, Herr Renner. Ich würde mich an Ihrer Stelle so wenig wie möglich in der Öffentlichkeit zeigen.«

Wieder lachte der Nachtklubbesitzer sein sympathisches, einnehmendes Lachen. »Mein Leben war nie ungefährlich. Ich würde mich langweilen, wenn das plötzlich anders wäre.« Er wechselte in eine sanfte Ernsthaftigkeit. »Niemand durfte mir bisher vorschreiben, was ich zu tun und zu lassen habe, und dabei wird es auch bleiben.«

»Gut, das ist natürlich Ihre Entscheidung. Wir verabschieden uns dann. Rufen Sie uns an, wenn Ihnen noch etwas einfällt«, sagte Leipnitz und wandte sich zum Gehen.

»Mach ich, keine Frage.« Renner winkte ihnen jovial zu.

Fred war beeindruckt, wie problemlos es dem Nachtklubbesitzer gelang, alles abzuschütteln, was ihn in der letzten halben Stunde bedrängt hatte. War er einfach nur ein grenzenloser Optimist, der es schaffte, in jeder Lebenslage ausschließlich das Positive zu sehen? Oder war er, wie Ellen schon einmal vermutet hatte, ein perfekter Schauspieler?

An der Tür drehte Fred sich noch einmal um.

»Wussten Sie, dass Gottfried Sargasts Vater Aufseher im KZ Buchenwald war, wo Ihre Eltern ermordet wurden?«

Leipnitz' Kopf zuckte herum, sein Blick war für einen winzigen Moment scharf und hart. Renners Lächeln gefror, seine Augenlider zuckten.

»Was sagen Sie da?«

»Wussten Sie es?«

»Nein«, presste Renner heraus, seine nonchalante Überlegenheit war mit einem Mal dahin. Er schluckte ein paar Mal und kämpfte um seine Fassung. »Soll das jetzt mein Motiv sein, Gottfried getötet zu haben?«

»Nein, Herr Renner, das will ich damit nicht sagen.«

»Was denn?«

Fred brach der Schweiß aus, war das nicht tatsächlich

der Grund, es gesagt zu haben? »Tut mir leid, das war dumm von mir. Auf Wiedersehen.«

»Woher wissen Sie das?«

Fred antwortete nicht.

Fred und Leipnitz traten hinaus auf die Straße. Leipnitz' Finger zitterten nervös. Im Fahrstuhl nach unten hatte er geschwiegen.

»Woher haben Sie diese Information?«

»Das kann ich nicht sagen«, antwortete Fred kleinlaut.

»Informationen, die Sie in einem Verhör verwenden, müssen hundertprozentig verifizierbar sein. Ist Ihnen das nicht bekannt?«

»Ich weiß.«

»Also: Ist es eine verifizierbare Information?«

Fred suchte nach einer der Antwort. »Sie ist sehr wahrscheinlich richtig, dürfte allerdings sehr schwer zu bestätigen sein.«

»Sie glauben, Harry Renner ist der Täter?«

Fred antwortete nicht. Leipnitz öffnete das Kettenschloss, mit dem die beiden Fahrräder an eine Laterne angeschlossen waren.

»Ich habe Sie letzte Woche beobachtet, Herr Lemke. Sie haben das, was ein guter Polizist haben muss. Sie spüren, Sie haben Intuition.« Der Kommissar schwieg für einen Moment. Für Fred fühlte es sich an, als wollte er noch hinzufügen: Ich war auch mal wie Sie. »Gerade, wenn es sich um Intuition handelt, müssen Sie den Ball flach halten. Dranbleiben, aber den Ball flach halten. Verstehen Sie, was ich Ihnen sagen will?«

Fred nickte. Den meisten Intuitionen, die er hatte, glaubte er selber nicht.

Leipnitz warf einen Blick auf seine Armbanduhr. »Gleich drei Uhr. Ich würde sagen, wir statten diesem Boxer noch einen Besuch ab. Bis zur Lüneburger Straße ist es nicht weit, gleich auf der anderen Seite der Spree. Und außerdem«, er lächelte scheu, ja, fast etwas schuldbewusst, »könnten wir noch einen kleinen Zwischenhalt bei der Bäckerei Buchwald machen. An der Moabiter Brücke. Die backen den besten Baumkuchen von ganz Berlin.«

Ein paar Minuten später betraten sie die Bäckerei, die sie schon mit ihrem verlockenden Duft umgarnte, als sie sich auf der Bartningallee näherten. Fred war kein großer Freund von Kuchen, doch dieser Geruch, eine Mischung aus Mandel, Eierteig, Vanille und Schokolade, hatte etwas von Heimeligkeit, von Geborgenheit und erinnerte ihn an die bunten Teller, die seine Schwester und er jedes Jahr zu Weihnachten bekommen hatten. Garniert mit Leckereien, von denen sie die restliche Zeit des Jahres nur hatten träumen können: Vanillegebäck, schokoüberzogene Kokosmakronen, kleine Marzipanbrote und ein in Stanniol eingepackter Weihnachtsmann. Wenn es einen Moment gab, in dem ihm seine kleine Welt in Buckow wie das Paradies erschien, dann war es der, wenn ihre Mutter die Teller enthüllte und sie ihnen mit einem Gesichtsausdruck voller Wärme und Stolz reichte.

Sie betraten die Konditorei und gingen geradewegs auf

eine reichhaltig bestückte Kuchentheke zu. Alle Kuchen, Torten und Törtchen waren mit handgemalten Schildchen beschriftet.

»Was darf es sein, die Herren?«, fragte die gertenschlanke Bedienung. In einer Konditorei hätte Fred ein anderes Format erwartet. »Darf ich Ihnen vielleicht unsere Tagesempfehlungen nahelegen?«

»Gerne«, antwortete Leipnitz, die Augen des sonst eher deprimiert wirkenden Kommissars strahlten wie die eines Kindes.

»Da hätten wir unsere Kottbusser Rolle, unsere besonders saftigen Mandelhörnchen und die gefüllte Baumkuchentorte.«

»Wir nehmen alle drei.«

»Zum hier Essen?«

»Nein, zum Mitnehmen.«

Die Verkäuferin hüllte das Kuchentablett mit eleganter Leichtigkeit in Papier, die nicht nur von großer Routine zeugte, sondern auch etwas Liebevolles im Umgang mit dem Backwerk hatte, fast als täte sie sich schwer, es ohne einen würdevollen Abschied herzugeben. Leipnitz nahm das Tablett entgegen und reichte es an Fred weiter, um seine Geldbörse hervorzuholen.

»Vorsicht«, flüsterte er, was die Verkäuferin mit einem wohlwollenden Lächeln quittierte.

Sie schoben ihre Fahrräder am Holsteiner Ufer entlang bis zum Gerickesteg, einer kleinen Fußgängerbrücke, und überquerten die Spree. Auf der anderen Seite setzte Leipnitz sich auf die Kaimauer hoch über dem Fluss und ließ die

Beine über den Rand baumeln. Die befremdeten Blicke einiger Passanten schienen ihn nicht zu stören, was Fred sehr sympathisch fand. Menschen in Leipnitz' Alter neigten nicht zu solch »ungebührlichem Verhalten«, nach allgemeinem Verständnis saßen in aller Öffentlichkeit nur Halbstarke, Eckensteher und Krawallbrüder auf dem Boden. Der Kommissar zog ein Messer aus seiner Hosentasche und teilte die drei Kuchenstücke in je zwei gleich große Hälften.

»Bitte sehr.« Er selbst griff zu und nahm mit geschlossenen Augen seinen ersten Bissen. Fred tat es ihm nach, und eine Weile genossen sie nur stillschweigend. Unwillkürlich musste Fred an Kommissar Auweiler denken, dessen Genuss beim Essen darin bestand, möglichst große Bissen in den Mund hineinzubekommen.

»Was war das für eine Sprache, in der Sie vorhin mit Harry Renner gesprochen haben, Herr Leipnitz?«, fragte er nach dem zweiten Kuchenstück.

Der Kommissar atmete tief durch, als würde ihm die Frage die Luft nehmen. »Wonach klang es für Sie?«

»Hebräisch?«, vermutete Fred, ohne wirklich zu wissen, wie Hebräisch klang.

Ohne darauf einzugehen, nahm Leipnitz sich das letzte Stück Kuchen. »Seit sechs Jahren verschickt die Konditorei ihren Baumkuchen in alle Welt. Im Krieg sind viele ihrer Kunden umgekommen. Viele derer, die überlebten, wurden vertrieben oder sind ausgewandert, und obwohl die meisten sehr gute Gründe haben, mit Deutschland und den Deutschen nichts mehr zu tun haben zu wollen – auf den geliebten Baumkuchen wollen sie nicht verzichten, und so lassen sie ihn sich per Post zuschicken. Wissen Sie, Herr Lemke, ich bin froh, dass ich meinen Baumkuchen noch persönlich vor Ort einkaufen kann.«

Fred verstand, was dieser eigenartige, besondere Mann ihm damit sagen wollte: Er hatte überlebt, er war nicht vertrieben worden, und er war auch nicht weggegangen, obwohl er Jude war.

»Meinen Sie, Sie können unser kleines Gespräch im Vertrauen halten?«, fragte Leipnitz.

In diesem Moment lüftete sich bei Fred der Zipfel eines großen Schleiers, des Schleiers der Sprachlosigkeit und des Verdrängens, der über allem lag, nachdem die Deutschen die Welt mit dem grausamsten aller Kriege in einen tiefen Abgrund gestürzt hatten. Er verstand, warum Menschen wie Leipnitz, Moosbacher, auch Hanna oder vielleicht sogar die Chefsekretärin Josephine Graf ihm vertrauten und ihn ins Vertrauen zogen. Sie gehörten zu denen, die wollten, dass aus der Asche etwas Neues und Besseres entstand. Dafür brauchte es die Gemeinsamkeit Gleichgesinnter, und er schien ein solcher für sie zu sein. Dahinter steckte auch so etwas wie ein Auftrag, nämlich mehr von denen zu finden, die ebenso dachten, und sie zu unterstützen.

»Das werde ich«, antwortete Fred und griff ebenfalls nach dem dritten Stück Kuchen.

»Welchen mochten Sie am liebsten?«, fragte Leipnitz, nachdem Fred auch dieses Stück verputzt hatte.

»Den Baumkuchen, ganz klar. Den würde ich mir auch zuschicken lassen, wenn ich anderswo leben müsste.«

»Zum Glück müssen Sie nicht woanders leben.«

Doch, muss ich, dachte Fred, behielt es jedoch für sich. Seine Heimat war Buckow in der Märkischen Schweiz, und das lag für ihn unerreichbar in der DDR. Noch während er den Gedanken dachte, mischte sich Zweifel hinein, denn mit jedem Tag wurde die große Stadt Berlin mehr zu dem Ort, an dem er nicht leben musste, sondern leben wollte.

• • •

Bis zur Lüneburger Straße waren es nur hundert Meter. Hier begann die Kette von Kleingewerbehallen unter der höher gelegten Trasse der S-Bahn, fast einen Kilometer weit reihten sie sich aneinander, geprägt durch die Rundbogenkonstruktion, auf der die Gleise ruhten. Die Stützpfeiler der Bögen standen etwa in einem Abstand von zehn Metern und begrenzten so die Breite der einzelnen Innenräume auf neun Meter. Die Boxhalle befand sich ziemlich am Anfang der Straße unter der Hausnummer 405. Das doppelflügelige Eisentor war groß genug, um mit einem Auto einfahren zu können. Eine schwere, rostige Eisenkette, gesichert mit einem ebenso rostigen Vorhängeschloss, machte den Eindruck, als wäre sie eine Ewigkeit nicht mehr geöffnet worden. Rechts und links neben dem Tor gab es je ein vergittertes Fenster, die Scheiben beider waren von innen mit einer Folie blickdicht zugeklebt, und ganz am rechten Rand des Bogens befand sich eine Eisentür, die die Symmetrie des Rundbogens empfindlich störte und zudem aussah, als wäre sie aus nicht passenden Einzelteilen zusammengeschweißt worden. Jemand hatte darauf mit ungelenker Hand »Rucki's

Boxhalle« gepinselt. In Ermangelung eines Laternenpfahls schlossen Fred und Leipnitz ihre Fahrräder aneinander an und lehnten sie gegen die Wand.

Leipnitz sah sich besorgt um. »Ich bin mir nicht sicher, ob das reicht.«

Die Eisentür war nur mit sehr viel Kraft und unter lautem Quietschen zu öffnen. Sofort schlug ihnen der scharfe Geruch von Scheiß und Adrenalin entgegen. In der Mitte der Halle war ein etwa ein Meter hoher Boxring aufgebaut, in dem Rucki Müller gerade auf einen Gegner eindrosch, der ganz offensichtlich eine Nummer zu schwach für ihn war. Hin und wieder kommentierte er seine Schlagfolgen für die Zuschauer, die sich rund um den Ring verteilt hatten, alle in Trainingsanzügen und Boxschuhen, mit um den Hals geschlungenen Handtüchern und verschwitzten Haaren. Auch als der Gong ertönte, den einer der Zuschauer betätigte, setzte Rucki noch mehrere Hiebe nach, wofür er von einigen missbilligende, von den meisten jedoch belustigte Blicke erntete. Rucki zog seinen Mundschutz heraus und gab seinem Gegner einen Klaps auf die Schulter.

»Nu geh dich mal erholen, Rolle. Haste denn wenigstens wat jelernt?«

Rolle murmelte ein paar unverständliche Worte, zwängte sich zwischen den Seilen hindurch und trollte sich schwankend in den hinteren Bereich der Halle. Rucki tänzelte und schattenboxte noch ein wenig herum, offenbar um zu demonstrieren, wie wenig ihm der Kampf abverlangt hatte. Leipnitz trat an den Ring heran.

»Herr Müller, ich bin Kommissar Leipnitz, LKA. Wir müssen Sie für eine Minute sprechen.«

Rucki drehte sich um. »Was willst du denn, Männeken?« Er zögerte, als sein Blick Fred traf. »Den da kenn ich. Was will denn die Polente schon wieder von mir?«

»Wir haben noch ein paar Fragen.«

Rucki starrte sie an, sein Unterkiefer malmte, als kaute er ein Kaugummi.

»Dann kommense mit.« Rucki sprang federnd vom Ringpodest hinunter, führte sie zum Ende der zwanzig Meter langen Halle und durch eine Tür hinaus in eine kleine Gartenparzelle, die etwas Lauschiges gehabt hätte, wenn sie nicht mit leeren Flaschen und Tüten zugemüllt gewesen wäre.

»Herr Müller, wir haben uns gefragt, ob es vielleicht jemanden gibt, der besonders wütend auf Harry Renner oder Gottfried Sargast sein könnte. Jemand, der ihm gedroht hat. Vielleicht jemand, dem der Zutritt zum Ballroom verwehrt wurde.«

»Wüsst' ich keinen.«

»Denken Sie nach. Wenn es voll ist, müssen Sie Gäste abweisen. Gab es einen, bei dem das besonders problematisch war?«

Wieder starrte der Boxer sie lange an. »Keinen«, stieß er schließlich hervor.

»Keinen? Das glaube ich Ihnen nicht«, setzte Fred nach. »Der Nachtklub ist sehr erfolgreich und beliebt. Es gibt bestimmt Gäste, die beleidigt sind, wenn sie nicht reindürfen. Wären das eher die, die nur mal gucken wollen? Oder die,

die meinen, ein Anrecht zu haben, reinzudürfen? Wer ist besonders schwierig?«

Wieder ließ Rucki sich sehr viel Zeit. Er wirkte auf Fred wie jemand, der sich sehr konzentrieren musste, um das Richtige zu sagen, der Angst hatte, sich zu verplappern.

»Halb-Promis.« Er machte ein bauernschlaues Gesicht. »Wissen Sie, was ein Promi ist?«

Fred hatte das Wort noch nie gehört.

»Das steht für Prominenter, det is Lateinisch, einer, den alle kennen. 'n Halbpromi ist einer, der denkt, dass ihn alle kennen. Ist aber nicht so.«

»Wer wäre denn zum Beispiel ein Halb-Promi?«, fragte Fred. »Wären Sie ein Halb-Promi? Ein ehemaliger deutscher Meister im Weltergewicht?«

»Was heißt hier halb?«, stieß Rucki hervor. »Ich bin der Nachfolger von Bubi Scholz, kapiert? '52 ist der vom Welter zum Mittelgewicht gewechselt, und pam!, war ich dran. Und '53, da hab ich's gleich durchgezogen, Rucki Müller, deutscher Meister. Und davor? Pfff, der Bubi, der war unschlagbar. Aber dann, dann war ich unschlagbar. Bis die mich gesperrt haben. Die Köppe da im Verband. Im Ring täten die keine Minute überstehen!« Wütend knetete Rucki seine Hände.

»Welche Halb-Promis haben Ihnen denn im Ballroom Probleme gemacht?«, wiederholte Fred seine Frage.

»Da fällt mir jetzt keiner ein. Schauspieler, die keiner kennt. Sportler, Politiker, die keiner kennt. So was.«

»Herr Müller«, mischte sich Leipnitz ein, »Sie sollten sich besser ein wenig anstrengen. Sie waren der Letze, der

Gottfried Sargast lebend gesehen hat. Sie haben kein Alibi, Sie können nicht beweisen, nichts mit dem Mord zu tun zu haben.«

»Ich war nicht der Letzte! Der Zeltinger war noch da. Also, als ich rausging, stand der draußen vor dem Ballroom auf der Straße rum. Als ich in die Cicerostraße eingebogen bin, stand der immer noch da rum.« Rucki grinste. »Auch ein Halb-Promi.«

»Hat der mal Schwierigkeiten gemacht?«

»Nee, also der …« Rucki sah sich hektisch um, als suchte er einen Ausweg aus einem Käfig.

»Irgendwas stimmt nicht mit Ihnen, Herr Müller«, verschärfte Leipnitz seinen Ton. »Irgendetwas macht Sie sehr nervös. Sie verbergen etwas.«

»Nein, ich, ich …«

»Für mich sieht es so aus, als müssten wir Sie entschiedenermaßen als Täter in Erwägung ziehen, Herr Müller.«

Ruckis Augen flitzten nervös hin und her. »Warum denn?«

»Was ist mit Zeltinger?«

Rucki kratzte sich hektisch am Kinn. »Harry will nicht, dass darüber geredet wird.«

»Worüber?«

»Na, mit dem Zeltinger.«

»Was ist der Grund?«, fragte Fred.

»Keine Ahnung.«

»Worüber sollen Sie nicht reden?«

Rucki spuckte im hohen Bogen gegen die Wand. »Ach, scheiß drauf.«

»Wieso ›Scheiß drauf‹?«, fragte Fred.

Rucki hakte seine Daumen in den Hosenbund und spuckte erneut. »Weil der Harry mir gekündigt hat.« Immer noch knetete er wütend seine Finger. »Es war so: Lass den Zeltinger nur rein, wenn es nicht anders geht, das hat Harry mir gesagt. Behalt's für dich, Rucki, ich will kein Gerede, das hat er mir gesagt.«

»Was hat Harry Renner gegen Zeltinger?«, fragte Leipnitz.

Rucki zuckte mit den Schultern. »Weiß ich nicht genau. Aber der Zeltinger hat was gegen ihn, das ist mal klar.«

»Und was?«

»Der ärgert sich.« Rucki stieß ein robustes Lachen aus. »Wie gesagt, der hat auch einen Nachtklub, der Laden heißt Nacht-Schaukel. Seit Harry den Ballroom macht, geht da keiner mehr hin. Also, von den Promis. Die kommen alle zu uns.«

»Hat Zeltinger ihm mal gedroht?«

»Dem Harry? Da lach ich jetzt aber. Dem kann man nicht drohen. Das Einzige, vor dem der Angst hat, ist, dass er morgens aufwacht, und es gibt keine Frauen mehr.«

Die beiden Kommissare schwiegen.

»Is so.« Der Boxer sah sich verunsichert um. »So is der Harry.«

»Warum hat Harry Renner Ihnen gekündigt?«

Ruckis Augen blitzten wütend. »Weil ... ach, einfach so. Warum ist die Banane krumm?«

»Sie haben Nebengeschäfte gemacht und Geld abgezweigt, hat er uns gesagt.«

»Na, warum fragen Sie dann?« Rucki duckte sich, und seine Augen wurden sehr klein. Wäre Fred jetzt mit ihm alleine, würde er sich auf eine Attacke gefasst machen. »Geht keinen was an. Hat Harry auch gesagt.«

»War Gottfried bei den Nebengeschäften mit im Spiel?«

»Ihr könnt mir gar nix!«, stieß Rucki hervor. »Gar nix!«

»War Gottfried Sargast mit im Spiel?«, insistierte Fred.

»War er nicht, nein.«

»Was waren das für Nebengeschäfte?«

»Geld halt. Muss ich nicht sagen. Hat nichts mit der Sache zu tun.«

Fred und Leipnitz tauschten einen Blick. Endstation, mehr würden sie aus Rucki nicht herausholen.

• • •

Wieder zurück im LKA, goss Fred sich eine Tasse Kaffee aus der Thermoskanne ein, die letzte Tasse, nur noch lauwarm, und ging zu seinem Schreibtisch. Leipnitz war ins Büro von Hauptkommissar Merker zitiert worden, was, so viel hatte Fred schon in den wenigen Tagen mitbekommen, die er in der Mordkommission arbeitete, ungewöhnlich häufig passierte. Praktisch jedes Mal kehrte Leipnitz nervös und angeschlagen zurück. Merker hatte ihn im Visier, das war klar.

Fred griff zum Telefon, argwöhnisch beäugt von Auweiler. Ihm als Kriminalassistenten war es eigentlich nicht gestattet, Telefonate ohne die ausdrückliche Erlaubnis eines Kommissars zu führen. Da Auweiler nicht wusste, ob Leipnitz die Erlaubnis erteilt hatte, schwieg er, hörte aber umso aufmerksamer zu, offensichtlich in der Hoffnung, Fred bei einem tadelbaren Vergehen zu ertappen.

»Schulze, Bibliothek und Archiv«, meldete sich eine kurz angebundene, aber sympathische Stimme.

»Fred Lemke hier, Mordkommission I.«

»Aha, erneut. Also Kostenstelle 2307. Was brauchen Sie? Wie viel? Und bis wann?«

Fred nahm sich vor, diesen Herrn Schulze irgendwann einmal persönlich aufzusuchen. Ein Bibliothekar, der derart pragmatisch war, musste ein ungewöhnlicher Mensch sein.

»So viel wie möglich über Harry Renner ...«

»Besitzer des Nachtklubs Harry's Ballroom?«, unterbrach ihn Schulze.

»Ja, und so viel wie möglich über Otto Zeltinger.«

»Oha, das wird mühselig. Für Sie. Zeltinger kriegt Schnappatmung, wenn er nicht jeden Tag etwas über sich in der Zeitung liest. Umkehrschluss: Das Materialkonvolut ist exorbitant.«

»Seine Vergangenheit, politisch, als Soldat. Alles über seinen Nachtklub Nacht-Schaukel«, antwortete Fred, im Umgang mit Schulze fühlte er sich aufgefordert, sich ebenfalls so kurz wie möglich zu fassen.

»Bis wann?«

»So schnell es geht.«

»Wird erledigt.«

Ehe Fred sich bedanken konnte, hatte Schulze schon aufgelegt. Lächelnd legte Fred ebenfalls den Hörer zurück auf die Gabel. Dieser Mensch war Gold wert, machte kein Aufhebens, verbreitete nicht diesen Mief von ›Ich bin wichtig und du nicht, also stell dich hinten an‹ und fokussierte sich einzig und alleine auf das, worum es ging. Im Grunde hatte Schulzes Zackigkeit etwas Soldatisches. Mit dem Gedanken verschwand Freds Lächeln. Ein Reflex, über den er sich ärgerte, dieser verdammte Krieg: Seit dreizehn Jahren war er vorbei, und trotzdem beeinflusste er bei ihm nahezu jede Wahrnehmung. Alles konnte Auslöser sein, der Blick auf diese immer noch waidwunde, vernarbte Stadt, auf die vielen Menschen, die Schaden genommen hatten, vor allem jedoch auf die noch zahlreicheren Menschen, die nicht zugeben wollten, dass auch sie Schaden genommen hatten, die jedes Mittel nutzten, um zu vergessen und zu verdrängen.

Du verrennst dich, ermahnte sich Fred, du siehst alles viel schwärzer und dunkler, als es ist. Und dieser sympathisch-zackige Herr Schulze? Du weißt nichts über ihn, da sind nur die Bilder, die in dir entstehen, sonst nichts. Es muss doch auch anders gehen! Nimm Egon Hohlfeld, der hat sich ein vergleichsweise freies, unbeschwertes Leben geschaffen. Hohlfeld ist nur zwei Jahre älter als du.

Wissen Sie, was Rock'n'Roll ist, hatte Hohlfeld ihn gefragt, und in dem Moment war Fred sich vorgekommen wie ein Grottenolm, der tief unter der Erde in seiner kleinen, begrenzten Welt in Abgeschiedenheit lebte, still und unauffällig. Das exakte Gegenteil von Rock'n'Roll. Hohlfeld hatte es auf den Punkt gebracht: Zum ersten Mal haben wir unser eigenes Ding, Freiheit, Leben, das, was drinnen kocht, muss raus, wie beim Vulkan.

»Was zum Kuckuck lässt Sie die Platte Ihres Schreibtisches derart malträtieren, Lemke?«, drang Auweilers wütende Stimme in seine Ohren.

Fred antwortete nicht. Es war Zeit, seinem Leben eine andere Richtung zu geben.

Den Rest des Tages verbrachte er damit, den Tagesbericht zu schreiben, ihn auf eine vertretbare Länge herunterzukürzen und dann erst der Sekretärin Sonja Krause in die Schreibmaschine zu diktieren. Zwischendurch, als Auweiler das Büro verließ, nutzte er die kurze Gelegenheit, beim Einwohnermeldeamt nach Elisabeth Fiedler zu fragen, vielleicht stimmte die Geschichte ja nicht, dass sie eine nicht anerkannte Geflüchtete war, und sie war doch irgendwo in Berlin angemeldet. Er gab vor, dass es sich um höchste Dringlichkeit handelte, und blieb am Telefon, während der Sachbearbeiter am anderen Ende der Leitung sich durch die Karteien wühlte. Wie viele Schubladen und Schränke füllten wohl die Meldekarten von weit über zwei Millionen Berlinern? Wie viele gab es, deren Nachname mit »F« begann? Viele waren noch unter 21.

»Das heißt, ich muss alle Karten mit dem Namen Fiedler durchlesen, falls diese genannte Person Elisabeth noch minderjährig ist«, hatte der Sachbearbeiter entrüstet angemerkt.

»Das müssen Sie, und zwar schnell«, hatte Fred kurz angebunden geantwortet und versucht, in seine Stimme größte Gewichtigkeit zu legen, wohl wissend, damit ein Spiel zu spielen, das er eigentlich verabscheute. Offenbar hatte es funktioniert, wenig später meldete sich der Sachbearbeiter: In Berlin gab es eine Elisabeth Fiedler, in Schöneberg, Belziger Straße 58. Mit wild pochendem Herzen notierte Fred die Telefonnummer.

»Kommen Sie doch bitte einmal in mein Büro.«

Fred zuckte erschrocken zusammen. Die Chefsekretärin Josephine Graf lehnte lässig am Türrahmen, so wie sie dastand, schon eine ganze Weile. In ihrem Gesicht konnte er nichts lesen als diese ihr eigene rätselhafte, elegante Beherrschtheit und diesen Hauch von Ironie.

»Haben Sie eine Uhr, Herr Lemke?«, fragte sie ihn, während sie hinüber in ihr Büro ging.

Wollte sie ihn wegen seines späten Dienstantritts heute Morgen maßregeln?

»Ich habe einen Wecker, nur heute Morgen ...«

»Eine Armbanduhr«, unterbrach sie ihn.

»Nein, habe ich nie gebraucht.«

»Jetzt brauchen Sie eine. Sie ebenso wie alle Kommissare bei uns. Nicht neben jedem Tatort steht ein Kirchturm mit Uhr.«

»Ja, gut«, erwiderte Fred verdrossen, eine gute Armbanduhr war nicht billig.

»Wäre es nicht logisch, wenn Ihr neuer Arbeitgeber, der diese Anforderung stellt, Sie Ihnen und allen anderen kostenfrei zur Verfügung stellte?« Sie lachte mehr in sich hinein als an ihn gerichtet. »Weit gefehlt. Die Regeln im Schloss sind selbstverständlich undurchsichtig, Herr Lemke.«

Sie hatte in der Vergangenheit schon mehrfach das LKA als Schloss bezeichnet, analog zu dem Schloss in Franz Kafkas rätselhaftem, unvollendetem Roman.

»Dann muss ich wohl versuchen, irgendwo eine erschwingliche aufzutreiben.«

»Müssen Sie nicht. Ich habe in unserer Hauptabteilung Delikte am Menschen für unsere Mitarbeiter ein Beschaffungsprogramm aufgestellt. Sie bekommen eine Uhr zum Händlereinkaufspreis und zahlen diese mit einem sehr geringen Betrag monatlich ab.« Während sie sprach, füllte sie einen Zettel aus, den sie am Ende unterschrieb und ihm hinhielt. »Sie können sie im Materiallager abholen. Und hängen Sie es nicht an die große Glocke, die Schlossherren tun sich mit unkonventionellen Unterfangen sehr schwer.«

Als Fred ins Büro der Mordkommission I zurückkehrte, trug er am Handgelenk eine Orator, deren mechanisches Laufwerk alle vierundzwanzig Stunden aufgezogen werden musste. Leipnitz hatte in der Zwischenzeit seinen Bericht gelesen. Als er ihn zur Seite legte, sah Fred, dass er dieselbe Uhr trug.

»Gut gemacht, Herr Lemke. Für heute können Sie Feierabend machen.«

Eine Viertelstunde später verließ Fred das LKA-Gebäude. Er hatte es kaum noch ausgehalten. Immer wieder hatte er in seine Tasche gefasst und nach den Groschen getastet, die er für den öffentlichen Fernsprecher brauchte. Die Telefonnummer hatte sich in seinem Kopf eingebrannt: 718 889. Die nächste Telefonzelle stand an der Kurfürstenstraße auf halber Strecke zur Bayreuther. Er rannte, und um sich abzulenken, zählte er die Schritte. Einhundertachtundfünfzig. Er riss die schwergängige Tür auf, fütterte den Apparat mit den Groschen und wählte. Zweimal musste er neu ansetzen, weil sein verschwitzter Finger aus der Wählscheibe rutschte. Endlich das Freizeichen, und dann eine Stimme, eine Frauenstimme, eine alte Stimme.

»Elisabeth Fiedler hier.«

Fred räusperte sich. »Ich ...«, er nahm erneut Anlauf. »Fred Lemke mein Name. Ich bin auf der Suche nach Elisabeth Fiedler.«

»Na, dann sind Sie ja am Ziel, junger Mann.«

»Haben Sie vielleicht eine Tochter?«

»Was ist denn das für eine Frage? Was wollen Sie?«

»Es ist ... ich habe eine Elisabeth Fiedler kennengelernt, aber ihre Adresse verbummelt. Sie ist um die 20 Jahre alt.«

»Dann war ich's wohl nicht, junger Mann. Bei mir müssen Sie noch ein paar Jährchen drauflegen.«

»Und eine Tochter haben Sie nicht? Oder eine Elisabeth in der Familie?«

Eine Weile schwieg die Frau. »Ich hatte zwei Söhne«, sagte sie, und es klang sehr dumpf.

»Es tut mir leid, ich wollte Sie nicht stören.«

»Viel Glück, junger Mann«, erwiderte sie und legte auf.

Fred war todmüde, würde sich am liebsten hinlegen und bis morgen früh durchschlafen, und trotzdem verspürte er keine Lust, in seine Pension zu gehen. Unter seiner Müdigkeit brodelte eine nervöse Unruhe. Wegen Ilsa, ja. Aber hatte es auch mit Ellen von Stain zu tun, die sich während des Tages immer wieder in seine Gedanken gedrängt hatte? Der kurze Konflikt, den sie mit ihrer Mutter gehabt hatte, passte so gar nicht in das Bild, das er sich bisher von ihr gemacht hatte. Sie finanzierte ihr Leben offensichtlich aus einem Fonds, der mit dem Blutgeld ihrer Eltern gefüllt worden war und den die Baronin jetzt gesperrt hatte. So wie es aussah, war damit Ellens finanzielle Unabhängigkeit beendet. Welche Auswirkung würde das wohl auf ihre Arbeit als Sonderermittlerin beim LKA haben, eine Arbeit, die sie bisher wie ein Hobby, eine Vergnügung, einen Zeitvertreib erledigt hatte?

Fred sah die Kurfürstenstraße hinunter. Magda Riese holte gerade die aufklappbare Tafel herein, auf der sie jeden Morgen ihre Tagesgerichte mit Kreide notierte. Sie bewegte sich trotz ihrer Körperfülle flink und temperamentvoll. Für einen Moment hatte Fred das Gefühl, den eigentlichen Menschen zu sehen, der unter der schützenden Fettschicht steckte. Riese schien seine Blicke zu spüren, sah sich suchend um, entdeckte ihn und winkte ihm überschwänglich zu, ihre Lippen formten die Worte: Bis morgen! Fred nickte und lachte. Wie hatte sie sich nur so viel Optimismus und Lebensfreude erhalten können? Die Frage würde er ihr gerne einmal stellen, zugleich war es undenkbar für ihn als Dreiundzwanzigjährigen, eine erwachsene Frau so etwas zu fragen, am Ende würde sie noch denken, dass er etwas von ihr wollte.

Er wandte sich in die entgegengesetzte Richtung. Ein zweites Mal am heutigen Tag passierte er nach ein paar Minuten die Gedächtniskirche. Auf jeder Litfaßsäule klebte ein Plakat vom neuesten Heinz-Rühmann-Film, »Es geschah am hellichten Tag«, einem Krimi-Drama nach einem Roman von Friedrich Dürrenmatt. Rühmann wirkte darauf ungewohnt energisch, wie einer der harten Detektive, die es bisher nur in amerikanischen Filmen zu bewundern gab. Premiere war genau heute, im Gloria Palast gleich um die Ecke am Anfang des Ku'damms. Fred wollte den Film sehen, unbedingt, auch wenn er Rühmann nicht mochte. Was den meisten Menschen, vor allem Frauen, an ihm gefiel, nämlich seine sanfte Freundlichkeit, empfand er als Täuschung. Für ihn gehörte Rühmann in die gleiche Kategorie wie diese schmalzigen Heile-Welt-Schlagersänger, diese Peter Alexanders und Konsorten. In dem neuen Kinofilm schien er jedoch eine andere Seite zu zeigen, außerdem ging es darin um einen harten Fall von Kindsmord, was Fred mehr interessierte als Rühmanns übliche Herz-Schmerz-Mixtur. Ein andermal, dachte Fred, als er den Gloria Palast passierte und die bestimmt hundert Meter lange Menschenschlange sah, die für Eintrittskarten anstand. Er bog in die Joachimsthaler Straße ab, die am Bahnhof Zoo endete. Schräg gegenüber befand sich das AKI-Aktualitätenkino, das von neun Uhr morgens bis Mitternacht ohne Unterbrechung eine Mischung aus Wochenschauen, Sportberichten und Kulturfilmen zeigte und wo man so lange sitzen durfte, wie man wollte. Nur zu schlafen war nicht erlaubt, und das wurde auch streng kontrolliert, wahrscheinlich befürchtete man, sonst von müden Obdachlosen überrannt zu werden.

Fred zahlte die fünfzig Pfennige Eintritt und suchte sich in dem muffig riechenden Saal einen Platz weit vorne, gerade an der Grenze, wo Bilder auf der Leinwand groß und mächtig waren und jenseits derer man das Gefühl bekam, von ihnen bedrängt zu werden. Gerade liefen Sportnachrichten. In Wimbledon hatte Ashley Cooper gegen Neal Fraser gewonnen. Fred kannte beide nicht. Ihm gefiel, wie sie in ihren weißen kurzen Hosen und den Strickpullis mit V-Ausschnitt, die sie schon nach wenigen Spielminuten ablegten, einem Ball hinterherliefen, der so schnell durch die Luft flog, dass man Mühe hatte, ihm auf der Leinwand zu folgen.

Der Bericht danach erzählte von dem geheimnisumwitterten Besuch des sowjetischen Ministerpräsidenten Nikita Chruschtschow in Ostberlin anlässlich des 5. Parteitags der SED, der im Westen viel Nervosität erzeugte. Mehrfach hatten die Sowjets in den letzten Monaten gefordert, dass die Alliierten Berlin verlassen sollten und Westberlin ein Teil der DDR werden sollte. Das schürte bei vielen Berlinern Angst vor einer erneuten Blockade durch die Russen, und sie fragten sich, ob die USA, Großbritannien und Frankreich ihnen genauso entschlossen beistehen würden wie bei der Blockade ab Juni 1948, als sie die Stadt ein Jahr lang durch die Luft versorgt hatten.

Es folgte ein mit euphorischen Fanfaren eingeleiteter Beitrag über die gestern, am 8. Juli, zu Ende gegangenen 8. Internationalen Berliner Filmfestspiele. Walt Disney war das erste Mal zu Gast gewesen und hatte einen gewaltigen Begeisterungssturm hervorgerufen, Eltern hatten mit ihren Kindern am 5. Juli stundenlang vor der Kongresshalle im Tiergarten Schlange gestanden, um einen Blick auf den »größten Träumer« im Filmgeschäft, wie ihn ein Reporter nannte, zu erhaschen. Gestern hatte es Fred schon geschockt, seinen eigenen Geburtstag am 5. Juli vergessen zu haben. Heute gesellte sich ein anderes Gefühl dazu: Es gab in seinem Leben niemanden, der ihn daran hätte erinnern können.

Er erhob sich und tastete sich zum Ausgang hinaus. Draußen war es noch taghell und sehr warm, 28 Grad, las er auf dem Thermometer neben dem Haupteingang des Bikini-Hauses, das erst vor einem Jahr mit Geldern aus dem Marshall-Fund fertiggestellt worden war und in dessen Produktionsräumen in den obersten drei Etagen Frauen an 700 Nähmaschinen Damen-Oberbekleidung zusammennähten, die in den unteren beiden Etagen verkauft wurde. DOB – das Zauberwort der Wirtschaftswunderjahre, kein Industriezweig in Westberlin war erfolgreicher und gewinnbringender. Und DOB war auch das Zauberwort für die Jungs, die sich an den Schaufenstern die Nasen platt drückten, um ihre Blicke über die für sie fremdartigen Kleidungsstücke huschen zu lassen und darüber zu fantasieren, wie das wohl aussah, was sie verbargen. Viel Zeit hatten sie dafür nicht, denn mittlerweile war eigens ein junger, sportlicher Mann eingestellt worden, um sie zu verjagen.

Fred nahm die U-Bahn am Zoo bis zur Station Görlitzer Bahnhof. Gleich auf der anderen Straßenseite befand sich seine Pension Duft der Rose. Alle Fenster waren weit geöffnet. Hanna, seine Wirtin, riss manchmal wie in einem Anfall die Fenster der Pension auf, und mindestens eine Stunde lang durfte niemand sie schließen. »Frische Luft, frische Luft«, rief sie als Antwort, wenn jemand die Aktion missbilligte.

Fred betrat die Pension. Unterwegs hatte er sich fünf Schrippen besorgt: Im Kühlschrank in der Küche warteten noch ein großes Stück Käse, Butter und ein Glas Honig, das er bei einer betagten Kriegswitwe gekauft hatte, die an wechselnden Stellen in Berlin ihren Honig feilbot. Aus Furcht vor den Beamten des Ordnungsamtes blieb sie jeweils nur ein oder zwei Stunden. Für eine ordentliche Marktlizenz fehlte ihr das Geld, gleichwohl war sie auf den kleinen Zusatzverdienst angewiesen. Ihr Mann war ein verurteilter SS-Mann und bekam keine Rente, und die Mütterrente, die der Staat ihr zahlte, war äußerst schmal.

Fred hoffte, Hanna irgendwie aus ihren Zimmern herauszulocken, weil er sich nach ihrer Gesellschaft sehnte. Umso erleichterter und erstaunter war er, als er sie in der Küche alleine an dem riesigen, langen Tisch mit den zehn Stühlen vor einer Flasche Wein, einem halb leeren Glas und verschiedenen Pumpernickelschnittchen, die dick mit Käse, Schnittlauchschnipseln und Radieschenscheiben belegt waren, sitzen sah. Ein seltener Anblick, Hanna war normalerweise von energischem Temperament und ständig in Bewegung, beim Sprechen, beim Musikhören, beim Saubermachen, sogar beim Essen, was Fred besonders an ihr mochte.

»Caesar, hallo! Willst du?« Sie deutete auf den Wein, den sie aus einer geheimen Quelle kistenweise kaufte und auf dessen Flaschenetikette nichts anderes zu lesen war als das Wort »Wein«. »Und? Hat dir Shakespeare geholfen?«

»Nein.« Fred holte sich ein Glas aus dem Küchenschrank.

»Willst du mir immer noch nicht erzählen, wie sich der Fall mit dem Petticoat aufgelöst hat?« Sie hob ihr Glas, um mit ihm anzustoßen.

»Ich mach's. Aber du musst mir versprechen, mit niemandem darüber zu reden.«

Sie verdrehte die Augen.

»Ich meine es ernst, Hanna.«

Sie lächelte ihn an. »Okay. Ich schweige.«

»Vor allem gegenüber Josephine Graf.« Die Chefsekretärin war Hannas beste Freundin.

»Ich verspreche es.« Als Fred ansetzte zu erzählen, hob sie jedoch die Hand. »Warte, später, Caesar. Hör zu, ich habe ein Problem, vielleicht fällt dir eine Lösung ein. Ich will mir ein paar Kleider selber nähen, nach Schnittmuster. Davon habe ich mittlerweile eine riesige Sammlung, aus der Burda, Schnittmuster für Sommerkleider, Schnittmuster für Winterkleider, für Sonntagskleider, für Mittwochskleider – aber noch nie ein einziges Kleid genäht.« Sie warf ihm einen unwilligen Blick zu. »Was guckst du so komisch?«

»Was ist Burda?«

»Die Modezeitschrift für Frauen. Die Schnittmuster sind fabelhaft, der Rest ist mehr für …«, sie verdrehte die Augen und sah ihn gespielt streng an. »Dir ist schon aufgefallen, dass ich anders bin als andere Frauen?«

Fred lächelte und nickte.

»Die Burda ist für die anderen Frauen. Nur die Schnittmuster nicht.«

»Ich weiß nicht, wie ich dir dabei …«

»Typisch Mann! Unfähig, zuzuhören und voller Wertung.«

»Wieso, ich hab doch gar nichts …«

»Hör zu, ich will dich nicht bitten, mir ein Kleid zu nähen, okay?«

Fred vermied es, noch einmal zu lächeln, um Hanna nicht zu reizen. Zu ihrem Selbstverständnis gehörte es, alles im Griff zu haben und jede Schwierigkeit zu meistern, die sich ihr in den Weg stellte. Um Hilfe zu bitten, fiel ihr schwer.

»Zum Nähen braucht es eine Nähmaschine. Meine ist kaputt, schon länger, und versuch mal, in diesen Zeiten eine zu kaufen. Viel zu teuer, da kann ich mir gleich die Kleider kaufen. Jetzt pass auf: Meine Tante Olga will mir ihre vermachen, eine Singer, klassisches Modell, schwer, mit Gusseisenrahmen. Aber Tantchen wohnt im Osten. In Treptow, genauer gesagt. Ich brauche also einen Plan, wie ich das Ding an den DDR-Wachhunden vorbei hierherbringe. Bislang ist mir keiner eingefallen. Vielleicht hast du eine Idee?«

Westberliner wurden in der Regel nicht kontrolliert, wenn sie aus dem Osten zurückkehrten. Außer wenn sie auffällig große und volle Taschen, Koffer oder gar ein klobiges, sehr schweres Möbel mit sich führten. Eine Singer-Nähmaschine würde mit Sicherheit sofort konfisziert werden.

Zwei Stunden und eine weitere Weinflasche später hatten sie einen Plan skizziert: Die dafür nötigen Utensilien würde Hanna morgen besorgen, und dann würden sie sich gleich nach Freds Dienstschluss auf den Weg machen.

»Guter Plan.« Hanna prostete Fred zu und leerte ihr Glas in einem Zug. Fred nahm nur noch einen winzigen Schluck. Anders als sie vertrug er nicht besonders viel und hatte schon das Gefühl, als schwämme sein Gehirn ohne Halt in seinem Schädel herum. Auch seine Augen verhielten sich ungewohnt, drehte er den Kopf zu schnell, kamen sie nicht mehr hinterher, und jedes Auge schien sein eigenes, nicht zum anderen passendes Bild zu erzeugen.

Hanna grinste ihn an.

»Ich würde sagen, du bist gar nicht mehr in der Lage, das zu beurteilen.«

»Doch, der Plan ist gut«, erwiderte Fred. »Soll ich dir jetzt von dem Petticoat-Mörder erzählen?«

Hanna sprang auf und stürmte zum Tischende. »Los, Caesar, geh mal auf mich zu. Sieh mir in die Augen und stütz dich nicht am Tisch ab.«

Fred konzentrierte sich, erhob sich, nahm Blickkontakt auf und ging los. Gerade, wie er fand.

»Du bist doch tatsächlich betrunken«, lachte sie. »Sehr?«

»Geht so.«

»Auf einem Bein.«

»Was?«

»Steh auf einem Bein.«

Er tat es, musste allerdings sehr bald Halt an der Tischkante suchen.

»Das geht so gerade noch«, sagte sie und hielt ihm eine Hand hin.

Er nahm sie nicht. »Jetzt du.«

»Kein Problem.« Sie hob ein Bein, schloss die Augen, schwankte augenblicklich, und Fred konnte sie gerade noch auffangen, bevor sie vollends das Gleichgewicht verlor. Lachend lagen sie sich in den Armen, bis sie ihn auf Armlänge von sich schob.

»Also, Regel Nummer, keine Ahnung, Nummer sieben: Nie mit einem betrunkenen Mann schlafen.«

Fred nickte. »Ist auch meine Regel Nummer sieben.«

Hanna lachte so laut, dass er erschreckt zusammenfuhr.

»Das ist gut«, brachte sie mit Mühe heraus. »Und jetzt kommt Regel Nummer siebenkommafünf: außer wenn der Mann, du verstehst den Unterschied, nur angetrunken ist.«

Statt zu antworten zog Fred sie zu sich heran und küsste sie. Ein Impuls, dem er nüchtern niemals gefolgt wäre, und auch jetzt meldete sich sofort das Gefühl, zu weit gegangen zu sein. Hanna war die erste Frau in seinem Leben gewesen, die er je geküsst hatte, und das war gerade einmal fünf Tage her.

Sie lächelte ihn versonnen an. »Caesar, Caesar, du lernst schnell.«

Für einen langen Moment passierte nichts, und in Fred wuchs die Unsicherheit. Was erwartete sie jetzt von ihm? Sein Wissen, wie Männer mit Frauen in einer Situation wie dieser umgingen, stammte aus Kinofilmen, und da packten die John Waynes, die Marlon Brandos, die James Stewarts, die Gary Coopers, die Paul Newmans die Frauen, die sie begehrten, und die wiederum sanken im wahrsten Sinne des Wortes übermannt dahin, eine Rollenverteilung, in der er weder sich selbst noch Hanna sehen konnte.

»Aber man lernt ja nie aus …« Hanna löste sich aus der Umarmung, nahm ihn an der Hand und zog ihn hinter sich her.

4. Kapitel

Das Klingeln des Weckers hörte Fred wie in weiter Ferne, obwohl er nur einen halben Meter von seinem Ohr auf dem Nachttisch stand. Jeder der einzelnen, stetig lauter werdenden Töne löste Schockwellen in seinem Kopf aus. Dazu kam ein dumpfer Druck, der seine Schädeldecke mit quälender Langsamkeit in die Höhe zu pressen schien. Es dauerte eine Weile, bis es ihm gelang, seine verklebten Augen zu öffnen. Hannas Schlafzimmer. Halbdunkel. Dass die Sonne längst aufgegangen war, sah er an den hellen Lichtbalken, die seitlich an den Vorhängen eindrangen und in denen Staubteilchen durcheinanderwirbelten. Hanna saß mit angezogenen Beinen, die Arme um die Knie gelegt, da, und sah zu, wie er sich aus dem Schlaf kämpfte. Er lächelte, versuchte es zumindest, es fühlte sich an, als führten seine Gesichtsmuskeln ein Eigenleben.

»Was ist?«, nuschelte er, ihr ruhiger, ernster Blick passte nicht zu dem gestrigen Abend und zu der Nacht mit ihr. Oder trog ihn seine Erinnerung?

»Bist du richtig wach, Caesar?«

Fred richtete sich auf. »Fast.«

»Kater?«

Er nickte. Keine gute Idee. Sein Kopf pulsierte und dröhnte. Er legte sich wieder hin, auf die Seite, und sah sie fragend an.

»Hör zu, ich mache es kurz.« Hannas Stimme klang sanft

und entschieden. »Das war heute das letzte Mal. Es war schön, ich bedauere nichts, versteh mich nicht falsch.«

Fred verstand gar nichts. Sie lächelte knapp, offenbar sah sie ihm das an.

»Ich möchte mich nicht verlieben. Jedenfalls nicht in dich. Wärst du fünfzehn Jahre älter …« Sie zog ihre Knie noch enger an sich heran.

»Ist das so wichtig?«

»Du machst dir darüber keine Gedanken, habe ich recht?«

»Nein, wieso auch?«

»Ja, wieso auch. Würde ich an deiner Stelle auch nicht. Für mich sieht das anders aus. Weißt du, es ist nicht so, dass ich einen Mann brauche, ich komme gut allein klar. Aber wenn einer in mein Leben tritt, ich meine, so richtig …« Sie suchte nach den passenden Worten. »Du bist einfach zu jung.«

»Ist das denn schlimm?« Fred fühlte sich überrumpelt. Er kannte Hanna erst seit gut einer Woche, und ohne erklären zu können, warum es so war, fühlte er sich in ihrer Nähe wohl. Sie war so unkompliziert, so stark und so aufregend anders. Mit ihrer Pension hatte sie sich ein eigenes, unabhängiges Leben aufgebaut, und darüber hinaus studierte sie Psychologie, wahrscheinlich um sich ein noch unabhängigeres Leben zu erschaffen. Für ihn war sie beeindruckend und imposant, und trotz ihrer Stärke wirkte sie nicht übermächtig oder bedrohlich. Alles an ihr sagte Ja zum Leben, anders als bei den meisten Erwachsenen, die über ein zögerliches ›Mal sehen‹, ›Vielleicht‹, ›Ja-aber‹ oder ›Nein‹ nicht hinauskamen, oder deren einziges inbrünstiges ›Ja‹ sich auf das Erreichen größtmöglicher wirtschaftlicher Erfolge bezog.

»Schlimm ist gar nichts!« Sie lachte, warf ihre Bettdecke zur Seite und sprang aus dem Bett. »Aufstehen. Bevor du jetzt in eine Depression verfällst. Weißt du, was das ist? Eine Depression?«

»Ja doch«, brummte Fred und sah sich nach seinen Klamotten um.

»Raus mit dir, ich muss an die Arbeit.«

Hanna bereitete für ihre Mieter jeden Morgen außer sonntags ein üppiges Frühstück, das war in der Miete inbegriffen, und wenn es etwas gab, worauf sich alle verlassen konnten, dann, dass es pünktlich um halb sieben auf dem Tisch stand.

Je klarer er im Kopf wurde, desto mehr verflüchtigte sich sein Hunger. Er hatte sich mit den anderen Mietern an den langen Küchentisch gesetzt mit zwei Scheiben Graubrot, Butter, Käse und dem Honig, einem leicht bitteren, körnigkristallisierten Kastanienhonig, den er von allen Sorten am liebsten mochte, und doch bekam er keinen Bissen herunter. Die Tasse Kaffee, jeder bekam nur eine, denn Kaffee war immer noch Luxus, trank er in kleinen Schlucken, um möglichst lange etwas davon zu haben. Anders als sonst war Hanna gleich, nachdem sie den Tisch bereitet hatte, wieder in ihren Zimmern verschwunden. Bis heute Morgen hatte er sich nicht gefragt, welches Gefühl er mit Hanna verband. War er verliebt und wollte es sich nur nicht eingestehen? Bisher hatte sich das Gefühl des Verliebtseins immer nur auf

Ilsa bezogen. Er hatte es nie hinterfragt. Seit er Ilsa das erste Mal gesehen hatte, war es immer da gewesen, seine Gedanken waren immer wieder zu ihr gewandert, und wie oft hatte er sich danach gesehnt, sie zu umarmen, sie zu küssen. Daran hatte sich seitdem nichts geändert, nur die Intensität dieser Gefühle war nicht mehr dieselbe. Und seit wann? Seit Hanna in sein Leben getreten, oder besser gestürmt, war. Hanna, die mit ihm einen Anzug kaufen gegangen war, die ihm in einem schweren Klaustrophobieanfall zur Seite gestanden hatte, mit der er zum ersten Mal in seinem Leben Sex gehabt hatte – all das erschien ihm mit einem Mal wie ein Verrat an Ilsa. War das der eigentliche Grund gewesen, warum er vorgestern in die Fechnerstraße gegangen war? Um sich zu ermahnen, endlich mit der Suche nach ihr zu beginnen, bevor die Erinnerung an sie, an das, was ihr angetan worden war, und an die, die ihr das angetan hatten, verblasste? Bevor er sie vergaß?

Fred leerte seine Tasse und stellte sie ins Spülbecken. Lauter Fragen, auf die er keine Antworten wusste und über die er gerne mit jemandem geredet hätte. Nur, mit wem? Nur Hanna kam ihm in den Sinn. Ausgerechnet Hanna. Er überlegte, ob er einfach bei ihr anklopfen sollte. Nein, sie hatte vorhin so geklungen, als wollte sie ab jetzt einen größeren Abstand zu ihm. Also ging er in sein Zimmer, schnallte das Schulterhalfter mit seiner Dienstwaffe um, zog seine dünne Windjacke über und verließ die Pension. Im Treppenhaus nahm er wie immer drei Stufen auf einmal, nach dem ersten Treppenabsatz probierte er es mit vier. Auch das gelang ihm, ohne zu stolpern. Das nächste Mal nehme ich fünf, dachte er. Unten blieb er stehen. Warum nicht jetzt gleich? Lachend spurtete er die Treppen wieder hinauf, drehte sich um, sprang los, nahm fünf und stürzte. Es tat weh. Die Pistole bohrte sich in seine Rippen, zum Glück schienen sie nicht gebrochen. Am Oberschenkel würde sich garantiert ein gewaltiger blauer Fleck entwickeln. Grinsend humpelte er hinaus auf die Straße.

Ein Moped knatterte vorbei, eine schwarze Miele, die mit ihren barock geschwungenen, ritterrüstungsartigen Schutzblechen und dem Tretlager eher wie ein zu dick geratenes, gedrungenes Fahrrad aussah. Der Fahrer trug grobe Arbeitskleidung und eine Art Schweißerbrille mit klaren Gläsern zum Schutz der Augen. Hinter ihm schoss eine Kreidler heran, auf der ein junger Mann weit vorgebeugt hockte. Er hatte eine feste Baumwollmütze tief ins Gesicht gezogen. Bei der Hitze, wunderte sich Fred, auch heute würden die Temperaturen wieder an die Dreißig-Grad-Marke kommen. Als der Kreidler-Fahrer auf der Höhe des Miele-Fahrers war, schwenkte er ganz nah an ihn heran, riss mit einer schnellen Bewegung dessen lederne Tasche vom Gepäckträger, gab Gas und jagte davon. Der Miele-Fahrer brüllte wütend hinterher, gab ebenfalls Gas, offenbar hatte er noch eine kleine Geschwindigkeitsreserve, und legte sich flach auf den Lenker, um den Luftwiderstand zu verringern. Sehr schnell verschwanden beide aus Freds Sicht. Fred wandte sich um, die nächste Notrufsäule stand auf der anderen Seite der Wiener Straße, vielleicht war ein Funkstreifenwagen in der Nähe und konnte den Kreidler-Fahrer stellen.

Er wollte losrennen, plötzlich standen zwei Männer vor ihm, einer packte ihn mit sehr festem Griff am Arm.

»Herr Lemke, wir möchten Sie bitten mitzukommen«, sagte er mit heftigem amerikanischem Akzent.

»Jetzt nicht«, erwiderte Fred und versuchte sich loszureißen. Auch der andere packte jetzt zu.

»*Now, and you better do what we asked for.*«

«Lassen Sie mich los! Was soll das?«

Die beiden zerrten ihn zu einem klobigen amerikanischen Chevrolet Panel Lieferwagen, der mit laufendem Motor am Bordstein parkte. Sie öffneten eine der beiden hinteren fensterlosen Ladetüren und schoben ihn hinein. Einer folgte ihm und zog die Tür hinter sich ins Schloss. Die Seitenfenster waren mit einer schwarzen Folie zugeklebt, trotzdem sorgten zwei Leuchtstoffröhren für fast gleißende Helligkeit. Beim Einsteigen zog Fred seine Pistole, lud sie durch und richtete sie auf den Mann.

»Hände hoch.«

Der Mann ließ sich auf die längs zur Fahrtrichtung angebrachte Sitzbank fallen.

»Ganz ruhig, Herr Lemke. Wir sind von der CIA. Wir gehören zu den Guten. Ich zeige Ihnen meinen Ausweis, okay? Dafür muss ich in meine Jacke fassen.«

»Zuerst öffnen Sie die Tür.«

Der Mann deutete auf den Griff. »Versuchen Sie es selbst. Die ist automatisch verriegelt. Kann nur der Fahrer öffnen. Ausweis?«

»Ganz langsam.«

Der Mann zog seine Brieftasche hervor und klappte sie

auf. »Mein Name ist Denny Witcomb. Mein Kollege heißt Eliott Anderson.«

Fred wusste, wie ein CIA-Dienstausweis aussah. Die und die Ausweise der anderen Geheimdienstorganisationen waren ihnen als angehenden Kriminalpolizisten während der Ausbildung sehr genau gezeigt und erläutert worden. »Früher oder später werden Sie mit den Geheimdiensten in Berührung kommen«, hatte es geheißen, »Berlin ist eine besetzte Stadt, und die Besatzer dürfen tun und lassen, was sie wollen, verstanden?«

Fred ließ die Pistole nicht sinken. »Der kann auch gefälscht sein.«

Witcomb nickte. »Behalten Sie Ihre Pistole, bis wir am Ziel sind.«

»Wo ist das Ziel?«

»Darüber darf ich Ihnen nichts sagen. Ihnen wird nichts passieren.«

»Was wollen Sie von mir?«

»Es geht um Gottfried Sargast.«

Freds Gedanken rasten. Wenn die Männer tatsächlich von der CIA waren, hatte er kaum etwas zu befürchten. Waren sie jedoch von der Stasi oder gar vom russischen Geheimdienst, musste er unbedingt verhindern, dass sie ihn über die Grenze in den Ost-Sektor brachten.

»Machen Sie sich keine Sorgen.« Der Mann schien seine Gedanken erraten zu haben, schwer war das allerdings nicht. »Wenn wir Kommunisten wären, säßen hier jetzt drei Agenten bei Ihnen, und Ihre Pistole hätten Sie auch nicht mehr. *And besides, have you ever met a commie with a perfect Ame-*

rican accent?« Er lachte mit sympathischem Vergnügen und übersetzte den Satz ins Deutsche, als er merkte, dass Fred ihn nicht verstanden hatte. »Welcher Kommunist spricht schon mit amerikanischem Akzent?«

»Ein Doppelagent«, entgegnete Fred.

Der Mann grinste. »*You're right, that's Berlin, my friend!* Die Stadt der Spione und Doppelagenten. So eng aufeinander gibt's die sonst nirgendwo auf der Welt. Nur, da ist eine kleine Sache: Ich bin keiner«, er lachte, »und Eliott hoffentlich auch nicht.«

Nicht sehr lang nach Beginn der Fahrt hörte Fred das Geräusch eines startenden Flugzeugs. In Berlin gab es drei Flughäfen: Tempelhof, den Flughafen Schönefeld im Ostsektor und den Militärflughafen der Briten in Gatow auf der anderen Seite der Havel. Die letzten beiden waren viel zu weit entfernt, um sie nach einer so kurzen Zeit zu erreichen, also befanden sie sich noch im amerikanischen Sektor in Tempelhof. Kurz darauf wurde der Wagen sehr langsam, hielt an. Fred hörte Stimmen, dann rollte er weiter, auf einer Schräge nach unten, die Außengeräusche wurden zu einem hohlen Röhren, offenbar fuhr der Chevy in einen unterirdischen Tunnel ein. Über die Räume unter dem Flughafengebäude kursierten viele Gerüchte. Bekannt war, dass Hitler dort Fertigungsanlagen für Flugzeuge, Filmarchive, Kraftwerke und Bunkerräume hatte anlegen lassen und dass nach Kriegsende die US Army ihre Kommandozentrale dort eingerichtet hatte. Gerüchte besagten, dass es zugemauerte Räume gäbe, in den die Nazis Goldbarren vor dem Zugriff der Alliierten versteckten. Andere Gerüchte behaupteten, die CIA hätte ein ganzes Netz von Gefängniszellen und Verhör- und Folterräume geschaffen, und sie hielte dort auch dreizehn Jahre nach Kriegsende Naziverbrecher gefangen, über deren Taten nicht genügend Beweise zusammengetragen werden konnten, um sie vor einem regulären Gericht zu verurteilen.

»*Don't worry*«, wiederholte der CIA-Agent. »Wenn die Tür gleich aufgeht, werden da vier Soldaten stehen. Die sind bewaffnet, aber ihre Pistolen stecken. Tun Sie sich selbst den Gefallen und übergeben Sie Ihre Waffe widerstandslos, *will you*? Sie bekommen sie zurück, wenn wir Sie wieder nach Hause fahren.«

Die Soldaten eskortierten sie zu einem Verhörraum, der nicht viel anders aussah als die im LKA: ein Tisch mit Metallbügeln für Handschellen und ein auf den dazugehörigen Platz gerichteter Scheinwerfer, der jedoch nicht eingeschaltet war.

»Setzen Sie sich, wohin Sie wollen«, sagte Anderson, offenbar wollte er vermeiden, dass Fred die Situation als Verhör empfand. Fred zog einen Stuhl vom Tisch weg in den Raum hinein und setzte sich. Für einen Moment herrschte Stille.

»Sie und Ihre Kollegin Ellen von Stain waren vorgestern in Ostberlin und haben Frau Erna Sargast aufgesucht, die Mutter des ermordeten Barmixers Gottfried«, begann Anderson betont beiläufig. »Wir wüssten gerne, worüber Sie gesprochen haben.«

Fred bemühte sich, sein Erschrecken nicht zu zeigen. »Wir waren nicht im Osten. Dürfen wir gar nicht.«

Als Antwort warf Witcomb einige Schwarz-Weiß-Fotos in Freds Schoß. Das Obere zeigte, wie er kurz vor der weißen Linie von den Vopos festgehalten wurde, während die West-Polizisten versuchten, ihn über die Grenze zu ziehen. Die anderen Fotos zeigten weitere Momente der Konfrontation.

»Ich sehe nicht, was die Situation mit der Mutter des Ermordeten zu tun haben soll.«

Anderson kratzte sich am Bauch und grinste Fred kalt an. »Junger Freund, Sie versuchen gerade etwas, was niemals aufgehen kann. Sie haben es hier mit der CIA zu tun und nicht mit irgendeiner Dorfpolizei. Wir sind in Berlin. Eine besetzte Stadt. Wir können mit Ihnen machen, was wir wollen. *And besides*, wir sind die Guten, okay? Also«, er ruderte mit den Armen und verdrehte die Augen, als wollte er sagen: Jetzt muss ich auch noch so einen Quatsch sagen, »helfen Sie uns.«

»Ich habe einen Ausweis und ein amerikanisches Auto gesehen. Wer sagt denn, dass das alles hier nicht nur vorgetäuscht ist?«

»*Jesus!*«, stöhnte Anderson auf. »Haben Sie zu viele Spionagefilme gesehen? Was ziehen Sie denn hier für eine Show ab? Wir können auch andere Mittel anwenden, um Sie zum Reden zu bringen.«

»Würden Sie reden, wenn Sie sicher wären, hier bei der CIA zu sein?«, mischte sich Witcomb betont freundlich ein.

Fred verspürte sofort Erleichterung. Die Situation überforderte ihn, und das lag vor allem daran, dass er fürchtete, gerade dem KGB oder dem MfS auf den Leim zu gehen. »Ja, das würde helfen.«

Witcomb erhob sich. »Folgen Sie mir«, sagte er zum unübersehbaren Missfallen seines Kollegen und trat hinaus auf den Gang. Fred folgte ihm.

»Wir drehen eine kleine Runde«, informierte Witcomb die beiden Soldaten, die vor der Tür Wache hielten. Die salutierten lässig und führten ihre Unterhaltung fort.

»Vertrauen gegen Vertrauen, okay, Fred?«, sagte Witcomb. Er folgte dem Gang. »Wir sind im CIA-Headquarter im Flughafen Tempelhof. Das hier sind die Alten Bunker- und Produktionsanlagen, die euer großer Führer hat bauen lassen. Wir haben hier Verhörräume, ein paar Arrestzellen und viel Technik. Die kann ich Ihnen nicht zeigen, wie Sie sich vielleicht denken können.« Er öffnete eine der Türen. »Hier ist eins der Büros des früheren OPC, Office of Policy Coordination. Die Jungs hier machen so schlimme Sachen wie die Förderung antikommunistischer Gewerkschaften, Zeitschriften und Parteien.«

Stimmen drangen aus dem Raum, amerikanische Wortfetzen, Fred warf einen Blick hinein, an der Wand hing ein Foto von CIA-Chef Allen W. Dulles und eins von Präsident Dwight D. Eisenhower.

Witcomb winkte einem Mann zu, der zwei Türen weiter auf den Gang hinaustrat. »*Frank, you got a minute?*« Er wandte sich an Fred. »Das ist mein Boss Frank Wisner.« Er grinste. »Was genau seine Aufgabe ist, weiß ich selber nicht.«

Der Mann, der auf Fred zukam, hatte schütteres Haar und tief liegende Augen, in denen Fred eine fast verzweifelte Melancholie zu erkennen meinte, wie bei seinem Vater, als der einige Jahre nach Kriegsende aus russischer Gefangenschaft zurückgekehrt war. Seine Finger hielten eine brennende Zigarette und waren vom Nikotin bräunlich-gelb gefärbt, um seinen Mund spielte ein Lächeln, in dem ein Anflug von Ekel lag. Augenblicklich fühlte Fred Beklommenheit, etwas Dunkles ging von diesem Mann aus, etwas Bedrohliches, das sich allerdings nicht gegen Fred, sondern gegen ihn selbst richtete. Was ihn wiederum noch mehr an seinen Vater erinnerte.

»*What's up, Denny?*«, fragte Wisner mit erstaunlich robuster Stimme.

»Unser junger Freund hier glaubt nicht so recht, dass wir hier bei der CIA sind.«

»*You better believe it*«, antwortete Wisner, der offenbar Deutsch verstand, aber nicht sprechen wollte, und verschwand in einem Büro gegenüber.

»Zufrieden?«, fragte Witcomb.

»Ich verstehe nicht, warum das alles für die CIA so wichtig ist«, sagte Fred. Er hatte Anderson und Witcomb alles erzählt, was Ellen und er auf ihrer Spritztour nach Ostberlin erfahren und erlebt hatten.

»Sie sind da in ein, wie sagt man, Wespennest gestoßen«, erwiderte Witcomb. »Dafür können Sie nichts. Wir müssen jetzt nur sehen, wie wir die Sache sauber halten.«

»Ich muss einen Mord klären, sonst nichts.«

»*Right*. Sonst nichts.« Anderson wirkte ungeduldig. »Wir wollen zwei Dinge von Ihnen: Ermitteln Sie weiter, suchen Sie den Mörder, aber lassen Sie außer Acht, was Sie von Gottfrieds Mutter gehört haben. Ob es stimmt, sei mal dahingestellt. Und: Wir wollen regelmäßig über den Fortgang der Ermittlungen unterrichtet werden. Ihr Kontaktmann wird Mr. Witcomb sein.«

»Ich sehe keinen Grund, das zu tun«, erwiderte Fred. Er begann sich über die Selbstgefälligkeit der beiden Amerikaner zu ärgern. »Außerdem darf ich das nicht ohne offizielle Erlaubnis.«

»Sie dürfen auch nicht in Ostberlin ermitteln und haben es trotzdem getan.«

»Wie wollen Sie das beweisen? Mit den Fotos von der Grenzlinie?«

»Brauchen wir nicht. Wenn ich Ihren Vorgesetzten«, Anderson warf einen Blick auf einen Schreibblock mit gelbem Papier, »Kriminaloberrat Mayer anrufe, genügt es, wenn ich ihm sage, die CIA habe Beweise. Er wird Sie mit sofortiger Wirkung feuern. Kann Ihnen natürlich schnuppe sein, aber nach allem, was wir über Sie in Erfahrung bringen konnten, ist es das nicht.«

Fred verkniff sich eine wütende Antwort. »Er feuert mich auch, wenn er rauskriegt, dass ich interne Informationen an die CIA weitergebe.«

Anderson lehnte sich grinsend in seinen Stuhl zurück. »So ist es. Also seien Sie vorsichtig, und tun Sie das Richtige.«

Fred fragte sich, warum sich die allgegenwärtige, allmächtige CIA so viel Mühe mit ihm machte. Es musste um mehr gehen, als dass ein kleiner Ost-Spion ein paar Informationen im Westen abgegriffen hatte.

»Ich will etwas dafür haben«, hörte Fred sich sagen, fast

als wäre er es nicht selber, weil es so unerhört dreist war. Er, der kleine Kriminalassistent, gegen zwei Agenten der legendären Central Intelligence Agency.

»Wohl kaum«, entgegnete Anderson und betrachtete ihn mit kalten Augen.

»Dann mache ich es nicht.« Fred beruhigte sich mit dem Gedanken, dass Ellen von Stain mit von der Partie gewesen war, vielleicht reichten ihre Kontakte ja aus, das Schlimmste zu verhindern.

Die beiden Agenten schwiegen eine Weile, bevor Witcomb den Faden wieder aufnahm. »*You want money*? Geld?«

»Nein.«

»*So what do you want, my friend*?«

«Informationen über Harry Renner, Besitzer des Nachtklubs Harry's Ballroom. Über seine Vergangenheit als israelischer Soldat in Palästina, beim Lechi, bei der Hagana.«

Die beiden CIA-Agenten wechselten belustigte Blicke.

»Okay, machen wir«, antwortete Witcomb.

»Sie denken, Sie können mich leicht hinters Licht führen, habe ich recht? Aber es ist so«, Fred bemühte sich, so souverän wie möglich zu klingen, »wenn ich von Ihnen nicht mehr erfahre als das, was ich mit meinen Mitteln herausbekomme, weiß ich, Sie betrügen mich.«

Witcomb lächelte, fast meinte Fred in seinen Augen so etwas wie Anerkennung zu lesen. »*Well, my friend*, dann haben wir einen Deal.«

Er streckte ihm seine Hand hin, Fred nahm sie, auch wenn das nicht mehr als eine symbolische Geste war. Ein berauschendes Gefühl brandete durch ihn hindurch, eins, wie er es noch nie verspürt hatte. Er war in der Lage, sich in der Welt der Akteure, die die Spielregeln machten, zu behaupten. Zum ersten Mal hatte er das Gefühl, die Macht zu haben, selbst Spielregeln zu setzen. Wie merkwürdig, ausgerechnet in einer Situation, in der er überhaupt nicht Herr der Lage war, im Gegenteil: Wenn die beiden CIA-Agenten es wollten, könnten sie ihn hier ewig festhalten, und niemand würde sie dafür belangen.

»Wir bringen Sie wieder nach Hause, Fred.« Witcomb erhob sich und reckte sich wie ein Sportler nach einem anstrengenden Training.

»Noch eins, Mr. Lemke«, sagte Anderson grimmig. »Was Ihren kleinen Besuch bei uns betrifft: Sie reden mit niemandem darüber, verstanden? Und was unseren Informationsaustausch betrifft, kommen wir auf Sie zu.«

»Nein, ich möchte spätestens morgen von Ihnen hören.«

»Okay, okay«, erwiderte Witcomb, bevor Anderson etwas antworten konnte, das seinem wütenden Gesichtsausdruck nach nicht sehr freundlich ausfallen würde. »Die Informationen, nach denen Sie fragen, haben wir mehr oder weniger parat, die können Sie schon heute Abend haben.« Er grinste und zog ein Päckchen Lucky Strike aus der Hemdtasche. »Es wird ein mit der Maschine geschriebener Text sein, der den Eindruck erweckt, als hätte ein Schriftsteller sich Notizen gemacht. Die wichtigsten Informationen sind als Fragen formuliert, und der Name Harry Renner wird darin nicht auftauchen. Alles nur zur Vorsicht, falls Sie die Zettel beim Baden am Wannsee verlieren sollten.«

Wie affig ist das denn, fragte sich Fred im ersten Moment. Bei näherer Betrachtung war es jedoch durchaus sinnvoll, je nachdem, wie brisant die Informationen waren.

Witcomb schrieb eine Nummer auf ein Kärtchen. »Wenn etwas extrem, wie soll ich sagen, Ungewöhnliches passiert, dann rufen Sie hier an.«

Fred erhob sich und lehnte die Zigarette, die Witcomb ihm anbot, ab.

»*You don't smoke?*«

Fred schüttelte den Kopf. »Eine Frage habe ich noch: Wie kommen Sie überhaupt darauf, mich zu beobachten?«

»Sie glauben doch nicht im Ernst, darauf eine Antwort zu bekommen.«

»Ich denke, ich weiß es ohnehin.« Die einzige denkbare Verbindung war Moosbacher. »Ein Kollege von mir hat einen Kollegen von Ihnen um Auskunft gebeten, und der hat Sie informiert.«

»Wir von der CIA halten eben zusammen«, erwiderte Anderson kühl. »Wer mit einem von uns redet, redet mit allen. Das versteht ihr Krauts nicht. Ihr habt noch einen langen Weg vor euch, bis ihr einander vertrauen könnt.«

• • •

Moosbacher wirkte tief betroffen. Fast erschien es Fred, als kämpfte er mit den Tränen. »Ich hatte ihn gebeten, sich unter der Hand nach Gottfried Sargast zu erkundigen und es nicht an die große Glocke zu hängen.«

»Machen Sie sich keine Vorwürfe.« Fred lächelte aufmunternd. »Zum Glück war es nicht der KGB.«

»Es ist nett, dass Sie das sagen. Aber es geht um Vertrauen«, erwiderte Moosbacher. »Oder besser: um enttäuschtes Vertrauen.«

»Erinnern Sie sich? Sie haben mir mal gesagt: Loyalität ist selten, seien Sie vorsichtig, wem Sie in der Arbeit vertrauen.«

Moosbacher presste die Lippen zusammen, als wollte er verhindern, dass sie zitterten. »Es geht eben nicht nur um Arbeit.«

Fred sah ihn fragend an. Als Moosbacher seinen Blick bemerkte, lachte er leise. »Wie gesagt, Sie haben etwas an sich, das einen dazu verleitet, Ihnen Geheimnisse zu verraten.«

Fred verstand nicht, was er meinte. Moosbacher atmete tief durch. »Ich fürchte, ich muss mich wieder an die Arbeit machen.«

Fred erhob sich und leerte seine Tasse. Es war fast zu einem Ritual geworden, dass Moosbacher ihm einen Kaffee anbot, wenn er bei ihm im Labor auftauchte. »Wollen wir heute bei der Riese zu Mittag essen?«

»Heute nicht«, antwortete Moosbacher verschlossen. »Ein anderes Mal.«

Fred nickte widerstrebend. Das Interesse der CIA an dem Fall verwirrte ihn, er konnte sich keinen Reim darauf machen und hatte sich erhofft, durch Moosbacher etwas mehr Durchblick zu bekommen.

»Ich lauschte in meinem Leben schon signifikant besseren Ausreden, Lemke«, beschied Auweiler und tippte seine Fingerspitzen gegeneinander, erst langsam, dann schneller werdend, bis er die Hände in einer theatralischen Geste auseinanderfliegen ließ, um dann wieder von vorne anzufangen. Eine Marotte, die er sich erst kürzlich angewöhnt hatte und die sehr nerven konnte.

»Es tut mir leid, dass Ihnen die Wahrheit nicht genügt«, erwiderte Fred und errötete. Er war einfach ein schlechter Lügner. Allerdings sah er sehr blass aus, was seine Entschuldigung, sich mehrmals übergeben zu haben, glaubhaft und ihn fast heroisch erscheinen ließ, überhaupt zum Dienst erschienen zu sein.

Zumindest sah Leipnitz das so. »Gute Besserung, Herr Kollege«, wünschte er ihm mit einem aufmunternden Nicken. »Ich habe Ihren Bericht von gestern ja schon gelesen. Er ist sehr gut, äh, vielleicht ein wenig zu umfassend.«

Auweiler lachte meckernd. »An Lemke ist ein Dichter verloren gegangen. Ob ein guter, wage ich nicht zu beurteilen. Doch sehen wir es ihm nach. Omne initium difficile est.« Er sah seine Kollegen auffordernd an, und als niemand nach der Bedeutung der lateinischen Worte fragte, fügte er hinzu: »Aller Anfang ist schwer.«

Ellen von Stain, die am Fenster stand und ihnen bislang den Rücken zugekehrt hatte, wandte sich um. Ihr Gesichtsausdruck war hart, und in ihren Augen glitzerte diese Angriffslust, mit der Fred schon einige Male Bekanntschaft gemacht hatte. Dieses Mal richtete sie sich jedoch nicht gegen ihn.

»Kommissar Auweiler, ich möchte, dass Sie uns allen

zeigen, wie es richtig geht. Überarbeiten Sie den Bericht in Ihrem Sinne. Ich bin neugierig auf die Verbesserungen.«

Auweiler starrte sie fassungslos an, Fred bemühte sich, keinen – nicht einmal den winzigsten – Anflug von Triumph zu zeigen, und Leipnitz vertiefte sich weiterhin in die Papiere, die er vor sich auf dem Schreibtisch ausgebreitet hatte.

»Sehr gerne«, presste Auweiler mit ungewohnt heller Stimme heraus. Er räusperte sich und schluckte einige Male, was ihm offensichtlich half, seine Fassung wiederzuerlangen. »Bene docet, qui bene distinguit, gut lehrt, wer die Unterschiede klar darlegt.«

»Wir sind gespannt.« Ellen wandte sich Fred zu. »Wir gehen besser in einen anderen Raum. Hier stören wir Kommissar Auweiler nur beim Denken und Feilen.«

Sie ging voran in einen der Verhörräume, Fred folgte ihr und schloss die Tür hinter sich.

»Erzählen Sie: Was ist gestern alles passiert, Fred?« Ellen klang sanft, ja, fast zerbrechlich.

»Geht es Ihnen nicht gut?«, fragte er.

Ihre Zornesfalte sprang ihr förmlich auf die Stirn, doch im nächsten Moment verschwand sie wieder. »Die Frage ist zu privat.«

Fred nickte, ja, wahrscheinlich hatte sie recht, das gehörte nicht hierhin. Allerdings war ihr vorgestriger Abend in der Hongkong-Bar auch nicht gerade eine rein berufliche Verabredung gewesen, und da hatte sie völlig selbstverständlich über sein Privatleben verfügt. Er spürte, wie sich wieder Ärger in ihm formierte. Warum war es dieser Frau so wichtig, ständig den Ton anzugeben? Wieso glaubte sie, andere permanent gängeln zu müssen? Vor allem aber: Warum ließ er sich von ihr immer wieder gängeln?

Nachdem er ihr von Rucki Müller und den beiden CIA-Agenten erzählt hatte, schwieg sie. Mit den Gedanken schien sie meilenweit weg zu sein. Was ihn wunderte. Die Ellen von Stain, wie er sie bisher kannte, würde sich als Erstes mit glühender Neugierde nach den Einzelheiten der »spannenden« – das war eines ihrer Lieblingsworte – CIA-Aktion erkundigen.

»Wir haben drei mögliche Täter«, nahm Fred den Faden wieder auf, »ohne dass wir ihnen auch nur ein einziges halbwegs überzeugendes Motiv zuordnen könnten: Rucki Müller wird entlassen und will sich rächen. Zeltinger neidet Harry Renner seinen Erfolg und will den Konkurrenten töten. Harry Renner hat Sargast getötet, weil dessen Vater möglicherweise Renners Eltern auf dem Gewissen hat. Alles sehr dünn, ehrlich gesagt.«

Ellen nickte zustimmend.

»Dann gibt es zwei weitere Möglichkeiten, die mindestens ebenso unglaubwürdig erscheinen«, fuhr Fred fort. »Zum einen: Sargast wurde von Agenten ermordet, den eigenen Leuten vom MfS, warum auch immer, oder von einem gegnerischen Geheimdienst. Zum anderen von seinem eigenen Vater, dem Vorsitzenden des Armbrustschützenvereins Teltow.« Fred verdrehte die Augen. »Wir tappen so was von im Dunkeln.«

»Was für ein Chaos«, erwiderte Ellen. »Was schlagen Sie vor?«

»Wir haben Gottfried Sargasts Schlüssel. Wir könnten uns den Ballroom etwas genauer ansehen.«

»Brauchen wir da nicht einen Durchsuchungsbefehl?«

»Leider. Nur am Morgen des Mords wäre es ohne gegangen.«

»Dann besorg ich uns einen«, sagte Ellen und verließ den Verhörraum. Ohne weitere Erklärung, wie sie das anstellen wollte, verschwand sie im Büro der Chefsekretärin Josephine Graf. Fred kehrte in das Gemeinschaftsbüro zurück und wählte die Nummer von Schulze im Archiv.

»Sie sind sehr fleißig, Herr Lemke«, begrüßte ihn der Bibliothekar.

»Ich bemühe mich, mehr Licht …«

»Was brauchen Sie«, unterbrach Schulze ihn, ohne auch nur eine Spur von Aversion in der Stimme.

»Informationen, ob es in den letzten Jahren einen Mordfall gab, in dem die Tatwaffe eine Armbrust war.«

»Ein neuer Fall?«

»Nein, derselbe.«

»Warum haben Sie diese Information nicht schon gestern angefordert?«

Fred spürte, wie sein Kopf pulsierte und rot anlief. »Sie haben recht … nicht daran gedacht.«

»Für die Zukunft: Zwei Anfragen, zwei Formulare. Eine Anfrage mit verschiedenen Themen und Unterpunkten: ein Formular.«

»Ich verstehe«, murmelte Fred.

»Das ist gut.« Klick, aufgelegt. Fred atmete tief durch

und wollte sich dem Stapel mit den bereits gelieferten Unterlagen aus dem Polizeiarchiv widmen.

»Mit Herrn Schulze ist nicht zu spaßen«, sagte Auweiler mit süffisantem Vergnügen.

»Ich finde ihn großartig«, erwiderte Fred. Er meinte, ihn verteidigen zu müssen.

Auweiler zuckte mit den Schultern. »Ein Zerberus.« Sein lauernder Blick sagte, wie gerne er erklären würde, wer Zerberus war.

»Der Höllenhund in den griechischen Sagen?«, fragte Fred. »Der den Eingang zur Unterwelt bewacht, damit kein Lebender eindringt und kein Toter herauskommt?«

Nach den griechischen Sagen hatte er bei seinen Besuchen in der Bücherscheune in Ihlow am häufigsten gegriffen, nichts war so spannend gewesen wie die Welt der Helden, Halbgötter, Götter, fliegenden Pferde und vielköpfigen Schlangen.

Leipnitz lächelte verstohlen, offenbar froh, dass Auweiler in diesem Fall keine Gelegenheit hatte, mit seinem Wissen zu prahlen.

»Wissen Sie denn auch, wie man Zerberus besänftigt?«

»Mit Gesang«, antwortete Fred.

»Na, dann viel Glück. Ich fürchte, Herr Schulze wird wenig Gefallen daran finden, sollten Sie nicht ein neuer Caruso sein. Nein, Lemke, um Zerberus zu neutralisieren, hielt die Seherin Sibylla ihm Honigkuchen hin, woraufhin der Höllenhund mit dreifach klaffenden Schlünden danach schnappte und sich betäubt darniederlegte.«

»Interessant. Fragt sich nur, welchen Nutzen ich von einem betäubten Archivar habe«, konterte Fred.

Leipnitz lachte los, während Auweiler ihn böse anstarrte.

»Mit Frechheiten werden Sie hier nicht reüssieren, junger Mann«, sagte Auweiler.

Fred wandte sich seinen Unterlagen zu. War er frech gewesen? Ja, Auweiler sah es so, weil er sich als junger Mensch und Untergebener herausgenommen hatte, einen kleinen Scherz zu machen. Für einen Moment hatte er ein schlechtes Gewissen, doch dann tauchte, wie eine Erscheinung, Egon Hohlfeld vor seinem inneren Auge auf. Der schaffte es, sich mit spielerischer Leichtigkeit über das Korsett der Hierarchien hinwegzusetzen. Genau das war der Weg, den es einzuschlagen galt. Rock'n'Roll, dachte Fred, und nicht Caruso. Er lächelte und begann zu lesen.

Das mit Abstand meiste Material beschäftigte sich, wie Schulze schon angekündigt hatte, tatsächlich mit Otto Zeltinger. Viele Artikel drehten sich um seine Wahl zum Stadtverordneten, der Tenor schien immer derselbe zu sein: Kann ein derart umtriebiger Nachtklubbetreiber seriöse CDU-Politik machen? Zeltingers Coup, mit einer Flasche besten Whiskys den amerikanischen Stadtkommandanten Frank Howley so widerstandslos gesoffen zu haben, dass der die Sperrstunde für Berlin aufhob, glorifizierten alle. Einige jedoch mit dem Unterton, dass so etwas typisch für die Berliner Frivolität sei, die immer schon von anrüchiger Dreistigkeit und Unterweltgehabe geprägt gewesen war und keinesfalls ein Ausdruck großstädtischer Grandezza sei.

»… Ihnen schlecht?«

Fred schreckte hoch. »Was ist?«

»Ob Ihnen schlecht ist?«, wiederholte Ellen ihre Frage. »Sie sind blass wie eine Kalkwand.«

»Nein, nur müde.« Fred sprang auf. »Und? Waren Sie erfolgreich?«

»Was denn sonst?« Sie schritt lässig zur Tür hinaus und winkte ihm, ihr zu folgen, ohne sich umzudrehen. Im Treppenhaus holte er sie ein. »Der Staatsanwalt hat es abgenickt«, sagte sie.

»Wir brauchen noch irgendwas Schriftliches.«

»Nicht, wenn Gefahr in Verzug ist.«

»Ist denn Gefahr im Verzug?«

Ellen lachte schelmisch. »Habe ich behauptet, ja.«

Fred lächelte sie an, in diesem Moment fand er sie regelrecht sympathisch. Sie sah ihn mit halb geschlossenen Augen an.

»Vorsicht, Fred.«

• • •

Sie verzichteten auf die Dienste der Fahrbereitschaft und nahmen Ellens rote Floride, die sie mit großem Vergnügen durch den lebhaften Verkehr auf der Tauentzienstraße steuerte. Fred gewöhnte sich immer besser an ihren Fahrstil, dieses wilde Beschleunigen und Bremsen und hasenhafte Hakenschlagen, um selbst die kleinste Lücke zu nutzen, die sich zwischen den anderen Autos auftat. Erst auf dem Ku'damm verlangsamte sie ihre Geschwindigkeit erheblich und wurde fast zu einem Verkehrshindernis. Sie ließ ihre Blicke über Fußgänger, Geschäfte und Reklametafeln streifen und genoss die Aufmerksamkeit, die ihr entgegengebracht wurde. Die Floride, zudem als Cabrio, war erst im letzten März auf dem Genfer Autosalon der Öffentlichkeit vorgestellt worden, und Ellens roter Flitzer war ein Prototyp, den man offiziell frühestens Ende des Jahres würde kaufen können. Vor dem Ballroom parkte sie, schaltete den Motor aus und sah Fred an.

»Wollen Sie nicht auch mal fahren? Es macht richtig Spaß.«

Fred wollte antworten, aber sie unterbrach ihn. »Ich weiß, Sie haben keinen Führerschein, na und? Wir suchen uns eine wenig befahrene Straße, dann zeige ich Ihnen, wie es geht.«

»Nein, lieber nicht« oder etwas in der Art lag Fred auf der Zunge. Zum Teufel mit dem ewigen Nein!

»Wann?«, fragte er stattdessen.

Ellen grinste ihn breit an. »Wenn wir hier fertig sind.«

Sie gingen zum Eingang des Nachtklubs und öffneten das vorgelagerte Gitter und die Eingangstür. Harry Renner hatten sie nicht informiert, obwohl der Staatsanwalt das von Ellen verlangt hatte. »Wir behaupten einfach, wir konnten ihn nicht erreichen, und es war dringend«, hatte sie zu Fred gesagt. Aus dem Gang schlug ihnen ein moderiger Geruch entgegen, eine Mischung aus verschüttetem Bier, Schweiß und Staub. Sie tasteten sich hinein ins Dunkle. Im Büro fanden sie eine Reihe von klobigen Drehschaltern aus Bakelit. Nach und nach flammten Lampen, Punktscheinwerfer und helle Neonröhren auf, Letztere waren wohl nur Arbeitslichter für Reinigungspersonal oder Handwerker. Ohne zu wissen, was genau sie suchten, machten sie sich an die Arbeit, nahmen die Theke in Augenschein, öffneten alle Türen und Ablagen, stellten das Büro auf den Kopf, ließen weder die Toiletten noch den Privatraum außer Acht, in den sich, so Harry Renner, die Angestellten zurückziehen konnten, wenn es ihnen mal zu laut war. Gottfried Sargasts Schlüssel öffneten ihnen jedes Schloss, offenbar hatte Harry Renner großes Vertrauen in seinen Barmixer gehabt. Nach zwei Stunden machten sie eine Pause. Ellen holte zwei Colaflaschen aus dem Kühlschrank hinter der Theke und setzte sich auf einen Barhocker.

»Wie hat es unser lieber Gottfried gemacht?«, fragte sie, nahm einen großen Schluck aus der Flasche und deutete auf die zweite. »Für Sie.«

Fred zögerte, es widerstrebte ihm, sich hier einfach so zu bedienen. Ellen bemerkte sein Zögern, lachte, zog ihre Geldbörse aus der Handtasche, fischte ein Zweimarkstück heraus und legte es auf die Theke. »Besser so? Sie sind ein Korinthenkacker, Fred.«

Fred ging darüber hinweg. »Vielleicht hat seine Mutter uns doch belogen«, sagte er, »und er war kein Spion, sondern nur ein junger Mann, der sich in den Westen verdrückt hat.«

»Glauben Sie das?«

Fred schüttelte den Kopf. »Nein, nicht wirklich. Wir müssen weitersuchen, irgendwo muss die Lösung liegen.« Er nahm den Schlüsselbund. »Wir haben alle Schlüssel benutzt, nur diesen nicht.« Er hielt einen BKS-Schlüssel hoch. »Fragt sich nur, wo die dazugehörige Tür ist.«

»Ich glaube, da.« Ellen deutete auf die gepolsterte Tür, hinter der sich der Ruheraum befand. Sie leerten ihre Flaschen und nahmen sich den Raum erneut vor. Zwei Sessel standen darin, eine Couch, davor ein kleiner Tisch mit einem halb vollen Aschenbecher und ein paar benutzten Gläsern. Ein riesiger Kronleuchter mit unzähligen geschliffenen, teilweise farbigen Glaskörpern spendete angenehmes Licht. Eine Wand wurde fast über die gesamte Breite von zwei Schränken eingenommen, die auf filigranen, schräg nach außen gestellten Beinen ruhten. Ellen öffnete die Türen. Darin stapelten sich Laken, Bett- und Kopfkissenbezüge aus feinster Seide, schwarz und rot.

Ellen lachte. »Ich glaube, es stimmt, was ich munkeln gehört habe.«

»Was denn?«, fragte Fred.

»Wer nicht nur tanzen, sondern auch vögeln will, ist im Ballroom auch an der richtigen Adresse.«

Fred deutete auf die Sitzmöbel. »Nicht sehr bequem.«

Ellen zog eine Schnute, was wohl so viel sagen sollte wie: Muss ja nicht, geht auch so.

»Eigentlich braucht man doch für Bettzeug ein Bett.«

»Vielleicht ist das eine Ausziehcouch.« Ellen untersuchte das Sofa genauer. »Nein, nicht zum Ausziehen.«

Fred betrachtete die einzige nicht zugestellte Wand, die mit modernen Tapeten beklebt war, deren Muster aus vielen unterschiedlich großen farbigen Kreisen bestand. Ellen stellte sich neben ihn.

»Denken Sie dasselbe wie ich?«, fragte sie.

Fred schloss die Augen. »Keine Ahnung.« Er begann die Wand von einer Seite mit wischenden Bewegungen abzutasten, Ellen tat dasselbe von der anderen Seite. Auf halber Strecke stieß sie auf ein Rundzylinderschloss, das sich perfekt in das Tapetenmuster einpasste.

»Voilà«, sagte sie.

Ein BKS-Schloss, zu dem der letzte Schlüssel passte. Im schummerigen Licht des Zimmers waren die Umrisse der Tür erst zu erkennen, als sie nach innen aufschwang. Der fensterlose Raum dahinter war in rotes Licht getaucht, an einer Wand stand ein riesiges Bett, das im Wesentlichen aus einem Untergestell und einer durchgehenden Matratze bestand, die mit einem schwarzen Seidenlaken bezogen war. An der Decke und an zwei Wänden waren Spiegel angebracht.

»Voilà«, wiederholte Ellen.

Rechts vom Bett stand eine kubusförmige Lampe, deren Seitenflächen aus einem feinlöcherigen hölzernen Gitter bestanden, hinter dem lichtdurchlässiges Pergamentpapier klebte. Eine Erinnerung blitzte bei Fred auf, eine Szene aus einem Kinofilm, den er gesehen hatte, ein Hitchcock? »Saboteure«? »Der Mann, der zu viel wusste«?

Er sah sich die Lampe genauer an. Das Stromkabel war ziemlich ungelenk mit Isolierband umwickelt und verschwand hinter der Fußleiste. Er montierte den Schirm ab, der mit zwei Flügelschrauben arretiert war. Neben der Glühbirnenfassung fand er ein kleines Gerät, das aussah wie ein elektrischer Rasierapparat. Ein dünnes Kabel ging davon ab und wickelte sich um das Stromkabel, wo es durch das Isolierband verdeckt wurde. Fred folgte der Fußleiste. Hinter der Musiktruhe trat das Kabel wieder hervor und führte in einen Bereich, der mit einer Klappe mit einem Rundschloss verschlossen war, das sich mit demselben BKS-Schlüssel öffnen ließ. Dahinter verbarg sich ein Tonbandgerät, das mit dem Kabel verbunden war.

»Haben wir es hier mit Perversen zu tun, die gerne dem Gestöhne und Gerammel von anderen lauschen, Fred?«

Fred wusste, dass Ellen sich mit Absicht so drastisch ausdrückte. Sie liebte es, wenn sie ihn zum Erröten brachte. Er antwortete nicht, legte sich aufs Bett und betrachtete sein Spiegelbild in den verschiedenen Spiegeln.

»Sie wollen doch jetzt nicht, dass ich mich zu Ihnen lege?«, spottete Ellen.

Fred erhob sich und untersuchte einen der seitlichen Spiegel genauer, tastete den Spalt dahinter ab, so weit seine Finger hineinreichten, und entdeckte einen kleinen Hebel. Er drückte ihn nach unten: Mit einem Klicken öffnete sich eine Arretierung, und der Spiegel schwang nach vorn, ein Einwegspiegel, er konnte hindurchsehen, als wäre es eine Glasscheibe. In die Ziegelwand dahinter war ein Loch geschlagen worden, in dem eine Filmkamera auf einem kleinen Stativ stand und an ein Gerät angeschlossen war, das entfernt an eine überdimensionale Spieluhr mit Walze erinnerte.

»Das ist ja unglaublich!« Ellen eilte herbei und wollte nach der Kamera greifen.

»Nein, nicht anfassen.«

Ellen zuckte zurück. »Natürlich, fast hätte ich es vergessen.«

»Sie haben es vergessen.«

Sie stöhnte gespielt unwillig auf. »Ich sag's ja, Sie sind ein Korinthenkacker! Nicht schlecht, eine Bolex H16 mit Teleobjektiv, was Besseres gibt es nicht.« Sie betrachtete das Walzengerät genauer, das über einen Draht mit der Filmkamera verbunden war. »Ich würde sagen, damit kann man einstellen, dass die Kamera in bestimmten Zeitabständen startet. Die Walze dreht sich, hier: Sie wird von diesem kleinen Motor angetrieben, und immer wenn diese Erhöhung auf die Zunge trifft und sie anhebt, läuft die Kamera los, und am Ende der Erhöhung hält sie wieder an. Selbst gebaut, würde ich sagen.«

Die Konstruktion war auf eine grobe Holzplatte montiert, und die Kabel, die den kleinen Motor mit zwei Flachbatterien verbanden, waren alt und offenbar schon zuvor für andere Zwecke benutzt worden.

»Erna Sargast hat nicht gelogen«, sagte Fred. »Ihr Sohn Gottfried hat spioniert.«

»Und Gerda Kalitz hat die Beine für Geheimnisträger breit gemacht und ihnen im Liebestaumel wertvolle Geheimnisse entlockt.«

»Lernt man beim Adel nicht, sich etwas gewählter auszudrücken?«

Ellen verdrehte die Augen. »Von außen betrachtet tut Adel edel, lieber Fred Lemke. Von innen betrachtet, ist oft das exakte Gegenteil der Fall.« Sie lachte. »Wie Sie an meinem Beispiel sehen!«

»Zum Aushorchen braucht man keine Kamera«, sagte Fred.

»Stimmt.«

»Ich denke, hier ging es vor allem um Erpressung.«

»Sie meinen, mit kompromittierenden Bildern, wie sie Ehefrauen nicht besonders schätzen?«

Fred nickte. »Und die man nicht in der Öffentlichkeit sehen will. Ich denke, erst im Angesicht dieser Bilder haben die Opfer sich ihre Geheimnisse entlocken lassen.«

Vom Büro im Ballroom aus rief Fred bei Harry Renner an, den er über sein Autotelefon erreichte, und forderte ihn auf, sofort herzukommen. Renner sagte gut gelaunt zu.

»Ein Schauspieler«, kommentierte Ellen, als Fred sich wunderte, dass Renner nicht einmal rückfragte, was der Grund dafür war. »Der genießt jeden Auftritt. Solange er im Mittelpunkt steht.«

In weiteren Telefonaten beauftragte er über die Staatsanwaltschaft einen Justizbeamten, Rucki Müller ausfindig zu machen und ebenfalls herzubringen, und forderte jemanden aus der Spurensicherung an.

Sie traten hinaus auf den Bürgersteig. Ellen breitete die Arme aus und wandte sich mit geschlossenen Augen der Sonne zu. »Eine Schande, bei so einem Wetter zu arbeiten, hm?«

Fred fragte sich, ob er jetzt lieber in seinem Skiff über die Havel gleiten würde. Eigentlich nicht.

»Was machen Sie, wenn die Sonne scheint, und Sie müssen nicht arbeiten, Fred?«

»Durch die Stadt streifen. Rudern. Manchmal sitze ich am Kanal und sehe den Schiffen zu.« Und fühle mich dabei einsam wie ein Polarbär in der Wüste, dachte er.

Ellen warf ihm einen belustigten Blick zu. »Kein Flanieren auf dem Ku'damm? Kein Sitzen im Café und den anderen beim Flanieren zusehen?«

»Ich fühle mich in der Natur am wohlsten. Aber die gehört ja jetzt der DDR.«

»Grunewald. Da ist doch Natur.«

»Was hat denn der Grunewald mit Natur zu tun? Ich meine richtige Natur.«

Ellens Blick wurde sanft. »Sie meinen so etwas wie Usedom oder der Darß, mit seinen süßen kleinen reetgedeckten Pensionen, die Ostsee. Oder den Müritzsee.«

»Da war ich noch nie.« Fred konnte sehen, wie sie sich bemühte, sich nicht über ihn lustig zu machen.

»Wo kommen Sie noch gleich her?«, fragte sie.

»Buckow, Märkische Schweiz.«

»Sehen Sie, da war ich noch nie. Was ist da so besonders?«

»Die Wälder, Buchen, Robinien, Birken, die Biber, die Hügel, der Schermützelsee. Ich angele gerne.«

»Igitt! Was machen Sie, wenn Sie einen Fisch rausholen und der verzweifelt nach Luft schnappt?«

»Tothauen, ausnehmen, überm Feuer braten, essen.« Fred sagte das ruppiger, als er wollte. Im Grunde hatten ihm die Fische jedes Mal leidgetan, oft genug hatte er sie wieder zurück ins Wasser geworfen.

»Warum sind Sie weggegangen aus Buckow?«

Fred zuckte mit den Schultern. »Ich wollte weg.«

»Freddy-Boy! Na klar muss man wegwollen, um zu gehen. Aber warum wollten Sie?«

Fred spürte, wie sich etwas in seinem Bauch zusammenbraute, wie etwas rausdrängte, was er unter allen Umständen für sich behalten wollte. »Das ist, wie wenn ich Sie nach Ihrer Mutter frage«, antwortete er kurz angebunden.

Ellen nickte, erstaunlicherweise ohne einen ihrer Wutanfälle zu kriegen, mit denen sie reagierte, wenn dieses Thema aufkam. »Wer ist denn in Ihrer Familie der Böse?«

»Ich«, erwiderte Fred.

Ellen sah ihn eine Weile an, ohne zu antworten. Ihre dunklen Augen saugten sich förmlich in seinen fest. Fred war das unangenehm, es hatte etwas Hypnotisches, Zwingendes, Aufforderndes. Zugleich meinte er in ihrem Blick einen Funken Anteilnahme, ja sogar Verständnis zu erkennen.

»Glaube ich nicht.«

»Mein Vater hat sich erhängt. Ich bin daran schuld.« Fred stieß die Worte hervor, als wäre dadurch gewährleistet, dass sie nicht weiter nachfragte.

»Wie kann man schuld sein, wenn ein anderer sich selber erhängt? Haben Sie den Hocker unter seinen Füßen weggetreten?«

Fred schnappte nach Luft. Die Härte und Empathielosigkeit ihrer Worte ließ seinen Puls in die Höhe schnellen. Sie redete über seinen Vater ... Wieder dieser Blick, der ihn festhielt. »Das geht Sie nichts an.«

»So wie Sie es nichts angeht, dass meine Mutter die Patentante von Reichsfeldmarschall Hermann Göring ist?«

»Sie haben recht, tut mir leid.«

»Es steht eins zu null für Sie, Fred. Das ist Ihr Vorsprung. Sie wissen etwas Fundamentales über mich, und, je nachdem, wie Sie es bewerten, ist es etwas Beeindruckendes oder Dunkles, Abstoßendes. Wenn Sie mich ansehen, meinen Sie mehr zu sehen, als Sie sehen können.«

»Und jetzt?«

Sie schwieg, weder verunsichert, noch verärgert, sondern entspannt und selbstbewusst. Ja, sie hatte recht, aber sie waren keine Freunde, sondern Arbeitskollegen, mehr nicht. Und trotzdem war da noch ein anderes Gefühl, ein Gefühl, das sie verband: Geschehnisse aus der Vergangenheit, auf die sie keinen Einfluss hatten, hatten tief in ihre Leben eingegriffen und taten es immer noch.

»Als mein Vater aus der Kriegsgefangenschaft zurückkehrte«, begann er zögernd zu erzählen, »hatte meine Mutter schon einen anderen Mann. Mein Vater hat sich in seiner früheren Werkstatt eingenistet. Er saß nur da, wie eine Hülle. Sooft es ging, war ich bei ihm. Ich habe nach einem Rest Leben in ihm gesucht, nach dem Rest einer Glut, die man vielleicht wieder entfachen konnte. Monatelang. Da war nichts. Er hatte keine Kraft dafür, um für seine Familie zu kämpfen, nicht einmal um meine Schwester und mich. Ich habe ihn angebrüllt, ich habe gebettelt, ich habe geredet, ihn in den Arm genommen. Nichts. Irgendwann habe ich auf ihn eingeschlagen, um wenigstens irgendeine Reaktion zu bekommen. Er hat die Schläge eingesteckt, ohne sich zu wehren. Ich bin weggelaufen. Als ich zurückkehrte, baumelte er an einem Strick.«

Ellen hatte atemlos zugehört. Warum hatte er ihr das erzählt, wieso hatte er sie ins Vertrauen gezogen? Ihm wurde schwindelig, es war ein Fehler gewesen, wieso hatte er nicht seine Klappe gehalten?

Das tiefe Grummeln eines 8-Zylinder-Motors und das gedeckte, heisere Hupen eines amerikanischen Autos schoben sich zwischen Ellen und ihn. Sie hatte eine Hand erhoben – um ihn tröstend zu berühren? – und wandte sich nach einem langen Blick, den er nicht deuten konnte, von ihm ab.

Harry fuhr mit einem amerikanischen Straßenkreuzer vor, einem weißen Cadillac mit offenem Verdeck und weißen Ledersitzen. Lachend winkte er, hupte noch einmal. Neben ihm saß Anna Sansone, seine Sekretärin, der man ansah, wie stolz sie war, neben einem Mann wie Renner in einem Auto wie diesem durch Berlin zu fahren. Renner ließ den Motor noch einmal hochfahren, bevor er ihn ausmachte und ausstieg. Die Blicke der Passanten genoss er sichtlich, wobei Fred erneut voller Staunen registrierte, dass Renner dabei nicht arrogant wirkte. Im Gegenteil, einem verunsicherten Ehepaar, einfache Menschen, wie man sofort sah, machte er mit freundlicher Geste Platz.

»*Per favore, stai a la macchina*, Anna«, wandte er sich an Anna Sansone. »*Con pazienza, ci vuole un pò di tempo.*«

»*Certo*, Harry«, antwortete Anna und schaltete das Radio ein.

»*Lei parla anche italiano, Signore* Renner?«, fragte Ellen, und Fred kam sich wieder mal wie ein Landei vor. Er hatte nicht mehr aufzuweisen als einen Hauptschulabschluss, und für den hatte er keine zweite Sprache lernen müssen.

»Ich habe ein paar Jahre in Rom gelebt, Verehrteste!«, rief Harry. »Die Stadt der Liebe. Mit einer Sprache für Liebende.«

Fred sah an Renners Blick, dass er bewusst auf Deutsch geantwortet hatte, weil er wohl annahm, dass Fred kein Italienisch beherrschte.

Ellen lächelte nachsichtig. »Sie können nicht anders als zu charmieren, wenn eine Frau in der Nähe ist, habe ich recht?«

»Wenn es eine schöne Frau ist, allemal.« Er sprach leise genug, dass Anna seine Worte nicht hören konnte. »Was ist der Anlass, mich hierherzubestellen?«

»Sehen Sie selbst.« Ellen winkte ihm zu folgen.

»Sie waren in meinem Laden? Einfach so?« Harrys Gesicht bewölkte sich.

»Durchsuchungsbefehl.«

»Weswegen? Darf ich da einen Blick darauf werfen?«

»Er wurde mündlich von Staatsanwalt Kurt Worringer ausgesprochen. Wir liefern ihn gerne nach.«

Renner folgte, er wirkte beunruhigt. Als sie den Ruheraum betraten und er die offene Tür zum Nebenzimmer sah, verzog er sein Gesicht, als hätte er in eine Limette gebissen.

»Ich weiß, ich weiß«, sagte er, »Sie müssen mir nichts erklären.«

»Wir nicht«, entgegnete Fred. »Aber Sie.«

»Ich habe es erst gestern rausgekriegt. Gottfried und Rucki haben hier ein kleines Nebengeschäft aufgezogen. Deswegen habe ich Rucki rausgeworfen.«

»Kommen Sie, Sie wussten in Ihrem eigenen Laden nicht, was hier hinten abging?«

»Nein, wusste ich nicht.«

»Wollen Sie uns verarschen?«, fuhr Ellen ihn an.

»Es ist so. Mich interessiert nicht, was hier hinten passiert, im Lager, in den Toiletten, im Ruheraum. Dafür habe ich Leute. Rucki, Anna, die beiden Kellnerinnen Lotte und Brigida, und Rosi, die Putzfrau. Die *arbeiten*. Ich bin für die Stimmung zuständig, den Stil, ich mache die Show, ich sorge für gute Laune. Damit die Leute kommen und immer wieder kommen wollen. Wissen Sie, wann ich zuletzt da hinten war? Vor einem Jahr, als ich den Ballroom angemietet habe. Nachts bin ich vorne und allenfalls mal im Büro, tagsüber sehen Sie mich hier sowieso nie. Das ist nicht mein Job.«

»Dafür haben Sie Leute«, warf Ellen sarkastisch ein.

»Ja! Ich hatte keine Ahnung, was die hier hinten getrieben haben.«

»Und Sie sind so blöd, dass Sie die machen lassen, was sie wollen.«

»Nennen Sie es, wie Sie wollen. Ich habe denen vertraut. Warum auch nicht? Gottfried hat eine super Arbeit gemacht, Rosi hat den Laden sauber gehalten, Rucki hat den Eingang im Griff, Anna hält mir das Finanzamt vom Hals. Warum sollte ich da misstrauisch werden?«

»Glaube ich Ihnen nicht. Das kann Ihnen nicht entgangen sein.«

»Ist es aber.« Als Ellen und Fred schwiegen, fuhr er fort: »Nach dem Mord habe ich mir Rucki zur Brust genommen.

Ich habe gesagt: Rucki, kann es sein, dass irgendwer von unseren Gästen so sauer auf Gottfried ist – oder auf mich –, dass er sich rächen will? Rucki ist 'ne ehrliche Haut, mir war schnell klar, der verheimlicht was. Und dann hat er ausgepackt. Die haben hier hinten für Männer, die vorne noch nicht genug Spaß hatten, wie soll ich sagen, einen Zusatzservice angeboten. Rucki, Gottfried und Rosi.«

»Die bei Ihnen als Putzfrau gearbeitet hat. Das wird ja immer abenteuerlicher, Harry«, sagte Ellen. »Vor welchem Richter wollen Sie mit so einem Schwachsinn durchkommen?«

Renner wand sich wie ein Regenwurm in der Mittagssonne. »Gottfried hat sie empfohlen, ich habe sie eingestellt, für mich ist sie einfach nur Rosi. Ich habe doch schon mal gesagt, den ganzen Papierkram macht die Anna.«

»Eine Putzfrau, die aussieht wie Gina Lollobrigida? Die hier jeden Abend, jede Nacht herumhängt, das kam Ihnen nicht merkwürdig vor?«

»Nein, verdammt! Gottfried sagte mir, die ist einsam, ihr Mann hat sie verjagt, weil sie«, er wedelte mit den Händen, als könnte er nur so das passende Wort finden, »weil sie lesbisch ist. Ich wollte ihr helfen.«

Fred warf Ellen einen Blick zu. Sie glaubte dem Nachtklubbesitzer kein Wort, er selbst schon. Er musste an einen Satz denken, den Moosbacher anlässlich seines ersten Falls vorige Woche gesagt hatte: Die Wirklichkeit ist manchmal extrem unwirklich und unwahrscheinlich.

Fred winkte Renner zu, ihm zu folgen, und zeigte ihm

die hinter dem venezianischen Spiegel versteckte Filmkamera.

»Nein, das glaube ich nicht!« Renner starrte ihn fassungslos an. »Davon hat der Rucki nichts gesagt. Eine Kamera?«

»Die auf das Bett gerichtet ist. In der Lampe neben dem Bett steckt ein Mikrofon. Wozu war das gut, Herr Renner?«

»Ich weiß es nicht, verdammt noch mal!«

»Wen haben Sie mit den Aufnahmen erpresst?«, fragte Ellen.

»Niemanden.« Renner ließ sich auf das Bett sinken.

»Wen haben Sie erpresst?«, wiederholte sie.

Renner schüttelte den Kopf. »Ich versteh das nicht«, flüsterte er.

Rucki Müller schluckte und schluckte, und es dauerte eine Weile, bis er endlich ein Wort herausbrachte. »Det ... also da hatt ick keinen Schimmer von, Chef.« Seine Augen flitzten unruhig hin und her. »Ich weiß nur«, er räusperte sich hektisch, »dass die Rosi hier die Beine gegen Geld breit gemacht hat. Sonst nix. Und überhaupt, was macht man denn mit so Filmen? Zu Hause seiner Frau zeigen, guck mal, Mäuschen, was ich so alles draufhab?«

»Stellen Sie sich blöd, oder sind Sie's?«, fauchte Ellen den Türsteher an.

»Dass ich Boxer bin, heißt nicht, dass ich blöd bin, gnädige Frau.«

»Stimmt, hier geht es um Erpressung, da darf man nicht ganz so blöd sein.«

Rucki schüttelte entschieden den Kopf. »Da hab ich nichts mit zu tun.« Er wandte sich an seinen ehemaligen Arbeitgeber. »Harry, das musst du mir glauben! Es hieß immer nur, ein bisschen vögeln gegen Geld, hier hast du 'nen Hunni, und dafür hältst du die Klappe.«

»Ich glaube dir, Rucki«, erwiderte Renner.

»War Rosi auch in der Nacht hier, als Sargast ermordet wurde?«, fragte Fred.

Rucki sah betreten auf den Boden. »Ja, war sie, wir sind zusammen weggegangen.«

»Warum haben Sie das verschwiegen? Bei unserer ersten Vernehmung sagten Sie, sie wären alleine gewesen.«

»Ich dachte, dann kriegen Sie das mit dem Zimmer hier raus, und dann bin ich dran.«

»Jetzt sind Sie dran, Rucki«, warf Ellen kühl ein.

»Wegen dem Vögeln, ja, das seh ich ja ein. Wobei, ich hab ja nur die Klappe gehalten und ein bisschen Geld genommen. Das ist doch kein Verbrechen! Von dem anderen wusste ich nichts!«

»Sie und Rosi waren also die Letzten, die Sargast lebend gesehen haben. Kurz darauf wird er ermordet.«

»Und die Knef und die beiden Franzosen. Und der Zeltinger.«

»Wie war das Verhältnis zwischen Gottfried Sargast und Rosi?«, fragte Fred.

»Verhältnis? Meinen Sie jetzt Liebe, so was in der Art?«

»So was in der Art.«

»Die hat bei ihm gewohnt.« Rucki schüttelte traurig den Kopf. »Die steht nicht auf Männer. Ich hab sie gefragt, da, an dem Morgen, ob sie auch mal mit mir, weil wir doch so was wie«, er suchte das passende Wort, »befreundet sind. Wollte sie nicht, die wurde richtig sauer.«

»War Gottfried ihr Zuhälter und hat kassiert?«

»Nee!« Der Boxer schnaubte. »Die Rosi hatte alles im Griff. Die hat selbst kassiert. Keine Ahnung, wie viel die ihm abgegeben hat.«

»Wer waren ihre Kunden? Wir wollen Namen.«

Der Boxer zuckte mit den Schultern. »Die kenn ich alle nicht. Die hatten ja nur Vornamen. John, Heinz, Friedhelm, Jack, Bill …«

»Amerikaner?«

»Viele, ja.«

»Otto Zeltinger?«, fragte Fred, einer Eingebung folgend.

»Nee, der nicht. Der wollte umsonst, und das hat die Rosi nicht gemacht. Ging ja um Geld.«

• • •

»Was machen Sie da?«, fragte Ellen mit einem Blick, als zweifelte sie an Freds Verstand.

Fred hatte vier DIN-A4-Blätter auf seinem Schreibtisch ausgelegt und bestrich deren überlappende Ränder mit Flüssigkleber aus einer Gutenberg-Gummierstift-Flasche.

»Ich mache mir einen großen Papierbogen«, brummte er.

»So was kann man kaufen, Fred. Wahrscheinlich gibt es das sogar irgendwo hier im Haus. Sonja?« Ellen wartete, bis die Sekretärin aus dem Schreibzimmer herübergekommen war, einen Schreibblock und Stift in der Hand. »Besorgen Sie dem Kriminalassistenten mal einen Stoß Papierbögen in der Größe.« Sie deutete auf die zusammengeklebten Blätter.

»DIN á 2, jawohl. Bis wann?«

»Na, jetzt gleich«, antwortete Ellen in einem Ton, als wäre die Rückfrage so ziemlich das Dümmste, was ein Mensch fragen konnte.

Sonja warf Auweiler einen sehnsüchtigen Blick zu, den der mit einem verschwörerischen Schulterzucken beantwortete: Diese Menschen sind nicht auf unserem Niveau, schien er damit sagen zu wollen, am besten einfach ignorieren. Sonja hob verschnupft die Augenbrauen und verließ das Büro.

»Und jetzt?«, fragte Ellen, als Fred seinen Tischventilator nahm und Luft über die frischen Klebestellen blies.

»Die Blätter halten erst aneinander, wenn der Kleber trocken ist.«

»Der Gutenberg Papierkleber besteht aus Wasser und Gummi Arabicum«, mischte sich Auweiler ein. »Das Wasser muss verdunsten, bevor er hält.«

»Aha.« Ellen verdrehte die Augen. »Dann warten wir mal. Bin gespannt, wie lange es dauert.«

»Potius sero quam numquam«, kommentierte Auweiler und fischte eine Panatella aus der Holzschachtel auf seinem Tisch. »Lieber spät als nie.«

Ein paar Minuten später stellte Fred den Ventilator zur Seite und begann, den Fall als Grafik zu notieren: zuerst die Personen mit kurzer Beschreibung, bisher herausgefundenen Fakten, ihren möglichen Tatmotiven und in welcher

Beziehung sie zueinanderstanden. Diese Art der grafischen Darstellung eines Falles hatte er sich während der Ausbildung ausgedacht, weil er es sonst nicht schaffte, den Überblick zu behalten. Das war seine größte Schwäche: Sobald er sich mit einzelnen Personen beschäftigte, verlor er sich in Details, spürte tiefer und tiefer in sie hinein, und am Ende fühlte er sich wie in einem Labyrinth, das er bestens erkundet hatte, aus dem er aber nicht mehr herausfand. Seine Ausbilder hatten ihm verboten, diese ›infantilen Bildchen‹, so nannten sie es, zu malen und womöglich seine Kollegen damit zu infizieren. Trotzdem hatte er daran festgehalten und sie heimlich erstellt, was allerdings bei den Prüfungen, die unter strenger Aufsicht in einem großen Saal stattfanden, nicht möglich gewesen war. Ein weiterer Grund, warum sein Abschlusszeugnis so schlecht ausgefallen war.

In diesem Fall jedoch merkte er sehr schnell, wie sinnlos diese Aufzeichnungen waren: Es gab zu viele Hintergründe, die mit Spionage und den verschiedenen Geheimdiensten zu tun hatten, zu viele Richtungen, in die er nicht ermitteln konnte, all das konnte er nicht miteinbeziehen. Gottfrieds Auftrag war es gewesen, Geheimnisträgern Informationen zu entlocken und diese an die Stasi zu übermitteln. Vielleicht hatte ihn eines der erpressten Opfer getötet, vielleicht die Stasi selbst oder einer der anderen Geheimdienste. Vielleicht hatten die Amerikaner, die Engländer, die Franzosen herausbekommen, was er da tat, und um zu verhindern, dass irgendetwas davon in die Öffentlichkeit kam, hatten sie ihn ermordet. Vielleicht hatte der zweite Armbrustbolzen

Rosi gegolten, seiner Komplizin? Das war die bisher schlüssigste Erklärung.

Fred entschied sich für den Moment, das zu machen, was die CIA von ihm wollte: bei der Ermittlung jegliches Wissen über Gottfrieds geheimdienstliche Tätigkeit außen vor zu lassen. Er nahm einen neuen Anlauf. Es gab Verdächtige, denen er verstärkt auf den Zahn fühlen musste: Zeltinger und Harry Renner. Und er musste Gerda Kalitz mit verschärften Bedingungen verhören: Schwieg sie nur, um zu verhindern, dass ihre illegale Prostitution aufflog, oder verbarg sie mehr? Er schrieb ihren Namen auf den Papierbogen. Ellen tippte mit dem Finger darauf und flüsterte in sein Ohr: »Auch von der Stasi gezwungen? So wie Gottfried?« Fred schrieb: »Agentin? Oder nur Hure? Sollte sie ihn auch überwachen?« Ellen lächelte, nahm den bereitliegenden Radiergummi und radierte die Worte aus.

»Wir sollten nach Moabit fahren und uns Frau Kalitz vornehmen, Herr Lemke«, sagte sie laut und reckte sich wohlig. »Kreuzverhör, wir grillen sie.«

Auf dem Weg zum Treppenhaus kam ihnen Sonja Krause mit einer großen Papierrolle entgegen, die mit Gummibändern zusammengehalten wurde.

»Brauchen Sie das Papier jetzt nicht mehr?«, fragte sie schnippisch.

»Legen Sie es bitte auf meinen Schreibtisch«, antwortete Fred betont freundlich. »Und vielen Dank.«

»Die mag Sie nicht, Fred«, bemerkte Ellen, als sie außer Hörweite waren. »Habe Sie ihr etwas getan? Sind Sie ihr zu nahe getreten?«

»Nein«, erwiderte Fred und nahm sich vor, sich für die Sekretärin so bald wie möglich etwas Zeit zu nehmen. Meist begegnete sie ihm mit einem gewissen Unwillen und ließ ihn deutlich spüren, dass sie in ihm keinen reifen Mann sah, den man als Frau respektieren könnte. Auch ein wenig Wut steckte in ihrem Verhalten.

Drei Stunden später verließen die beiden erschöpft den gelben Backsteinbau der Justizvollzugsanstalt an der Rathenower Straße und gingen zu Ellens im Vorhof geparkter Floride.

»Ich war ein paar Mal kurz davor, dieser Knalltüte eine zu scheuern«, grollte Ellen.

»Auch wenn sie nichts gesagt hat – eines kann man, glaube ich, als sicher annehmen: Die ist für eine solche Verhörsituation gedrillt worden, die hat Techniken gelernt, den Druck nicht an sich heranzulassen. Bei der hat sich nicht einmal der Puls erhöht, selbst als wir sie härter angegangen sind.«

Ellen flankte mit einem Satz in die Floride, ohne die Tür zu öffnen. Fred starrte sie erstaunt an. Männer, die in ein offenes Cabrio sprangen, hatte er in amerikanischen Kinofilmen gesehen; aber eine Frau – und dann noch leibhaftig vor seinen Augen – noch nie.

»Kommen Sie, versuchen Sie es auch, Fred!«

Wie hatte sie es gemacht? Eine Hand auf den Rahmen der Windschutzscheibe, dann eine Flanke und runterrutschen. Das mit den Schuhen auf dem Sitz fühlte sich für ihn wie ein Vergehen an, wie oft hatte er früher zu Hause oder zu Besuch bei Verwandten die Leviten gelesen bekommen, wenn er auf einen Stuhl gestiegen war, um nach etwas Höhergelegenem zu hangeln, ohne die Schuhe vorher auszuziehen: Da reißt der Stoff ein, der Dreck der Straße, und überhaupt ist es unschicklich.

Ellen sah ihn ungeduldig an. »Was ist? Haben Sie Gicht, oder was?«

Er nahm Schwung, und tatsächlich gelang es ihm, sich mit einer einzigen flüssigen Bewegung in den Sitz hineinrutschen zu lassen.

»Na also.« Sie startete den Motor. »Greifen Sie mal ins Handschuhfach, Fred, da liegt meine Sonnenbrille.«

Fred klappte den Verschlussdeckel herunter. Innen klebte ein Foto, das Brigitte Bardot zeigte, barfuß und mit wilder Haarpracht, wie sie auf dem hinteren Kotflügel einer Floride saß und einen Dackel neckte, der sich vergeblich mühte, zu ihr hochzuspringen. Er holte die Sonnenbrille heraus und reichte sie Ellen.

»Warum hat Ellen von Stain ein Foto von Brigitte Bardot in ihr Handschuhfach geklebt? Das fragen Sie sich doch, oder?«

»Jetzt, wo Sie es sagen, schon.«

»Ich finde sie wunderschön«, erwiderte sie und flitzte los. »Sie nicht?«

»Haben Sie Ihre Floride, weil die BB auch eine fährt?«

Ellen lachte ausgelassen. »Vielleicht. Ich mag das Mediterrane. Immer wenn ich ein Foto von ihr sehe, denke ich ans Mittelmeer, Côte d'Azur, Nizza, Cannes, an den Duft von

Pinien und Lavendel, an die Sonne, den warmen Wind, und daran, dass man den ganzen Tag barfuß läuft.«

Fred lächelte. »Klingt für mich wie ein Sommertag in der Märkischen Schweiz.«

»Mit einem feinen Unterschied: Da haben die Russen das Sagen, in Frankreich sind Sie frei.«

Fred verspürte einen Stich, einmal mehr wurde ihm bewusst, dass er seine Mutter und seine Schwester wahrscheinlich niemals wiedersehen würde. Auch seine Freunde aus Buckow nicht, oder seine Verwandten.

Ellen ließ das Cabrio in Schlangenlinie hin- und herpendeln, als wäre sie alleine auf der Straße. »Feierabend, würde ich sagen.« Sie warf ihm einen Seitenblick zu. »Und, was machen Sie heute Abend?«

Fast klang es in Freds Ohren wie eine Einladung vorzuschlagen, was sie gemeinsam machen könnten. Er musste an Hanna und die Singernähmaschine denken. »Ich habe noch etwas zu erledigen.«

»Aha. Was denn?«

»Ich muss was abholen. Im Osten.«

»Da wagen Sie sich wieder rüber? Nach unserem Abenteuer vorgestern?«

»Wird schon gut gehen«, antwortete er, darüber hatte er gar nicht nachgedacht. »Ich fahr ja nur mit der S-Bahn.«

»Und was müssen Sie abholen?« Ellens Augen glühten, wie immer, wenn sie ein Abenteuer witterte.

»Erzähle ich Ihnen morgen«, antwortete er und machte sich auf einen ihrer Wutanfälle gefasst.

»Schade«, erwiderte sie stattdessen, und es klang fast ein wenig traurig.

Fred bat sie, ihn am Bahnhof Zoo abzusetzen. Ellen raste hupend davon und winkte fröhlich. Auf dem Bürgersteig standen einige Mädchen zusammen und mühten sich mit Hula-Hoop-Reifen ab, die sie offenbar frisch erworben hatten. Lachend nahmen sie immer neue Anläufe, ohne dass eine von ihnen den Reifen länger als ein paar wenige Umdrehungen in Bewegung halten konnte. Einige ältere Passanten mokierten sich über »dieses unschickliche Verhalten« und den »Mode-Mist«, den man wieder einmal den Amerikanern zu verdanken hatte, was die Mädchen allerdings noch mehr anzuspornen schien. Um etwas zu essen, ging Fred die paar Schritte hinüber zur Bierquelle Aschinger in der Joachimsthaler Straße, wo die Erbsensuppe nur 40 Pfennige kostete und man von den kleinen Brötchen, die es dazu gab, so viele nehmen durfte, wie man wollte. Für arme Berliner war das oft die einzige Mahlzeit am Tag. Fred war jedes Mal erstaunt, wie wenig Anstoß die betuchteren Gäste an den abgerissenen Bettlern und Obdachlosen nahmen. »Das ist wie in Bayern«, hatte ihm Moosbacher einmal gesagt, »da sind im Wirtshaus und in den Biergärten alle gleich, aber wenn sie hinaus auf die Straße treten, gucken die Reichen die Armen mit dem Hintern nicht mehr an.«

Eine halbe Stunde später schloss Fred die Tür zur Pension Duft der Rose auf. Hanna kam direkt auf ihn zugeschossen.

»Caesar, wo bleibst du denn so lang?« Sie zog ihn in die Küche, wo sie ein Essen für ihn zubereitet hatte. »Setz dich«, sagte sie. »Du tust mir einen Gefallen, also tue ich dir auch einen.«

Um sie nicht zu enttäuschen, stopfte er alles, was sie ihm hinstellte, in sich hinein. Dabei legte sie ein nervöses Tempo vor, offenbar konnte sie es kaum noch abwarten, mit ihrer Aktion zu beginnen.

»Konntest du alles besorgen?«, fragte er.

Hanna hob eine Tasche vom Boden hoch und ließ sie auf den Tisch knallen. »Schwere Kette, 1 Meter, und ein Zahlenschloss. Die Nummer ist 5 839. Habe ich bei Eisenwaren Adolph am Savignyplatz gekauft«, warf sie gereizt ein, als Fred grinste. Es amüsierte ihn, wie plapperig vor Nervosität sie war, so hatte er sie bisher noch nie erlebt.

Eine Viertelstunde später zogen sie los. Hanna wollte die U-Bahn bis zur Warschauer Brücke nehmen, um dann ein paar Meter weiter in die S-Bahn zu steigen. Fred weigerte sich, er wollte den Grenzübergang in der Nähe der Puschkinallee vermeiden, vielleicht war da ja irgendein Vopo, der ihn wiedererkannte, und bestand darauf, den Riesenumweg über den Bahnhof Zoo zu nehmen, wo sie in die S-Bahn in Richtung Königs Wusterhausen stiegen.

»Das ist eine halbe Stunde länger«, sagte Hanna, und Fred spürte, wie sehr sie sich anstrengen musste, um nicht auszurasten.

»Geht nicht anders«, erwiderte er.

»Warum?«

»Kann ich nicht sagen.«

Hanna verdrehte die Augen und schmollte, allerdings nicht sehr lange. Für einen grundpositiven Menschen wie sie war es zu anstrengend, sich über Dinge allzu lange zu ärgern.

Bis zur Zonengrenze gleich hinter dem Lehrter Bahnhof waren es nur drei Stationen, Fred wurde immer nervöser und einsilbiger, obwohl das Risiko, objektiv gesehen, gering war, ausgerechnet auf einen der Grenzpolizisten oder gar die beiden Stasiagenten zu treffen, die Erna Sargasts Wohnung observiert hatten. Und doch zeigte Ellens Hinweis, die Stasi könnte ihn auf dem Schirm haben und aktiv suchen, Wirkung. Wenn zu seiner gewaltsamen Flucht über die Sektorengrenze jetzt noch Hehlerei mit DDR-Inventar hinzukam, würde er die nächsten Jahrzehnte im Knast in Hohenschönhausen verbringen.

Sie passierten die roten Backsteingebäude der Charité und die Friedrichstraße. Dort herrschte reges Treiben, viele Passanten, aber auch sehr viele Polizisten.

»Was ist los mit dir, Caesar?« Hanna lehnte sich mit dem Rücken gegen das Fenster. »Mir ist schon klar, dass du kein großer Redner bist. Jetzt gib dir mal einen Ruck. Ich bin's: Hanna. Erzähl mir was.«

»Du willst immer noch wissen, was da war, der Petticoat-Mörder, nehme ich an.«

»Ist mir schnuppe. Was beunruhigt dich?«

Sein Kopf sagte, »Erzähl nicht«, aber letztlich konnte er dem Bedürfnis, von seinem Abenteuer in Ostberlin zu erzählen, nicht widerstehen. Während er sprach, beschwor er Hanna mehrmals, niemandem etwas davon zu verraten.

Zweimal sagte sie: »Nein, natürlich nicht«, beim dritten

Mal fauchte sie ihn wütend an. »Ja doch, Caesar, verdammt noch mal! Auf mein Wort ist Verlass, verstanden?«

Sie schlüpfte aus ihren Ballerinas, die sie extra für den Fall gewählt hatte, dass sie schnell abhauen mussten, und schob ihre nackten Füße unter Freds Oberschenkel. Reflexartig sah er sich um: War da jemand, der sich aufregen würde über die Füße auf dem Sitz? Wohl fühlte er sich nicht, musste sie ausgerechnet jetzt Aufsehen erregen? Ihr Verhalten war für eine Frau unschicklich, so viel war sicher. Sie lächelte ihn an. Es fühlte sich gut an. Vertraut.

Für einen Moment überrollte ihn ein Glücksgefühl. Hanna war so selbstverständlich anders als der Rest der Welt, und sie war zusammen mit ihm hier. So spießig, wie er sich immer wieder selbst empfand, konnte er gar nicht sein, sonst würde sie sich doch anders verhalten, oder? Plötzlich bereitete es ihm großes Vergnügen, von seinem Abenteuer zu berichten, das war ein bisschen wie Rock'n'Roll. Fast hätten sie die richtige Haltestelle verpasst.

Hanna sprang auf, Niederschöneweide stand draußen auf einem Schild in runenartiger Schrift. »Hey, wir müssen raus!« Sie zerrte Fred hoch und rannte zur Tür. Fred konnte gerade noch nach der Tasche mit der Kette und dem Schloss greifen. Klirrend schlug sie gegen seinen Oberschenkel, genau auf den blauen Fleck von seinem Treppensturz. Sie sprangen hinaus auf den Bahnsteig. Hanna schlüpfte wieder in ihre Ballerinas und hakte sich bei ihm ein.

»Ich frage mich, wie das weitergehen soll mit dem Osten.«

»Wie meinst du das?«

»Die Menschen haben mehr und mehr Angst. Wer nicht in Ostberlin wohnt, sondern in Brandenburg, Sachsen oder sonst wo in der DDR, darf mittlerweile überhaupt nicht mehr raus. Man kann doch nicht zig Millionen Menschen einsperren.«

Fred antwortete nicht, sondern ließ seine Gedanken schweifen. Der Arbeiteraufstand in der DDR vor sechs Jahren: die schockierenden Bilder, wie sowjetische Panzer in Ostberlin gegen demonstrierende Menschen anrückten. Als Fred selbst '53 die bewachte Grenze überwand, hatte er schon geahnt, dass er nie wieder in seine brandenburgische Heimat zurückkehren konnte.

»Hast du von dem Gerücht gehört, dass die Russen sich Westberlin mit Gewalt einverleiben wollen?«

»Das würde Krieg bedeuten«, beschied Hanna kategorisch.

Fred zuckte mit den Achseln. »Nur wenn die Alliierten sich das nicht gefallen lassen.«

Hanna stupste Fred an. »Pass auf, jetzt wird's konspirativ.«

Sie hatten die südliche Ecke des Bahnhofgebäudes erreicht. Ein Mann wartete dort neben einer Nähmaschine und tat, als lese er Zeitung. Als er Hanna nach einem verstohlenen Blick erkannte, trollte er sich.

»Das ist sie.« Hanna streichelte über den Korpus der Singer. »Die wollte ich schon als Kind immer haben.«

»Dann los.«

Fred hob sie an einer Seite an. »Geht doch.« Wegen ihres

gusseisernen Unterbaus hatte er sie schwerer geschätzt. Hanna tat dasselbe.

»Na ja, leicht ist was anderes.«

Drinnen am Schalter löste Fred zwei neue Fahrscheine und einen zusätzlichen für die Singer, und dann machten sie sich daran, sie auf den Bahnsteig zu hieven. Dabei erwies sie sich als ziemlich sperrig. Um nicht ständig schmerzhaft gegen das Untergerüst zu stoßen, konnte man nur kleine Schritte machen.

»Kiek mal, ne olle Singer«, kommentierte ein uniformierter Bahnbeamter, als sie ihre Last nah an der Bahnsteigkante abstellten. »Wo soll's denn hingehen damit?«

»Marx-Engels-Platz. Zu meiner Oma«, antwortete Hanna und wischte sich den Schweiß von der Stirn. »Die zetert jetzt seit Wochen, dass sie das Ding wieder zurückhaben will.«

»Jut, wenn 'ne alte Frau noch jut auf'n Augen is. 'n Fahrschein für det Ding jekooft?«

»Na, was denken Sie denn?«, entrüstete sich Hanna.

»Nix für ungut«, antwortete der Beamte und stieg in die nächste Bahn in Richtung Königs Wusterhausen.

»Uah, meine Nerven«, stöhnte Hanna, als er fort war.

Die nächsten drei Züge in Richtung Westen ließen sie ungenutzt passieren, um herauszufinden, welcher Waggon in der Regel am wenigstens besetzt war. Der vorletzte. Sie platzierten die Nähmaschine entsprechend, und als der nächste Zug hielt, stieg Hanna in den Waggon vorne ein, und Fred hebelte die Nähmaschine durch den hinteren Zugang auf die Stehplattform. Nur ein Fahrgast saß hier. Der schien ihn zwar nicht zu beachten, und doch hoffte Fred, dass er noch vor der Zonengrenze ausstieg. Wichtig für den Erfolg des Plans war, dass niemand ihn mit der Singer in Zusammenhang bringen konnte.

Er wartete, bis die Bahn losfuhr. Wie gewohnt übertraf deren Lärmen jedes andere Geräusch, auch das Klirren der Kette, die er durch das gusseiserne Seitenteil der Singer und um eine der Streben unter dem nächsten Sitz zog und am Ende mit dem Zahlenschloss sicherte. Niemand schien auf ihn aufmerksam geworden zu sein, und niemand beachtete ihn, als er sich weiter vorne drei Bänke von Hanna entfernt hinsetzte, mit dem Rücken zur Fahrtrichtung, die Nähmaschine im Blick. Bei den nächsten zwei Haltestellen füllte sich die Bahn etwas, aber, typisch für Berlin, niemand interessierte sich für die Singer, oder schien es auch nur merkwürdig zu finden, dass sie dort herrenlos und angekettet herumstand. Als sie sich der Station Treptower Park näherten, sah Fred die nur hundert Meter entfernte Sektorengrenze auf der Puschkinallee. Sechs Grenzposten standen auf der Ostseite, ihnen gegenüber drei Westler, nichts hatte sich geändert, warum auch? Fred war froh, dass sie nicht die kürzere S-Bahn-Strecke genommen und die Grenze an der viel belebteren Friedrichstraße überquert hatten.

Die Bahn rumpelte über die Spreebrücke und fuhr in den Ostbahnhof ein. Nun wurde es voll im Abteil. Noch vier Stationen bis zur Sektorengrenze kurz hinter der Friedrichstraße. Merkwürdig: An was sich Fred am intensivsten erinnerte, war, wie er Ellen getragen hatte, über den Schotter, über den heißen Eisenboden der Brücke. Seine Vorbehalte gegen sie waren durch dieses gemeinsame Abenteuer weniger geworden. Durch die Flucht vor den Stasiagenten und den Grenzpolizisten, vor allem jedoch nach der kurzen Konfrontation zwischen Ellen und ihrer Mutter. So wie es sich angehört hatte, hatte ihr die Baronin praktisch den Geldhahn zugedreht. Was das genau bedeutete, konnte er nur ahnen – auch wenn Ellen behauptet hatte, nicht pleite zu sein. Das Gehalt als Sonderermittlerin würde wohl kaum ausreichen, um auf großem Fuß zu leben. Ellen war angeschlagen gewesen, das hatte ihn ein wenig mehr für sie eingenommen. Lange hatte ihre Betroffenheit allerdings nicht angehalten, schließlich hatte sie ihn am selben Abend noch gut gelaunt in die Hongkong-Bar eingeladen. Wahrscheinlich verfügte sie über Geldquellen, von denen er nicht einmal ahnte, dass man sie haben konnte.

Fred sah zum Fenster hinaus. Die Bahn näherte sich der Janowitzbrücke und schlich rumpelnd und ruckelnd unmittelbar am Ufer der Spree entlang, als bestünde schon bei nur geringfügig erhöhtem Tempo die Gefahr, in den Fluss zu stürzen.

Am Alexanderplatz stiegen die meisten Fahrgäste wieder aus, und als sie in den Bahnhof Friedrichstraße einfuhren, der letzten Station vor dem amerikanischen Sektor, waren nur noch höchstens zehn Menschen in diesem Waggon. Die hintere Tür öffnete sich, und ein Volkspolizist stieg ein, um mit den Kontrollen zu beginnen.

»Wem gehört dieses Gerät?«, fragte der Polizist mit Kommandostimme. Als sich niemand meldete, wurde er noch zackiger. »Melden, wer dieses Gerät hier eingestellt hat!«

Ein weiterer Vopo betrat den Waggon, offenbar im höheren Rang. »Schon die Ausweise kontrolliert, Genosse?« Als der verneinte, sagte er: »Dann voran!« Er selbst kümmerte sich um die Nähmaschine, zerrte an der Kette, entdeckte das Zahlenschloss, probierte ein paar Nummern aus.

»Alle Fahrgäste in diesem Waggon werden zum Verhör abgeladen, wenn sich der Besitzer dieses Geräts nicht umgehend meldet!«, brüllte er.

Der andere Vopo hatte sich inzwischen nach vorne durchgearbeitet, Freds Behelfsmäßigen Personalausweis hatte er kaum beachtet. Bei Hanna überprüfte er genauer.

»Gehört Ihnen diese Maschine?«

Hanna verdrehte die Augen. »Sehe ich so aus, als könnte ich so ein Monster mit mir herumschleppen?«

»Werden Sie mal nicht frech, junge Frau«, fuhr sie der Vopo an.

Fred hoffte inständig, dass sie sich beherrschte. Es gehörte zur allgemeinen Direktive der Volkspolizei, Westler so oft es ging zu schikanieren mit dem strategischen Ziel, ihnen die Ostbesuche möglichst zu vergällen, und ebenso zurückkehrenden Ostlern die Besuche im Westen zu vergällen.

»'tschuldigung«, hörte Fred Hanna sagen, und er brauchte nicht ihr Gesicht zu sehen, um zu wissen, wie viel Überwindung sie dieses eine Wort gekostet hatte.

Ein dritter Vopo betrat das Abteil. »Warum kommt hier keine Freigabe?«, herrschte er die anderen beiden an.

Der Erste deutete auf die Singer. »Das sieht nach Republikflucht aus. Oder unerlaubtem Handel. Wir brauchen einen Spengler, der die Kette durchtrennt.«

»Menschenskind, Müller, das ist nur eine Nähmaschine! Dafür halten Sie den Betrieb auf? Raus jetzt.«

Die Vopos verließen den Waggon, die Türen schlossen sich, und die Bahn fuhr los. Kaum hatte sie die Sektorengrenze kurz vor dem Lehrter Bahnhof überquert, sprang Hanna auf und setzte sich breit grinsend neben Fred.

»Ich hatte Angst, du würdest dich mit dem Vopo anlegen«, sagte er.

»Ich könnte kotzen, dass ich mich bei dem Heini entschuldigt habe. Warum musste es eigentlich unbedingt ein Zahlenschloss sein? War verdammt teuer.«

»Wenn die uns richtig gefilzt und den Schlüssel für das Schloss gefunden hätten, wären wir fällig gewesen.«

Hanna sah ihn versonnen an.

Er grinste.

»Ich weiß, ich bin zu jung für dich.«

Sie lehnte sich lächelnd an ihn und schloss die Augen. »Zu jung, zu dumm, zu fantasielos. Schade.«

• • •

Fluchend und schwitzend hebelten sie die Singer aus dem U-Bahnwaggon hinaus auf den Bahnsteig am Görlitzer Bahnhof, endlich am Ziel angekommen. Sie tasteten sich die lange Treppe hinunter auf die Skalitzer Straße.

»Oh, lassen Sie mich helfen!«, sprach sie ein Mann mit

amerikanischem Akzent an. »Eine schöne Frau wie Sie sollte keine schweren Lasten tragen.«

Fred drehte sich um. Denny Witcomb stand vor ihnen, der mit keiner Regung erkennen ließ, dass er Fred kannte.

»Würden Sie auch helfen, wenn ich hässlich wäre?«, pflaumte Hanna ihn an.

»*You bet*«, antwortete Witcomb, was Fred nicht verstand, Hanna aber offenbar genügte, um mit einem Lächeln zuzustimmen.

Gemeinsam schleppten sie die Nähmaschine hoch in die Pension, wie so oft funktionierte der Aufzug nicht, und stellten sie in Hannas privates Wohnzimmer.

»Tausend Dank, Mister ...«

»Miller«, antwortete Witcomb.

»*Thank you.*« Hanna lächelte ihn derart intensiv an, dass Fred sich abwenden musste, ein mulmiges Gefühl zuckte durch seinen Bauch.

»War mir ein Vergnügen.« Witcomb deutete eine Verbeugung an.

»Ich bringe Sie zur Tür«, sagte Fred schnell und ging voran. An der Tür zog der CIA-Agent einige zusammengefaltete Blätter aus seiner Jackentasche und reichte sie Fred, der sie eilig in seiner Hosentasche verschwinden ließ.

»Einen schönen Abend, Mr. Miller«, sagte Fred, schloss die Tür hinter dem Amerikaner und drehte sich um. Hanna stand im Türrahmen, ihre Augen blitzten bedrohlich. »Ihr kanntet euch. Was hat er dir zugesteckt? Warum diese Geheimniskrämerei?«

Fred stöhnte auf und atmete tief durch. »Ich kann es dir nicht sagen, Hanna. Wirklich nicht. Ich darf nicht.«

»Männer«, stieß sie verächtlich hervor, verschwand in ihrem Zimmer und knallte die Tür hinter sich zu.

Fred ging in sein Zimmer, ließ das Wasser so lange laufen, bis es endlich kühl genug aus dem Hahn kam. Er füllte ein Glas, setzte sich in den gemütlichen Sessel am Fenster und nahm sich die mit der Schreibmaschine getippten Zettel vor.

Schon nach wenigen Sätzen war klar, dass er sich in Harry Renner gründlich getäuscht hatte.

Auch zwei Stunden, nachdem er sich am Waschbecken mit einem Waschlappen flüchtig gewaschen, die Zähne geputzt und schwer wie ein nasser Sack unendlich müde auf sein Bett hatte fallen lassen, wollte der Schlaf nicht kommen. Jedes Mal, wenn seine Gedanken diffus wurden und er kurz davor war, ins Land der Träume hinüberzugleiten, meldete sich ein winziger Impuls, ein Jucken, ein Zucken, ein blitzartig aufleuchtendes Bild, eine Erinnerung, und er war wieder hellwach. Zunehmend meldete sich Verzweiflung.

Er quälte sich aus dem Bett heraus, stellte sich ans weit geöffnete Fenster, selbst im kältesten Winter würde er es nachts nicht schließen, wenigstens einen winzigen Spalt musste es zum Schlafen geöffnet sein. Er brauchte frische Luft, und allein die Vorstellung eines vollkommen geschlossenen Raumes bereitete ihm Unwohlsein. Sein Körper schien einen siebten Sinn entwickelt zu haben. Sollte er einmal vergessen haben, das Fenster zu öffnen, wurde er im

Schlaf unruhig, bekam Kopfschmerzen und erwachte mit marternder Mühe, so als würde er versuchen, aus einem Fass voller klebriger Melasse herauszuklettern. Er wusste genau, wo diese Beklommenheit ihren Ursprung hatte, und doch war es ihm unmöglich, sie in den Griff zu bekommen.

Draußen rumpelte hin und wieder eine Bahn vorbei, ansonsten war es still. Menschen waren um diese Zeit nur noch wenige unterwegs, die Skalitzer Straße war an dieser Stelle für Nachtschwärmer uninteressant, hier gab es keine Kneipen, Varietés, Theater oder Kinos. Hier wohnten Menschen, oder sie eilten vorbei auf dem Weg zur deutlich lebhafteren Wiener Straße oder dem Kottbusser Damm. Er peilte hinüber zum Glockenturm der Emmaus-Kirche am Lausitzer Platz. Kurz vor 22 Uhr. Ohne weiter nachzudenken, als wäre die Entscheidung bereits gefallen, als er noch auf der Suche nach Schlaf gewesen war, streifte er seine Klamotten über, klaubte einen Zehnmarkschein aus dem Briefumschlag mit dem Vorschuss, den Josephine Graf ihm letzte Woche organisiert und den er nur teilweise aufgebraucht hatte, verließ die Pension und lief hinüber zur U-Bahn-Station.

Es fühlte sich merkwürdig an, um diese Uhrzeit dieselbe Linie zu nehmen, die ihn normalerweise ins LKA zur Arbeit brachte. Am Wittenbergplatz stieg er aus und schlenderte die Tauentzienstraße entlang. Unglaublich viele gut angezogene Menschen taten dasselbe. Vor den Schaufenstern des KaDeWe knubbelten sie sich und bestaunten die hochpreisigen Auslagen, Mode, Schuhe, aber auch unerschwinglich teure Fernsehgeräte und HiFi-Musiktruhen.

Fred bog in die Nürnberger Straße ein. Ein langer hölzerner Bauzaun auf der östlichen Seite verbarg, welche Art von Bauwerk dort entstehen würde. ›Plakate aufkleben strengstens untersagt‹ stand darauf geschrieben, und doch klebten Verschiedenste unbehelligt nebeneinander; die meisten waren Kinoplakate der aktuellen Filme: »Fahrstuhl zum Schafott« mit Jeanne Moreau, »Der alte Mann und das Meer« von Ernest Hemingway und am häufigsten der Dürrenmatt-Schocker »Es geschah am hellichten Tag« mit Heinz Rühmann und Gert Fröbe. An den Bauzaun schloss sich die 150 Meter messende Fassade des Haus Nürnberg an, ein viergeschossiges imposantes Gebäude, eine Mischung aus Jugendstil und Bauhaus, in dessen Seitengebäude vor dem Krieg das legendäre Femina Ballhaus residierte, über dessen Geschichte Fred fasziniert in einer der Berliner Tageszeitungen gelesen hatte, Nachrichten aus einer ihm vollkommen fremden Welt. Ende 1929 wurde das Femina eröffnet, mit sage und schreibe 2000 Sitzplätzen, drei Kapellen spielten gleichzeitig auf verschiedenen Ebenen, in der Tanzbar bedienten zwanzig junge Damen, es gab Tischtelefone und sogar eine Rohrpostanlage, durch die Gäste Briefchen an andere Gäste schreiben konnten. Nur vier Jahre später übernahmen die Nazis das quirlige Femina Ballhaus und machten es zum Zentrum deutsch-völkischer Musik mit Kapellen der SS, SA und Wehrmacht. Und trotzdem setzte sich der alte Geist gegen die braune Brut durch, und schon bald wurde das Femina zum beliebtesten Swingpalast Berlins – bis britische Bomber den großen Ballsaal in Schutt in Asche legten. Allerdings nicht für lange, gleich nach dem Krieg entstanden aus den Trümmern neue Veranstaltungsorte, nisteten sich verschiedene Künstlerkabaretts ein. Ein Kino wurde 1950 eröffnet, das einige Jahre später vom »Berliner Theater« abgelöst wurde. Unten in den Kellerräumen gründeten ein paar Jazzliebhaber einen Klub, der mittlerweile als der heißeste Jazzklub Berlins gehandelt wurde: die Badewanne. Freds Ziel.

Er hatte noch nie einen solchen Klub besucht, hatte keine Ahnung, wie man sich da benehmen sollte. Gleich am Eingang kassierte ein sehr kräftiger Mann in Levis Jeans und schwarzem Hemd mit gelber Krawatte die zwei Mark Eintritt. »Dafür gibt's eine Cola umsonst«, erklärte er nach einem kurzen Blick in Freds Gesicht, offenbar sah er ihm an, dass er noch nie zuvor hier gewesen war. Im Eingangsbereich hingen Plakate und Fotos, die zeigten, welche Jazzgrößen hier schon gespielt hatten: Count Basie, Duke Ellington, Ella Fitzgerald und Louis Armstrong. Für Hanna wäre der Klub ein Paradies, dachte Fred, das waren die Namen in ihrer Plattensammlung, das war ihre Musik. Allerdings gab es auch Plakate, die Jerry Lee Lewis, Little Richard und andere Rock'n'Roll-Stars ankündigten, außerdem der Hinweis auf das Rock'n'Roll- und Jitterbug-Preistanzen mittwochs und freitags mit »Prämierung des originellsten Tanzpaars«.

Eine enge Treppe führte ins Untergeschoss. Auf der Tanzfläche standen viele Menschen dicht gedrängt, kein Platz zum Tanzen, höchstens ruderten sie mit den Armen zur Musik, und selbst das ging nicht ohne jede Menge unbeabsichtigten Körperkontakt. Auf dem winzigen, leicht erhöhten Podium vor der Tanzfläche spielte das Johannes Rediske Quintett, eine Sängerin, Ingrid Werner, wie Fred auf einer Kreidetafel las, sang eine kurze Passage, wurde von einem Gitarrensolo verdrängt, das wiederum von einem Saxofonsolo weichen musste. Rediske machte leichte, harmonische Musik für Menschen, die modern, aber nicht wild waren. Anders als Harry Renners Ballroom wirkte die Einrichtung hier deutlich gediegener, zugleich auch weniger fantasievoll, weniger anarchisch. Während der Ballroom die Ausstrahlung von Schweiß und Abenteuer hatte, verströmte die Badewanne eher das Flair von leichter Unterhaltung und gut organisierten Abläufen.

Fred schlängelte sich durch bis zur Bar, Schultheiss Pils vom Fass zwei Mark, sagte ein Banner. Er bestellte die Frei-Cola, eingezwängt zwischen Männern, die nach Schweiß und Rasierwasser rochen, und während er wartete, tippte ihm jemand auf die Schulter.

»Herr Lemke! Ja, was treibt Sie denn hierher?« Julius Moosbacher lächelte ihn breit an, er wirkte so lässig, wie Fred ihn noch nie erlebt hatte.

»Ich konnte nicht schlafen.«

»Habe ich auch manchmal.« Moosbacher lächelte. »Cola hilft da allerdings kaum.«

»Sind Sie oft hier?« Fred fand die Frage selber blöd, aber eine andere fiel ihm nicht ein.

Moosbacher antwortete nicht gleich und schien plötzlich abgelenkt zu sein. Empfand er Freds Frage womöglich als aufdringlich?

»Wenn man jemanden auf der Arbeit kennenlernt, kann

man sich nur schwer vorstellen, dass er auch ein Privatleben hat.«

»Da haben Sie recht.« Fred wusste sich nicht zu erklären, warum er sich dem sympathischen Spurensicherer gegenüber gerade so befangen fühlte. Tagsüber war es das genaue Gegenteil, und wenn er sich mit ihm bei Magda Riese zum Mittagsessen traf, hatte er das Gefühl, dass sie stundenlang einfach weiterreden könnten. Aus dem Augenwinkel bemerkte Fred einen Mann, sehr groß und gut aussehend, muskulös, mit Bürstenhaarschnitt und in einem perfekt sitzenden, grauen, auf irritierende Weise schimmernden Anzug. Hatte Ellen nicht einen Mann wie diesen beschrieben, mit dem Moosbacher gut bekannt war, einer mit einer Narbe auf der rechten Wange? Der Mann steckte seine Zigarettenschachtel und sein Feuerzeug ein, leerte sein Bierglas und wandte sich ihnen zu. Da war sie, die Narbe, markant, groß und trotzdem nicht abstoßend. Er beugte sich vor und flüsterte Moosbacher etwas ins Ohr. Der nickte und strich ihm mit einer verstohlenen Geste über den Oberarm. Der Mann lächelte ihn warm an, tippte zum Abschied mit dem Zeigefinger an die Schläfe, wie ein lässiger Militärgruß, und ging. Moosbacher sah ihm versonnen hinterher, dann wandte er sich Fred zu, unerwartet konzentriert und ernst.

»Eigentlich ganz gut, Sie hier zu treffen, Herr Lemke. Lassen Sie uns hochgehen, ein stilles Eckchen suchen.« Er lachte. »Was es hier eigentlich nicht gibt. Sagen wir, ein stilleres Eckchen.«

Oben fanden sie einen winzigen freien Tisch, an dem

von Johannes Rediskes Quintett nur noch wenig zu hören war.

»So viel Glück hat man hier selten. Normalerweise ist die Warteschlange vor den Tischen endlos.« Moosbacher hatte sich seinen Whisky mitgenommen, dessen Eiswürfel in dem großen Glas helle Klänge erzeugten, die mit ihrer makellosen Klarheit den allgegenwärtigen, fast kakofonischen Geräuschpegel durchdrangen und etwas Unwirkliches hatten.

»Ich spare mir eine lange Einleitung. Ich kenne Sie erst seit gut einer Woche, bin aber sicher, dass ein ...«, er machte eine kleine Pause, »nun, eigentlich *jedes* Geheimnis bei Ihnen gut aufgehoben ist.« Er sah Fred prüfend an, als erwartete er von ihm eine Antwort auf diese Frage. »Wahrscheinlich weil Sie mich auf eine Art an mich selbst erinnern«, fuhr er fort. »Nur, dass Sie weniger von diesem Nazi-Scheiß mitbekommen haben, dass Sie nicht Soldat sein mussten und nichts zu dem Dreck des Krieges mit beigetragen haben.«

Fred wusste nicht so recht, wie er mit der Situation umgehen sollte, vor allem an einem Ort wie diesem, zwischen vergnügungsseligen Menschen und lauter Jazzmusik. Moosbacher bemerkte seine Unsicherheit. »Sie gehen nicht oft aus, habe ich recht?«

»Nein.«

»Wenn man wie wir beide aus einem kleinen Dorf kommt, erscheint die große, weite Welt undurchsichtig«,, fuhr er fort. »Und Berlin ist das schwierigste Pflaster überhaupt. Riesige Großstadt, besetzte Großstadt.«

»Ich habe hier die ersten Jahre wie ein Einsiedler gelebt.«

»Und irgendwann hat man davon die Schnauze voll.«

Fred lachte. »Heute zum Beispiel.«

Moosbacher nickte, nahm einen Schluck und verzog sein Gesicht. »Eigentlich mag ich keinen Whisky, ich glaube, ich trinke ihn nur Dave zuliebe.« Er stellte das Glas auf den Tisch und schob es weg, als wäre es so leichter, es zu ignorieren. »Der Mann eben, das war Dave, der Mann bei der CIA, den ich um eine Auskunft gebeten hatte.« Moosbacher machte eine kurze Pause und fixierte Fred intensiv. »Dave und ich, wir sind ein Paar.«

Fred war sich nicht sicher, was der Spurensicherer damit meinte. Dass zwei Männer miteinander Geschlechtsverkehr hatten, empfand er zwar für sich selbst als undenkbar, und doch kannte er die vielen Geschichten, die unter der Hand und begleitet von einem gewissen Schaudern erzählt wurden, dass es Orte gab, wie zum Beispiel die Löwenbrücke im Tiergarten, wo sich Homosexuelle trafen, um Sex zu haben. Aber ein Paar zu sein war etwas anderes. Paare hatten eine auf Dauer angelegte Beziehung, Paare verlobten sich und heirateten – wie sollte das zwischen zwei Männern gehen?

»Nein, wir leben nicht zusammen, können nicht zusammenleben«, Moosbacher schien wieder einmal seine Gedanken zu lesen, »aber wir lieben uns und hoffen, dass es ewig so bleibt.«

Fred wusste nicht, was er sagen sollte. Warum erzählte Moosbacher ihm das?

»Ich weiß, ich bringe Sie in einen Konflikt, vielleicht nicht als Mensch, aber als Polizist.«

»Das ist mir egal«, erwiderte Fred, obwohl es da natürlich eine klare Vorgabe gab: den Paragrafen 175 im Strafgesetzbuch, der sexuelle Handlungen zwischen Männern unter Strafe stellte.

»Ist es aber nicht. Genau genommen müssten Sie mich jetzt anzeigen. Ich erzähle Ihnen das, weil Ihre Kollegin, Ellen von Stain, es weiß. Sie hat Dave und mich einige Male gesehen. Ich kann nicht einschätzen, was sie mit ihrem Wissen machen wird, möchte aber auf keinen Fall, dass Sie es von ihr erfahren.«

Jetzt endlich verstand Fred Ellens Andeutungen und ihr sphinxhaftes Grinsen, wenn es um Moosbacher ging.

»Ich glaube nicht, dass sie es an die große Glocke hängen wird«, sagte er.

Moosbacher zuckte mit den Schultern. »Sie ist unberechenbar. Manchmal scheint sie nicht dem Drang widerstehen zu können, möglichst viel Porzellan zu zerdeppern.«

»Das stimmt allerdings.«

»Ich habe entschieden, dass Sie Bescheid wissen sollen, und wenn das für Sie schwierig ist, verzichten wir besser auf unsere gemeinsamen Mittagessen bei Riese und unsere morgendlichen Kaffeekränzchen.«

Moosbacher lachte sehr laut, und Fred spürte genau, wie sehr es ihn verletzen würde, wenn er ihm zustimmte.

»Nein, auf keinen Fall.«

»Sicher?«

»Ganz sicher.«

»Puh, da bin ich aber froh. Danke.«

Danke? Wofür? »Ich finde, das geht mich nichts an«, sagte Fred und wusste natürlich, dass Moosbacher recht hatte: Als Polizist müsste er anders handeln. Wieder einmal empfand er mit großer Deutlichkeit, dass Rechtsempfinden und Recht nicht immer zueinanderpassten.

»Auf Dauer wird das nicht gut gehen, das weiß ich. Deshalb«, Moosbacher unterbrach sich selber und lachte, diesmal klang es eher schelmisch, »schon wieder ein Geheimnis! Jedenfalls werde ich Deutschland verlassen. Sobald Daves Dienstzeit hier vorbei ist, gehe ich mit ihm in die USA. New York, die Leute da sollen ziemlich entspannt sein. *Relaxed*, heißt es bei den Amis. Klingt gut, oder? Die sind *relaxed*.«

»Sie wollen wirklich gehen?« Fred war schockiert. Er kannte den Spurensicherer erst seit neun Tagen, und zugleich fühlte er sich mit ihm so vertraut wie mit einem alten Bekannten.

»Ja, will ich. Und werde ich.«

»Können Sie denn beide in den USA zusammenleben, ich meine so richtig, als Paar?«

»Nein, die Amis sind noch schlimmer, was Schwule betrifft, auf dem Land und in den Kleinstädten. Aber in New York kümmern sich die Menschen nicht so sehr darum, was die anderen machen. Dave wird die CIA verlassen. Ist sowieso erstaunlich, dass er noch nicht aufgeflogen ist. Die würden ihn sofort unehrenhaft entlassen. Vielleicht machen wir eine Bar auf.«

»Echt? Ich kann mir Sie als so eine Art Harry Renner gar nicht vorstellen.«

Moosbacher grinste. »Ich auch nicht. Vielleicht wird's eine Art bayerisches Wirtshaus. Oder wir gehen nach Kalifornien und bauen Orangen an. Kennen Sie den Roman ›Früchte des Zorns‹ von John Steinbeck? Über die Familie Joad, die wegen der Dürre in ihrer Heimat in Oklahoma nicht mehr überleben kann und sich aufmacht nach Kalifornien, ins gelobte Land, um dort in den riesigen Orangenplantagen Arbeit zu finden?«

»Ja, den habe ich früher mal gelesen. Aber am Ende geht keiner ihrer Träume und Hoffnungen in Erfüllung.«

Moosbacher lachte auf. »Danke für den Hinweis.«

»So habe ich es nicht gemeint. Im Grunde sagt das Buch doch: Im Kern ist der Mensch gut, ganz gleich, wie sehr das Schicksal ihn aus der Bahn wirft.«

Moosbachers Augen wurden feucht, und er sah Fred gerührt an.

»Ist doch so, oder?«, fragte Fred verunsichert.

»Ja, genauso ist es.« Moosbacher gab sich einen Ruck. »Also, kommen wir zu dem Ermordeten, zu Gottfried Sargast. Dave hat mir jetzt einiges über ihn erzählt. Informationen, die geheim sind, er hatte wohl das Gefühl, bei mir etwas wiedergutmachen zu müssen. Ich gebe Ihnen alles eins zu eins wieder, und Sie versprechen mir, niemandem zu sagen, woher Sie diese Informationen haben.«

»Das mache ich, klar, aber wieso gehen Sie so ein Risiko ein?«

Moosbacher atmete tief durch, griff nach seinem Whisky und stellte ihn wieder zurück, ohne davon zu trinken.

»Ich möchte, dass Sie erfolgreich sind, Herr Lemke. Unsere Behörde ist durchseucht von ehemaligen Kriegsverbrechern, von unverbesserlichen Nazis und Antisemiten, von charakterlosen Mitläufern. Ich möchte meinen Teil dazu beisteuern, dass Menschen wie Sie, anständige Menschen, erfolgreich sind. Sie sind Kriminalassistent in Probezeit. Sie haben Ihren ersten Fall, den Petticoat-Mörder, erfolgreich geklärt. Die Lorbeeren hat allerdings Ihr Führungskommissar Karl-Holger Auweiler eingeheimst. Jetzt arbeiten Sie hauptsächlich mit Kommissar Leipnitz zusammen. Der wird Ihnen nichts wegnehmen, im Gegenteil. Lösen Sie den Fall, und er wird vorschlagen, Sie vorzeitig zum Kommissar zu machen.«

»Sind Sie sicher?«

»Bin ich. Wir haben über Sie geredet. Er setzt große Hoffnungen in Sie.«

»Warum? Das verstehe ich nicht.«

»Er hat auf jemanden wie Sie gewartet. Für Ihren Chef, Hauptkommissar Willi Merker, ist Leipnitz der Alibi-Jude. Immer wenn Kritik aufkommt, die Mordkommission I würde zu sanft mit Alt-Nazis umgehen, zieht er diesen Trumpf: ›Wir haben einen jüdischen Kommissar bei uns, dessen Familie von den Nazis vergast wurde, der wird wohl kaum zu nachgiebig sein.‹ Das ist im Übrigen der Grund, weswegen Merker alle Versetzungsgesuche von Leipnitz ablehnt.«

In Freds Magen machte sich ein flaues Gefühl breit. In welches Rattennest war er da hineingeraten ... Er, der zur Polizei gegangen war, »weil zu viele Gute den Schlechten hilflos ausgeliefert sind«, so hatte er es Moosbacher einmal in einem Gespräch gesagt.

»Warum haben die mich überhaupt in die Mordkommission geholt? Ich hatte das schlechteste Abschlusszeugnis in meinem Jahrgang.«

Moosbacher lachte bitter. »Die haben nicht damit gerechnet, dass Sie so gut sind. Die haben das Gegenteil erwartet. Vor allem, dass Sie leicht zu lenken und leiten sind.«

»Dann werden sie mich auch nicht zum Kommissar machen.«

»Leipnitz wird Sie eine Etage höher vorschlagen, bei Kriminaloberrat Paul Mayer, dem Chef der Hauptabteilung Delikte am Menschen.«

»Gehört der nicht zu diesen ... keine Ahnung, zu diesen Altlasten?«

»Das weiß keiner. Hoffen wir das Beste.«

Fred schwieg eine Weile. Auf einmal steckte er mittendrin in Dingen, die er verabscheute. Hierarchien und Postengeschiebe, diese ganzen Hintergrundstrategien, das Geschacher und Getrete waren ihm zuwider. Er wollte seine Arbeit machen, Fälle aufklären, Täter zur Rechenschaft ziehen und Opfern wenigstens posthum Respekt verschaffen, alles andere interessierte ihn nicht.

»Was ist mit Ellen von Stain?«, fragte er. »Wo gehört sie hin?«

»Wie schon gesagt: Sie ist undurchsichtig. Was sagt Ihre Intuition?«

»Sie gehört zu den Guten, weiß es aber noch nicht«, antwortete Fred und hatte schon in der nächsten Sekunde das Gefühl, damit gehörig falsch zu liegen.

»Ihr Wort in Gottes Ohr.« Moosbacher lachte. »Viel wert

ist der Spruch aus meinem Mund allerdings nicht. Ich bin Atheist.«

Fred schmunzelte. »Ich dachte, in Bayern sind alle katholisch.«

»Nicht die, die nach Berlin ausgewandert sind. Jetzert!« Moosbacher griff nach dem Whiskyglas und nahm einen kräftigen Schluck. »Also, Folgendes habe ich über Gottfried Sargast erfahren. Sie kennen die Abläufe, wenn ein DDR-Bürger um Asyl bittet? Er muss in die Auffangstation Marienfelde und wird dort nacheinander von den Geheimdiensten der Alliierten verhört, vor allem, um potenzielle Spione herauszufiltern. Bei Sargast war die CIA von Anfang an über seinen Auftrag im Bilde. Die Stasi hatte ihn mit großem Aufwand zum perfekten Barmixer gedrillt, und sie ließ Harry Renners bisherigen Mixer genau einen Tag, bevor Sargast auftauchte, verschwinden, damit die Stelle vakant war. Den Ballroom hatte sie ausgesucht, weil da die Dichte an lohnenden Objekten so verlockend hoch ist. Die CIA hat Sargast also in der Auffangstation glatt durchgewunken und danach beobachtet, wie er die Stasiagentin Gerda Kalitz in den Ballroom holte und die beiden das kleine Spionagenest aufbauten. Und dann hat die CIA angefangen, Sargast mit gezielten Falschinformationen zu füttern, um damit die Stasi und den KGB in die Irre zu führen. Das hat auch monatelang wunderbar funktioniert, und ehrlich gesagt: Die CIA-Agenten haben sich darum gerissen, sich mit Rosi beziehungsweise Gerda zu vergnügen und sich von ihr und Sargast erpressen zu lassen. Die Kalitz muss über sehr ausgefuchste Beischlaftechniken verfügen. Jedenfalls lief alles glatt, bis zu dem

Moment, als der Barmixer ermordet wurde. Für die CIA ist der Mord jetzt nur unter einem Aspekt interessant: Wurde Sargast von den eigenen Leuten ermordet, also Stasi oder KGB, weil die bemerkt haben, dass die CIA ihn mit getürkten Informationen gefüttert hat, und sie ihn für einen Doppelagenten hielten? Dann wären die CIA-Strategie und sogar die auf Rosis Bett gefilmten CIA-Agenten enttarnt, und alle lancierten Informationen würden im Nachhinein wertlos sein. Nicht gut. Oder wurde Sargast aus einem anderen Grund ermordet, einem, der nichts mit den geheimdienstlichen Aktivitäten zu tun hat? Dann sind die bei der CIA glücklich und müssen eben nur neue Wege finden, die Kommunisten zu verarschen.«

»Verdammt kompliziert«, stöhnte Fred. »Ich soll den Mörder ermitteln, und ich muss nach außen hin einen sehr wichtigen Aspekt außer Acht lassen.«

»Einen Aspekt, den Sie ja nur kennen, weil Sie illegalerweise im Reich des Sozialismus ermittelt haben. Vor Gericht dürfen sie davon eh nichts verwenden.«

»Ellen von Stain kann ich nicht außen vor lassen, ich muss sie informieren.«

»Ich weiß. Das macht mir zwar Magengrimmen, aber, ja, es geht wohl nicht anders.«

»Und da ist noch etwas. Wenn ich nur den Fall sehe ohne mein Wissen über den Spionagehintergrund, dann habe ich dieses Separee im Ballroom mit dem Mikrofon und der Kamera, was darauf hindeutet, dass hier Männer beim Sex aufgezeichnet wurden, um sie zu erpressen; ich habe sogar die Frau, die mit diesen Männern Sex hatte – aber ich habe kein

Opfer, ich habe niemanden, der bezeugen kann, erpresst worden zu sein.«

»Eben weil die Männer CIA-Agenten waren«, stimmte Moosbacher zu. »Die meisten jedenfalls. Nur muss es doch auch andere gegeben haben. Meine Leute und ich haben das Separee und das Büro im Ballroom auf den Kopf gestellt. Wir haben nichts gefunden, keine Hinweise, keine Namen, keinen einzigen Zentimeter Film- oder Tonbandaufnahmen, nichts. Das Büro ist übrigens vorbildlich organisiert von dieser Italienerin, Anna Sansone. Überhaupt muss man sagen, Harry Renner hat ein Händchen für gute Leute.«

»Ich weiß nicht, er hat sich mit Sargast einen Spion ins Haus geholt.«

»Ja, okay, das wusste er nicht. Aber er hat ihn als Barmixer eingestellt, und da war er erste Klasse. Die Sansone ist es ebenfalls, und Rucki Müller ist auch ein perfekter Rausschmeißer.«

Damit hatte Moosbacher allerdings recht.

»Ich brauche wenigstens ein Erpressungsopfer als Zeugen.«

»Ja, ohne Zeugen können Sie Gerda Kalitz allenfalls für illegale Prostitution drankriegen. Allerdings auch nur, wenn Rucki Müller gegen sie aussagt.«

»Wird der das? Glaube ich nicht. Sobald der mit einem Rechtsanwalt gesprochen hat, wird der ihm raten, seine bisherige Aussage zurückzuziehen. Er kann behaupten, das Separee war nur zum privaten Vergnügen da, und dann kann überhaupt keiner belangt werden.«

Moosbacher schwieg.

»Auch egal«, fuhr Fred fort. »Ich bin ja nicht von der Sitte.«

Er ließ seine Augen über die anderen Gäste streifen. Niemand an den anderen Tischen unterhielt sich so ernsthaft wie Moosbacher und er. Überall gute Laune, erregte Freude und Erwartung, was die Nacht noch bringen würde, nur ein Paar um die dreißig hatte erkennbar Streit. Fred tippte auf Eifersucht, so gekränkt und wütend, wie der Mann sich verhielt, während sie eine trotzige Schnute zog und abzuwarten schien, bis er sich endlich genug aufgeregt hatte.

»Wenn man den ganzen Agenten- und Spionagemist ignoriert, dann wäre der Fall wohl ziemlich eindeutig«, sagte Fred.

Moosbacher leerte seinen Whisky, wieder verzog er sein Gesicht und räusperte sich heftig. »A Whisky is hoid nix für an Bayer. Erzählen Sie.«

»Da gibt es einen Unbekannten, der mit Fotos und Tonbandaufnahmen erpresst wird. Als Antwort besorgt er sich eine Armbrust, legt sich auf die Lauer, um Rosi und Gottfried ins Jenseits zu befördern. Der Schuss auf Rosi geht daneben, das ist der Bolzen, den Sie gefunden haben, der die Wand getroffen hat. Der zweite Schuss trifft Gottfried, er stirbt.«

»Wär's ein normaler Fall, könnten Sie der Rosi jetzt Angst machen, dass da draußen einer rumläuft, der sie töten will. Das könnte sie dazu bringen, ihre Opfer preiszugeben.«

Fred nickte, er hatte Durst, seine Cola war längst ausgetrunken, aber zwei Mark für ein Bier war viel Geld, dafür könnte er beim Aschinger viermal essen gehen. »Was ich brauche, ist eine Liste aller Opfer, Namen, Adressen, und das Material, mit dem sie erpresst wurden. So etwas muss es geben.«

»Auf jeden Fall müssen Sie sich beeilen. Wenn Rucki Müller seine Aussage zurückzieht, müssen Sie die Kalitz rauslassen. Und dann ist die in null Komma nix drüben im Osten.«

Kurz darauf verließen die beiden die Badewanne. Erst jetzt sah Fred, dass im Eingangsbereich tatsächlich eine emaillierte Badewanne stand, auf die der Spruch ›Immer sauber bleiben‹ gepinselt war. Die war ihm vor lauter Aufregung vorhin entgangen.

Freds Müdigkeit hatte gigantische Ausmaße angenommen, fast fühlte er sich wie in einem Rausch, in dem sich Realität und Halluzination nicht mehr unterscheiden lassen. Falls er im nächsten Moment aufwachte und sich sein Besuch in der Badewanne und sein Gespräch mit Moosbacher als Traum herausstellten, würde ihn das kein bisschen wundern.

»Soll ich Sie mitnehmen?«

Moosbachers Frage fand nur langsam Eingang in Freds Hirn.

»Ich, eh, ich gehe lieber zu Fuß«, antwortete er.

Moosbacher freundliches Gesicht verschloss sich. »Ist das, weil Sie jetzt wissen, dass ich schwul bin?«

Fred erschrak. »Nein! Warum denn?«

Moosbacher ließ die Frage unbeantwortet, hob seine Hand und klimperte mit seinem Autoschlüssel.

»In mir vibriert alles«, sagte Fred. »Ich glaube, ein kleiner Spaziergang tut mir gut.«

»Okay. Wie weit haben Sie es denn?«

»Görlitzer Bahnhof.«

»Oha, da sind Sie locker eineinhalb Stunden unterwegs.«

5. Kapitel

Das Tuten, das Fred weckte, lärmte so nah, dass er nicht nur hochschreckte, sondern sich gleichzeitig instinktiv zur Seite rollte, um sich in Sicherheit zu bringen. Ein Lastwagen? Ein Zug? Er riss die Augen auf. Das Erste, was er erkennen konnte, waren die mehrgliederigen Blätter einer arg zerzausten Robinie. Seine schnelle Bewegung hatte feinen Staub aufgewirbelt, er musste niesen. Noch einmal ertönte das Tuten. Es kam von rechts. Durch das Gebüsch neben sich sah er schemenhaft einen Lastkahn in der Morgendämmerung vorbeigleiten, an dem sich gleichzeitig ein aus der Gegenrichtung kommender haarscharf vorbeischob. Jetzt tuteten beide, als würde das den viel zu geringen Abstand zwischen ihnen vergrößern. Mit einiger Mühe kam Fred auf die Beine: Vor sich erkannte er die Baerwaldbrücke und links davor das Prinzenbad, das vor zwei Jahren auf dem Gelände der völlig zerstörten Englischen Gasanstalt errichtet worden war und immer noch kahl und nackt wirkte, die frisch eingepflanzten Bäumchen waren mickerig, und der Rasen sah aus wie ein Flickenteppich.

Beschämt klopfte Fred den Staub aus seiner Kleidung. War er tatsächlich so müde gewesen, dass er sich hier auf den Boden zum Schlafen hingelegt hatte? Seine Glieder schmerzten. Hätte er doch nur Moosbachers Angebot angenommen, ihn nach Hause zu fahren!

Es war wie ein Fluch. Seit er vor zehn Tagen seine Stelle

als Kriminalassistent angetreten hatte, hatte er vielleicht zweimal richtig ausgeschlafen. Was ihm allerdings früher, als er noch Gaslaternenanzünder gewesen war, nichts ausgemacht hätte. Wieso war es jetzt anders?

»Du wirst alt«, sagte er sich und wusste natürlich, dass das Unsinn war. Diese Müdigkeit war anders, sie hatte sich ganz tief in ihn eingenistet, manchmal blitzte bei ihm der Gedanke auf, das falsche Leben zu leben und als Polizist in Eigenschaften gefordert zu sein, über die er möglicherweise gar nicht verfügte. Dass er sich zu intensiv auf einen Fall einließ, statt die Arbeit bloß als Arbeit zu sehen. Er war nicht so wie Kommissar Auweiler, der, da war er sich sicher, nach Dienstschluss keinen Gedanken mehr an seine Fälle, an die Menschen, die darin vorkamen, und an die Opfer, die ihr Leben hatten lassen müssen, verschwendete. Der abends nach Hause ging, das Abendessen genoss, das ihm seine Frau auftischte, der danach noch auf ein Glas Wein in seine Stammkneipe ging und dann selig wie ein Baby die Nacht durchschlief.

Wenn es so weiterging, würde er früher oder später so werden wie Kommissar Leipnitz, dem alles an die Nieren zu gehen schien, der ein Nervenbündel war, der sich in stetem Strom Kreislauftropfen einverleiben musste, um klarzukommen. Carnigen, ein Mittel gegen zu niedrigen Blutdruck, ein Stimulans. Wieso brauchte ein hypernervöser Mensch ein Stimulans?

Da ist es wieder, du Blödmann, was kümmert es dich? Fred kickte einen Stein weg und sah ihm hinterher, wie er in einem Bogen die Uferkante überflog und ins Wasser fiel.

Der Tritt hatte ihn kräftig beschleunigt, sein Flug hingegen wirkte entspannt und lässig. Wäre das ein Sinnbild für sein neues Leben? Mit großer Kraftentfaltung starten und dann nur noch entspannt segeln?

Fred, du drehst durch, was sollen solche Gedanken? Wofür sind die gut?

Er marschierte los, wollte die Prinzenstraße überqueren, als das wilde Rasseln einer Sturmklingel ihn zurückprallen ließ.

»Pass doch auf, du Dödel!« Ein Junge von vielleicht sechzehn Jahren raste auf einem Lastenrad vorbei, an dessen Seite ein Schild klebte: »Tagesspiegel – die Zeitung für jeden Tag«. Der Junge zog noch einige Male an dem Seilzug der Sturmklingel, auch als er längst schon weiter weg war.

»Ist ja gut«, knurrte Fred. So eine Sturmklingel hatte er sich auch damals besorgt, als er noch in Buckow lebte. Sie wurde wie ein Dynamo an der Gabel vorne befestigt, hatte ein ähnliches Antriebsrad, das gegen den Mantel gedrückt wurde und die Klingel so lange durchrasseln ließ, wie man den Seilzug betätigte.

Fred folgte dem nördlichen Ufer des Landwehrkanals, passierte am Fraenkelufer Ellens Wohnhaus, bog nach 200 Metern auf dem Kottbusser Ufer in die Manteuffelstraße ab, die an der U-Bahn-Station Görlitzer Bahnhof endete. Halb sechs sagte die Uhr auf dem Kirchturm der Emmaus-Kirche.

So leise es ging, schloss er die Tür zur Pension Duft der Rose auf und schlich in die Küche. Jetzt noch ins Bett zu gehen, würde nichts bringen, wahrscheinlich würde er sowieso nur verschlafen. Ein starker Kaffee, das war es, was er brauchte. Er füllte den Wasserkessel und stellte ihn auf den Gasherd, die Flöte ließ er weg, sie war so brutal laut, dass sie die ganze Pension wecken würde. Dann legte er einen Papierfilter in den Porzellanfilter und füllte drei Löffel von Hannas Kaffeepulver hinein, »Mokka Fein« von der Rösterei Denkmann in Reinickendorf. Eigenen Kaffee hatte er sich nie gekauft, und Hannas zu nehmen, war verboten, in manchen Dingen konnte sie sehr streng sein. Er nahm sich vor, heute noch ein Viertelpfund zu besorgen und die Lücke wieder aufzufüllen, auch wenn ihn die 4,90 Mark heftig schmerzen würden. Wobei es exakt der sein musste, den sie bevorzugte: Bei Hanna war anzunehmen, dass sie einen Unterschied sofort herausschmeckte

»Klapper, klapper. Was machst du da, Caesar?«

Fred erschrak heftig, er hatte sie nicht kommen hören. Hanna klang kein bisschen müde, eher als wäre sie beschwingt aus dem Bett geklettert und freute sich auf den Tag. Sie trug einen Schlafanzug, interessanterweise mit einer halb langen Caprihose, die Art von Hosen, die sie auch tagsüber am häufigsten anhatte.

»Ich habe mir ein wenig Kaffee ausgeliehen«, entschuldigte sich Fred schnell.

»Geschenkt.« Sie blickte ihn konzentriert an. »Du siehst aus, als hättest du unter einer Brücke geschlafen.«

Fred goss kochendes Wasser auf das Pulver. »Ich konnte gestern nicht schlafen, bin noch raus in diesen Jazzklub, Badewanne, habe einen Kollegen getroffen, bin irgendwann dann los, zu Fuß, und dann ...«, wie peinlich war das!, »unterwegs eingeschlafen.«

Sie schüttelte mitfühlend den Kopf. »Seit du hier wohnst, ist schlafen nicht das, was du am besten hinkriegst, habe ich recht?«

Fred brummte ein Ja und widmete sich weiter dem Kaffee.

»Reicht er für zwei?«

»Ich kann ja noch einen Löffel dazutun.«

Hanna setzte sich im Schneidersitz auf den Küchentisch und legte ihre Hände, die Fingerspitzen nach oben gerichtet, auf ihre Knie. »*Om*«, sagte sie und schloss die Augen.

»Was? Wieso Om?«, fragte Fred verwirrt.

»Singen die, die meditieren.«

»Aha.«

»Hast du es mal probiert?«

»Singen oder meditieren?«, fragte Fred leicht gereizt zurück.

Hanna führte etwas im Schilde, das spürte er.

»Menschen meditieren, um ihre innere Mitte zu finden. Ruhe, Ausgeglichenheit. Könntest du auch machen. Aber weißt du, was? Bei dir würde es nicht helfen.«

»Dann lass ich es doch lieber.«

»Wie geht es dir, wenn du ruderst?«

»Hanna, ich weiß, dass du Psychologie studierst. Aber ich habe keine Lust, das Objekt deiner Studien zu sein. Zumindest in diesem Moment nicht. Ich bin todmüde.«

»Wenn man todmüde ist, ist man schutzlos, zumindest was die vielen automatischen Muster betrifft, mit denen man tagsüber sein Verhalten regelt. Todmüde ist gut, um neue Perspektiven zuzulassen.«

Fred stellte den Porzellanfilter in den Spülstein, holte zwei Kaffeebecher aus dem Schrank, füllte einen ganz und reichte ihn Hanna; sie trank ihren Kaffee immer schwarz. In seinem ließ er Platz für ein wenig Milch.

»Du hast beim Sex etwas Eruptives, von dem ich dachte, es wäre deiner Jugend geschuldet.«

Fred verschluckte sich heftig und konnte eine Weile nur hustend nach Luft ringen. Hanna sah ihm dabei seelenruhig zu und wartete ab, bis sein Anfall vorüber war. Freds Kopf pulsierte rot, nicht nur wegen des Hustens, und er wagte es nicht, sie anzusehen.

»Aber es ist etwas anderes. Der Druck, der in dir ist und der sich auf diese einerseits verkrampfte, andererseits explodierende Art und Weise äußert, hat einen anderen Grund.«

Wieder musste Fred an Egon Hohlfelds Worte denken, dem Fahrer der Mordkommission: »Freiheit, Lemke, Leben! Darum geht's. Das was drinnen kocht, muss raus. Wie beim Vulkan.«

»Hanna, das ist mir jetzt gerade, also, das ist mir zu …«

»Intim?«, half sie ihm aus.

»Ja, intim.«

»Hm, wir waren schon intimer.«

»Ich weiß, aber …« Fred nahm hastig einen Schluck und behielt den Becher vor seinem Gesicht, als könnte er sich dahinter verstecken.

»Du hast keine Freunde, Caesar, du hast kein …«, Hanna rieb ihre Fingerspitzen aneinander, als könnte sie nur so die richtigen Worte finden, »kein richtiges Leben, du erledigst nur Aufgaben, und wenn du gerade eine Aufgabe zu Ende gebracht hast, überbrückst du mit irgendwelchen Aktivitäten die Zeit bis zur nächsten. Aus dem Kreislauf musst du raus. Du brauchst Nahrung für die Seele. Du brauchst Entspannung, einfach nur sein, dich treiben lassen. Verstehst du?«

Fred nahm einen weiteren Schluck und schwieg.

»Du ruderst hin und wieder. Gut. Aber ruderst du in einem Sechser? Nein, du ruderst einen Einer. Einer! Fred allein mit sich selbst. Nicht gut.«

Hanna hatte sich in eine Art heiligen Zorn hineingesteigert, und jetzt erst schien sie zu bemerken, dass Fred immer mehr in sich zusammensackte.

»Tut mir leid, Caesar, ich wollte dich nicht bedrängen.«

»Ist ja nicht falsch, was du sagst«, erwiderte Fred kleinlaut. Er schwitzte, obwohl ein Teil von ihm fror, und der Schweiß zog skurril anmutende Furchen durch den Staub auf seinem Gesicht.

»Ach, Caesar«, sagte Hanna, »hör zu, ich spendiere dir eine Badewanne voll mit warmem Wasser und Fichtenbadesalz, was meinst du?«

Fred schüttelte den Kopf. »Dauert zu lange, bis das Wasser aufgeheizt ist.« Der Boiler im Gemeinschaftsbad wurde mit Holz befeuert und brauchte eine Stunde.

»Bei mir nicht. Ich habe einen mit Gas betriebenen. Das geht schnell.«

Eine Stunde später kehrte Fred wieder in die Küche zurück, seine gründlich mit Seife geschrubbte Haut juckte, und er roch wie ein Sack voller Tannenzapfen. Kurz nur war bei ihm die Hoffnung aufgeblitzt, dass Hanna ihn zu mehr als nur einem Bad einladen würde, doch sie hatte ihn lediglich in ihr privates Badezimmer geführt, den Gasboiler angezündet, nicht ohne ihm dessen Funktion aufs Genaueste zu erklären, hatte ihm ein Handtuch hingelegt und war wieder in ihrem Schlafzimmer verschwunden.

Fred hatte noch nie zuvor ein solch modernes Gerät gesehen, und jetzt wusste er auch noch, wie es funktionierte: Zuerst entzündete man die Leitflamme, die einen Bi-Metallstreifen erhitzte, der sich nach einer gewissen Zeit verbog und dadurch erst die Gaszufuhr für die Heizdüsen öffnete. »Eine segensreiche Sicherung«, wie Hanna eindrücklich betont hatte, denn wenn die Flamme erlöschen sollte, kühlte das Bi-Metall ab und schloss die Gaszufuhr wieder. »Weißt du, wie viele Hausfrauen jährlich durch das Gas aus ihrem Herd ohnmächtig werden und ersticken, weil die keine Bi-Metallsicherung haben?«, hatte sie mit vorwurfsvoller Stimme gefragt, als wäre Fred dafür verantwortlich.

Inzwischen hatte Hanna das Frühstück für ihre Gäste zubereitet, Fred bediente sich reichlich, sein Hunger war gigantisch, und eine halbe Stunde später saß er in der Linie B, die ihn zum Wittenbergplatz brachte. Aus Hannas umfangreicher Bibliothek hatte er sich ›Früchte des Zorns‹ ausgeliehen. Hanna war regelrecht gerührt gewesen, als er sie nach dem Roman fragte. »Wie süß, Caesar, das ist das Buch für alle unverbesserlichen Optimisten«, hatte sie gesagt. Fred war innerlich zusammengezuckt: Er wollte nicht süß sein. Zugleich war er stolz, dass sie dasselbe in dem Roman sah und wertschätzte wie er.

Im Dezernat herrschte eine merkwürdig angespannte Stimmung. Auweiler war wortkarg und muffelig, Leipnitz strahlte große Nervosität aus, und Fred hatte das Gefühl, es wäre besser, niemanden anzusprechen. Ellen von Stain saß an ihrem Schreibtisch vor ihrem Tischventilator und studierte die Unterlagen aus dem Archiv über Otto Zeltinger. Freds Morgengruß quittierte sie mit einem lässigen Lächeln.

»Ich wusste gar nicht, wie vielseitig dieser Otto Zeltinger ist. Bislang habe ich ihn nur als nervenden, äußerst eitlen Angeber erlebt.«

»Wo denn?«

»Auf Empfängen, auf denen Männer den Ton angeben und Frauen nur gehört werden, wenn sie reich, verwitwet und nicht mehr jung sind.«

»Ihre Mutter?«, fragte Fred und ärgerte sich in der nächsten Sekunde. Warum tat er das? Das war genau der Zynismus, über den er sich bei Ellen ärgerte.

Ellen reagierte entspannt. »Und ihre Freundinnen. Einer wie Zeltinger steckt es nicht so leicht weg, was mit seinem Nachtclub passiert ist. Harry's Ballroom hat ihn innerhalb kurzer Zeit seiner Kundschaft beraubt. Zumindest der interessanten. Das muss der Otto als persönliche Beleidigung empfinden, so eitel, wie er ist.« Sie lachte. »Bei ihm geht es immer ums Siegen, koste es, was es wolle.«

»Reicht das als Motiv für einen Mord?«, fragte Fred.

»Immerhin war er mit Rucki Müller der Letzte, der Sargast lebend gesehen hat. Wir sollten ihn uns noch mal richtig vornehmen.«

Ellen griff zum Telefonhörer.

»Einen Moment«, sagte Fred und versuchte Ellen ein unauffälliges Zeichen zu geben, dass er ihr Wichtiges zu erzählen habe, jedoch nicht frei sprechen konnte. Ellen behielt den Hörer in der Hand, das Freizeichen war deutlich zu hören.

»Wir konnten bisher nicht beweisen, dass Sargast und Gerda Kalitz mit den Fotos und Tonaufnahmen erpresst haben. Wir müssen ein Opfer finden, das gegen die beiden aussagt. Erinnern Sie sich? Als wir Gerda Kalitz in der Wohnung festgenommen haben, kam sie mit dieser großen, leeren Tasche zurück. Ich denke, sie war dabei, Belastendes verschwinden zu lassen. Der Spind, er war leer geräumt. Vielleicht ist sie in die Wohnung zurückgekehrt, weil da noch mehr war. Wir müssen noch mal hin, und zwar schnell.«

Ellen zögerte. Fred sah an ihrem Blick, wie wenig begeistert sie war. Eine Wohnung zu durchsuchen war nichts Spannendes.

»Zuerst Zeltinger, dann die Wohnung, okay?« Sie wählte und wartete.

»Nein, umgekehrt.« Wieder gab er ihr möglichst unauffällig ein Zeichen und hoffte, sie würde es richtig einordnen. »Vielleicht gibt es noch andere, die nicht wollen, dass wir eine Liste mit Namen finden.«

»Herr Zeltinger, guten Morgen, hier ist Ellen von Stain.« Während sie in den Hörer sprach, behielt sie Fred im Blick. Sie lachte. »Eine Einladung, ja. Eine Feier, nein. Ich rufe als Sonderermittlerin vom LKA Berlin an.« Wieder hörte sie zu, dieses Mal bildete sich auf ihrer Stirn ihre steile, tiefe Zornesfalte. »Sie sind in der Gastronomiebranche und gleichzeitig CDU-Abgeordneter im Senat. Und ich genieße unterhaltsame Ereignisse, und gleichzeitig arbeite ich fürs LKA. Was sagen Sie jetzt?« Zeltinger schien gar nichts zu sagen. »Mein Kollege und ich müssen Sie in der Mordsache Ballroom befragen. Heute.« Sie hörte zu und warf einen Blick auf ihre Armbanduhr, eine goldene, rechteckige mit römischen Ziffern, ›Cartier‹, las Fred auf dem Ziffernblatt. »Gut, also dann in einer Dreiviertelstunde. Bis dahin.« Sie legte auf. »Er freut sich auf unseren Besuch«, sagte sie ironisch und ergänzte auf Freds ungehaltenen Blick: »Gerda Kalitz sitzt in U-Haft. Sie kann aus der Wohnung nichts mehr verschwinden lassen.«

»Wo müssen wir hin?«, fragte Fred.

»Was glauben Sie, wo ein Zeltinger wohnt? Dahlem natürlich. Da wo die Villen am teuersten und größten sind.«

»Herr Lemke?« Leipnitz räusperte sich und hob eine Hand wie zu einem Gruß. Er hatte geduldig gewartet. Auweiler zog seine Stirn in krause Falten und stöhnte leise. Hätte er selbst etwas sagen wollen, hätte er sich längst mit bräsiger Selbstgefälligkeit eingemischt. In Leipnitz' achtsamer Freundlichkeit sah er vor allem Schwäche und Kränklichkeit, etwas, von dem er sich auf eine Art persönlich bedroht fühlte. Fred erkannte an Leipnitz' starrem Blick, dass er Auweilers Reaktion sehr wohl bemerkte und sich bemühte, sie zu ignorieren.

»Die Anfrage an die Landeskriminalämter und ans BKA

hinsichtlich anderer Morde, die mit einer Armbrust verübt worden waren, hat vier Ergebnisse gebracht.«

Er griff nach einem Stoß Papier, das erkennbar aus einem Fernschreiber stammte, die einzelnen Blätter waren unterschiedlich lang und neigten dazu, sich aufzurollen. Fernschreiben wurden auf einer Rolle Endlospapier gedruckt.

»Ein Mord ereignete sich in Gelsenkirchen im Ruhrpott, ein Streit zwischen italienischen Gastarbeitern, die genauen Hintergründe konnten nicht geklärt werden. Der Tote, ein gewisser Romero Gaitani, erwies sich als einer der führenden Köpfe der 'Ndrangheta, der kalabrischen Mafia. Er hatte sich nach Deutschland abgesetzt, weil in ganz Italien nach ihm gefahndet wurde. Man vermutete, dass er so etwas wie einen Ableger der 'Ndrangheta im Ruhrgebiet aufziehen wollte und deswegen von der dortigen, wenn man so will, einheimischen Unterwelt beseitigt wurde.« Leipnitz hob eine Schulter und suchte Freds Blick. Keine sehr wahrscheinliche Spur. Er fuhr fort: »Ein weiterer Fall ereignete sich letztes Jahr in Hamburg, im Milieu der Reeperbahn. Ein Abgeordneter des Senats hatte es sich zur Lebensaufgabe gemacht, den, so nannte er es, ›Sumpf dieser sündigen Meile auszutrocknen‹. Offenbar drohte er mit seinem Vorhaben allzu erfolgreich zu werden. Er starb durch einen Armbrustbolzen, der ihn auf der Terrasse seines Hauses traf, an einem Sonntagnachmittag bei Kaffee und Kuchen. Dringend tatverdächtig war ein gewisser Alfred Schwinn, ein der Polizei einschlägig bekannter Mann fürs Grobe, der für die Hamburger Unterwelt unter anderem als Inkassoeintreiber tätig war. Die Anklage musste jedoch fallen gelassen werden, als gleich drei Männer auftauchten und ihm ein Alibi für die Tatzeit verschafften.«

Fred musste an seinen letzten Fall, den Petticoat-Mörder, denken, bei dem es genauso gewesen war und das falsche Alibi nur durch Zufall aufgeflogen war.

»Der dritte Fall ereignete sich in Wolfratshausen in Bayern. Dieser Fall ist geklärt.« Leipnitz schüttelte missbilligend den Kopf. »Zwei Mitglieder eines Schützenvereins gerieten in Streit miteinander, worauf der eine seinen Kontrahenten mit einer Armbrust erschossen hat. Zeugen waren alle Mitglieder des Schützenvereins nebst deren Frauen und Kindern. Der vierte Fall ereignete sich in Bremerhaven, der zweite Offizier eines Frachtschiffes aus Südamerika wurde beim Verlassen des Schiffes noch auf der Gangway erschossen. In dem Mordfall gibt es weder Verdächtige noch irgendwelche verwertbaren Hintergründe.«

Ellen klopfte unruhig mit ihren Fingernägeln auf die Schreibtischplatte. »Wir müssen, Fred.«

Zum ersten Mal hatte sie sie lackiert, zumindest war es das erste Mal, dass Fred es wahrnahm: blutrot. Ihre Fingernägel waren kurz geschnitten, nicht wie bei der Chefsekretärin Josephine Graf oder der Sekretärin der Mordkommission I Sonja Krause. Beide hatten perfekt manikürte Hände, die Fred fast ein wenig unheimlich waren. Wie konnten die bei allem, was man tagtäglich mit seinen Händen zu verrichten hatte, derart makellos sein?

»Vielleicht gibt es eine Verbindung zwischen den Fällen«, sinnierte Fred. »Bis auf den mit dem Schützenverein natürlich.«

»Bremen, Hamburg, Ruhrgebiet – reichlich unwahrscheinlich«, sagte Ellen und sprang auf, wie eine Feder, die man losgelassen hatte. »Los jetzt!«

»Und trotzdem möglich«, erwiderte Leipnitz.

»Können wir irgendwie an die für die Taten verwendeten Bolzen rankommen?«, fragte Fred. »Die beiden im Fall Sargast sind erkennbar selbst geschweißt. Vielleicht kann man Gemeinsamkeiten feststellen.«

»Pars pro toto, eins steht fürs Ganze«, mischte sich Auweiler ein. »Unser junger Kriminalassistent liegt mit dieser Einschätzung richtig. Wir stellen Amtshilfegesuche. Ich geh gleich zum Chef und regele das Formelle.«

Leipnitz' Gesicht umwölkte sich, er holte tief Luft, als wollte er protestieren, schwieg dann jedoch. Fred ahnte, was Auweiler plante. Er bereitete vor, am Ende, sollte der Mord aufgeklärt werden, wieder die Lorbeeren einzuheimsen. Er würde Hauptkommissar Merker in kompakter Zusammenfassung den Fall präsentieren und jedes Ergebnis, jeden Fortschritt mit den Worten einleiten: Auf meinen Hinweis hin, nach meiner Conclusio, auf meine Anordnung hin ergab sich folgender Fortschritt. Warum ließ Leipnitz sich so leicht zur Seite schieben? Fred warf ihm einen eindringlichen Blick zu, doch Leipnitz starrte unentwegt auf die Fernschreiben in seinen Händen und schwieg. Und Ellen? Sie war schon zur Tür hinaus. Fred folgte ihr. Sie stand zusammen mit der Chefsekretärin im Gang.

»Ah, Herr Lemke«, begrüßte Josephine Graf ihn, in ihrer

Linken hielt sie die unvermeidliche Zigarette, ihre Rechte hatte sie in die Tasche ihrer Kostümjacke geschoben. Ihr Rock saß so eng, dass Fred sich unwillkürlich fragte, wie es überhaupt möglich war, darin eine Treppe hinaufzugehen. Wie immer machte sie einen derart eleganten Eindruck, die Haare perfekt in großen Wellen onduliert, der Lippenstift makellos und um die Augen herum auf eine Art geschminkt, die Fred gar nicht nachvollziehen konnte, dass man sie sich als betuchte Käuferin in jedem Luxusgeschäft dieser Welt, nicht jedoch als Sekretärin bei der Kriminalpolizei vorstellen konnte. Neben ihr wirkte Ellen fast rustikal und mindestens zwei Hierarchiestufen unter ihr, zumal sie einen Kopf kleiner war. »Und? Wie haben Sie sich inzwischen bei uns eingelebt?«

»Sehr gut«, antwortete er verunsichert, in ihrer Nähe fühlte er sich immer wie ein Schuljunge.

»Das ist fein. Und die Sonderermittlerin? Wie geht's, wie steht's bei Ihnen, Frau von Stain?«

»Danke«, antwortete Ellen knapp. »Sagen Sie, habe ich nicht neulich erst Ihren Mann gesehen, bei der Einweihung der neuen Räume der Kanzlei Ebert und Kollegen? Sie konnte ich leider nicht entdecken.«

Josephine Graf lächelte verhalten. »Nicht?«

»Nein.«

»Sind die Räume nicht fantastisch? Für eine Anwaltskanzlei geradezu geschmackvoll eingerichtet.«

Fred spürte die Spannung zwischen den beiden, konnte sie sich jedoch nicht erklären.

»Sein Innenarchitekt ist auch der unsere«, antwortete Ellen und machte körpersprachlich klar, dass sie nicht weiterreden wollte.

»Ein ganz Besonderer. Vor allem hat er bei Ebert auf diesen aristokratischen Pomp verzichtet, den er sonst gerne aufführt. Grauenhaft, finden Sie nicht auch?«

Fred musste an die Einrichtung in Ellens Wohnung denken, nicht die Küche, aber die anderen Räume.

Ellen lächelte knapp. »Geschmack ist eben Geschmackssache. Auf Wiedersehen, Frau Graf. Wir müssen«, sagte sie an Fred gewandt und ging.

»Auf Wiedersehen«, murmelte Fred, als er an ihr vorbeiging.

»Grüßen Sie Hanna von mir.« Graf zwinkerte ihm lässig zu.

»Mögen Sie sie?«, fragte Ellen, als er sie eingeholt hatte.

»Ich finde sie atemberaubend.«

»Atemberaubend«, wiederholte Ellen sarkastisch.

»Ich frage mich, wie ihr Mann so ist.« Fred hatte sich schon einige Male versucht vorzustellen, wie ein Mann beschaffen sein musste, um neben einer solchen Frau bestehen zu können.

»Er ist anders als die meisten Männer«, erwiderte Ellen verschlossen und zog ihre Schultern hoch. Sie schwieg, während sie die zwei Stockwerke hinuntergingen. Vor der Pförtnerloge blieb sie stehen und überlegte einen Moment. Der Pförtner, Josef Willmer, der Fred auch jetzt wieder mit Missachtung strafte, dienerte mehrmals in ihre Richtung, bis sie ihn endlich ansah.

»Ich wünsche einen guten Tag, Frau von Stain!«

Sie nickte knapp zurück, und als wollte sie sich von irgendetwas befreien, reckte sie sich und strahlte Fred an.

»Sie haben die Wahl. Das Motorrad der Fahrbereitschaft oder meine süße rote Floride.«

Die Entscheidung war leicht.

»Schießen Sie los, Fred«, forderte sie ihn auf, kaum dass er auf dem Beifahrersitz Platz genommen hatte. »Wie war Ihre gefährliche Reise gestern in den Sowjetsektor? Was haben Sie hierher geschmuggelt?«

• • •

Ellen verlor schnell das Interesse an der Geschichte. Vermutlich war sie ihr nicht aufregend genug. Fred brachte sie rasch zu Ende, lehnte sich mit geschlossenen Augen zurück und versuchte, in seiner Vorstellung ihre Fahrstrecke nachzuverfolgen. Jede Straße hier war ihm von früher so vertraut, er hatte das Gefühl, jeden Meter vor seinem geistigen Auge reproduzieren zu können. Lange ging es einfach nur geradeaus auf der Nürnberger Straße. Gestern erst war er hier entlanggegangen, die Aufregung, das fast panische Gefühl, dieses innerliche Vibrieren, diese Mischung aus Sehnsucht und Furcht auf den letzten Metern vor dem Jazzklub waren noch sehr lebendig. Zum ersten Mal, seit er in Berlin lebte, hatte er es gewagt *auszugehen*, hatte sich in die Höhle des Löwen begeben, einfach so. Wie wäre wohl der Abend verlaufen, wenn er nicht auf Moosbacher getroffen wäre? Hätte er es gewagt, andere Menschen anzusprechen? Er hatte die Blicke einiger Frauen sehr wohl bemerkt, freundliche, neugierige, offene, auch einladende Blicke. Erstaunlich viele Frauen waren ohne männliche Begleitung dort gewesen, nicht ganz allein natürlich, das war unschicklich, selbst Hanna, dachte Fred, würde nicht alleine ausgehen. Alle gestern Nacht waren mit Freundinnen da gewesen oder gleich in Gruppen fröhlicher, gut gelaunter Frauen, die, das war ihm gleich aufgefallen, deutlich mehr Spaß hatten als die verblüffend vielen Männer, die ohne weibliche Begleitung gekommen waren. So wie er. Fast bedauerte er, Moosbacher getroffen zu haben, das hatte ihn vollkommen in Beschlag genommen.

Ellen nahm eine scharfe Rechtskurve, als Antwort ertönte wütendes Hupen. Fred lächelte und hielt die Augen weiterhin geschlossen. Ihr Fahrstil war rücksichtslos, ja, aber irgendwie ... lebendig ... wie Rock'n'Roll.

»Was ist so lustig, Fred?«, fragte sie, nicht aggressiv, eher zugeneigt.

»Wer war im Recht, der Huper oder Sie?«

Sie lachte und hupte selbst ein paar Mal. »Ich. Wer sonst?«

»Na, der andere.«

»Das war ein Fahrer mit Hut, sagt Ihnen das was?«

»Nur, dass der wahrscheinlich einen Hut aufhatte.«

»Ein Mercedesfahrer. Einer, der meint, die Straße gehört ihm. Diese Bräsigkeit, die reizt mich.«

»Und ärgert Sie«, grinste Fred.

»Es ist wie ein Zwang, ich muss dann ein paar Haken schlagen und den Mann mit dem Hut aus der Fassung bringen.«

»Scheint Ihnen gelungen zu sein.«

Sie bog erneut ab, dieses Mal nach links, spätestens jetzt hatte Fred die Orientierung verloren.

»Nicht dass Sie mir einschlafen, Fred, oder ist es das Grauen vor meinem Fahrstil, dass Sie mir nicht zusehen wollen?«

Fred schmunzelte. »Nein, ich dachte, ich könnte im Geiste den Weg nachverfolgen. Hat aber nicht geklappt.«

»Sie sind ein komischer Vogel, Herr Lemke«, erwiderte Ellen, und es klang so warm und sanft, dass er die Augen öffnete und sie erstaunt ansah. Sie erwiderte seinen Blick nicht, obwohl sie ihn aus dem Augenwinkel wahrnahm. Der Verkehr stockte und kam zum Erliegen, weiter vorne stand ein Laster schräg und blockierte die Straße. Eine seitliche Ladeklappe hing herunter, und einige der Bierfässer, die er geladen hatte, lagen verstreut auf der Straße. Menschen standen herum und diskutierten, das Blaulicht eines Streifenwagens rotierte träge, ein Schupo lehnte an dem VW Käfer, hielt den Hörer des Funkgeräts in der Hand und kämpfte mit einer schlechten Funkverbindung zur Zentrale. Der Geruch von verschüttetem Bier hing in der Luft.

Fred wandte den Kopf nach rechts. »Rote Laterne«, las er den Schriftzug über der Eingangstür eines Varietés. Ein paar Girlanden, Sektflaschen und Luftballons hingen im Schaufenster vor einem undurchsichtigen, schweren roten Stoff, der die Sicht nach innen unmöglich machte. Fred zuckte zusammen, Schweiß brach ihm aus, unwillkürlich packte er den Türgriff, als wollte er hinausstürmen.

»Was ist los mit Ihnen, haben Sie einen Geist gesehen?«

»Erinnerungen«, antwortete er, und es gelang ihm nicht, das Zittern in seiner Stimme zu unterdrücken.

»An so einen Laden? Das ist ein Puff, stimmt's? Das hätte ich nicht von Ihnen gedacht.«

»Nein, nicht was Sie denken.«

»Was denke ich denn?«

»Keine Ahnung!«, fuhr er wütend auf. »Ich bin da drin zusammengeschlagen worden«, versuchte er irgendeine Erklärung zu geben.

Sie fixierte ihn prüfend. »Und warum sind Sie da rein?«

Irgendetwas sprach aus ihren Augen, was Freds Vorsicht und sein Misstrauen ihr gegenüber verpuffen ließ. Zuerst stockend, dann wie ein Wasserfall erzählte er die Geschichte von Ilsa, nicht seine Gefühle für sie, nur die Geschichte, was in jener Nacht passiert war, wie die beiden Männer Ilsa vergewaltigt hatten, er sie bis zu dem als Varieté getarnten Bordell verfolgt hatte und sie ihn zusammengeschlagen hatten. Ellen hörte zu, ohne ihn zu unterbrechen. Als der Verkehr wieder zu fließen begann und die Autos hinter ihnen ungeduldig hupten, lenkte sie die Floride, ohne zu zögern, auf den Bürgersteig und hörte weiter zu. Zwischendurch blitzte bei Fred der Gedanke auf, ihr Interesse wäre nur so groß, weil die Geschichte aufregend war, doch die Anteilnahme und Entrüstung, die er in ihrem Blick las, verscheuchten den Gedanken wieder.

»Verdammte Mistkerle! Wissen Sie, ob denen der Laden gehört oder sie nur Gäste waren? Oder vielleicht Zuhälter?«

»Keine Ahnung.«

»Zwei Jahre ist das jetzt her?«

»Ja, fast.« Fred spürte, dass ihre Frage eigentlich lautete: Zwei Jahre haben Sie nichts unternommen? »Die Geschichte ist der Grund, warum ich die Polizeiausbildung gemacht habe.«

»Sie hatten das Gefühl, alleine nichts gegen die beiden ausrichten zu können.«

»Ist das eine Frage?«

»Nein.«

»Manchmal hatte ich Fantasien, wie ich sie mir vorknöpfe.« Fred presste die Lippen zusammen: ›Manchmal‹ stimmte nicht, fast jeden Tag hatte er es sich in den ersten Monaten ausgemalt. »Aber in einem offenen Kampf hätte ich keine Chance gehabt. Nicht gegen solche Kerle. Ich hätte sie hinterrücks angreifen müssen, einen nach dem anderen, aus dem Nichts, überraschend.« Er zuckte mit den Schultern. »Wenn man so etwas macht, muss man bereit sein, einen anderen Menschen schwer zu verletzen, zu töten vielleicht sogar. Dazu bin ich nicht in der Lage.«

Sie legte ihm eine Hand auf den Arm. »Das ist auch gut so.«

»Das sagen Sie?«

»Wieso? Was ist daran so komisch?«

»Von Ihnen hätte ich etwas anderes gedacht.«

Ellen reagierte nicht eingeschnappt oder böse. »Ich weiß, ich mache immer den Eindruck, als würde ich über Leichen gehen. Manchen Menschen gegenüber bin ich unsensibel, das stimmt. Keine Ahnung warum. Ich merke es oft erst später, und meistens ärgere ich mich dann über mich selbst. Na ja, manchmal.« Sie lachte ein wenig übertrieben.

»Manche haben es aber auch einfach nur verdient. Als Frau bekommen Sie nichts geschenkt. Nein«, korrigierte sie sich bitter, »Sie bekommen alles Mögliche geschenkt, Schmuck, Autos, Waffeleisen und Kleider, aber keinen Respekt. Dafür müssen Sie kämpfen, und das ist verdammt hart.«

Fast glaubte Fred sich verhört zu haben, solche Worte hätte er von Hanna, nicht jedoch von Ellen von Stain erwartet.

»Was ist aus diesem Mädchen, aus Ilsa geworden?«

»Ihr richtiger Name ist Elisabeth Fiedler. Ich habe sie Ilsa genannt, weil sie mich an Ingrid Bergman erinnerte, in ›Casablanca‹.«

Ellen schlug so heftig aufs Lenkrad, dass Fred zusammenzuckte. »Mein Lieblingsfilm!«

»Wirklich?« Auch das hätte Fred nicht erwartet. Wenn er ihren Musikgeschmack zugrunde legte, wäre er viel eher auf »Sissi – die junge Kaiserin« mit Romy Schneider und Karlheinz Böhm gekommen oder irgendwelche Schmonzetten mit Pferden und Alpenpanorama.

»Also, was ist aus Ilsa geworden?«

»Ich weiß es nicht. Sie ist anscheindend ein nicht anerkannter Flüchtling. Sie kann Berlin nicht verlassen, sie kann nicht zurück in den Osten, sie darf offiziell nicht arbeiten. Sie müsste sich monatlich bei einer Polizeistation melden, aber wenn sie es unterlässt, wird es keinem auffallen. Mit anderen Worten: Sie ist unauffindbar in Berlin.«

»Dann gibt es nur einen Weg.« Sie deutete auf die Rote Laterne. »Wir müssen da rein.«

»Wir?«

»Ich helfe Ihnen.«

»Nein.«

»Warum nicht?«

»Das ist meine Sache.«

Ellen starrte ihn an und kämpfte erkennbar mit ihrer aufkeimenden Wut.

»Was fällt Ihnen ein, Frollein!«, ertönte eine herrische Stimme neben ihnen. »Falls Sie es in Ihrer Führerscheinausbildung nicht begriffen haben sollten: Das ist ein Bürgersteig und keine Straße.« Einer der Verkehrspolizisten war auf sie aufmerksam geworden, und jetzt, da der Verkehr wieder lief, nahm er sich Zeit für sie. Er hatte sich breitbeinig neben der Fahrerseite der Floride aufgebaut. »Die Papiere, und zwar schnell. Ausweis, Anmeldung, Versicherungskarte.«

Ellen beachtete ihn nicht, während sie in ihrer Handtasche kramte. »Das war ein freundliches Angebot, Fred. Vielleicht kommen Sie weiter, wenn ich Sie mit meinem Status als Sonderermittlerin unterstütze.«

Fred schwieg. Sie hatte recht, ohne Zweifel. Aus dem Augenwinkel sah er, wie der Polizist einen Schritt zurücksprang und umständlich seine Pistole aus dem Holster zerrte.

»Die Hände hoch, alle beide. Und die Tasche mit der Pistole lassen Sie neben dem Wagen zu Boden fallen.«

»Das ist ein 38er Smith & Wesson Revolver, Wachtmeister, keine Pistole, falls Sie den Unterschied in Ihrer Ausbildung nicht begriffen haben sollten«, erwiderte Ellen. »Und die Tasche ist von Christian Dior, die werde ich wohl kaum auf den Boden fallen lassen.«

Der Wachtmeister salutierte, seine Hand zitterte noch – während seiner gesamten Dienstzeit hatte er seine Pistole nur zweimal ziehen müssen, heute war es das dritte Mal gewesen. Beflissen sprang er auf die Straße und hielt den Verkehr auf, damit Ellen gefahrlos zurücksetzen konnte. Fred winkte ihm dankend zu, Ellen gab Gas und rauschte davon.

»Überlegen Sie es sich, Fred«, bot Ellen erneut ihre Hilfe an. Fred antwortete nicht. Ihre Motive, ihm zu helfen, passten nicht zu seinen Gefühlen, für ihn war es nicht irgendeine spannende Geschichte, die Stimmung in sein ereignisarmes Leben brachte. Er betrachtete die vorbeiziehenden Häuser. Es war noch früh am Tag, und trotzdem war es schon sehr warm. Der kühlende Luftzug in dem Cabrio tat gut. Und wenn es ihr tatsächlich nur darum ging, ihm zu helfen?

Sie passierten den Fennsee, Erinnerungen an den Petticoat-Mörder stiegen in ihm auf. Es war gerade einmal zehn Tage her, dass er die Stelle als Kriminalassistent bei der Mordkommission angetreten hatte. Kriminalassistent! Mit seinem Status durfte er nicht einmal eine Anfrage an alle Polizeidienststellen herausgeben. War es demzufolge nicht zwingend, Ellen von Stains Angebot anzunehmen?

Sie kreuzten die Barstraße. Ellen deutete auf die lange Häuserreihe links in Richtung Fennsee. »Hier hat dieser Menschen-Schlächter gewohnt. Den haben Sie zur Strecke gebracht.«

Fred warf ihr einen verstohlenen, misstrauischen Seitenblick zu. Sie lächelte, unprätentiös, einfach nur freundlich.

Zehn Minuten später bogen sie in die Bernadottestraße am Messelpark ein, ein idyllisches Sträßchen, umsäumt von alten Bäumen und geprägt von unregelmäßigem Kopfsteinpflaster, Gaslaternen und einem welligen Bürgersteig mit Steinplatten aus Granit, die von den Wurzeln der Bäume angehoben wurden. Ein dörflich anmutender Ort mitten in der von Baustellen, zerbombten Häusern und seelenlosen Neubauten geprägten Großstadt. Ellen parkte vor einer schneeweißen Villa.

»Würde auch zu Harry Renner passen. Weißer geht's nicht. Ich bin gespannt, wie Zeltinger jetzt herumzickt, weil wir zu spät sind. Der Otto ist eine Diva.«

»Ist es nicht schwierig für Sie, jemanden zu verhören, den Sie privat gut kennen?«

Ellen lachte, in Freds Ohren klang es ein wenig überheblich. »In meinen Kreisen wird ständig gehauen und gestochen, alles mehr oder weniger durch die Blume natürlich. Das große Gesellschaftsspiel: Wer kann am meisten wegstecken.«

»Das klingt, als kämen Sie aus dem Boxermilieu.«

»Boxer haben es leicht. Die haben ihren Angreifer immer vor der Nase. Und es ist nur einer.«

Fred sah sie erstaunt an. Die Bitterkeit in ihrer Stimme war ungewohnt. Sie zuckte mit der Schulter, fast ein wenig unsicher. War sie es wirklich, oder tat sie nur so?

Sie stieg aus. »Auf in den Kampf. Wollen Sie boxen, und ich mache den Ringrichter, oder umgekehrt?«

»Weder noch. Wir reden mit ihm. Mal sehen, was kommt.«

Auf ihr Klingeln sprang das Gartentor mit einem Summen auf. An der Haustür erwartete sie ein Dienstmädchen in klassischer Kluft, schwarzes Kleid, weiße halbrunde Schürze, was sie eher wie eine Kellnerin aussehen ließ, allerdings mit einem ziemlich freizügigen Dekolleté.

»Guten Tag. Von Stain und Lemke vom LKA. Wir sind mit Herrn Zeltinger verabredet«, sagte Ellen.

»Er lässt ausrichten, dass Sie zu spät sind und er keine Zeit mehr hat. Er bittet Sie, einen neuen Termin auszumachen.«

Ellen schob sich an dem Dienstmädchen vorbei. »Danke, wo finden wir ihn? In seinem Arbeitszimmer?«

»Ich sagte doch, er hat keine …«

»Ich sage Ihrem Chef, Sie hätten alles versucht, uns wieder wegzuschicken. Also, wo?«

»Am Pool«, antwortete das Dienstmädchen besorgt.

Ellen trat wieder hinaus vor die Tür. »Gehen wir außen herum, Fred.«

Fred lächelte das Dienstmädchen an. »Machen Sie sich keine Sorgen, meine Kollegin kennt Herrn Zeltinger auch privat. Ich werde Ihrem Chef sagen, dass wir Sie regelrecht überrumpelt haben.«

Ein erleichtertes Lächeln huschte über ihr Gesicht, und sie schloss die Tür. Fred folgte Ellen, die schon um die Ecke des Hauses gebogen war. Zeltinger saß in Badehose am Rand des Pools und telefonierte, seine Füße baumelten im Becken, ab und an kickte er das Wasser von sich und erzeugte eine Fontäne, offenbar mit dem Ziel, den gegenüberliegenden Beckenrand zu erreichen. Es hatte etwas Jugendliches, Spielerisches, und wollte nicht so recht zu dem Mann passen, dessen Haar schon grau und dünn war, straff mit einer Menge Pomade zurückgekämmt, und in dessen Gesicht sich markante Falten eingegraben hatten. Eher passte es zu seinem schlanken, durchtrainierten Körper.

»Herr Zeltinger, wie geht es Ihnen?«, rief ihm Ellen in arglosem, fröhlichem Ton zu.

Er drehte sich um. Sein Gesichtsausdruck durchlief in wenigen Sekunden verschiedene Stimmungen, von wütend über fragend bis hin zu vorgetäuschter Freude.

»Ellen von Stain! Konnten Sie es doch noch einrichten!« Er sagte ein paar leise Worte ins Telefon und legte auf. »Vor einer halben Stunde war ich allerdings noch standesgemäß gekleidet.«

»Wollen Sie sich etwas überziehen? Wir warten gerne, schließlich mussten wir Sie ja auch warten lassen.«

»Mussten Sie?«

»Ein Laster hat seine gesamte Ladung von Bierfässern verloren«, log Ellen. »Wahrscheinlich Nachschub für Ihre Nacht-Schaukel.«

»Nix da, bei mir gibt's nur Flaschenbier. Nicht so eine gezapfte Plörre wie beim Harry.« Er lachte übertrieben. »Sind wir damit schon beim Thema?«

»Das sind wir«, mischte sich Fred ein. »Fred Lemke mein Name.«

»Derselbe Verein wie Ellen von Stain, nehme ich an. Auch so was Ominöses wie Sonderermittler?«

»Nein, ich bin Kriminalassistent.«

»Assistent«, wiederholte Zeltinger abfällig. »Ist das so was wie Lehrling?«

»Nein«, sagte Fred. »Sie waren mit Rucki Müller und Gerda Kalitz der Letzte, der den Barmixer Gottfried Sargast lebend gesehen hat.«

»Gerda Kalitz? Meinen Sie die Rosi?

»Ja. Wann genau sind Sie gegangen?«

»Was weiß ich? Um fünfe? Ich habe draußen auf mein Taxi gewartet. Rucki und Rosi kommen raus, sagen artig ›Gute Nacht, Herr Zeltinger‹ und verschwinden. 'ne Minute später kommt die Droschke.« Er sah Fred belustigt an. »Oh, bin ich jetzt verdächtig? Wer weiß, ob ich die Wahrheit sage, huh!« Er wedelte mit den Händen und machte Geräusche, die komisch sein sollten. »Ich habe noch die Taxiquittung, da steht die Uhrzeit drauf. Und Sie können den Fahrer fragen, der heißt Heiner Zosch.«

»Sie kennen ihn persönlich?«

»Nö, aber ich rede mit allen.« Er grinste. »Alles potenzielle Wähler, und wenn man sie nach dem Namen fragt und ein dickes Trinkgeld gibt, sind sie begeistert und machen das Kreuz an der richtigen Stelle.« Zeltinger reckte sich und stemmte sich mit einem Schwung hoch, federnd und mühelos, als wäre er nicht zweiundvierzig, sondern vierundzwanzig Jahre alt. »Ich bin jedenfalls nicht der Mörder. Als Heiner und ich abzischten, war Gottfried noch im Ballroom, und da muss er ja wohl noch gelebt haben. Soviel ich weiß, wurde er auf der Straße erschossen.«

Er griff nach einer weißen Leinenhose und einem weißen Polohemd. Fred fragte sich, ob es zwischen Zeltinger und Harry Renner so etwas wie einen Wettstreit gab, wer der Weißeste war. Die Hautfarbe betreffend war es eindeutig: Zeltinger war sonnengebräunt, Harry Renner hatte die aschfahle Haut eines Menschen, der die Nacht präferierte.

»Zwischen Harry Renner und Ihnen gibt es einen Konflikt. Seit er den Ballroom macht, ist Ihr Nachtklub nicht mehr erfolgreich.«

Zeltingers Blick verengte sich. »Was soll der Spruch?«

»Außerdem hat Renner seinen Türsteher instruiert, Sie möglichst oft abzuweisen. Warum?«

Zeltinger sah Ellen an. »Das ist der Nachwuchs bei euch im LKA? Na, dann gute Nacht.«

Ellens Blick verriet nichts. Sie ließ sich in einen der vier weiß lackierten, filigranen Eisenstühle fallen, die rund um einen dazu passenden Tisch gruppiert waren, auf dem Gläser, Getränke und eine riesige Schale mit verschiedenen Obstsorten stand. Ohne zu fragen nahm sie ein Glas und füllte es mit Orangensaft, als wäre sie hier zu Hause. Sie verhielt sich erstaunlich defensiv.

»Warum wollte Sie Harry Renner als Gast möglichst nicht in seinem Nachtklub haben?«, wiederholte er.

»Was soll die Frage?«

»Antworten Sie bitte einfach.«

Erneut suchte Zeltinger mit einem langen Blick Unterstützung bei Ellen. Die blickte über den Rand ihres Glases, das sie mit beiden Händen hielt, in die Ferne.

»Ist es Ihnen egal?«, fragte Fred.

»Ich weiß davon nichts.«

»Hat es Sie nicht geärgert, wenn der Türsteher Sie abgewiesen hat?«

»Herrgott noch mal, manchmal ist der Laden halt zu voll!«

»Aber Prominente werden immer eingelassen«, sagte Ellen.

Zeltinger wischte ihren Einwand als unwichtige Kleinigkeit beiseite, es war ihm anzusehen, wie viel Mühe ihn das kostete.

»Auch in der Promi-Dichte gibt es eine Obergrenze.«

»Alles eine Frage der Gewichtung«, sagte Fred. »Hildegard Knef oder Horst Buchholz dürfen rein, wenn es voll ist. Dann wird eben Platz geschaffen. Für Otto Zeltinger nicht.«

Zeltinger tat so, als er hätte er den Einwand nicht gehört.

»Das ist der Fluch des Erfolgs, Herr Lemke«, sagte Ellen, als wäre Zeltinger nicht anwesend. »In den Ballroom zu gehen, ist ein Abenteuer, da wollen alle hin, alle wollen ein Teil von dieser lebendigen, expressiven Welt sein. Außerdem lässt Harry sich ständig irgendetwas Spektakuläres einfallen.«

»Ha!« Zeltinger sah sie wütend an. »Kunststück! Dem wurde doch von Anfang an alles leicht gemacht!«

»Sie meinen die sechstausend Mark?«, fragte Ellen, es klang mitfühlend und verständnisvoll. »Das Startkapital?«

»Der Senat hat ihm das Geld für lau in den Arsch geblasen! Für den Harry war das Spielgeld, für das er nicht geradstehen muss. Wenn's nicht geklappt hätte? Pech, Leute!« Zeltinger schlug sich theatralisch auf die Brust. »Ich bin für meinen Klub volles Risiko eingegangen, und für jede Mark, die ich verliere, stehe ich persönlich gerade.«

Fred deutete auf das Haus und den Pool. »Mir scheint, Ihr Risiko ist nicht gerade existenziell.«

»Darum geht es nicht! Es geht ums Prinzip.«

»Welches Prinzip?«

»Herrgott noch mal! Da kommt einer von außen und wird auf Rosen gebettet, und wir, die hiergeblieben sind, haben das Nachsehen.«

»Auf Rosen gebettet? Harry Renner musste Deutschland verlassen. Als Jude war sein Leben bedroht.«

»Unser aller Leben war bedroht. Der Krieg hat niemanden verschont.«

»Das ist wohl kaum ...«

»Soviel ich weiß«, unterbrach Zeltinger ihn, »haben die Juden in Palästina einen Staat gegründet. Warum ist er nicht dageblieben?« Er warf Ellen einen Blick zu, in dem ein gewisser Stolz zu lesen war, ebenso eine süffisante Aufforderung, ihm zuzustimmen und ruhig zuzugeben, dass er recht hatte. Er schien bei Ellen von derselben Einstellung auszugehen und sich sicher zu fühlen, weil Fred für ihn nichts als einen unbedeutenden ›Lehrling‹ darstellte.

»Renner ist Deutscher, Herr Zeltinger«, sagte Fred mit unverhohlener Abneigung. »Er ist Berliner. Warum sollte er das Angebot des Senats nicht annehmen, wenn ...«

»Wenn es um Geld geht, sind die Juden sehr flink. Immer noch. Wenn ich diesen Stadtfritzen, diesen roten SPD-Lümmeln rund um Willy Brandt, gesagt hätte, gebt mir die sechstausend, ich will damit einen Nachtklub aufmachen, dann hätten die mir den Zaster niemals gegeben. Niemals! Die hätten mir einen Vogel gezeigt: ›Überleg dir gefälligst was Anständiges‹, hätte es dann geheißen. Aber dem Renner, dem haben sie es in den Arsch geblasen. Warum wohl? Dreimal dürfen Sie raten.«

»Keine Ahnung. Ich komme nicht drauf.«

Zeltinger machte eine wütende, wegwerfende Handbewegung. »Er hätte bei den Arabern in der Wüste bleiben sollen.«

Fred war für einen Moment sprachlos, wie ungeniert Zeltinger sich äußerte. Schließlich war er nicht nur ein einfacher Bürger, der wie jeder andere seine, wenn auch abstruse, Meinung sagen durfte, nein, er war auch Politiker, ein Volksvertreter, der für die CDU im Stadtparlament saß. Und Ellen? Wie stand sie zu dem, was Zeltinger von sich gab? Sie betrachtete ihren Orangensaft, als wunderte sie sich, dass der gelb und nicht blau war.

»Aber er ist zurückgekehrt«, bemerkte sie in beiläufigem Ton, »er hat einen Nachtklub aufgemacht, der erfolgreicher und interessanter ist als Ihrer, einer, der der letzte Schrei ist, von dem man in ganz Deutschland spricht. Und nicht nur das, auch die Amerikaner, Briten und Franzosen hier in Berlin sind begeistert und kommen in Scharen in den Ballroom.«

»Schwachsinn! Blödsinn! Einen Scheiß hat der! Und die Wahrheit? Die Wahrheit ist: Der ist der Jude, wo sie alle hinkriechen, weil sie meinen, ein schlechtes Gewissen haben zu müssen. Das ist es!«

Ellen stellte ihr Glas auf den Tisch und fixierte Zeltinger.

»Haben Sie den Schuss mit der Armbrust abgegeben, der Harry treffen sollte, aber irrtümlich Gottfried tötete?«

Zeltingers Gesicht verzerrte sich vor wildem Zorn, den er jedoch erstaunlich schnell kontrollierte und in süffisante Leichtigkeit verwandelte. »Ellen, das haben Sie von Ihrer Frau Mutter, diesen schwarzen Humor scharf an der Grenze der Geschmacklosigkeit. Chapeau!«

»Haben Sie den Schuss abgegeben, der Harry treffen sollte und irrtümlich Gottfried tötete?«, stellte Fred dieselbe Frage noch einmal.

»Junger Mann, Sie begeben sich gerade aufs Glatteis«, antwortete Zeltinger und lächelte dabei herablassend, »und ich verspreche Ihnen, Sie werden sich die Beine brechen. Und jetzt wollen Sie bitte gehen, ich kann Ihnen keine Zeit mehr schenken. Es ist ja auch alles geklärt.«

»Zeigen Sie uns bitte diese Taxiquittung«, sagte Fred.

Wortlos wandte Zeltinger sich um und ging ins Haus.

»Für Sie wird es bald ungemütlich«, prophezeite Ellen.

»Nur für mich?«

Ellen lachte humorlos. »Was mich betrifft, wird er meine Mutter anrufen.«

»Und das ist nicht ungemütlich?«

»Das ist es ohnehin.«

Sie nahm ihr Glas und warf es in den Pool. Das Gelb des Orangensafts vermischte sich schnell mit dem Wasser und verschwand, zurück blieben nur einige kleine Schauminseln. Sie lächelte in sich hinein und summte ein Lied, das Fred nicht kannte.

»Ich traue ihm zu, dass er Harry massakrieren wollte.«

Ellen lehnte sich mit geschlossenen Augen, die Hände hinterm Kopf verschränkt, in den Stuhl zurück und stöhnte auf. »Wer solche Möbel entwirft, sitzt garantiert nie selber drin.«

Fred reagierte so lange nicht, bis sie die Augen wieder öffnete. »Kann es sein«, fragte er, »dass Sie schon vorher wussten, was der Grund für den Konflikt zwischen Renner und Zeltinger ist?« Im Nachhinein erkannte er eine Strategie in ihrem Verhalten Zeltinger gegenüber. Sie hatte ihm das Gefühl gegeben, in ihr eine Gleichgesinnte sehen zu können, vor der er gefahrlos seine wahren Gedanken äußern durfte, und nur deshalb hatte er sich zu seinem Wutausbruch hinreißen lassen.

»Sie erinnern sich, die Empfänge, von denen ich sprach, auf denen ich Zeltinger einige Male begegnet bin? Sie würden sich wundern, was da alles herausposaunt wird.«

»Ich ahne es«, erwiderte Fred, »und trotzdem würde ich mich wahrscheinlich wundern.«

»Meistens höre ich nicht hin. Das nennt man wohl ›verdrängen‹. Geht aber nicht immer.«

Ellen zeigte vermehrt eine Seite, die, als sie sich kennengelernt hatten, sehr sorgfältig hinter einem Mantel von Überheblichkeit verborgen gewesen war. Streitlustig und vor allem provokant hatte Fred sie von Anfang an erlebt, doch dass es in ihr auch etwas Rebellisches geben würde, hätte er nie vermutet. Bislang hatte sie lediglich die Rolle der verwöhnten höheren Tochter gespielt.

»Zeltinger ist nicht der Einzige mit zwei Gesichtern«, sagte Fred. »Das gilt auch für Harry Renner.«

»Der hat mindestens zwei!«, lachte Ellen.

»Ich meine es ernst. Die CIA hat mir Informationen zugesteckt, die ein ganz anderes Licht auf ihn werfen.«

»Die CIA? Wollen Sie mich beeindrucken? Wollen Sie ein wenig angeben, Fred Lemke?«

»Nein«, seine Ohren begannen rot zu glühen, »ich sag's, wie es ist.«

»Tatsächlich?«

»Tatsächlich.«

»Dann sollen wir ihn uns gleich im Anschluss vorknöpfen. Nachdem Sie Ihr Wissen mit mir geteilt haben. Wir sind so gut in Fahrt!«

Fred machte Ellen ein warnendes Zeichen. Zeltinger kehrte aus dem Haus zurück. »Nein, zuerst in die Wohnung von Gottfried Sargast und Gerda Kalitz«, sagte er schnell, was auf Ellens Stirn die wohlbekannte Zornesfalte zauberte.

»Mein Alibi!«, lachte Zeltinger und wedelte fröhlich mit der Taxiquittung, als hätte es nie eine Verstimmung gegeben.

Sie war penibel ausgefüllt. 4 Uhr 50 war als Fahrtbeginn eingetragen, den Namen des Fahrers Heiner Zosch konnte man gut und eindeutig entziffern.

»Fahrtende um 5 Uhr 15«, sagte Fred. »Was haben Sie dann gemacht?«

»Was soll denn so eine Frage?«

»Der Barmixer wurde zwischen fünf und sechs Uhr ermordet. Ihr Alibi endet um 5 Uhr 15. Da war noch genug Zeit, um mit Ihrem eigenen Auto zum Ballroom zurückzukehren.«

Zeltingers Unterlippe bebte. »Ich habe meine Haushälterin herausgeklingelt, sie wohnt oben unterm Dach, damit sie mein Frühstück vorbereitet. Ein bisschen früher als sonst, normalerweise beginne ich meinen Tag um sechs mit ein paar Runden im Pool. Kurz vor sechs habe ich gefrühstückt. Das war's. Fragen Sie meine Mamsell, die wird Ihnen das bestätigen.« Zeltinger winkte Ellen zu. »Grüßen Sie mir Ihre Frau Mutter!«, rief er und kehrte ins Haus zurück, ohne Fred eines weiteren Blicks zu würdigen.

• • •

Bis sie endlich das lärmige Kopfsteinpflaster der Bernadottestraße hinter sich gelassen hatten, schwieg Ellen. Es war offensichtlich: Sie hatte keine Lust, eine Wohnung akribisch zu durchsuchen; sich Harry Renner vorzunehmen wäre deutlich unterhaltsamer. Als sie auf die asphaltierte Schorlemer Allee abbogen, ging das laute Rumpeln der Räder in ein angenehmes Surren über.

»Wollen Sie wissen, was ich über Harry Renner von der CIA erfahren habe?«, fragte Fred.

»Blöde Frage.«

»Sie haben bestätigt, dass er Mitglied der Untergrundorganisation Lechi war, von Anfang der Vierzigerjahre bis zu deren Auflösung im Mai '48 nach Israels Unabhängigkeitserklärung und Staatsgründung. Angeblich hat die CIA keine Kenntnisse über seine Beteiligung an einzelnen Aktionen bis auf eine: Haben Sie schon mal etwas vom Massaker von Deir Yasin gehört?«

»Nein, habe ich nicht. Jetzt machen Sie es nicht so spannend.«

»Die Hintergründe sind kompliziert, ich kann es nur grob wiedergeben. Es geht um das Jahr 1948, in Palästina herrschte ein Bürgerkrieg zwischen jüdischen und arabischen Nationalbewegungen und der britischen Polizei. Jerusalem war von arabischen Kämpfern blockiert, es gab keinen Nachschub für die dort eingeschlossenen Juden. Um die Blockade zu durchbrechen, haben jüdische Kampfverbände dann Anfang April '48 eine Offensive gestartet. Der Lechi und die IRGUN, das ist eine weitere paramilitärische Untergrundorganisation gewesen, haben der regulären israelischen Armee, der Hagana, angeboten zu helfen, indem sie Deir Yasin einnehmen, ein Dorf auf einem Hügel in der Nähe von Jerusalem. Ein ganzes Dorf mit 600 Einwohnern zu erobern und zu halten, ist eine militärische Aktion, der die Untergrundkämpfer allerdings nicht gewachsen waren; die hatten nur Erfahrung im terroristischen Untergrundkampf. Sie hofften nun, dass die Araber ihr Dorf im Stich lassen und fliehen würden. Was die aber nicht taten, im Gegenteil, sie verschanzten sich und leisteten Widerstand. Daraufhin sind die jüdischen Kämpfer von einem Haus zum anderen gezogen und haben Handgranaten durch die Fenster geworfen, die natürlich wahllos töteten. Am Ende waren die meisten der etwa hundertfünfzig toten Araber Zivilisten, hauptsächlich Frauen und Kinder. Harry Renner war bei der Aktion dabei.«

Ellen hatte mit wachsender Erregung zugehört, streckenweise achtete sie nicht mehr auf den Verkehr, wurde immer langsamer oder fuhr abgelenkt in Schlangenlinie. Dass sie mehrfach angehupt wurde, störte sie, anders als sonst, kein bisschen. Als Fred fertig war, schlug sie mehrmals wild aufs Lenkrad. »So ein Mistkerl! Und dann tut er immer so freundlich und sanft!«

»Wenn es die Wahrheit ist, was die CIA-Fritzen mir erzählt haben, dann besagt das: Renner ist ein Mensch, der kaltblütig morden kann.«

»Zum Beispiel, wenn er den Sohn des Mannes, der seine Eltern im KZ ermordet hat, vor sich hat?«

Fred schüttelte den Kopf. »Als ich ihm vorgestern bei dem Verhör in seiner Wohnung sagte, dass Gottfrieds Vater Aufseher im Konzentrationslager Buchenwald war, wirkte er völlig überrumpelt und ahnungslos.«

Ellen winkte ab. »Harry ist ein Schauspieler, ein Show-Mann, sein ganzes Leben ist eine Show.«

Fred zuckte mit den Schultern. »Wie hätte er es herausbekommen sollen?«

»Bei der Vergangenheit hat er gute Kontakte, das ist doch klar. Auch zum Mossad. Kommen Sie, Fred, seien Sie nicht naiv. Bestimmt hängt der auch bei der Erpressung mit drin.«

»Naiv?« Fred ärgerte sich. »Das ist mir alles zu spekulativ. Ein eindeutiges Motiv ist etwas anderes.«

»Das sehe ich nicht so.«

»Da kommt ein junger Mann aus dem Osten, ein talentierter Barmixer. Renner stellt ihn ein, alles gut. Warum sollte er dessen Familiengeschichte recherchieren?«

Ellen trat auf die Bremse und verursachte fast einen Auffahrunfall mit dem Auto hinter ihr. Schimpfend zog der Fahrer an ihr vorbei, während sie nach rechts zur Bordsteinkante lenkte und anhielt. »Weil der misstrauisch ist! Weil es Leute gibt, die ihm an den Kragen wollen.«

»Der macht auf mich nicht den Eindruck eines misstrauischen Menschen, im Gegenteil.«

»Und die Drohbriefe, haben Sie die vergessen?«

»Wer weiß, ob es die wirklich gibt.«

Ellen verdrehte die Augen.

»Meinen Sie im Ernst«, fuhr Fred fort, »Renner kommt aus seinem Nachtklub, geht hinüber zum Lehniner Platz, schneidet einen Tunnel in die Brombeerhecke, legt sich auf die Lauer, läuft Gefahr, von Leuten dabei gesehen zu werden, die ihn kennen, und das dürften nicht wenige sein, um dann mit einem exotischen Schießgerät zuzuschlagen?«

»Genau das meine ich. Das passt zu ihm, Harry mag es extravagant. Vielleicht litt er unter Entzugserscheinungen und brauchte wieder ein kleines Abenteuer, so wie früher beim Lechi.«

»Also gut, spielen wir es durch. Angenommen, er wusste das mit Gottfrieds Vater. Warum sollte er sich dann den Sohn vornehmen, wenn der Vater, der eigentliche mutmaßliche Mörder seiner Eltern, noch lebt? Den müsste er sich doch vorknöpfen.«

Erneut winkte Ellen ab. »Harry war am Massaker eines ganzen Dorfes beteiligt, wie Sie mir eben erzählt haben.«

»Sagt die CIA«, warf Fred ein.

»Er tötet eben zuerst den Sohn, und irgendwann kommt der Vater dran. Oder: Vielleicht traut er sich als ehemaliger

Agent, Untergrundkämpfer und was-weiß-ich-noch-alles nicht rüber in die Ostzone, weil sie ihn dort sofort verhaften würden? Dann ist der Sohn der Einzige, an dem er sich rächen kann.«

Fred schwieg. Wenn er versuchte, sich in Harry hineinzuversetzen, die Flucht aus Deutschland, aus der vertrauten Welt, als Junge von zwölf Jahren, der Tod der Eltern im KZ, all das konnte glühenden Hass verursachen, der selbst nach vielen Jahren nicht erlosch. Nur, warum sollte jemand in das Land der Täter zurückkehren und sich dort eine Existenz aufbauen, der so unversöhnlich hasste? Und würde so jemand einem fröhlichen Nachtklubleben frönen und auch sonst alles tun, um ein möglichst unterhaltsames, leichtes Leben zu führen?

»Wenn überhaupt, könnte ich mir vorstellen, dass er zufällig erfahren hat, wer Gottfrieds Vater ist«, sagte Fred, »und dass dann bei ihm etwas ins Rollen geriet und er tatsächlich Rache wollte.«

»Na, bitte.« Ellen warf ihm einen triumphierenden Blick zu.

»Trotzdem glaube ich es nicht«, erwiderte Fred. »Können wir weiter?«

Ellen passierte in der Kurfürstenstraße das Haus, in dem sich Gottfried Sargasts Wohnung befand, fuhr bis zum Ende der Straße, an der Potsdamer Allee, wendete und fuhr wieder zurück.

»Ich wollte mal sehen, wer um diese Zeit hier herumgeistert«, sagte sie auf Freds fragenden Blick hin. »Ich verbinde

Prostitution immer mit Nachtleben.« Sie lachte. »Offenbar stimmt das ganz und gar nicht.«

Fred fand es auch erstaunlich, wie viele Männer sich auf der Suche nach schnellem Sex auf der Straße herumtrieben. Noch erstaunlicher fand er, wie ungeniert sie es taten, im Gegenteil: Die Freier spreizten sich wie Pfaue, fehlte nur noch, dass sie mit geöffneten Geldbörsen vorzeigten, wie viele Scheine sie zur Verfügung hatten. Nur wenige versteckten sich hinter tief ins Gesicht gezogenen Kappen oder Hüten und Sonnenbrillen.

»Haben Sie gesehen, wie viele Krüppel hier rumlaufen?«, fragte Ellen, und es klang angeekelt in Freds Ohren.

»Die Frauen hier tun es, um zu überleben. Um ihre Familien zu ernähren«, erwiderte Fred.

Ellen reagierte nicht, nur ihre Mundwinkel zuckten. Sie betraten das Haus, die Haustür stand offen. Im Flur spielten ein paar Jungs mit selbst gebastelten Schwertern. Als sie sie sahen, stürmten sie lärmend hinaus, offenbar befürchteten sie einen Anschiss. Fred hatte Gottfrieds Schlüsselbund bei sich. Moosbacher hatte von einem Polizeischreiner die Tür reparieren lassen. Das Schloss war also dasselbe, er hatte lediglich als zusätzliche Sicherung ein Steckschloss anbringen lassen, falls jemand anders einen Zweitschlüssel besaß. Sie stiegen zum vierten Stock hinauf. Während Ellen mit leichten Schritten fast hüpfend die Stufen nahm, hatte Fred erhebliche Mühe und schleppte sich von Stufe zu Stufe.

»Sie bewegen sich wie ein alter Mann, Fred. Was ist los?«

»Zu wenig Schlaf«, stöhnte er und zog sich am Treppengeländer weiter. Wenn er sich nicht endlich einmal richtig ausschlief, würde er bald gar keine Treppe mehr schaffen. Ellen stürmte voran. Er hörte sie fluchen, als sie den vierten Stock erreicht hatte, und legte für die letzten Stufen noch einmal einen Zahn zu.

Die Eingangstür zu Gottfried Sargasts Wohnung war nur angelehnt, tiefe Kerben neben dem Schloss deuteten darauf, dass sie mit einer Brechstange aufgehebelt worden war. Fred und Ellen zogen gleichzeitig ihre Waffen. Fred postierte sich neben der Tür, um einem Angreifer von drinnen kein Ziel zu bieten, so wie er es in seiner Ausbildung gelernt hatte, Ellen blieb davor stehen.

»Zurück! Aus der Schusslinie!«, flüsterte er ihr zu.

Sie sah ihn fragend an, bevor sie nickte und sich in eine sichere Position brachte. Einmal mehr beschlich ihn das Gefühl, dass die Sonderermittlerin möglicherweise keine solide Ausbildung erhalten hatte. Er schob die Tür auf, warf einen schnellen Blick hinein und zuckte wieder zurück.

»Polizei!«, rief Fred. »Hände hoch, wer da drin ist! Wir kommen rein.«

»Bei Widerstand schießen wir!«, brüllte Ellen.

Fred sprang in die Wohnung hinein und wandte sich sofort nach rechts, Ellen folgte und sicherte nach links. Keine Geräusche, nichts, was auf die Anwesenheit anderer schließen ließ. Sie durchsuchten jeden Raum, es war niemand da. Nichts schien verändert, nichts gestohlen, auch die Kammer schien unberührt. Bis auf den Fußboden. Unter dem Werktisch waren ein paar Dielen herausgehebelt, darunter befand sich ein Hohlraum, der leer war.

»Da ist uns jemand zuvorgekommen«, sagte Ellen.

»Verdammter Mist!«

Ellen zupfte an ihrer Unterlippe. »Hätte ich auf Sie hören sollen? Hätten wir zuerst hierherfahren sollen?«

»Ich glaube nicht. Wer das gemacht hat, hat sich nicht drei Tage Zeit gelassen.«

Ein Lächeln der Erleichterung huschte über Ellens Gesicht. »Aber wer?«

Fred ließ sich in die Hocke sinken, mit dem Rücken gegen die Wand gelehnt, stieß Luft aus und ließ dabei seine Lippen flattern, was wie das Schnauben eines Pferds klang.

Ellen lachte. »Ist das der intensivste Ausdruck Ihrer Ratlosigkeit?«

»Gehen wir es durch.« Er schloss die Augen, öffnete sie jedoch sogleich wieder, womöglich würde er, noch während er sprach, einschlafen. »Wir haben zwei Erpresser, Gottfried Sargast und Gerda Kalitz. Der eine ist tot, die andere sitzt in U-Haft, können also nicht hier eingebrochen sein. Wer hier eingebrochen ist, wollte verhindern, dass wir bestimmte Unterlagen in die Finger bekommen, wahrscheinlich die Namen der Erpressten.«

»Es muss also Komplizen geben. Rucki Müller und vielleicht sogar Harry Renner.«

»Wir müssen uns auf das konzentrieren, was wir haben«, sagte Fred. »Sargast und Kalitz haben für die Stasi gearbeitet. Nachdem wir die Kalitz festgenommen haben, muss die Stasi alles dransetzen, die Liste der Erpressten in Sicherheit zu bringen. Sie wissen ja nicht, dass sie von Anfang an von der CIA getäuscht wurden.«

»Die CIA hat dasselbe Interesse.«

»Warum die?«

»Zum Beispiel, weil sie verhindern will, dass das Material irgendwann Teil eines Gerichtsprozesses wird.« Ellen lachte. »Im Grunde müssten die auch Sie und mich als Mitwisser verschwinden lassen.«

Fred dröhnte der Schädel. Die ganze Angelegenheit wuchs ihm über den Kopf, er blickte nicht mehr durch. Wie denn auch? Wie sollte er auch nur ansatzweise die Strategien von Geheimdiensten verstehen? Er hatte keine Ahnung, was die wirklich wussten, und was die CIA-Agenten ihm erzählt hatten, war auch nur das, was er wissen sollte. Für die CIA war er nur ein Spielball, eine Figur im Schachspiel, eine Marionette.

»Sie sehen ein bisschen verzweifelt aus, Fred.«

»Sie auch«, erwiderte Fred.

Ellen lächelte, wollte etwas antworten, ließ es jedoch bleiben.

»Ich gehe runter und lass eine Streife kommen«, sagte Fred. »Die sollen die Wohnung bewachen, bis der Schreiner sie wieder verschließt.«

»Bleiben Sie hier. Ich mache das. Sie kippen mir sonst noch aus den Latschen.«

Bevor sie die Wohnung verließ, drehte sie sich noch einmal um.

»Ich musste nie um mein Überleben kämpfen. Ich habe Glück gehabt. Ich weiß das.«

• • •

Leipnitz hatte sich in Ruhe Freds Zusammenfassung angehört. Am Ende strahlte er ihn an, als hätte Fred ihm den Mörder präsentiert und damit den Fall gelöst. Fred sah ihn irritiert an.

»Das war kurz und knapp, Herr Lemke. Sie machen Fortschritte.«

»Sie loben unseren Kriminalassistenten mannigfacher, als es berechtigt oder gar zuträglich ist, Kollege Leipnitz«, mischte sich Auweiler ein. »Da ist noch viel Luft nach oben. Und der Lernende, der sich ausruht, lernt fürderhin nichts mehr.«

Leipnitz ging nicht darauf ein, also ließ Fred es auch bleiben. Ellen hatte gleich beim Betreten des Gebäudes das Telefon des Pförtners benutzt, um bei Harry Renner anzurufen; sie hatte allerdings nur seine Sekretärin und Gespielin Anna Sansone erreicht und einen Termin für drei Uhr nachmittags bei ihm zu Hause ausgemacht. »Wir treffen uns dann dort, warten Sie draußen auf mich«, hatte sie zu Fred gesagt und sich ohne weitere Erklärung verabschiedet.

»Ich halte es genauso wie Frau von Stain für richtig, Harry Renner noch einmal zu befragen«, sagte Leipnitz. »Mein Eindruck war ohnehin, dass er uns vieles vorenthalten hat.«

Fred schwieg betreten, er hatte ein schlechtes Gewissen, mit Leipnitz nicht die Informationen teilen zu dürfen, die er von der CIA bekommen hatte. Leipnitz hatte sich ihm gegenüber immer anständig verhalten.

»Wir bestellen ihn am besten hierher ein.«

»Frau von Stain hat schon einen Termin mit ihm am

Nachmittag gemacht«, beeilte sich Fred zu antworten. »Bei ihm zu Hause.«

Leipnitz zögerte, bevor er fortfuhr, Fred spürte, dass er selbst gerne dabei wäre. »Es ist wichtig, herauszufinden, wie tief der Konflikt zwischen ihm und Otto Zeltinger ist. Möglicherweise ist Zeltinger der Urheber der Drohbriefe an Renner, möglicherweise ist seine Wut auf Renner groß genug für einen Mord.«

»Erinnere ich es richtig? Wurde nicht mitnichten Harry Renner, sondern dieser Flaschen werfende Getränkemischer ermordet?«, mischte sich Auweiler mit blasiertem Unterton ein.

»Möglicherweise aufgrund einer Verwechslung«, erwiderte Leipnitz.

»Da findet sich ja eine hohe Quantität an ›Möglicherweises‹ in Ihren Ausführungen, Herr Kollege.«

Wieder nahm Leipnitz' Nervosität schlagartig zu.

»Und dass ein ehrbarer Bürger«, fuhr Auweiler fort, »ein alles in allem erfolgreicher Unternehmer und CDU-Abgeordneter zum Mörder wird wegen des geringen Erfolgs einer seiner Unternehmungen, scheint mir eher eine infame Unterstellung denn eine – wenn auch nur entfernteste – Wahrscheinlichkeit zu sein.«

»Zeltingers Wut auf Harry Renner ist heftig«, sagte Fred. »Auch sein Antisemitismus.«

»Was reden Sie denn da für einen Unsinn!«, brüllte Auweiler los, als hätte er die ganze Zeit auf eine Gelegenheit dazu gewartet. »Wollen Sie andeuten, dass jeder, der sich kritisch über einen jüdischen Mitmenschen äußert, ein Antisemit ist? Dass er damit nachgerade zum Mordverdächtigen wird?«

»Das habe ich nicht gesagt.«

»Zügeln Sie gefälligst Ihre Zunge, wenn Sie weiterhin in dieser Abteilung und in dieser Behörde arbeiten wollen.«

»Noch einmal, Kommissar Auweiler«, wehrte sich Fred und hatte Mühe, das Zittern seiner Stimme zu unterdrücken, »so, wie Sie das darstellen, habe ich es nicht gesagt.«

»Schweigen Sie, Lemke!« Auweiler wuchtete seinen feisten Leib in die Höhe. »Hüten Sie sich davor, als Vertreter des Landeskriminalamtes einen ehrbaren Bürger in Halbstarkenmanier mit solchen Unterstellungen zu besudeln.« Er verließ das Büro, und Fred hörte, wie er auf der anderen Seite ins Zimmer der Chefsekretärin Josephine Graf polterte.

»Gehen Sie, Herr Lemke, schnell. Sobald er wieder zurückkommt, werden Sie keine Gelegenheit mehr haben.«

Fred verstand, was er meinte. Er musste an Moosbachers Worte über die braunen Altlasten im LKA denken. Vielleicht gehörte Otto Zeltinger zu jenen, die Kriminalhauptkommissar Merker und eben auch Auweiler schützen wollten, Leipnitz schien jedenfalls davon auszugehen.

»Nehmen Sie sich Harry Renner vor«, fuhr Leipnitz fort, »finden Sie mehr über den Konflikt zwischen ihm und Zeltinger heraus. Sollte er doch noch einen der Drohbriefe haben, konfiszieren Sie ihn. Sollte er mit einer Schreibmaschine geschrieben sein, versuchen Sie über Frau von Stain einen Durchsuchungsbefehl bei Zeltinger zu Hause und in seinem Büro zu bekommen, und konfiszieren Sie alle

Schreibmaschinen. Wir lassen von der Spurensicherung einen Schriftbildvergleich machen, jede Schreibmaschine hat eigene, typische Merkmale. Ist der Drohbrief handgeschrieben, brauchen wir eine Schriftprobe von Zeltinger zum Vergleichen. Sie müssen das alles heute noch hinbekommen, morgen wird es nicht mehr gehen.«

Fred warf sich seine Windjacke über.

»Ich werde sagen«, fuhr Leipnitz fort, »Sie hätten einen Anruf von Frau von Stain bekommen und mussten dringend weg«, sagte Leipnitz. »Instruieren Sie die Sonderermittlerin bitte in diesem Sinne.«

Fred verließ das Büro und sprang die Stufen hinunter ins Erdgeschoss, vier Stufen auf einmal, fünf würde er vorerst nicht noch einmal wagen. Im Hof in der Fahrbereitschaft unterhielt sich Egon Hohlfeld mit zwei deutlich älteren Kollegen, einem sehr dünnen, kettenrauchenden, und einem pedantisch gekleideten, blassen mit tiefen Geheimratsecken. Hohlfeld lehnte lässig an dem Dienstwagen der Mordkommission, einem Mercedes 180D, die beiden anderen standen steif wie auf dem Exerzierplatz vor ihm und hörten ihm mit einer Mischung aus Widerwillen und Faszination zu. Ohne seine Rede zu unterbrechen, winkte er Fred zu, als der auf den Hof hinaustrat. Die beiden Kollegen zuckten erschrocken zusammen, als hätte man sie bei einem Vergehen erwischt, entspannten sich jedoch wieder, als sie Fred, den jungen Kriminalassistenten, erkannten.

» ... aber die Kurve nehmen wir mit achtzig«, hörte Fred Hohlfeld schwadronieren. »Und dann, wenn man aus der Kurve raus wieder in die Gerade beschleunigt, dann wird's kniffelig, dann wird's brutal, dann braucht's Drehmoment. Das hat der Awtowelo Typ 650, und zwar reichlich. Zwölf Zylinder, zwei Liter, 152 PS! Eine Brechstange von Auto. Die Russen nennen ihn Sokol, Falke. Sieht aus wie ein Silberpfeil, fährt sich wie ein Silberpfeil, ist aber ein Russe. Können die Russen Rennwagen bauen? Njet, können se nicht. Gebaut haben den Sokol Mechaniker der ehemaligen Auto Union Werke in Zwickau. Und jetzt, aufgehorcht: Wer war der Auftraggeber für den Sokol? Wassilij, der Sohn von Stalin, dem zweitgrößten Massenmörder aller Zeiten.«

»Ach, nee, und wer war der größte?«, fragte der Kettenraucher.

»Na, der Adolf, du Knalltüte.«

Die beiden Männer sahen sich an und verdrehten die Augen. »Du hast doch keine Ahnung, Hohlfeld«, sagte der mit den Geheimratsecken und trollte sich. Der andere folgte ihm. Hohlfeld wandte sich Fred zu und signalisierte ihm: Was für Idioten!

»Was liegt denn heute an, der Herr Kriminalassistent?«

»Ich brauche ein Fahrrad.«

»Na, denn.« Hohlfeld deutete auf den überdachten Fahrradständer, in dem mehrere Räder der Marke Vaterland bereitstanden. »Nur den Zettel ausfüllen. Hab einen Anschiss bekommen, weil ich nicht immer dran denke.« Er kicherte in sich hinein. »Eigentlich nie.«

Fred deutete auf die beiden Fahrer. »Worum ging es?«

Hohlfeld winkte ab. »Rennwagen. Die finden solche Geschichten knorke. Klar, bei den lahmen Nuckelpinnen, die wir hier fahren.« Sein Blick wanderte verächtlich über den

Fuhrpark, der aus zwei Mercedes, einem Opel Kapitän, mehreren VW Käfern und der fünfsitzigen BMW bestand. »Wissen Sie, Lemke, was ich mich schon hin und wieder mal gefragt habe? Was machen Mörder eigentlich am Wochenende?«

»Sie wollen mich auf den Arm nehmen.«

»Nee, ehrlich. Ich habe mich gefragt: Wenn ich jetzt hier den Dünnen«, er deutete auf den kettenrauchenden Kollegen, »umbringen wollte. Würde ich das unter der Woche machen? Nach der Arbeit? Oder bevorzuge ich das Wochenende, in aller Frische gewissermaßen, wenn ich genug geschlafen hab. Wobei«, er lachte, »gerade am Wochenende wird es bei mir immer spät. Samstagabend«, er schwang seine Hüften wie Elvis, »ist Rock'n'Roll angesagt!«

Fred grinste. »Die Frage habe ich mir noch nie gestellt.«

»Was machen Sie denn so, Samstagnacht?«

»Je nachdem«, wich Fred einer klaren Antwort aus, auch wenn er sich vorgenommen hatte, es zu ändern, so waren seine Wochenenden bisher meistens eher ereignisarm verlaufen: Kino, rudern, durch die Stadt streifen, oder er hatte sonntags bei den Proben von Lothar »Lolle« Lendows Rock'n'Roll Band zugehört, die sich »Die Kometen« nannten, eingedeutscht nach »Bill Haley and the Comets«, und die bisher ihrem Traum, in der Eierschale aufzutreten, noch keinen Millimeter näher gekommen waren. »Und Sie?«

»Treff mich mit ein paar Jungs. Im Park. Mopeds, ein Kofferradio. AFN, American Forces Network!« Hohlfeld bemühte sich, so wie die amerikanischen Radiosprecher zu klingen. »Bräuten hinterherpfeifen. Die regen sich auf, klar.

Marschieren aber ständig vor uns auf und ab. Alles Getue, eigentlich fühlen die sich geschmeichelt.« Er warf Fred einen prüfenden Blick zu. »Sie können ja mal mitkommen.«

»Klingt gut«, erwiderte Fred nicht sehr überzeugt.

»Mit Moped. Oder Roller. Ist Pflicht bei uns. Haben Sie ein Zweirad? Ich meine, eins mit Motor.«

»Nee, leider nicht.«

»Hm, könnt ich Ihnen besorgen.«

»Was würde das kosten?«

»Hundertfünfzig.«

»Kann ich mir nicht leisten. Billiger gibt es nichts?«

»Gibt es – wenn Sie nur nachts fahren wollen.« Auf Freds fragenden Blick verzog Hohlfeld sein Gesicht zu einem abfälligen Grinsen. »Mit so 'ner Billigkiste will man nicht gesehen werden.« Er wartete und fuhr fort, als Fred schwieg. »Ich selbst hab 'ne Prima D. Von NSU. Ist eigentlich eine italienische Lambretta. Chrom, Chrom, Chrom, überall Chrom.« Er küsste seine Fingerspitzen, wie ein Italiener. »6,2 PS, fährt achtzig.« Er zwinkerte Fred zu. »Ich hab sie auf ungefähr zehn gebracht, macht jetzt mehr als hundert km/h.«

»Und die gibt es für hundertfünfzig?«

Hohlfeld produzierte ein irres Lachen. »Aber nicht doch. Für hundertfünfzig gibt's nur ne Miele. Mehr nicht.«

Fred prüfte den Luftdruck der Räder und zog das mit den prallsten Reifen aus dem Ständer, dann würde das Radeln mit dem ohnehin sehr schweren Fahrrad etwas leichter fallen. Gut gewartet waren sie alle nicht, auf den Ketten klebte entweder eine dicke, verkrustete Schicht aus Öl und Straßendreck, oder sie waren knochentrocken und rostig. Sein auserwähltes Rad gehörte zu den Letzteren. Was für eine Diskrepanz zu dem Motorfuhrpark! Alle Autos und auch das fünfsitzige Motorrad waren auf Hochglanz gewienert, und selbst die Weißwandreifen des Opel Kapitän blitzten vor Sauberkeit, als wären sie eben erst aufgezogen und nagelneu und hätten noch keinen Kilometer auf einer Straße zurückgelegt.

»Haben Sie ein paar Tropfen Kettenöl?«, rief Fred Egon Hohlfeld zu.

»Für den Eisenmüll?«, fragte der fast angeekelt zurück. Er holte aus dem Kofferraum des Mercedes ein Ölkännchen mit aufgeschraubter Handpumpe und warf sie Fred zu. »Sparsam auftragen, Lemke.«

Fred bockte das Fahrrad auf, drehte mit einer Hand die Pedale und pumpte mit der anderen Öl auf die Kette. Hohlfeld sah ihm dabei zu, ohne auch nur den Versuch zu machen, ihm zu helfen. Das Knirschen und Kratzen der Kette wurde mit jedem Tropfen weniger, und als sie rund lief, gab Fred die Öldose zurück.

»Öl, wem Öl gebührt«, sagte Hohlfeld. »Aber eins ist mal klar wie dicke Soße: Für die ollen Dinger ist jeder Tropfen zu schade.«

Fred stieg auf und trat in die Pedale.

»Überlegen Sie sich das mit dem Moped, Lemke!«, rief ihm der Fahrer hinterher. »Hundertdreißig Mäuse, dafür geht's auch!«

Im Vorbeifahren warf Fred einen Blick auf die Uhr im Schrankenhäuschen; dass er seit Neuestem eine Armbanduhr besaß, hatte er nicht so recht verinnerlicht. Noch gut zwei Stunden bis zu dem Termin bei Harry Renner. Er wandte sich nach links. Mehr als genug Zeit für ein Mittagessen bei Magda Riese.

Während er das Fahrrad vor der Metzgerei mit der schweren Kette an die dürre Linde schloss, sah er, dass alle Tische drinnen leer waren, niemand drängte sich in den ansonsten um diese Zeit vollgepackten Verkaufsraum.

»Guten Tag, Herr Lemke, auf Sie ist ja Verlass!«, begrüßte ihn die dralle Metzgerin freudig. »Heute alleine?«

»Hat sich so ergeben. Ist ja erstaunlich leer.«

»Wenn man immer arbeitet, arbeitet, arbeitet wie unsereiner, dann fließen die Tage so vor sich hin, und schwupp!, ist wieder Ferienanfang, und man hat es gar nicht mitbekommen.« Auf Freds fragenden Blick fuhr sie fort. »Am Sonntag zieht sie wieder los, die Urlaubskarawane. Die Autobahnen verstopft, die Bahnhöfe überfüllt, und so wie man hört, können sich auch immer mehr einen Flug leisten. Sind Sie schon einmal geflogen, Herr Lemke?«

»Nein, noch nie, aber ich würde gerne mal.«

Riese beugte sich vor und sprach leiser, als befürchte sie, dass jemand mithören könnte. »Ich bin schon einmal. Von Berlin nach München. Zu meiner Schwester. Das habe ich mir letztes Jahr gegönnt.«

»Und wie ist das? Zu fliegen?«

»Ooh!« Riese zog die Augenbrauen hoch und kreiste mit ihren Händen vor ihrem gewaltigen Busen. »Laut! Und man glaubt es nicht: Es gibt Löcher in der Luft.«

»Löcher?«

»Das hat uns die, wie nennt man sie gleich noch, die …

Stewardess erklärt. Plötzlich, rumms!, springt so ein Flugzeug wie ein junger Bock, und ich sage Ihnen, da dreht sich einem der Magen um. Da befürchtet man das Schlimmste. Ist aber nichts Besonderes.«

»Ich glaube, ich hätte Probleme, in so einer Röhre eingesperrt zu sein.« Bislang hatte Fred noch nie darüber nachgedacht. Fliegen lag so weit außerhalb seiner Vorstellungen wie ein eigenes Auto zu besitzen. »Mir ist manchmal schon in der U-Bahn ...« Fred stockte, nein, über die Klaustrophobieanfälle, die ihn manchmal heimsuchten, wollte er eigentlich nicht mit der zwar sehr freundlichen, aber auch ihren Gästen gegenüber sehr mitteilungsfreudigen Metzgerin reden.

»Blümerant?«, brachte die Metzgerin seinen Satz zu Ende. »Schwindelig? Der Magen dreht sich?«

»So in der Art, ja.«

Riese nickte, ihr Blick jedoch verriet, dass sie gerne etwas genauer ausgeführt bekommen hätte, was Fred meinte.

»Und wegen der Ferien kommt keiner?«, versuchte Fred, das Gespräch wieder umzulenken.

»Alle nutzen ihre Mittagspause für die letzten wichtigen Einkäufe.« Lachend zählte sie auf. »Schwimmringe, Luftmatratzen, Taucherbrillen, Gummienten, Sonnenöl. Tja, nur unsereiner bleibt zu Hause und arbeitet. Sie ja auch. Und der Herr Moosbacher, der auch?«, fragte sie vorsichtig.

Die lebenspralle, alleinstehende Metzgerin hatte ein Auge auf den sympathischen Bayern geworfen, das hatte Fred gleich bei ihrer ersten Begegnung bemerkt. Doch Moosbachers sehr charmante, gleichwohl jedoch distanzierte Art, damit umzugehen, hatte ihn schon, bevor er wusste, dass Moosbacher schwul war, vermuten lassen, wie wenig Magda Rieses Hoffnungen erfüllt werden würden. »Ich weiß es nicht, ich kenne ihn noch nicht so lange«, entgegnete er. »Nicht mal zwei Wochen.«

Riese nickte ein wenig betrübt. »Ich kenne ihn viel länger, seit Jahren kommt er hierher. Ein feiner Herr ist das, ein feiner. Nun, ich rede und rede, dabei wollen Sie ja etwas essen! Heute biete ich rheinischen Sauerbraten an, mit Spätzle.«

Fred kannte beides nicht.

»Sauer mariniertes Rindfleisch und schwäbische Eiernudeln.« Sie pickte ein großes Stück Braten aus dem Schmortopf, goss reichlich Soße darüber und gab die Spätzle dazu. Unvermittelt wirkte sie angespannt, ihre Lippen bewegten sich lautlos, als müsste sie üben, bevor sie die nächsten Worte aussprach. »Die Dame, mit der Sie kürzlich hier waren ...«

»Sonderermittlerin von Stain.«

»Vor der müssen Sie sich in Acht nehmen, Herr Lemke, wenn Sie mir diese Bemerkung gestatten. Wissen Sie, es gibt Menschen, die können sehr viel zerstören, böse Menschen, die das mit Absicht tun. Aber Menschen wie die Dame, die machen es, ohne es zu merken. Die können nicht anders, auch wenn sie vielleicht tief drin gute Menschen sind. Und Sie, Sie wirken auf mich ein wenig schutzlos.«

»Ich passe schon auf mich auf, Frau Riese«, erwiderte er kühl. Einerseits hatte er das Gefühl, Ellen verteidigen zu müssen, andererseits waren Rieses Worte vielleicht nicht ganz falsch. Vor allem jedoch empfand er ihre Einmischung als herabsetzend, weniger was Ellen betraf, als ihn selbst. Sie sprach, als wäre er ein Kind, dem man die Welt erklären musste. Warum nehmen sich Erwachsene das Recht heraus, junge Menschen zu bevormunden, nur weil sie jung sind?

Die Metzgerin schien eine andere Reaktion von ihm erwartet zu haben. Erschrocken tippte sie sich mit der flachen Hand auf den offenen Mund. »Oh, ich bin ein kleines Schandmaul! Was mische ich mich in Dinge ein, die mich nichts angehen! Vergessen Sie bitte, was ich gesagt habe.«

»Macht nichts, Frau Riese, ich habe es schon vergessen«, erwiderte Fred und ging zu einem der Stehtische.

»Guten Appetit!«, rief ihm die Metzgerin nach.

Er bedankte sich mit einem Winken. Schutzlos? War er das? Nein, so empfand er sich nicht. Er war dreiundzwanzig Jahre alt und auf der Suche. Das war er, auf der Suche. Wonach, hätte er nicht sagen können. Männer wie Moosbacher würde Magda Riese mit Sicherheit nicht als schutzlos bezeichnen. Weil sie wirkten, als wären sie schon angekommen? Weil sie etwas Stabiles hatten? Weil sie den Eindruck erweckten, dass man neben ihnen schwach sein durfte und sich auf ihren Schutz verlassen konnte? Er musste an Sonja Krause denken, die Sekretärin für die Mordkommission I, die ihm immer das Gefühl gab, kein richtiger Mann zu sein, jedenfalls keiner, den eine Frau für eine gute Partie hielt und als Ehemann in Erwägung zog. Zum Glück, ihm schauderte bei dem Gedanken, dass eine Frau wie sie ihn anziehend und passend finden könnte. Nicht weil er etwas gegen sie hatte, sondern weil sie damit ein Bild von ihm spiegeln würde, das ihm nicht gefiel. Wenn er ehrlich war, wollte er Frauen wie Josephine Graf und Hanna gefallen. Auch Ellen von Stain?

Fred zerquetschte die Spätzle, die er übrig gelassen hatte, um damit auch noch die letzten Reste der köstlichen Bratensoße aufzuwischen. Dann nahm er den Teller und das Besteck und reichte es der Metzgerin über die Theke hinweg.

»Das war sehr lecker«, sagte er und lächelte sie an. Er mochte den Klang seiner Stimme, als er das sagte. Irgendein kleiner Schalter in ihm, einer von vielen, deren Funktion er noch nicht kannte, hatte sich umgelegt.

Nein, er war nicht schutzlos. Magda Riese lächelte zurück, wie ein junges Mädchen sah sie dabei aus, neugierig, ein wenig erwartungsvoll, ein wenig aufgeregt.

»Bis zum nächsten Mal.«

»Ich freue mich, wenn Sie wiederkommen, Herr Lemke, und wünsche Ihnen einen schönen, erfolgreichen Tag.«

• • •

Fred ließ sich Zeit. Unterwegs besorgte er sich eine Berliner Morgenpost an einem Kiosk und blätterte sie durch. Gleich auf Seite drei sprang ihm eine riesige Anzeige ins Auge: IRA *Reisen. Eigene Luxusbusse. Keine Nachtfahrten. Ab Berlin direkt in die Zielorte!* Siebzehn Tage Kärnten, Ötztaler Alpen, Chiemgau – keine Reise teurer als 150 Mark. Das war mehr als die Hälfte seines Monatsverdienstes. Wenn er jeden Monat fünfzehn Mark zurücklegte, könnte er sich nächstes Jahr so eine Busreise leisten. Dann würde er an einem Sonntag im Juli ein

Teil der Urlaubskarawane sein. Wie das wohl sein würde, er alleine in einem Alpendorf zwischen Ehepaaren und schnatternden Kindern? Als Ellen von den Bergen erzählt hatte, leuchteten ihre Augen vor Begeisterung und Sehnsucht. Würde er dasselbe empfinden, wenn er mal Berge erklommen hätte, richtige Berge mit richtigen Felswänden, mit tief liegenden Tälern und reißenden Gebirgsbächen?

Weiter unten in der Anzeige klang es noch verlockender: Studien- und Gesellschaftsreisen, zwanzig Tage Griechenland-Türkei. Mit dem Bus? War wohl so, von einem Flug stand da nichts. Wie viele Stunden würde man da in einem Reisebus sitzen? Türkei, das klang nach Tausenden Kilometern, die man zurücklegen musste. Und wie würde es dort aussehen? Überall Säulen und Tempel und trockenes, sonnendurchglühtes Land? 996 Mark! Wer konnte sich so etwas leisten?

Er rollte die Zeitung zusammen, schob sie in die Gesäßtasche seiner Hose und radelte los. Die Zeitung störte beim Treten, mehr noch als John Steinbecks »Früchte des Zorns« in der anderen Tasche. Hanna hatte angedroht, jeden zu erwürgen, der eines ihrer Bücher außer Haus mitnahm. Jeder Mieter der Pension durfte aus ihrem riesigen Bücherfundus Bücher nach Belieben ausleihen, nicht jedoch damit das Haus verlassen. Trotzdem hatte er es gewagt. Sein Plan war, sich gleich nach der Arbeit ein Plätzchen am Landwehrkanal zu suchen, dieses Mal nicht zum Schlafen, sondern um in Ruhe in der Abendsonne zu lesen. Er war neugierig, wie es wohl sein würde, diesen Roman, der ihn seinerzeit zutiefst beeindruckt hatte, nach so vielen Jahren noch einmal zu lesen.

Als er das Gropius-Haus, in dem Renner wohnte, erreichte, war er viel zu früh dran, fast genau eine Stunde, wie er beim Blick auf seine nagelneue Orator feststellte. Er zögerte einen Moment lang, ob er einfach schon früher klingeln sollte, zog es jedoch vor, auf Ellen zu warten. Zum Glück gab es gegenüber im Park einige schattige Bänke. Er schloss das Rad an einen jungen Ahorn, legte die Zeitung auf die mit Vogelkot gesprenkelte Sitzfläche und machte es sich bequem.

Nach wenigen Seiten merkte er jedoch, dass es nicht so war, wie er sich erhofft hatte. Die vorbeifahrenden Autos und das Gejohle vom nahen Kinderspielplatz rissen ihn immer wieder aus der Konzentration, und schon nach kurzer Zeit legte er John Steinbeck zur Seite. Das Hansaviertel, besonders die Händelallee, war von Hochhäusern mit sehr vielen Wohnungen geprägt, demzufolge lebten hier viele Menschen, die viel zu erledigen hatten. Frauen schleppten gefüllte Einkaufsnetze, Kinder spielten auf der Straße Fußball, wütende Autobesitzer verjagten sie, weil sie Angst um ihre blitzblanken Benzinkutschen hatten, ein Milchwagen, ein dreiräderiger Goliath GD 750 Kleintransporter mit riesigem Edelstahltank auf der Ladefläche, hielt vor dem Haus, der Milchmann schlug eine Handglocke und rief »Milch, Milch!«. Ihm folgte ein Kartoffelhändler, auch in einem dreiräderigen Lieferwagen, einem Tempo, der mit seiner Autohupe, die zwei Töne im Wechsel produzierte, Kunden anlockte und im monotonen Singsang seine Ware anpries:

»Kartoffeln! Fünf Pfunne 'ne Mark.« Eine Mark für fünf Pfund? Waren Kartoffeln wirklich so teuer?

Aus dem Augenwinkel sah Fred durch die kahlen Äste eines vertrockneten Busches, wie zwei Männer aus dem Eingang gegenüber traten. Sie waren in Eile, das spürte er sofort. Erst auf den zweiten Blick erkannte er Harry Renner in völlig unscheinbarer Kleidung. Auch seine ansonsten auffälligen blonden Haare steckten unter einer Schiebermütze, und von seinem freundlich-fröhlichen Gesicht war nichts zu sehen. Angespannt und auf vertraute Art verabschiedete Renner sich von dem anderen Mann, die beiden kannten sich gut. Renner sah sich misstrauisch um, ohne Fred zu erkennen, und ging mit schnellem Schritt los. Fred nahm an, dass er noch etwas zu erledigen hatte und sich beeilte, um rechtzeitig zu ihrem verabredeten Termin zurück zu sein. Er sah ihm hinterher. Etwas an dem Bild stimmte nicht. Bisher hatte Fred ihn als sehr lässigen Menschen kennengelernt, mit beneidenswert lockerer Körpersprache, dessen hedonistischer Lebensstil ihm aus jeder Pore drang. Der Harry Renner, den er jetzt davoneilen sah, entbehrte jeder Lässigkeit und hatte etwas Robustes, Entschiedenes, Unbeirrbares. Fred verlor ihn aus den Augen, als er nach links in die Klopstockstraße abbog. Die endete nach ein paar Hundert Metern auf der Berliner Straße, dort gab es keine Geschäfte, da war nichts außer noch unbebautem oder sich im Wiederaufbau befindlichem Gelände. Und das riesige Ernst-Reuter-Haus, in dem der Deutsche Gemeindetag firmierte.

Fred starrte ihm hinterher. Irrte er sich? War der Grund, warum Renner sich sputete, womöglich nicht, dass er rechtzeitig zurück sein, sondern weil er, ganz im Gegenteil, fort sein wollte, bevor Ellen oder er auftauchte? Die S-Bahn-Station Tiergarten ... war das womöglich sein Ziel?

Fred sprang auf, steckte das Buch in seine Gesäßtasche, löste das Kettenschloss und warf sich aufs Fahrrad. Tatsächlich: Als er in die Josef-Haydn-Straße abbog, sah er Renner im Zugang zu den S-Bahn-Gleisen verschwinden. Aus der Ferne hörte er schon den heranrumpelnden Zug. Fred lehnte das Rad an die Mauer und rannte die Treppen hinauf. Die Bahn war inzwischen eingefahren, und er sah gerade noch, wie Renner einstieg. Fred sprang in den Waggon davor und blieb im Eingangsbereich stehen. So würde er Renner nicht aus den Augen verlieren, egal, auf welcher Seite er ausstieg.

An den nächsten beiden Stationen füllte sich die Bahn schnell. Hinter dem Lehrter Bahnhof überquerte sie die Zonengrenze. Gleich in der Friedrichstraße stiegen sehr viele aus. Fred musste hinaus auf den Bahnsteig springen, er hoffte, dass Renner ihn nicht entdeckte. Unter den Aussteigenden konnte er ihn nicht entdecken, sicher war er sich allerdings nicht, dafür waren die Menschen einfach zu dicht gedrängt, und alle schienen es eilig zu haben. Beim nächsten Halt am Marx-Engels-Platz beschlich ihn das Gefühl, den Nachtklubbesitzer verloren zu haben, doch dann am Alexanderplatz sah er ihn, wie er mit dem Menschenstrom zum Ausgang schwamm und dabei mit den Augen unauffällig und sehr konzentriert die Umgebung abtastete. Rechnete er damit, verfolgt zu werden? Er war misstrauisch, und es würde schwer sein, ihn unbemerkt zu verfolgen. Eins war jedenfalls klar: Renner hatte nicht vor, zu ihrem Termin um drei Uhr wieder zurück zu sein. Etwas anderes war ihm wichtiger.

Vor dem S-Bahnhof ging Renner zielstrebig zu einer Straßenbahnhaltestelle. Warum kannte er sich so gut hier in Ostberlin aus? Er stieg in die Linie 71, Fred folgte ihm nach demselben Prinzip wie zuvor und nahm den Waggon dahinter. Er hatte längst die Orientierung verloren. In den fünf Jahren nach seiner Flucht von Buckow nach Berlin war er aus Furcht, verhaftet zu werden, kein einziges Mal im Osten gewesen.

An der Metzer Straße verließ Renner die Bahn. Die Gegend war von langen, typisch Berliner Wohnblocks gekennzeichnet, alte, unversehrte Häuser. Offenbar war dieses Viertel von den Bomben der Alliierten verschont worden. Zum ersten Mal schien Renner über den weiteren Verlauf seines Weges unsicher zu sein. Statt jemanden zu fragen, entfaltete er einen Stadtplan und orientierte sich. Merkwürdigerweise warf er ihn fort, nachdem er sich den Weg eingeprägt hatte. Fred musste jetzt sehr vorsichtig sein. Hier waren nicht mehr sehr viele Menschen unterwegs, er musste Renner, der sich immer häufiger umsah, einen erheblichen Vorsprung lassen, und erst, sobald der Klubbesitzer um die Ecke eines Häuserblocks bog, rannte Fred hinterher, um den Abstand wieder aufzuholen.

Erst in der Wörther Straße verlangsamte Renner seine Schritte, bis er an einem Hauseingang stehen blieb, das Klingelbrett studierte, irgendetwas aus der Hosentasche zog und wenig später durch die Tür verschwand. Fred lief los, mehr als hundertfünfzig Meter waren es nicht. Hausnummer 6. Das Klingelbrett zeigte vierzehn Namen für das Vorderhaus und sechs für den Seitenflügel. Zwanzig Namen. Was wollte Renner hier? Fred wusste es, bevor er auf den Namen stieß. Fünfter Stock, Vorderhaus. Wilhelm Sargast, Gottfrieds Vater, der ehemalige KZ-Aufseher.

Schlagartig löste sich der Nebel, der diesem Fall anhaftete. Harry Renners Ziel war es, den Tod seiner Eltern zu rächen. Zuerst hatte er Gottfried getötet, und jetzt war dessen Vater dran.

Renner hatte wohl kaum bei Sargast geklingelt, auch bei keinem anderen Hausbewohner, Zeugen konnte er nicht gebrauchen, wahrscheinlich hatte er einen Dietrich benutzt. Sollte Fred bei einem der Nachbarn klingeln? Nein, für ihn galt dasselbe: keine Zeugen. Das Schloss machte einen sehr abgenutzten Eindruck, und zwischen Tür und Rahmen war viel Spiel. Mit einem Stück stabiler Pappe könnte es gelingen, die Falle des Schlosses zurückzudrücken. Fred tastete seine Windjacke ab. Ein eisiger Schreck durchzuckte ihn. Seine Dienstwaffe, sie steckte in dem Lederholster um seine Brust ... Mit einer Pistole in Ostberlin. Wenn die Vopos ihn erwischten, würde er die nächsten zwanzig Jahre gesiebte Luft in einem DDR-Gefängnis atmen. Sollte er sie nicht besser sofort wegwerfen? Nein, die Waffe war registriert, zwar nur im Westen, aber wer wusste, welche Informationskanäle es zwischen Volks- und Westpolizei gab?

Fred schob den Gedanken beiseite. Wie bekam er das Schloss auf? Stabile Pappe. Mit dem Einband von »Früchte des Zorns«? Er zwängte den Buchdeckel zwischen Tür und Rahmen und hebelte und werkelte. Es brauchte einige Versuche, bis sich die Falle endlich ins Schloss drücken ließ und die Tür aufschwang. Fred lauschte ins Treppenhaus. Stille. Niemand war darin unterwegs. Er sprintete los. Im zweiten Stock hörte er, wie weiter oben eine Tür geöffnet wurde. Kinderstimmen ertönten, dazu eine mahnende Frauenstimme und Schritte. Fred hastete wieder nach unten, nahm die Hintertür hinaus in den Innenhof und hoffte, dass die Familie vorne hinausging. Quälende Minuten vergingen, die Stimmen kamen näher, es dauerte, die Kinder quengelten, es gab Geschrei und Gepolter. Dann das Schlagen der Vordertür. Die Luft war rein. Ein Gedanke blitzte in Fred auf: Erna Sargast, Gottfrieds Mutter und Wilhelm Sargasts Ex-Frau, hatte erzählt, dass Wilhelm ein Kind mit seiner neuen Frau hatte. Wenn die zu Hause waren, was würde Renner mit ihnen machen?

Wieder sprintete er die Treppen hinauf und erreichte außer Atem den fünften Stock. Sargasts Eingang war der rechte. Fred legte ein Ohr an die Tür. Zuerst hörte er nichts, dann ein leises Stöhnen und ein Poltern, als wäre ein Stuhl umgekippt. Fred zögerte nicht mehr. Er zog seine Pistole, nahm Anlauf und sprang mit beiden Füßen gegen die Tür. Rund um das Schloss zersplitterte das dünne Holz, die Tür schlug nach innen. Fred sprang hinein. Renner war gerade dabei, einen an einen Stuhl gefesselten und zur Seite gekippten Mann wieder aufzurichten. Er tat es mit einer Hand, in der anderen hielt er ein Messer.

»Das Messer weg!«, befahl Fred und richtete die Pistole auf Harry Renner. Der reagierte, ohne zu zögern, überrascht zwar, aber beherrscht und kein bisschen nervös, ließ das Messer fallen, zog einen Stuhl heran und setzte sich.

»Ich hätte besser aufpassen müssen. Bin wohl ein wenig eingerostet.« Renner schüttelte den Kopf und lachte sein jungenhaftes Lachen.

»Sie sind ein verdammt guter Schauspieler«, sagte Fred und winkte mit der Pistole. »Die Hände auf den Kopf.«

Warum hatte Sargast nur am linken Fuß Schuhe und Strümpfe an? Fred sah, dass der Nagel an seinem großen Zeh fehlte und stattdessen Haut darüber zusammengenäht war, es sah aus wie der Zipfel einer Wurst.

»Der Kerl ist verrückt. Plötzlich steht der in meiner Wohnung. Ich bin so froh, dass Hilfe da ist.« Die Stimme des Mannes zitterte, und er musste mehrere Male nach Luft schnappen, während er sprach. »Das Seil, bitte, lösen Sie das Seil, es klemmt mir das Blut ab.«

»Wie vielen KZ-Häftlingen hast du das Blut abgeschnürt?« Renner sprach mit eiskalter Stimme, kontrolliert und leise. »Wie vielen hast du mit deinem Knüppel den Schädel eingeschlagen? Wie viele hast du mit bloßen Händen erwürgt und dabei gelacht?«

»Was fällt Ihnen ein? Bitte, der Herr«, erneut wandte Sargast sich an Fred, »helfen Sie mir.«

Freds Gedanken rotierten, er steckte in einer verdammten Zwickmühle. Wäre er im Westen, könnte er Renner mindestens wegen Freiheitsberaubung und Einbruch festnehmen, er könnte ihn begründet verdächtigen, auf Rache aus gewesen zu sein. Und er könnte ihn in U-Haft nehmen, da Gefahr bestand, dass er sich Sargast erneut vornahm. Doch jetzt waren ihm die Hände gebunden, er musste so schnell wie möglich zurück nach Westberlin, und er konnte Renner nicht zwingen, ihn zu begleiten. Schlimmer noch, Renner brauchte den Vopos an der Grenze nur einen Hinweis auf seine Pistole zu geben. Renner würden sie ziehen lassen, ihn jedoch nicht. Und selbst wenn alles glattging, wenn Fred problemlos den Westen erreichte, er würde dem Nachtklubbesitzer nichts anhaben können.

»Wo ist Ihre Frau, Herr Sargast? Und Ihr Kind?«, fragte er.

»Auf dem Spielplatz. Die kommen bald zurück.«

Renners Blicke wanderten zwischen Fred und Sargast hin und her. »Ich wollte ihm nichts antun, Herr Lemke. Ich wollte dem Mann, der meine Eltern getötet hat, in die Augen sehen. Ich wollte ihm in Erinnerung rufen, wie er es getan hat. Deswegen bin ich hierhergekommen.«

»Ich glaube Ihnen nicht.«

»Das tut nichts zur Sache.« Renner deutete auf Freds Pistole. »Die brauchen Sie nicht. Wenn ich mit ihm fertig bin, fahre ich mit Ihnen zusammen zurück, und ich werde Ihnen alle Fragen beantworten.«

»Hilfe!« Unvermittelt schrie Sargast los, den Kopf zum geöffneten Fenster hingedreht. »Hilfe!«

Renner sprang auf und presste eine Hand auf dessen Mund. »Das Fenster zu! Schnell!«

Was für eine absurde Situation, dachte Fred: Er musste der Aufforderung folgen, wenn er verhindern wollte, dass hier in Kürze Vopos vor der Tür standen. Ohne die Pistole zu senken, passierte er die beiden und schloss das Fenster.

»Deswegen das Messer«, stieß Renner hervor, während er dem sich heftig wehrenden Mann weiter den Mund zudrückte. »Ich wollte ihn zur Rede stellen und verhindern, dass er um Hilfe ruft.«

»Ich glaube Ihnen nicht«, wiederholte Fred. Was sollte er tun? Panik packte ihn, er fror, sein Puls raste, er konnte jeden Herzschlag hören, sein ganzer Schädel dröhnte in dessen Stakkatorhythmus. »Knebeln Sie ihn.«

Renner zog ein Taschentuch hervor und versuchte, es dem Mann in den Mund zu schieben. Kaum dass er die Hand von seinem Mund wegnahm, schrie Sargast jedoch wieder los. Renner boxte mit einem kurzen Hieb gegen seinen Solarplexus. Sargast sackte vornüber, rang nach Luft und übergab sich. Er hechelte, hustete und spuckte.

»Ich brauche ein Handtuch. Aus der Küche.« Renner wartete Freds Reaktion nicht ab, sprang auf, kehrte mit einem Geschirrhandtuch zurück und wollte es um Sargasts Mund binden.

»Warten Sie.«

Sargast würgte immer noch. Wenn er sich mit dem Tuch vor dem Mund noch mal übergab, würde er eventuell ersticken.

Wieder versuchte er, um Hilfe zu rufen. Wieder presste Renner ihm die Hand auf den Mund.

»Lassen Sie mich machen, Herr Lemke.«

Fred nickte. Renner hob das Messer auf. Fred richtete seine Pistole auf ihn, er würde schießen, sollte Renner Sargast töten wollen, egal welche Folgen das für ihn haben würde. Renner schnitt ein Stück von der Schnur ab, mit der er Sargast gefesselt hatte, und versuchte, sie ihm zwischen die Zähne zu schieben. Er erhöhte so lange den Druck, bis Sargast nachgab, und wickelte dann die Schnur mehrmals um den Kopf. Wieder versuchte Sargast, um Hilfe zu rufen, doch mehr als ein halblautes Grunzen brachte er nicht hervor. Aus seinen Mundwinkeln rann Blut am Kinn herunter. Renner legte das Messer weg und hob die Hände.

»Gehen Sie. Sie können hier nichts mehr machen.«

»Nein, ich werde nicht gehen.«

Renner sah ihn an, sein Blick war hart und unnachgiebig. »Sie kennen meine Vergangenheit. Ich war Soldat, ich war Kämpfer, ich weiß, was es heißt, sein Leben aufs Spiel zu setzen. Sie nicht. Ich werde nicht nachgeben. Es ist besser für Sie, wenn Sie gehen.«

Fred schüttelte den Kopf. »Ich kann nicht. Wenn ich gehe, werden Sie ihn töten.«

Renner atmete tief durch, aus seinen Augen strahlte kalte Wut, auf Fred, auf die verfahrene Situation. Er streckte sich, als müsste er sich selbst ermuntern, den nächsten Satz zu sagen.

»Geben Sie mir ein paar Minuten, okay?«

Fred antwortete nicht, es spielte keine Rolle, ob er zustimmte oder nicht.

Renner zog ein vergilbtes, auf eine dicke Pappe geklebtes Foto aus seiner Jackentasche und hielt es vor Sargasts Augen. »Das sind meine Eltern. Meine Mutter hieß Adaja, das ist Hebräisch und bedeutet ›Der Herr hat sie geschmückt‹. Ein wunderschöner Name für meine wunderschöne Mutter. Sieh sie dir an.«

Sargast schloss die Augen. Renner schlug ihm ins Gesicht.

»Sieh sie dir an.«

Ein hasserfüllter Blick traf ihn, Renner schlug erneut zu, immer wieder, bis Sargast auf das Foto sah.

»Daneben mein Vater, Chayim, das bedeutet ›das Leben‹. Du hast ihnen beides genommen, die Schönheit und das Leben.«

Sargast zuckte verächtlich mit den Schultern und schloss wieder seine Augen. Abermals schlug Renner ihn, bis er ihn wieder ansah.

»Ein Freund meiner Eltern hat das Konzentrationslager Buchenwald überlebt. Er war Zeuge, als meine Eltern starben. Er wollte mir nichts darüber erzählen, aber ich habe ihm keine Ruhe gelassen. Jedes Mal, wenn wir uns begegneten, habe ich ihn bekniet: Liam, befreie mich von den vielen furchtbaren Bildern und Vorstellungen, wie meine Eltern gestorben sind, und gib mir das einzig Wahre, schlimmer als meine Fantasien kann es nicht sein. Es hat gedauert, bis ich einundzwanzig wurde. Der Mann, der deine Eltern tötete, erzählte Liam dann, hatte einen aus einer Hainbuche geschnitzten Knüppel. Wenn er die Häftlinge damit schlug, benutzte er das dünnere Ende. Das tat weh, und manchmal brach ein Knochen, dann war der Mensch für keine Arbeit mehr gut und wurde vergast. An manchen Tagen genügte es diesem Mann nicht, nur zu verletzen. Dann drehte er den Knüppel und schlug mit dem dickeren Ende zu. Dieser Mann hatte erfahren, dass Chayim und Adaja ein Ehepaar waren. Er ließ sie auf die Baustelle der Buchenwaldbahn bringen, als dort die Arbeiten stockten, weil die Häftlinge vollkommen entkräftet waren. Seht her, brüllte er in die Runde, die beiden lieben sich und hoffen jeden Tag, dass das hier alles für sie gut endet. Und ich sage euch, so wird es euch ergehen, wenn ihr weiter dem Schlendrian frönt. Und dann schlug er auf Chayim und Adaja ein, mit dem dicken Ende, bis sie tot waren, und noch weiter, bis man nicht mehr erkennen konnte, ob es sich um Menschen oder Tiere handelte. Der Mann, der das tat, sagte Liam, trug im Sommer Sandalen, meistens mit Strümpfen, manchmal ohne. Dann sah man, dass an seinem rechten großen Zeh der Nagel fehlte, eine schlecht gemachte Operation, die den Zeh wie das Ende einer Wurst aussehen ließ.« Renner ging zu Sargast und trat ihm auf den Zeh. Sargasts Augen weiteten sich vor Angst. »Erinnerst du dich?«

Sargast hechelte nach Luft. Renner erhöhte den Druck. Zögernd nickte Sargast, sein Blick war voller kaltem Hass. Fred machte sich bereit, einzugreifen.

»Wie viele Menschen hast du auf diese Weise getötet?«

Über Sargasts Gesicht huschte trotz der offenkundigen Schmerzen der Hauch eines arroganten Grinsens. Fred spürte, wie sehr Renner um seine Selbstbeherrschung rang. Wäre er nicht dabei, würde Renner wahrscheinlich seiner Wut freien Lauf lassen. Sargasts Atem ging immer schneller. Angst und Panik stiegen in ihm auf, die durch Renners bewegungslose Ruhe noch potenziert wurden. Nach allem, was Fred über Renner wusste, wäre der mit Sicherheit in der Lage, Sargast mit einem schnellen Griff, mit einem entschiedenen Ruck den Hals zu brechen, bevor er eingreifen könnte. Schweiß rann Sargasts Gesicht herunter, sein Unterkiefer begann unkontrolliert zu zucken. Renner betrachtete ihn wie ein Raubtier seine Beute, die keine Chance hatte zu entkommen. Doch dann ließ er von dem Mörder seiner Eltern ab und wandte sich Fred zu.

»Ich wusste nichts über Gottfrieds Vater, bis Sie es mir gesagt haben.«

»Ein bisschen viel Zufall, Herr Renner, finden Sie nicht auch?«, erwiderte Fred und musste zugleich an die Worte von Kommissar Auweiler denken, als der Aristoteles zitierte: »Zur Wahrscheinlichkeit gehört auch, dass das Unwahrscheinliche eintrifft.«

»Ich nenne es nicht Zufall, ich nenne es Fügung. Hören Sie, ich habe gute Kontakte, Herr Lemke. Einer hat mir seine Adresse besorgt.« Renner fixierte Sargast schweigend. Der hielt seinem Blick stand, Reue oder Bedauern war darin nicht zu erkennen, noch nicht einmal mehr Angst, er schien zu spüren, dass sein Leben nicht in Gefahr war. »Ich wollte dem Mörder meiner Eltern in die Augen sehen, wollte sehen, ob da ein Funke von Reue ist. Mehr nicht. Ich habe in meinem Leben selber schlimme Dinge getan, ich kann mich nicht zum Richter und Vollstrecker erheben.« Er nickte Fred zu. »Lassen Sie uns gehen. Ich werde Ihnen keine Schwierigkeiten machen. Mein Gewissen ist rein, ich habe Gottfried nicht getötet.«

Sargast zuckte zusammen und erstarrte. Mit weit aufgerissenen Augen röchelte er unverständliche Worte. Für einen Moment tat er Fred leid. Auf diese Weise hören zu müssen, dass der eigene Sohn ermordet worden war, war brutal.

»Gehen wir«, sagte Fred.

Renner wischte mit seinem Taschentuch den Griff des Messers, den Stuhl und alle anderen Flächen ab, die er angefasst hatte. Bevor sie die Wohnung verließen, deutete er hinaus ins Grüne draußen vor dem Fenster.

»Ein jüdischer Friedhof. Was für ein Mensch muss dieser Mann sein, um hier zu leben nach all den Grausamkeiten, die er begangen hat?«

Sie verließen die Wohnung. Renner hatte einen Bleistift mitgenommen, den er jetzt von außen ins Türschloss rammte und abbrach.

»So wird seine Frau die Tür nicht aufschließen können. Bis die einen Handwerker geholt hat, sind wir längst im Westen.«

Zum Glück begegnete ihnen niemand. Sie gingen zur Straßenbahnhaltestelle, gerade langsam genug, um kein Aufsehen zu erregen. Die Linie 72 brachte sie zurück zum Alexanderplatz. Quälende zwanzig Minuten mussten sie auf die S-Bahn warten, und während der ganzen Zeit wechselten sie kein einziges Wort. Fred war hin- und hergerissen. Das Sicherste für ihn wäre, einen anderen Weg als Renner zurück in den Westen zu nehmen. Er hatte sich entschieden, es zu riskieren, mit der Pistole im Holster unter dem Arm die Grenze zu überqueren, Körperkontrollen durch die Vopos waren äußerst selten. Blieb nur noch das Risiko, dass Renner ihn im entscheidenden Moment verpfiff. Andererseits wollte er ihn nicht aus den Augen lassen. Sein Kopf sagte: »Geh alleine!«; sein Bauch rief: »Du kannst Renner vertrauen.«

Als sie in den S-Bahnhof Friedrichstraße einfuhren, stieg Freds Nervosität. Er schob seine Hände in die Hosentasche, damit ihr Zittern nicht auffiel. Harry Renner neben ihm zeigte nicht die Spur von Unruhe. Sein Schweigen hatte etwas Meditatives, mit seinen Gedanken weilte er in einer anderen Welt und schien weit genug weg zu sein, um sich keine Sorgen wegen des Grenzübertritts zu machen.

»Die Ausweise vorzeigen«, kam eine Kommandostimme vom hinteren Teil des Waggons, und einen Moment später dasselbe Kommando von einem weiteren Vopo, der vorn eingestiegen war. Langsam arbeiteten sie sich durch die Reihen. Ihr Ton war maßregelnd und herablassend, und die Befragten antworteten wie zur Rede gestellte Untergebene. Genau bei Fred und Harry Renner trafen sich die beiden Kontrolleure, der eine nahm Freds, der andere Renners Ausweis.

»Etwas eingekauft in der Hauptstadt der DDR? Agfafilme? Kameraobjektive?«

Der Vopo beäugte die Ausbeulung seiner Jacke, wo das Holster hing und in der inneren Jackentasche der Steinbeck-Roman. Fred öffnete den Reißverschluss gerade so wenig, dass er in die Jacke greifen konnte, und zog das Buch hervor.

»Bei uns gekauft? Haben Sie eine Quittung?«

»Nein.« Fred drehte das Buch, der rückseitige Buchdeckel war von seiner Türöffneraktion stark in Mitleidenschaft gezogen. »Ich habe es schon ein paar Jahre.«

Der Vopo nickte widerwillig.

»Wir waren in der Nationalgalerie«, sagte Renner. »Wir waren sehr neugierig, in welcher Weise sich die kommissarische Leiterin der Galerie, Frau Dr. Vera-Maria Ruthenberg, nach dem unerwarteten Tod des bisherigen Museumsdirektors Dr. Ludwig Justi im letzten Jahr eingebracht hat. Eine sehr schwierige Aufgabe, wie Sie sicher wissen.«

Der Vopo starrte Renner an, als hätte er chinesisch gesprochen.

»Es ist völlig unerheblich«, mischte sich der andere ein, »wie Sie als Vertreter westlicher Dekadenz die Arbeit unserer Kulturschaffenden beurteilen.«

»Natürlich. Wie gesagt, wir waren einfach nur neugierig.«

Die Vopos gaben die Ausweise zurück und gingen ohne Abschied. Fred atmete erleichtert aus, er hatte das Gefühl, die ganze Zeit die Luft angehalten zu haben. Renner lächelte ihn an, sein gewohntes, jugendliches Lächeln voller Charme war wieder zurückgekehrt.

»Ich interessiere mich in der Tat sehr für Kunst.«

• • •

»Was ist mit Ihnen?«, fragte Harry Renner.

Fred starrte die Stelle an, wo er das Fahrrad gegen die Wand gelehnt hatte. »Mein Dienstrad. Geklaut.«

»Ziemlich dreist, am helllichten Tag ein Fahrrad wegzutragen.«

»Es war nicht abgeschlossen.«

»Nicht? In Berlin? Die Hauptstadt der Diebe?«

Falls er das Rad von seinem Geld bezahlen musste, würde ein ganzes Monatsgehalt dafür draufgehen. Am besten behauptete er, das Rad wäre abgeschlossen gewesen, jemand musste die Kette durchtrennt haben.

»Unsere Verabredung gilt, Herr Renner, jetzt noch mehr als zuvor.« Fred deutete auf die Telefonzelle an der Straßenecke. »Ich bitte meine Kollegin dazu.«

»Na klar, kein Problem. Sie finden mich in meiner Wohnung. Geben Sie mir ein paar Minuten. Ich möchte erst mal für mich allein sein.« Mit einem knappen Nicken verabschiedete er sich.

Fred musste ihn ziehen lassen, es gab keine offizielle Handhabe gegen ihn, nichts, was ihn befugt hätte, Renner zu irgendetwas zu zwingen. Fred kramte zwei Zehnpfennigstücke aus seiner Hosentasche und wählte die Nummer der Mordkommission I. Hoffentlich hob Leipnitz ab und nicht Auweiler, der würde ihn garantiert sofort zurückbeordern.

»Sonderermittlerin von Stain.«

Fred konnte sein Glück kaum fassen. »Lassen Sie sich nicht anmerken, dass ich es bin, Ellen, ich erkläre Ihnen alles, sobald Sie hier sind.«

»Wo?«

»Vor Harry Renners Haus.«

»Da war ich vor zwei Stunden, und ich habe zwanzig Minuten umsonst gewartet.«

»Ich weiß, ging nicht anders.«

»Sie klingen etwas gehetzt. Kann das sein?«

»Ja, kann sein.«

»Okay, ich bin in zehn Minuten da. Laufen Sie nicht wieder weg.«

Fred legte auf. Vielleicht hatten Jugendliche das Fahrrad

genommen, waren durch die Gegend gekurvt und hatten es irgendwo in der Nähe wieder abgestellt? Ein wenig Zeit, um sich umzusehen, hatte er noch. Im Eilschritt lief er die nächste Umgebung ab. Nach einer Viertelstunde gab er auf und sprintete zur Händelallee, das Vaterland-Fahrrad blieb verschwunden. Ellen von Stain war schon da und wartete in ihrer Floride mit laufendem Radio. Schlagermusik, wieder mal, deutsch gesungener Müll nach Freds Meinung. Als sie ihn sich nähern sah, drehte sie das Radio lachend lauter.

»›Fräulein‹ von Chris Howland!«, rief sie ihm zu.

Fred hielt sich die Ohren zu. »Großartig«, bemerkte er sarkastisch und setzte sich neben sie. So kurz, wie es ihm möglich war, erzählte er, was sich in den letzten beiden Stunden ereignet hatte, angefangen mit Auweilers Reaktion auf das Verhör, das Ellen und er mit Zeltinger geführt hatten, schließlich Leipnitz' Weisung, dass er sofort losziehen solle, und alles, was er mit Harry Renner in Ostberlin erlebt hatte. Ellen hörte ihm zu, ohne ihn zu unterbrechen. Am Ende sah sie ihn mit einer Mischung aus Begeisterung und Bewunderung an.

»Ich beneide Sie, da wäre ich gerne dabei gewesen.«

»Es war aufregend.« Normalerweise fand er Ellens Sehnsucht nach spannenden Ereignissen eher merkwürdig in Zusammenhang mit polizeilichen Ermittlungen, in diesem Fall jedoch war er sogar ein wenig stolz darauf, wie abenteuerlich sich die ganze Geschichte im Nachhinein anfühlte und wie gut er sich geschlagen hatte.

»Für mich sieht das verdammt danach aus, dass Harry zuerst Gottfried umgelegt hat und dasselbe bei dessen Vater vorhatte«, sagte Ellen. »Da geht es um Rache, das ist ja wohl klar.«

»Vieles spricht dafür, ja.« Der Zweifel in Freds Stimme war nicht zu überhören.

»Kommen Sie! Ich fresse einen Besen, wenn der gute Harry das nicht alles von langer Hand geplant hat. So viele Zufälle kann es gar nicht geben.«

Fred winkte ab. »Gehen wir hoch, dann sehen wir weiter.«

»Lassen Sie sich nicht von ihm einwickeln, Fred. Harry scheint mir auf vielen Ebenen ein Profi zu sein.«

Renner empfing sie mit ernstem Gesicht und konzentriert, keine Spur mehr von seiner jugendlichen Dynamik und seinem exaltierten Charme, was wiederum im Widerspruch zu seiner Kleidung stand, er war wieder zum gewohnten Weiß gewechselt, Schuhe, Socken, Hemd, Krawatte, alles. Auf dem Couchtisch im Wohnzimmer standen Getränke und Gläser bereit.

»Bitte, bedienen Sie sich. Sie müssen genauso durstig sein, wie ich es war, Herr Lemke.«

Renner setzte sich in einen Sessel, Fred und Ellen ihm gegenüber auf die Couch.

»Herr Renner, wir haben noch sehr viel mehr über Ihre Vergangenheit erfahren«, begann Fred. »Bislang haben Sie sich uns gegenüber als einen Mann präsentiert, der aus Wut und Schmerz über den Tod seiner Eltern zum Untergrundkämpfer bei Lechi geworden ist und der sich sehr schnell wieder zurückgezogen hat, weil ihm das heimtückische Morden zuwider war. Inzwischen wissen wir: Sie waren viele

Jahre beim Lechi, Sie waren als Kämpfer auch beim Massaker von Deir Yasin dabei, bei dem 150 Zivilisten wahllos ermordet wurden. Sie sind nicht der junge Mann gewesen, dem der Terror des Lechi zu grausam war.«

Renner sah sie beide ernst an. In seinem Gesicht las Fred weder Überheblichkeit noch Trotz oder Widerstand.

»Bisher hielten wir es für sehr unwahrscheinlich, dass Sie Gottfried Sargast, den Sohn des mutmaßlichen Mörders Ihrer Eltern, aus Rache getötet haben. Nachdem Sie heute versucht haben, seinen Vater Wilhelm Sargast zu töten, sehen wir die Sache anders. Sie haben ein Mordmotiv, und Sie haben die nötige Kaltblütigkeit und Erfahrung.«

Harry Renner ließ sich mit seiner Antwort Zeit. Um sich eine plausible Geschichte zurechtzulegen, die ihn wieder in besserem Licht erscheinen ließ?

»Wissen Sie, Herr Lemke, Frau von Stain, ich war früher als junger Mann gefährlich und voller Hass. Nicht nur wegen des Tods meiner Eltern. Ich war so wie viele jüdische Männer. Wir haben geglaubt, wir müssen kämpfen, um nicht erneut im Holocaust zu verbrennen. Verstehen Sie, ich rede über eine Zeit, als Israel noch kein Staat war, als die Briten in Palästina das Sagen hatten, Anfang der Vierzigerjahre, als Hitler längst begonnen hatte, uns Juden wie Schmeißfliegen zu ermorden. Wir wollten überleben, uns war jedes Mittel recht. Ich war neunzehn, als ich zum Lechi ging. Ich war wütend, ich war wild, und ja, ich habe Menschen getötet für den Jischuv, für die jüdische Sache, und der kompromisslose Lechi passte am besten zu meinem Zorn. Bis es zum Massaker von Deir Yasin kam. Da sah ich uns Juden dieselben Verbrechen gegen Menschen begehen, wie sie gegen uns verübt worden waren, ich sah uns Frauen und Kinder töten, die nichts anderes verbrochen hatten, als Araber zu sein. Diesem Verbrechen lag nicht die grausame Logik von Kriegsführung zugrunde, sondern menschliche Grausamkeit. Das war für mich der Moment, als ich Nein gesagt habe zu den Terroraktionen.«

Harry Renner ließ einen Moment wortlos verstreichen, bevor er fortfuhr.

»Natürlich wollte ich weiter für den Jischuv kämpfen, aber ich wollte nicht mehr töten. Einen Tag nach dem Massaker bin ich beim Sanitätskommando eingetreten, und wissen Sie, was dann passierte? Nur drei Tage später? Mein Sanitätskonvoi wurde am Skopus-Berg von einer arabischen Freischärlergruppe angegriffen, ein Vergeltungsschlag auf Deir Yasin. Sie massakrierten fast alle Ärzte und Krankenschwestern, 77 Juden starben, 23 wurden verletzt. Ich überlebte wie durch ein Wunder.«

Renner versank in seiner Erinnerung. Fred spürte, dass es nicht gut sein würde, ihn jetzt anzusprechen. Renner wollte sich umfassend erklären, und noch war er damit nicht fertig. Fred warf Ellen einen schnellen Blick zu, um sie am Eingreifen zu hindern. Doch sie schien die Situation so wie er zu beurteilen und wartete geduldig ab.

»Ein paar Wochen war ich wie paralysiert, hin- und hergerissen, ich wusste einfach nicht, wie ich mithelfen konnte. Ich wollte, dass für uns Juden ein eigener Staat entsteht, in dem wir Heimat und Frieden finden. Kurz darauf, am 14. Mai 1948, erklärten wir uns für unabhängig und nannten unseren Staat Israel. Am Tag darauf erklärten uns alle arabischen Nachbarn den Krieg. Wieder ging es ums Überleben. Ich trat in die Hagana ein, die erste reguläre israelische Armee. Fünfzehn Monate dauerte der Krieg, fünfzehn Monate mit dem Gefühl: Wir müssen kämpfen, sonst gehen wir unter, es geht nicht anders. Als er endlich vorbei war und unsere Regierung Westjerusalem zur israelischen Hauptstadt ausrief, habe ich Israel verlassen. Das Ziel ist erreicht, sagte ich mir, jetzt will ich für ein paar Monate ein wenig von der Welt sehen, ein bisschen Frieden. Seit ich denken kann, sind um mich herum nur Kampf und Tod. Aber was ich in Rom, in Zürich, in Paris erlebt habe, das hat mich verändert. Ich habe Musik gemacht, ich habe gekellnert, ich habe Frauen kennengelernt, ich habe mit Menschen Spaß gehabt, die aus allen Winkeln der Welt kamen, Christen, Juden, Moslems, Buddhisten, Hindus, Atheisten – es war wunderbar! Trotz aller Unterschiede war es wie eine einzige Party mit Gleichgesinnten. Und wissen Sie, wann die Party jedes Mal finster und furchtbar und toxisch wurde? Wenn Sturköpfe auftauchten, Prinzipienreiter, verbohrte Fundamentalisten, die glaubten, was Besseres zu sein, mehr Rechte zu haben, weil sie Juden, weil sie Katholiken, weil sie Nazis waren, weil sie adelig waren, weil – weiß der Teufel was! Trotzdem war ich immer noch bereit, nach Israel zurückzukehren. Das ist alles nur eine vorübergehende Auszeit, habe ich mir gesagt. Bis der Aufruf vom Berliner Senat kam mit den 6000 Mark, aus Deutschland, aus der Keimzelle des Hasses, mit dem ich aufgewachsen bin. Das war der Moment, wo ich mich entschieden habe, einen anderen Weg einzuschlagen. Weg von dem ewigen Kampf. Palästina, das ist mir klar geworden: Wir werden da immer weiterkämpfen. Die Palästinenser werden uns nie dort haben wollen, und das mit einem gewissen Recht, so wie wir Juden ein gewisses Recht auf das Land unserer Väter haben. Keiner wird nachgeben, und am Ende wird nur das Recht des Stärkeren zählen. Der Stärkere, wer wird das sein, und wie hoch wird der Preis sein? Nein, ich glaube, es wird nie ein Ende geben. Es wird hin und her gehen wie die Brandung des Ozeans. Eine Generation wird der nächsten beibringen, wie man kämpft, und nicht, wie man in Frieden miteinander lebt. Nein. Nein. Ich habe mich entschieden, das Leben als Geschenk zu nehmen, das Leben als Mensch, nicht als Jude oder sonst was. Es zu genießen, das Positive zu sehen, den Menschen das Positive zu zeigen, es mit ihnen zu leben, zu teilen. Meine Zukunft soll das Gemeinsame sein, meine Zukunft soll sein, jeden sein zu lassen, wie er ist, und der Ballroom ist meine Probebühne für das Neue. Nur ein Nachtklub, ich weiß, und trotzdem auch ein Modell. Bislang ist es wunderbar gelaufen, und ich werde weiter daran arbeiten. Alles andere, der Kampf, das Morden, das ist für mich vorbei, auf ewig. Nennen Sie mich naiv oder einen Drückeberger oder feige, es ist mir egal. Die Menschen, mit denen ich heute zu tun habe, nennen mich großzügig, freundlich, positiv, zugewandt, friedliebend. Vielleicht bin ich mit den Frauen ein wenig zu leichtsinnig, aber das wird man mir verzeihen können, oder? Ich würde jedenfalls niemals wieder einem Menschen Gewalt antun. Wilhelm Sargast, dem Mann, der meine Eltern getötet hat, wollte ich in die Augen sehen, wenn ich ihn mit der Vergangenheit konfrontiere. Mehr nicht. Ich wollte die Akte schließen, wenn Sie so wollen, schließen und weglegen. Das ist meine Geschichte, glauben Sie sie oder glauben Sie sie nicht.«

Fred forschte in Harry Renners Gesicht. Nein, das war keine Geschichte, die man sich ausdachte.

»Und wie schon gesagt, Herr Lemke, dass ausgerechnet der Sohn des Mörders meiner Eltern zu mir gefunden hat«, fügte Renner hinzu, »ist kein Zufall, auch nicht, dass ich erst durch Sie, Herr Lemke, erfahren habe, wer er ist. Das ist eine Prüfung Gottes. Die ich bestanden habe. Das ist mir sehr wichtig.«

»Trotzdem bleiben Sie ein Verdächtiger, der kein Alibi für die Tatzeit hat«, sagte Ellen. »Zumal Sie in dem Gespräch mit Fred Lemke und Kommissar Leipnitz nicht die volle Wahrheit über Ihre Vergangenheit gesagt haben.«

Ich kann es nicht ändern, drückte Renner mit einer Geste aus. »Würden Sie ohne Not die intimsten Aspekte Ihres Lebens vor Fremden ausbreiten?«

»Ich stehe nicht unter Mordverdacht«, erwiderte Ellen.

»Glück für Sie. Und wenn es anders wäre? Ich bringe den Namen ›von Stain‹ in einen Zusammenhang, der mir an Ihrer Stelle nicht sehr angenehm wäre.«

Ellens Blick wurde kalt. »Im Gegensatz zu Ihnen habe ich in meinem Leben noch niemanden getötet.«

Harry Renner nickte schwer. »Sie haben recht, es tut mir leid.«

»Wie stehen Sie zu Otto Zeltinger?«, fragte Fred.

Renner reagierte irritiert. »Versteh ich nicht. Was hat der Zeltinger damit zu tun?«

»Ihr Türsteher sagte, er hätte von Ihnen den Auftrag, Zeltinger nach Möglichkeit nicht in den Ballroom zu lassen, ihn, sooft es ging, abzuweisen.«

»Er verbreitet eine unangenehme Stimmung.«

»Weil er was gegen Juden hat?«

Renner antwortete nicht sogleich. »Vielleicht. Warum fragen Sie?«

»Wie intensiv ist Ihre Feindschaft?«

»Ich würde es nicht Feindschaft nennen.«

»Er denn?«

»Da fragen Sie besser ihn selber.« Er lachte ironisch auf. »Wollen Sie damit andeuten, er könnte der Armbrustschütze gewesen sein?«

»Ich deute gar nichts an, ich stelle nur Fragen.«

»Zeltinger ist ein Großmaul, ein Opportunist. Der klinkt sich überall ein, wo etwas Besonderes läuft. Ein Mörder? Nein.«

»Seit es den Ballroom gibt«, sagte Ellen, »geht keiner mehr in Zeltingers Nachtklub.«

»Ich glaube, das liegt am Namen«, schmunzelte Renner. »Nacht-Schaukel, da denkt man doch an Schlafmütze und Prostatabeschwerden.«

»Zeltinger scheint seinen Misserfolg sehr persönlich zu nehmen.«

»Das hindert ihn aber nicht daran, ständig bei mir herumzuhängen.«

»Warum, wenn auch er Sie nicht mochte?«

»Warum? Das hatten wir doch schon! Weil bei mir die Stars sind, die Promis, die GIs, die Sportler, die Politiker, die Industriellen. Der hat sich an alle rangeschmissen.«

»Noch mal zu den Drohbriefen, die Sie erhalten haben«, sagte Fred. »Kann es sein, dass Sie doch noch einen irgendwo herumliegen haben?« Renner, das war offensichtlich, wollte schon verneinen. Fred hob die Hand. »Bleiben Sie bei dem, was Sie begonnen haben.«

»Was meinen Sie?«

»Sich an die Wahrheit zu halten.«

Renner zögerte, dann erhob er sich, verschwand in einem der Räume und kehrte kurze Zeit später mit einem Schuhkarton aus edler Pappe zurück, in den der goldene Schriftzug ›Gucci‹ eingeprägt war. »Bitte sehr.«

Fred hob den Deckel und sah einen Stoß mit Schreibmaschine geschriebener Zettel, Drohbriefe, die gespickt waren mit übelsten, antisemitischen Beleidigungen, und jeder endete mit dem Satz: »Deine Stunde schlägt bald. Du weißt nicht wann, aber ich weiß es. Jude verrecke.«

»Sie haben die Drohungen nicht ernst genommen. Warum?«

»Die ersten zwei, drei habe ich ernst genommen. Ich war sehr vorsichtig. Doch als ein Brief nach dem anderen kam und nichts passierte, wusste ich: Der Verfasser dieser Botschaften reagiert sich damit ab, mehr nicht, und das tut er, weil er zu feige ist, das zu tun, was er androht.«

»Es hätte auch anders sein können: Derjenige steigert mit jedem Brief seine Wut, bis sie groß genug ist, um zuzuschlagen.«

Harry Renner schüttelte sanft den Kopf. »Ich habe auf meine Intuition vertraut.« Er lächelte. »Wissen Sie, was einer meiner früheren Kommandanten gerne zu mir gesagt hat? Harry, du bist wie ein schwarzer Panther, du witterst die Gefahr, und wenn sie dich doch einholt, entkommst du ihr geschmeidig und fällst immer auf die Füße.«

Renner lächelte beide an, offen und freundlich.

»Das bin ich immer noch. Ich habe nur die Farbe gewechselt.«

• • •

»Es geht nicht, Fred, tut mir leid.«

Fred starrte Ellen entgeistert an. »Ohne Durchsuchungsbefehl kommen wir an Zeltingers Schreibmaschinen nicht ran. Ich kann keinen beantragen, und Auweiler und Merker reißen mir eher den Kopf ab, als einen zu unterschreiben.«

»Wenden Sie sich an Leipnitz«, antwortete Ellen mit verschlossener Miene.

»Der wird sich nicht gegen Merker und Auweiler stellen. Wovor haben Sie Angst, Ellen?«

»Angst!«, brauste Ellen wütend auf. »Es geht nicht um Angst. Wenn ich mich offen gegen Merker stelle, würde ich gewinnen, ja, aber ich würde auch seine Autorität untergraben. Grasner wäre darüber nicht begeistert.«

Grasner, der stellvertretende Polizeichef, dem Ellen, soweit Fred wusste, ihre Stellung als Sonderermittlerin zu verdanken hatte. »Sollte Zeltinger die Briefe geschrieben haben, stellen sie ein schwerwiegendes Mordmotiv dar.«

»Ich weiß. Trotzdem kann ich nichts tun.« Sie startete den Motor und fuhr ruppig los. Bis zum LKA schwieg sie. Fred nutzte die Zeit, sich seine Geschichte zurechtzulegen, wie das Dienstrad Opfer eines Diebes geworden war, der die Kette durchtrennt haben musste, und vor allem, wie er Hanna wegen des beschädigten Buchs besänftigen konnte. Zu Letzterem fiel ihm keine andere Lösung ein, als es neu zu kaufen, und da Hanna sehr empfindlich war, wenn es um ihre Bücher ging, musste es in jedem Fall exakt dieselbe Ausgabe sein.

Im Dezernat herrschte dicke Luft. Kaum war Fred durch die Tür getreten, war Auweiler aufgesprungen und hatte ihn hinüber zu Merker eskortiert. Zeltinger hatte sich zwischenzeitlich beim Chef der Hauptabteilung Delikte am Menschen, Kriminaloberrat Mayer, beschwert, nur über Fred, nicht über Ellen von Stain, und Mayer hatte die Beschwerde nach unten an Merker weitergereicht.

Der Anschiss, den Fred nun einstecken musste, war heftig, außerdem wurde ihm untersagt, weiter in dem Fall zu ermitteln, ohne dass Auweiler zuvor über jeden noch so kleinen Schritt informiert wurde. Das galt künftig auch, wenn er in Begleitung der Sonderermittlerin von Stain handelte. Auweiler war darüber keineswegs glücklich und bat darum, »angesichts der Tatsache, dass Kommissar Leipnitz deutlich angefasster an allen bisherigen Ermittlungen beteiligt ist, diesem die direkte ununterbrochene Betreuung des mäandernden Kriminalassistenten zu übertragen«. Merker stimmte, wenn auch nur zögernd, schließlich zu. Zuletzt verdonnerte er Fred dazu, sich noch am Samstag persönlich bei Otto Zeltinger für sein Verhalten zu entschuldigen.

Kaum dass sie die Tür zu Merkers Büro hinter sich geschlossen hatten, legte Auweiler los. »Wenn Sie beabsichtigen, das Niveau dieser Abteilung in unterirdische Sphären zu katapultieren und ihr wohlfeiles Ansehen zu zerschmettern, werden Sie von meiner Wenigkeit aufs Energischste daran gehindert werden, Lemke.«

»Das sehe ich anders. Es gibt starke Verdachtsmomente gegen Otto Zeltinger, denen müssen wir nachgehen.«

»Fangen Sie schon wieder an?« Auweiler wirkte eher fassungslos als erbost.

»Ich verstehe nicht, wieso wir einen Verdächtigen anders behandeln sollen als jeden anderen, nur weil er ein Politiker und angesehenes Mitglied der Gesellschaft ist. Mord ist Mord.«

»Jetzt bleiben Sie mal auf dem Teppich. Diese Drohbriefe ...«

»Antisemitische Hassbriefe mit Morddrohungen«, warf Fred ein.

»Die Briefe kann jeder geschrieben haben.«

»Ja, und eben auch Otto Zeltinger.«

»Wie naiv sind Sie denn? Der wird sich mitnichten wegen einer kleinen Rivalität um seine gesellschaftliche und politische Reputation bringen.«

»Er wäre nicht der erste Mörder, der glaubt, einen perfekten Mord zu begehen.«

»Papperlapapp. Causa finita est, Sie haben Kriminalhauptkommissar Merker gehört, die Sache ist entschieden,

Finger weg von Zeltinger. Ihre Entschuldigung bei ihm wird der finale Akt in diesem erbarmungswürdigen Schauspiel sein.«

Sie betraten ihr Büro. Leipnitz sprang auf, viel zu heftig, fast als wollte er einen Sprintlauf starten.

»Herr Lemke, begleiten Sie mich bitte zu einer wichtigen Maßnahme.« Seine Stimme überschlug sich, wie bei einem jungen Mann im Stimmbruch, und vibrierte vor Nervosität.

»Mach ich«, antwortete Fred und sah zu Ellen hinüber, die an seinem Schreibtisch saß und sich mit geschlossenen Augen den Luftstrom des Tischventilators übers Gesicht streichen ließ. Offenbar hatte sie entschieden, sich in das, was gerade passierte, nicht involvieren zu lassen. Ein wenig enttäuscht folgte Fred Leipnitz. Ellens Souveränität hatte also auch ihre Grenzen.

Erst im Treppenhaus wandte sich Leipnitz an Fred, mit deutlichem Stolz in der Stimme. »Frau von Stain hat mich ins Bild gesetzt. Ich habe mit dem Staatsanwalt gesprochen, wir haben das Plazet, bei Otto Zeltinger zu Hause und in seinem Büro die Schreibmaschinen sicherzustellen.«

Fred verschlug es die Sprache. Seit er in diesem Dezernat arbeitete, stellte sich Leipnitz damit das erste Mal offen gegen Merker und Auweiler.

Sie eilten die Treppen hinunter, mit jedem Schritt wurde Leipnitz' Nervosität weniger, und als sie unten im Hof in der Fahrbereitschaft ankamen, war sie vollkommen verflogen, und er lächelte still vor sich hin.

Als sie zwei Stunden später zurückkehrten, hatten sie vier

Schreibmaschinen sichergestellt, drei in Zeltingers Büro, eine Reiseschreibmaschine bei ihm zu Hause, die sie umgehend in die Spurensicherung brachten. Der diensthabende Beamte dort bot an, einen schnellen Blick darauf zu werfen und in einer Viertelstunde Bescheid zu geben, eine genauere Analyse werde dann Samstag in der Früh folgen. Als Leipnitz und Fred kurz vor 21 Uhr ins Büro zurückkehrten, war es verwaist.

»Was für ein Tag!« In Leipnitz' Stimme klang Stolz mit.

Ja, was für ein Tag, dachte Fred und schaltete den Ventilator auf seinem Schreibtisch ein. Ein Zettel flatterte ihm entgegen: Ein von Ellen von Stain unterschriebenes und gestempeltes Formular, mit dem Fred den Diebstahl des Dienstfahrrads beim Raubdezernat melden konnte: »Verlust ohne eigenes Verschulden« hatte sie handschriftlich eingetragen. Fred war darüber regelrecht gerührt. Ohne Aufhebens davon zu machen, hatte sie ihm unangenehme Fragen erspart, geschweige denn womöglich für den Verlust aufkommen zu müssen.

»Ich hatte Sie schon mal auf die Gewerkschaft angesprochen, Herr Lemke, ob Sie Mitglied werden wollen«, sagte Leipnitz, während er in seine arg mitgenommene Ledertasche seine Brotdose, einen Henkelmann, eine leere Apfelsaftflasche und einige Zeitungen packte. »Wir setzen uns auch für die Fünftagewoche ein. Stellen Sie sich das vor, dann hätten wir beide nun nicht nur Feierabend, sondern auch am morgigen Tag frei.«

»Das klingt zu schön, um wahr zu sein.«

»Ja, aber es ist nötig, die Menschen arbeiten zu viel. Vor allem die, die Familie haben.«

»Haben Sie Familie?«

Leipnitz schüttelte den Kopf. »Sie?«

»Nein, aber samstags freizuhaben, fände ich trotzdem gut«, antwortete Fred.

»Sie werden sehen, irgendwann wird es so weit sein.«

Fred konnte sich das nicht vorstellen. Niemand arbeitete nur fünf Tage die Woche, und soweit er die Nachrichten verfolgte, prophezeiten zumindest die Politiker der CDU und der FPD den wirtschaftlichen Niedergang der noch so jungen Bundesrepublik, sollte sich die Gewerkschaft mit ihrer Forderung durchsetzen.

Leipnitz las den Zettel, den er auf seinem Schreibtisch gefunden, aber erst einmal zur Seite gelegt hatte.

»Sonderdienst, morgen von 6 Uhr bis 20 Uhr, gezeichnet KHK Merker«, las er lächelnd vor. Es war klar, dass der Sonderdienst eine billige Retourkutsche von Auweiler und Merker darstellte, weil Leipnitz sich im Fall Zeltinger gegen sie durchgesetzt hatte. Zugleich war es jedoch ebenso ein Eingeständnis, dass ihm genau das gelungen war: sich durchzusetzen.

»Das wird für mich eine kurze Nacht«, sinnierte Leipnitz, »aber ich schlafe ohnehin nur wenig.« Er hielt inne. »Herr Lemke, Sie haben ...« Das Klingeln des Telefons unterbrach ihn, er hob ab und hörte zu. »Sind Sie sicher?« Er nickte, als sein Gesprächspartner antwortete. »Danke.« Er wandte sich Fred zu. »Die Drohbriefe wurden mit einiger Sicherheit auf der Reiseschreibmaschine geschrieben, die Sie im Haus von Otto Zeltinger sichergestellt haben.«

»Heilige Scheiße«, entfuhr es Fred, »oh, Entschuldigung. Dann sollten wir ihn sofort festnehmen.«

Leipnitz schüttelte den Kopf. »Erst wenn es absolut sicher ist, die detailliertere Analyse macht die Spurensicherung morgen früh. Wenn wir einen Fehler machen, kommen wir beide in Teufels Küche.«

Fred hielt sein Gesicht ganz nah an den Ventilator. Zeltinger also. Dass er die Drohbriefe geschrieben hatte, passte zu ihm. Aber war er auch ein Mörder?

»Gehen Sie nach Hause, Herr Lemke. Sie haben gute Arbeit geleistet«, lobte Leipnitz und hielt für einen Moment inne. Sein Blick war ruhig, und aus in seinen Augen sprach etwas, was Fred bei ihm noch nie gesehen hatte, eine Art von selbstbewusster Autorität. »Gleichwohl ist mir klar, dass Sie und Sonderermittlerin von Stain etwas verschweigen. Ich will Sie nicht in Verlegenheit bringen und fragen, worum es sich handelt, gebe aber zu bedenken, was ich Ihnen schon einmal sagte: Die Informationen, die zur Überführung eines Täters führen, müssen vor Gericht hundertprozentig verifizierbar sein. Sonst haben Sie gegebenenfalls am Ende einen Mörder, aber dem Richter bleibt nichts anderes übrig, als ihn freizusprechen.«

Der Satz begleitete Fred, als er das LKA verließ und sich auf den Weg zur U-Bahn machte.

Keine der Informationen von der CIA konnte vor Gericht verwertet werden. Das galt für alles, was Harry Renner verdächtig machte. Ohne den KZ-Hintergrund gab es weder ein Motiv, warum Renner Gottfried Sargast hätte töten wollen, noch gab es ohne das Wissen um seine Vergangenheit als Untergrundkämpfer ein Indiz, dass er überhaupt zu einem solchen Mord fähig war. Ebenso wenig nutzte es, was Gottfrieds Mutter ihnen über die Beteiligung des Ministeriums für Staatssicherheit erzählt hatte. Unter anderem ergab sich daraus die bittere Ironie, mit Gerda Kalitz höchstwahrscheinlich eine Stasiagentin in U-Haft zu haben, die mehr Licht ins Dunkle bringen könnte, die er jedoch nur wegen des Besitzes eines gefälschten Ausweises belangen und verhören konnte, mehr nicht. Und zu guter Letzt: Selbst wenn der Schriftbildvergleich wasserdicht ergeben würde, dass die Morddrohungen gegen Renner von Zeltinger stammten, wäre das noch lange kein Beweis, dass es sich bei ihm um den Mörder handelte. Sollte Zeltinger tatsächlich der Täter sein, würde er spätestens nach dem Konfiszieren seiner Schreibmaschinen den Ernst der Lage erkannt haben und alles verschwinden lassen, was als Beweis gegen ihn verwendet werden konnte, falls es da überhaupt etwas gab.

Unterm Strich ließ sich dieser Fall auf eine simple Wahrheit reduzieren: Ohne einen Zeugen, jemanden, der den Täter identifizieren konnte, würde dieser Mord ungelöst bleiben.

Noch bevor sich die Türen der U-Bahn der Linie B schlossen, sprang Fred wieder hinaus, lief zurück zum LKA, besorgte sich ein Fahrrad von der Fahrbereitschaft und machte sich auf den Weg zum Lehniner Platz. Unterwegs kaufte er sich eine Tüte Kekse und drei Flaschen Coca-Cola, die sich dummerweise nicht auf dem Gepäckträger festklemmen ließen – die etwas schlappe Gepäckklammer hielt nur eine einzige Flasche. Die anderen steckte er in die Außentaschen seiner Windjacke. Damit sie nicht herausfielen, musste er sehr vorsichtig fahren. Er hatte sich schon oft gefragt, warum Frauen ständig Handtaschen mit sich herumtrugen, jetzt wäre eine sehr praktisch. Was war eigentlich drin in so einer Handtasche? Auch Ellen erschien meistens mit einer zum Dienst, allerdings eine mit einem langen Riemen, um sie sich umzuhängen, und sie bewahrte darin ihre Dienstwaffe auf, für die sich in der Tat unter Frauenkleidung nur schlecht Platz finden ließ.

Am Lehniner Platz kettete er das Rad an einen Laternenpfahl, sodass er es ständig im Blick haben würde. Er musste über sich selbst lachen, fast glaubte er mittlerweile selber, bei dem anderen Fahrrad Opfer eines professionellen Diebs geworden zu sein, der jedes Schloss dieser Welt nach Belieben knackte.

Die Abenddämmerung hatte schon eingesetzt. Er kroch in den etwa einen Meter durchmessenden Tunnel, den der Armbrustschütze in die Brombeeren geschnitten hatte, stellte die drei Colaflaschen vor sich hin, setzte sich in den Schneidersitz und sah sich um. Hier war es noch dunkler.

Er gähnte, einmal, zweimal, seine Augen tränten, und aus dem Nichts überfiel ihn tiefe Müdigkeit. Bis eben noch hatten ihn die Anspannungen des Tages, die Ereignisse der letzten Stunden und der schale Kaffee aus Sonja Krauses Thermoskanne problemlos wach gehalten, doch in diesem Moment, mit dem Gedanken, dass das, was er gerade tat, im

Grunde sinnlos war, brachen alle Dämme. Der Schlafmangel der vielen Tage, seit er seinen Dienst in der Mordkommission I angetreten hatte, forderte seinen Tribut. Seine Beinmuskeln zitterten, kalter Schweiß bildete sich auf seiner Stirn, Schwindel packte ihn. Das Bedürfnis, die Augen zu schließen und einfach nur zu schlafen, war überwältigend.

Das hast du gerade erst hinter dir, Fred, erinnere dich, wo du heute Morgen aufgewacht bist …

Er tastete nach einer Colaflasche. Vorsichtig, um ihn nicht abzubrechen, hebelte er mit dem Türschlüssel seiner Pension den Kronkorken herunter. Die Kälte des Getränks war ihm angenehm, dessen klebrige Süße nicht, doch zusammen mit dem Koffein darin würde es vielleicht seinen Kreislauf wieder ein wenig beleben. Zwischen den Blättern über ihm blinkten vereinzelt Sterne. Als Kind war er fest davon überzeugt gewesen, dass sie ihm zublinzelten, freundliche Augen, die weit weg waren. Ein Junge aus der Nachbarschaft hatte einmal geprahlt, er wüsste, dass es mehr als tausend Kilometer bis zum nächsten Stern waren, weiter als bis nach Russland, sogar weiter als bis zum Mond und überhaupt Jahre entfernt. Was Jahre mit der Entfernung zu tun hatten, hatte Fred nicht verstanden, und auch später, als er gelernt hatte, dass es sich um Lichtjahre handelte, hatte er sich nicht vorstellen können, was das bedeute, niemand konnte das: ein Lichtjahr gleich 9,5 Billionen Kilometer, 9500 Milliarden Kilometer. Spätestens da hatten das Blinken und Blinzeln da oben ihre Freundlichkeit und ihren Zauber verloren und einem anderen Gefühl Platz gemacht:

Wenn er sich draußen in der Dunkelheit auf eine Wiese legte und seine Blicke und Gedanken zu den Sternen am Himmel wandern ließ, fühlte er sich unbeschreiblich verloren. Was war schon die winzig kleine Erde in einem Weltall, das so riesig war? Und um wie viel unbedeutender waren die Menschen, die darauf herumliefen und sich so unendlich wichtig nahmen?

Fred leerte die Cola. Hier hatte sich der Mörder also eingenistet. Um sein Opfer nicht zu verpassen, wird er früh genug gekommen sein, vielleicht gegen 2 Uhr. Je nachdem, ob Harry sein Ziel war, der meistens nicht bis zum Schluss blieb, oder Gottfried, der immer als Letzter ging. So oder so musste der Täter eine Zeit lang geduldig gewartet haben und trotzdem sehr wachsam gewesen sein, durfte sich nicht ablenken lassen. Hatte er sich auf den Boden gelegt? Zum Schießen auf jeden Fall. Präzisionsarmbrüste hatten vorne eine herunterklappbare Stütze, er konnte sie die ganze Zeit schussbereit am Boden vor sich liegen gehabt haben. Und wie hatte er die Wartezeit überbrückt?

Fred kniete sich hin, schon nach kurzer Zeit schliefen ihm die Beine ein. Im Schneidersitz ging es ihm nicht wesentlich anders, und das Taubheitsgefühl wieder loszuwerden, war auch nicht einfach, in dem niedrigen Tunnel konnte man sich nicht aufrecht hinstellen, um das Blut wieder zirkulieren zu lassen. Nein, der Mörder wird etwas zum Sitzen mitgebracht haben, etwas Zusammenklappbares, leicht zu Transportierendes. Wahrscheinlich einen von diesen Campinghockern, die man in jedem Kaufhaus finden konnte. Camping war für die Masse der Deutschen, die sich keinen Urlaub in einer Pension oder gar einem Hotel leisten konnten, der letzte Schrei. Die Hocker bestanden aus sehr stabilem Draht und einer Stoffbahn, und zusammengelegt waren sie nicht größer als eine DIN-A4-Seite und nicht dicker als zwei Zentimeter.

Gut, der Täter saß also auf einem Hocker, und die gespannte Armbrust lag bereit. Sobald er nach den Schüssen das Versteck verließ, musste er zumindest die Armbrust gut verbergen, niemand würde mit einer derart auffälligen, zudem verbotenen Waffe offen durch die Gegend marschieren. In einer großen Tasche? Frühmorgens würde er sich auch in der Hauptstadt der Diebe damit verdächtig machen, wahrscheinlicher war, dass er sie unter einem sehr weiten Kleidungsstück verbarg. Fred musste unwillkürlich an einen Roman von Karl May denken, »Der Schut«, den er in der Bücherscheune in Ihlow entdeckt und mit großem Vergnügen verschlungen hatte. Darin bediente sich der Verbrecher Mübarek einer doppelten Identität: als Bettler, der sich nur mit hölzernen Krücken fortbewegen konnte, und als Heiliger, der sich in der Bevölkerung durch das Klappern seiner Gebeine Ehrfurcht verschafft hatte, das jedoch nur von den Krücken verursacht wurde, die er unter seinem weiten Gewand mit sich herumtrug, um jederzeit schnell in die Rolle des Bettlers schlüpfen zu können.

Fred riss die Kekstüte auf, Spritzgebäck mit Schokoladenüberzug. Mit dem ersten Keks merkt er, was für einen gewaltigen Hunger er hatte. In kurzer Zeit hatte er die halbe Tüte geleert, die zweite Hälfte wollte er sich für später aufbewahren. Zum Nachspülen öffnete er die zweite Cola. Langsam kam seine Energie wieder zurück, und überdies packte ihn eine Art Jagdfieber, auch wenn er keinen Schimmer hatte, ob dieses hypothetische Nachstellen des Mordes zu irgendetwas führen würde.

Der Mörder hatte seine Tat gut vorbereitet, und er hatte an alles gedacht, nichts dem Zufall überlassen. Alles deutet auf einen Profi hin, jemanden, der sich bestens mit Polizeiarbeit auskannte.

Fred stöhnte auf, so weit war er schon vor drei Tagen gewesen! Ein Unterschied war allerdings, dass er jetzt mit Harry Renner, anders als mit Zeltinger, einen Verdächtigen hatte, auf den das alles bestens passte.

Harry hat den Ballroom gegen 4 Uhr morgens verlassen, alleine, ohne Zeugen. Genug Zeit, um sein Auto irgendwo abzustellen, zu Fuß hierher zurückzukehren mit allen Utensilien, die er brauchte. Fred ließ die Szene vor seinem Auge abspielen: Als Gottfried den Ballroom verlässt, schießt Renner, verfehlt sein Ziel, erkennt, warum der Bolzen nicht getroffen hatte, reißt eine der Federn vom nächsten Bolzen ab, damit der mehr Drall bekommt, spannt nach, schießt erneut und trifft. Mit der Ruhe eines Profis räumt er seine Sachen zusammen, kriecht rückwärts aus dem Tunnel hinaus, während er vorne alle Spuren im Boden mit dem Brett beseitigt. Umsichtig und konzentriert. Moosbacher und seine Leute hatten keine Stofffaser, kein Haar, keine Hautabschürfung an den Stacheln des Brombeergestrüpps gefunden. Jetzt erreicht er die Straße. Was weiter? Seine Kleidung ist verdreckt, der Staub könnte ihn verraten, er muss sie, vor allem jedoch die Armbrust loswerden. In den Trümmerfeldern hier im Umfeld gibt es so unendlich viele Möglichkeiten, Dinge unauffindbar zu verstecken, niemand kann alle Spalten zwischen Betonplatten und Mauerresten durchsuchen.

Entscheidend ist also: Wer könnte den Täter gesehen haben? Gegen 5 Uhr morgens. Alle infrage kommenden Anwohner waren ergebnislos befragt worden. Wer noch? Zufällig vorbeigehende Passanten konnte man vergessen. Wie sollte man die ausfindig machen? Die einzige Chance war, jemanden zu finden, der jeden Tag in der Woche um diese Zeit auf dem Weg zur Arbeit war. Also auch heute. Ein Zeuge, der den Täter auf einem Foto wiedererkannte. Rucki, Harry, Rosi, Zeltinger oder Herr Unbekannt, einen Auftragsmörder, gedungen von Otto Zeltinger, um seinen verhassten Konkurrenten loszuwerden.

Fred leerte die Kekstüte und die dritte Flasche Cola. Nach dieser Nacht würde ein weiterer normaler Arbeitstag folgen, bis endlich Sonntag war. Er sah auf seine Armbanduhr. Halb elf. Konnte er bis morgen früh durchhalten? So müde, wie er jetzt schon war? Er könnte nach Hause fahren, sich den Wecker stellen, drei Stunden schlafen. Die Vorstellung war brutal, wahrscheinlich würde er in dem Wissen, sehr bald wieder geweckt zu werden, und wie wichtig es war, nicht zu verschlafen, gar keinen Schlaf finden. Und was, wenn er in Begleitung wäre, jemand, mit dem er reden konnte, zwei, die sich gegenseitig wach hielten?

Bevor er den Gedanken bis zur Leblosigkeit durchkneten würde, machte er sich auf den Weg: An der Ecke Brandenburgische Straße und Ku'damm hatte er eine Telefonzelle gesehen, zwanzig Pfennig Kleingeld hatte er auch noch. Er ließ sich Zeit. Davon hatte er genug. Das Licht in der Zelle war kaputt, die Scherben des Schutzglases mit dem eingelassenen Gitter, hinter dem die Leuchtstoffröhre brennen sollte, lagen verstreut auf dem Boden. Wer immer den Schaden angerichtet hatte, musste irgendein schweres Werkzeug benutzt haben, einen Hammer oder eine Eisenstange. Das waren die Halbstarken, die Rocker, die Eckensteher, die nichtsnutzigen Jugendlichen, hieß es immer ganz schnell, doch Fred hatte, wenn er nachts unterwegs war, oft genug beobachtet, wie wütende, deutlich ältere Männer Zerstörungen wie diese anrichteten, Männer, die Fred zutiefst einsam und verzweifelt erschienen, wie zerstörte Seelen, die keinen anderen Weg fanden, auf sich aufmerksam zu machen, Männer, es waren nie Frauen, die höchst gefährlich wirkten und denen man besser aus dem Weg ging.

Der Hörer hing herunter und tutete unbeirrt sein Freizeichen. Fred wählte Ellens Nummer, paradoxerweise hoffte ein Teil von ihm, dass sie nicht abhob.

»Von Stain.« Sie klang ungehalten, aber nicht wie jemand, der aus dem Schlaf gerissen wurde.

»Ich habe eine Idee, wie wir vielleicht einen Zeugen finden, der den Täter gesehen hat.« In dem Moment, da er das sagte, wurde ihm bewusst, wie absurd gering diese Chance war.

Nachdem er Ellen seine Gedanken dargelegt hatte, sagte sie dasselbe.

»Sie haben recht«, gab Fred zu. »Und trotzdem ist es eine Möglichkeit.«

»Sie spinnen, Fred. Ein Glück, dass ich noch nicht geschlafen habe, sonst wäre ich jetzt sauer auf Sie, und zwar extrem sauer.«

Fred schwieg, jetzt kam er sich so richtig blöd vor.

»Sind Sie noch dran?«, fragte sie.

»Ja.«

»Was hat sich denn mit Zeltinger ergeben?«

Fred erzählte ihr von der Schreibmaschine, deren Schriftbild mit dem der Drohbriefe höchstwahrscheinlich übereinstimmte.

»Na, bitte, das ist was Handfestes. Nehmen wir ihn morgen fest und grillen ihn im Verhör. Das dürfte kein Problem sein, der Zeltinger ist kein Held. Von dem kriegen wir ein Geständnis.«

»Glaube ich nicht, er war es nicht. Das alles war viel zu akribisch vorbereitet, viel zu penibel durchgeführt, das passt nicht.«

Ellen antwortete nicht sofort. »Da ist etwas dran. Zeltinger ist einer, der sich viel eher Leistungen kauft, als sie selber zu erbringen. Was ist mit diesem Armbrustmörder aus Hamburg? Diesem, wie hieß er gleich?«

»Alfred Schwinn.«

»Finden Sie heraus, ob Schwinn zur Tatzeit in Berlin war.«

»Ist Zeltinger wirklich einer, der Kontakte zur Unterwelt hat?«

»Zeltinger war ein hoher Funktionär in der NSDAP, die Kontakte von damals pflegt er heute noch. Wie Sie sich denken können, waren da die anständigen Menschen nicht gerade in der Überzahl.«

Fred war erstaunt, gerade von Ellen mit ihrer eigenen Familienvergangenheit solche Worte zu hören.

»Jetzt tun Sie nicht so erstaunt, Fred. Gehen Sie mal davon aus, dass ich nicht genauso bin, wie alle denken.«

»Das freut mich«, antwortete er steif. Was war das denn für ein merkwürdiger Spruch?

»Na, das freut mich auch«, erwiderte sie ironisch. »Gibt es sonst noch was?«

»Nein, und es tut mir leid, dass ich Sie so spät gestört habe.«

»Oh, Freddy-Boy, Sie können einem schon ganz schön auf die Nerven gehen.«

»Sie auch. Bis morgen dann.«

Er legte auf, kehrte zu dem Versteck zurück und legte sich auf den Boden. Die paar Stunden würde er schon schaffen, wach zu bleiben. Das Beste war, sein Gehirn arbeiten zu lassen. Er verschränkte seine Arme hinterm Kopf und ließ den gesamten Fall Gottfried Sargast vor seinem inneren Auge passieren, vom ersten Anruf im Dezernat, von Wachtmeister Koschewski, der den Mord gemeldet hatte, bis zu diesem Moment.

6. Kapitel

Er wurde geschüttelt, zuerst sanft, denn heftiger.

»Jetzt wachen Sie schon auf, Fred.«

Fred schreckte hoch. Auch wenn er in der Dunkelheit nichts sehen und die flüsternde Stimme niemandem eindeutig zuordnen konnte, erkannte er Ellen an ihrem Geruch: diese sie fast panzerartig umgebende Glocke eines Parfüms, das etwas Betäubendes und paradoxerweise zugleich Erregendes hatte.

»Wenn Sie schlafen, werden Sie keinen Zeugen ausfindig machen.« Sie hielt ihm etwas hin. »Hier, das belebt.«

Er ertastete ein Kaugummi, eins von diesen amerikanischen, in Stanniol verpackten. »Danke«, murmelte er und steckte es sich in den Mund. Schnell vertrieb es den muffigen Geschmack, den die Cola und die Kekse zurückgelassen hatten.

»Ich finde es immer noch lächerlich, was Sie hier machen.«

»Warum sind Sie dann gekommen?«

»Weil ich es nicht übers Herz bringen konnte, Sie alleine wie eine Kellerassel im Dreck hocken zu lassen.«

»Ich liege.«

»Haha, wie witzig.«

Fred hörte ein Geräusch, wie wenn man ein Handtuch ausschlägt.

»Eine Picknickdecke«, erklärte Ellen. »Machen wir es

uns gemütlich.« Sie lachte leise. »Das dürfen Sie keinem erzählen. Eine Sonderermittlerin und ein Kriminalassistent der Mordkommission verkaufen ein Picknick als dienstlich notwendige Nachtarbeit.«

Fred zog es vor, darauf nicht zu antworten, und legte sich auf die Decke, während sie sich neben ihn setzte. Er spürte ihre Wärme. Mehr als ihre Silhouette konnte er nicht erkennen.

»Die Geschichte von Ihrem Vater hat mich berührt.« Ellens Stimme klang rau, wie, als wäre es für sie schwierig, persönliche Themen anzuschneiden.

»Fanden Sie sie spannend?«

Sie zuckte zusammen, er konnte es spüren. »Ich verstehe, dass Sie misstrauisch sind.«

Ja, das war er.

»Quid pro quo, würde Kommissar Auweiler jetzt sagen, ein alter römischer Rechtsgrundsatz«, fuhr Ellen fort. »Dies für das, wer gibt, soll eine angemessene Gegenleistung erhalten.«

»Und die wäre?«

»Fragen Sie mich ebenfalls etwas Privates. Ich werde ehrlich antworten.«

Der Austausch von Privatem als eine Art von Geschäft? Oder war es von ihr nur ein verklemmter Versuch, die Barrieren oder besser noch, den gewaltigen Abstand zwischen ihnen zu überwinden? Fred spürte, wie sich wegen seines Zögerns Enttäuschung bei ihr breitmachte.

»Sie erinnern sich?«, fragte er. »Nach unserem Abenteuer in Ostberlin? Ihre Mutter besuchte Sie überraschend.«

»War mir klar, dass Sie damit kommen würden.«

»Was hat Ihre Mutter so wütend gemacht? So wie ich es verstanden habe, hat Sie Ihnen einen Geld-Fonds entzogen und wollte, dass Sie in den Schoß der Familie zurückkehren.«

»Also gut.« Ellen ließ sich Zeit, bevor sie antwortete. »Der Reichtum meines Vaters kommt aus einer anderen Quelle als der meiner Mutter. Mein Vater war Arzt am kaiserlichen Hof in Wien, privat war er besessen von allem, was mit dem Mittelalter zu tun hatte. Er besaß mehrere Ritterburgen, die er mit sehr viel Geld restaurieren ließ, vor allem die Lauterburg im Bundesland Salzburg, auf der ich immer die Ferien verbracht habe. Ein Kleinod, verwinkelt, geheimnisvoll, auch unheimlich, der wundervollste Spielplatz, den man sich als Kind wünschen kann. Den Adelstitel hat er von Kaiser Karl I. als Anerkennung für seine Leistung als großer Restaurator zerstörter österreichischer Burgen bekommen. Herrmann von Stain Ritter zu Lauterburg, klingt toll, oder? Ein paar Jahre später, 1919, wurde in Österreich per Gesetz das Tragen von Adelstiteln verboten, deswegen sind meine Eltern auf Drängen meiner Mutter nach Deutschland gezogen, wo die Familie sich weiter mit dem vollen Titel schmücken durften. Finden Sie das spannend?«

Die Frage klang für Fred fast besorgt. »Es hört sich an wie ein Märchen. Was ist heute mit der Burg?«

Ellen schwieg sehr lange, Fred konnte spüren, wie sie mit sich rang. »Sie gehört mir.«

»Sie haben eine Ritterburg? Wirklich?«

Ellen ging nicht darauf ein. »Das Geld, das mein Vater

mir hinterlassen hat, ist ehrbares Geld. Er hat es sich als Arzt erarbeitet und nicht gestohlen, so wie es meine Mutter mit ihrem Besitz gemacht hat. Der im Übrigen meinen Fonds um ein Vielfaches übertrifft.«

»Warum will sie Ihren Fonds dann unbedingt haben?«

»Sie kennen das Gefühl von Reichtum nicht, Fred.« Ellen klang kein bisschen überheblich. »Menschen, die viel haben, wollen vor allem eins: noch mehr. Sie glauben, etwas Besonderes zu sein, sie glauben, je mehr sie zusammenraffen, desto besonderer sind sie.«

»Ist das wirklich der Grund?«

Ellen atmete schwer aus. »Freddy-Freddy, Sie lassen nicht locker. Nein. Ich habe die Schnauze voll von ihren Nazi-Kumpanen, und sie will mich unter Druck setzen. Der Fonds hat mich unabhängig gemacht, das war ihr ein Dorn im Auge.«

»Warum lassen Sie den ganzen Mist nicht einfach hinter sich? Als Sonderermittlerin verdienen Sie bestimmt gutes Geld.«

»Ich müsste sehr viele Annehmlichkeiten aufgeben.«

»Verkaufen Sie die Burg.«

»Sehr witzig.«

»Das heißt, Sie kehren wieder in den Schoß der Familie zurück, so wie es Ihre Mutter ausgedrückt hat?«

»Kein Kommentar, Herr Lemke.«

Fred spürte, wie sie sich neben ihm auf dem Boden ausstreckte. Die Leuchtzeiger einer Armbanduhr geisterten durch die Dunkelheit.

»Halb zwei. Wir müssen noch eine Weile durchhalten.

Meine Uhr hat einen Wecker, ich habe ihn auf 4 Uhr gestellt, falls wir einnicken sollten. Machen wir es doch wie in diesen Cowboyfilmen, Sie halten eine halbe Stunde Wache, dann ich eine halbe. Sie fangen an.«

Die Zeit verging langsam. Fred ließ seine Gedanken kreisen, Leipnitz, der Rüffel von Merker, Auweiler, der ein Fähnchen im Winde war. Das, was Ellen ihm erzählt hatte. Harry Renner, für den er zwiespältige Gefühle hegte: Einerseits wirkte er glaubhaft, seine Läuterung nach der harten, kämpferischen Vergangenheit, seine Beweggründe, dem Kämpfen und der Gewalt abzuschwören, und zugleich diese glatte Fassade eines Sonnyboys, der nichts an sich herankommen ließ. Freds Zweifel, ob Renner Wilhelm Sargast nicht doch hatte töten wollen und demzufolge auch Gottfried auf dem Gewissen hatte, kehrten immer wieder zurück. All das hielt ihn wach, und er weckte Ellen, die tief und regelmäßig atmend neben ihm schlummerte, gar nicht erst, bis sich um 4 Uhr ihre Armbanduhr mit einem dünnen Läuten meldete. Sie schreckte hoch.

»Habe ich was verpasst?«

In der einsetzenden Morgendämmerung sah er, wie zerzaust ihre Haare waren, sie trug eine Jeans und weiße Tennisschuhe und sah nicht anders aus als viele junge Leute, die auf Rock'n'Roll, Tanzen und Milchbar standen, drei Dinge, denen gegenüber sie sich bisher abgeneigt gezeigt hatte.

»Noch nicht.«

Sie robbten aus dem Gebüsch ins Freie. Noch wirkte alles zweidimensional, grau und duster. Hin und wieder fuhr auf dem Ku'damm ein Auto vorbei, zwei davon waren Streifenwagen, die deutlich langsamer fuhren als die anderen. Ansonsten blieb es menschenleer, niemand überquerte den Lehniner Platz oder lief die Damaschkestraße an der Nordseite entlang, dort, wo sie das Versteck verlassen hatten.

Fred vermied es, Ellen anzusehen, und wunderte sich, als sie ihm zuflüsterte: »Da wird was draus, ich habe es im Gefühl.« Sein Gefühl war mittlerweile ins Gegenteil umgeschlagen.

...

Um kurz nach 5 Uhr bog ein Mann vom Ku'damm in die Damaschkestraße ein, vielleicht zwanzig Jahre alt. Er schleppte schwer an zwei Taschen mit Aufdruck, die er sich kreuzweise umgehängt hatte, und verschwand im Haus Nummer 4, einem fünfstöckigen Mietshaus.

»Der Tagesspiegel, ich erkenne den Schriftzug«, wisperte Ellen aufgeregt. »Ein Zeitungsbote.«

Zeitungsboten drehen jeden Morgen dieselbe Runde.

»Kommen Sie«, sagte Fred, »wir schnappen ihn uns, wenn er wieder rauskommt.«

Sie liefen hinüber und warteten am Hauseingang. Fred war in seinen Jahren als Gaslaternenanzünder vielen Zeitungsboten begegnet. Die Boten und er hatten sich die Morgendämmerung geteilt: Für ihn markierte sie das Ende seiner Arbeit, für die Zeitungsboten den Beginn. Die meisten von ihnen waren Jungs, nicht älter als 16, deren Familien abhängig von dem geringen Zusatzgeld waren. Allerdings gab es auch nicht wenige ältere Männer, meist Kriegsversehrte, die es schwer hatten, mit ihren Verstümmelungen und Behinderungen eine gute Arbeit zu finden, manche mussten damit ihre schmale Soldatenrente aufbesserten. Weibliche Zeitungsboten, das fiel Fred jetzt erst auf, hatte er in all den Jahren nie gesehen.

Minuten später öffnete sich die Tür langsam, eine schwere Eichentür, die mit einem Türschließer versehen war, der offenbar sehr stramm eingestellt war. Der Zeitungsbote ächzte schwer mit seinen mit Tageszeitungen gefüllten Taschen, offenbar hatte er nicht die Mittel, sich wie die meisten seiner Kollegen wenigstens einen Handkarren zu leisten.

»Kriminalpolizei, Mordkommission.« Fred hatte leise gesprochen, um den Mann nicht zu erschrecken. Mann? Auf keinen Fall war er älter als zwanzig.

Der Bote reagierte phlegmatisch, sah auf, blickte von Fred zu Ellen und wieder zurück. »Mordkommission? Was wollt ihr denn von mir?« Seine Gesichtszüge waren hart, die Wangen eingefallen, seine Haare lang und nach hinten gebürstet, bis auf eine gewaltige Locke, die in seiner Stirn hing, seine Lippen waren schmal, und die Art, wie er sprach, hatte etwas von einer Sparflamme. So empfand es Fred, Sparflamme, nicht Phlegma, dieser Mann erledigte seinen morgendlichen Job mit einem Minimum an Einsatz und Energie, er spulte seine tägliche Routine wie in Trance ab. Wer ihn morgens kennenlernte, würde ihn tagsüber nicht wiedererkennen.

Fred zeigte seine Dienstmarke vor. »Mein Name ist Lemke, meine Kollegin ist Sonderermittlerin von Stain.«

Der Bote grinste schief. »Sonderermittlerin? Was ist das denn?«

»Machen Sie sich keine Sorgen«, fuhr Fred fort. »Nur ein paar Fragen. Sagen Sie uns bitte Ihren Namen.«

»Herbert Grümmer. Worüber soll ich mir Sorgen machen?«

»Sollen Sie ja nicht«, mischte sich Ellen ein. »Sie machen Ihre Runde mit den Zeitungen jeden Tag, nehme ich an.«

»Jawoll.«

»Auch am letzten Dienstag?«

»Jeden Tag.«

»Schauen Sie mal dort hinüber, zu dem Gebüsch.«

»Warum? Brombeeren. Sind aber noch nicht reif.«

»Haben Sie letzten Dienstag jemanden beobachtet, der dort aus dem Gebüsch herausgekommen ist? Oder jemanden, der hier mit einer großen Tasche oder in einem weiten Umhang oder Mantel entlanggegangen ist?«

Grümmers Blick war starr geworden. »Ich kümmere mich nicht um andere. Ich erledige meine Arbeit.«

Ellen schwieg, Fred ebenfalls. Menschen, die logen, machte das meistens unruhig, und sie begannen, sich übertrieben zu erklären. Grümmer nicht, sein Blick ruhte auf Fred.

»Gehen Sie noch einer anderen Arbeit nach?«, fuhr Fred fort.

»Dies und das.«

»Also Tagelöhner?«

Grümmer zuckte mit den Schultern.

»Wie ist Ihr Familienstand?«

»Ledig, eine Mutter, vier Geschwister.«

»Kein Vater?

»Der verfault in Frankreich.«

»Im Gefängnis?«

»Nee, tot. Dem haben sie im Bunker am Westwall das Licht ausgeknipst.«

»Ihre Geschwister sind alle älter als Sie?«

»Jünger.«

»Ihre Mutter hat wieder geheiratet?«

»Nicht dass ich wüsste. Kann ich weitermachen? Ich krieg sonst Ärger.«

Ellen übernahm. »Der Barmixer aus dem Nachtklub da drüben, dem Ballroom, wurde am letzten Dienstag gegen fünf Uhr morgens mit einer Armbrust aus diesem Gestrüpp heraus erschossen.«

Grümmers Blick wurde wieder starr. »Tragisch.«

»Sie haben nichts davon mitbekommen?«

Grümmer schüttelte sehr langsam den Kopf. »Nichts.«

»Ich mache Sie darauf aufmerksam, dass es schwerwiegende Konsequenzen für Sie haben kann, wenn Sie nicht die Wahrheit sagen.«

Grümmer zuckte mit den Schultern. »Ich war letzten Dienstag der einzige Mensch weit und breit.«

Ellen schien ihm das abzunehmen, Fred hingegen war sich sicher, dass er nicht die Wahrheit sagte.

»Haben Sie Ihre Papiere dabei?«

»Klar, muss man doch.«

In der Tat konnte es in Berlin mit seinen fast allmächtigen alliierten Besatzern sehr schnell unangenehm werden, wenn man ohne Ausweis in eine Kontrolle kam.

»Er weiß mehr«, sagte Fred, als Grümmer weitergezogen war.

»Glauben Sie?«

»Ich werde ihn zu Hause aufsuchen und noch mal mit ihm sprechen.«

»Gut, wann machen wir das?«

»Es ist besser, ich gehe alleine.«

Ellens Augen wurden schmal. »Wie bitte?«

Fred antwortete nicht gleich. »Als wir vorhin über Ihre Mutter und das Geld sprachen, sagten Sie zu mir: Fred, Sie kennen das Gefühl von Reichtum nicht.«

»Das war kein bisschen böse gemeint.«

»Ich weiß. Das ist es auch nicht, wenn ich sage: Ellen, Sie kennen das Gefühl von Armut nicht. Ich glaube, da liegt der Schlüssel, um Grümmer zum Reden zu bringen.«

Ellen rang erkennbar mit sich, am Ende beließ sie es bei einem kurz angebundenen: »Dann machen Sie.«

In den nächsten eineinhalb Stunden kamen weitere Männer vorbei, Arbeiter in Blaumännern, keiner von ihnen gab an, am letzten Dienstag hier um etwa diese Zeit vorbeigegangen zu sein. Fred nahm auch deren Personalien auf, um ihre Aussagen später noch einmal zu überprüfen. Um sieben Uhr beendeten sie ihre Aktion.

»Soll ich Sie im Auto mitnehmen?«, fragte Ellen.

»Ich bin mit dem Rad da.« Fred lächelte schief. »Wenn es nicht wieder geklaut ist.«

Ellen nickte und winkte zum Abschied. »Wir sind zwei komische Kommissare«, sagte sie. »Ihr Dienst beginnt in einer Stunde. Der normale Dienst«, fügte sie hinzu.

»Was werden Sie machen?«

Sie antwortete nicht und ging davon.

Fred löste die Kette, wand sie mehrfach um die Sattelstütze und verknüpfte deren Enden mit dem Rundschloss. Er sah an sich herunter, seine Kleidung war verdreckt, außerdem roch er streng nach Schweiß. Wenn er Glück hatte, würde er im Dezernat nur auf Leipnitz treffen, und der würde seiner Erklärung mit Verständnis begegnen. Er schwang sich aufs Rad und stellte sich in die Pedale. Schon nach wenigen Hundert Metern schaffte er es nicht mehr, sein Tempo durchzuhalten, mehr als ein langsames Dahinrollen brachte er nicht zustande, und für die knapp vier Kilometer bis zum LKA brauchte er fast eine halbe Stunde.

»Haben Sie in der Nacht Randale gemacht, Lemke?«, begrüßte ihn Egon Hohlfeld. »Respekt. Hätte ich Ihnen gar nicht zugetraut.«

»Nein, ich habe gearbeitet«, erwiderte Fred, während er das Fahrrad zurück in einen der Ständer schob.

»Zur Müllabfuhr gewechselt, oder wie?«

Fred rang sich ein Grinsen ab, die Dreistigkeit des Fahrers war manchmal einfach nur nervig. Im Treppenhaus auf dem Weg in den zweiten Stock holte er Josephine Graf ein, die gemessenen Schrittes, durch ihren engen Rock und die hohen Pumps in ihrer Bewegungsfreiheit eingeschränkt, auf dem Weg nach oben in den zweiten Stock war.

»Guten Morgen«, stieß er hervor und wischte schnell an ihr vorbei.

»Herr Lemke?« In ihrem ruhigen, bestimmten Ton lag eindeutig die Aufforderung, stehen zu bleiben. Fred drehte sich um.

»Ja?«

Sie deutete mit Zeige- und Mittelfinger ihrer Linken, zwischen denen die unvermeidliche Zigarette brannte, auf ihn, von oben nach unten. »Sie kennen die Vorgaben, in welcher Kleidung und Verfassung wir zum Dienst erscheinen sollen?«

Fred lief knallrot an. Die Chefsekretärin war wieder einmal an eleganter, makelloser Perfektion nicht zu übertreffen. »Ich komme direkt von einer Observation.«

»Ich fürchte, der eine oder andere hier im Schloss wird Ihnen Ihre Erklärung nicht abnehmen.«

»Wahrscheinlich nicht.«

»Vor allem Ihre Haare werden großen Unwillen verursachen.«

Ohne frisch aufgetragene Pomade standen sie in alle Richtungen ab.

»Wenn ich jetzt nach Hause fahre, kann ich erst in einer Stunde ...«

»Gehen Sie hinunter ins Souterrain und warten Sie dort«, unterbrach sie ihn und schritt weiter die Stufen hinauf.

Eine Viertelstunde später erschien sie mit einer Papiertüte, winkte ihm wortlos, ihr zu folgen, hinein in Gänge, in denen Fred noch nie gewesen war, und deutete am Ende auf eine Tür, die mit »Waschraum« beschriftet war. Sie reichte ihm die Tüte.

»Darin finden Sie ein Handtuch und Seife. Mit Pomade kann ich nicht dienen. Befeuchten Sie einfach Ihre Haare und bewässern Sie sie alle halbe Stunde. Damit müssten Sie durch den Tag kommen. Oder, Moment, fragen Sie Ihren Kollegen Moosbacher, der pomadisiert sich selbst hin und wieder. Der kann Ihnen auch eine Zellophantüte geben, wenn Sie mir das feuchte Handtuch zurückbringen, das andernfalls die Papiertüte aufweichen würde.«

»Danke, das ist sehr freundlich von Ihnen«, stotterte Fred.

Sie zog lässig eine Augenbraue hoch, drehte sich um und verschwand. Er fragte sich, ob sie ihm auch helfen würde, wenn sie nicht Hannas beste Freundin wäre, die wiederum mit ihm ein Verhältnis hatte. Ein Verhältnis? Nein, das war es eigentlich nicht, weg mit dem Gedanken, er hatte jetzt andere Sorgen, und irgendwie gefiel ihm die Vorstellung, dass Josephine Graf es einfach nur um seinetwillen tat.

• • •

»Sehr ungewöhnlich«, kommentierte Leipnitz, nachdem Fred ihm von seiner nächtlichen Aktion berichtet hatte. »Leider muss der Zeitungsbote warten. Die Analyse der Spurensicherung liegt vor und belegt eindeutig: Die Drohbriefe an Harry Renner wurden mit der privaten Reiseschreibmaschine von Otto Zeltinger geschrieben.«

Fred antwortete nicht gleich. Er hatte das Gefühl,

schnell handeln zu müssen. »Ich würde gerne als Erstes zu dem Zeitungsboten fahren.« Leipnitz reagierte ungehalten, Fred fuhr fort. »Der ist alarmiert, nachdem wir ihn heute angesprochen haben. Ich habe das Gefühl, ich sollte ihm nicht zu viel Zeit zum Nachdenken lassen.«

»Gut«, erwiderte Leipnitz gedehnt. »Dann machen wir es anders. Da Sie schon einmal eingehend mit Zeltinger gesprochen haben, will ich auf jeden Fall, dass Sie bei dem Verhör dabei sind. Ich werde Zeltinger also von einem Justizbeamten abholen und hierherbringen lassen und ihn eine Weile hinhalten. Lange wird das nicht gehen, Sie verstehen? Er wird mit einem Anwalt auftauchen und alle seine Kontakte nutzen. Also sehen Sie zu, dass Sie schnell wieder hier sind.«

»Mach ich!«

Fred durchforstete das Material auf seinem Schreibtisch nach Fotos aller als Täter infrage Kommenden. Von Otto Zeltinger und Harry Renner gab es genügend Fotos in den Zeitungsartikeln, die er aus dem Archiv erhalten hatte, von dem vermeintlichen Hamburger Armbrustmörder Alfred Schwinn hatte er sich von der Kripo Hamburg ein Foto zuschicken lassen, und von Gerda Kalitz gab es die Aufnahmen der Spurensicherung. Nur von Rucki Müller hatte er nichts vorliegen, und jetzt noch schnell im Archiv vorbeizuschauen, würde ihn zu lange aufhalten. Aber einen Typen wie Rucki zu beschreiben, war einfach, da brauchte es nicht unbedingt ein Foto. Fred stürmte hinaus und die Treppe hinunter, vier Stufen auf einmal. LKA-Kollegen, denen er begegnete, warfen ihm indignierte Blicke zu: Was soll dieses jugendliche Ungestüm? Vor ein paar Tagen noch hätte ihn das verunsichert. Heute nicht. Er lächelte in sich hinein, ja, er war jung, na und?

In der Fahrbereitschaft fand er niemanden vor, also nahm er das fünfsitzige Motorrad, ohne den ›Begleitschein für die eigenhändige, dienstliche Nutzung eines Behördenfahrzeugs‹ auszufüllen, und begründete das vor dem Pförtner an der Schranke mit hoher Dringlichkeit.

Grümmer wohnte in der Dieffenbachstraße in Kreuzberg, unweit des Bethesda Krankenhauses. Fred fuhr einmal um den Block, hielt nach einem Kiosk Ausschau und fand einen am nördlichen Ende des Hohenstaufenplatzes. Vor Grümmers Haus einen Parkplatz zu finden, war unmöglich. Als gäbe es eine Absprache unter den Autobesitzern, hatten sie sich alle mit Eimern, Schwämmen und Tüchern über die Karosserien ihrer Fahrzeuge hergemacht. Neugierige Anwohner standen daneben, teils bewundernd, teils neugierig, teils neidisch, und beobachteten, wie sie mit unglaublicher Geduld und Akribie selbst die verborgenen Winkel des Blechkleids vom Schmutz befreiten. Nicht jeder konnte sich Autowachs leisten, die, die es konnten, zelebrierten das Auftragen, das Nachpolieren und selbst das Warten, bis das Wachs getrocknet war, wie eine wichtige Feier. Es wurde gefachsimpelt und geprahlt, alle Freiräume zwischen den Autos waren von Männern und Jungs okkupiert. Fred wagte es nicht, sie aufzufordern, für sein Motorrad Platz zu machen, ein Gefühl, als beträte man die Kirche mitten im Gottesdienst. Er quälte die BMW den Bordstein hinauf und parkte sie auf dem Bürgersteig.

Auf dem Klingelschild neben dem Hauseingang fand er Grümmers Namen nicht, das hätte ihn auch gewundert, Menschen wie er wohnten nicht in den repräsentativeren Wohnungen nach vorne hinaus. Fred schob das unverschlossene Eingangstor auf. Die leidlich intakte Gründerzeitfassade täuschte darüber hinweg, wie es in den Hinterhöfen aussah, in diesem Haus waren es drei hintereinander gestaffelte. Selbst bei strahlender Sonne war es hier schummrig und in den Wohnungen selbst so dunkel, dass eigentlich den ganzen Tag über das elektrische oder Gaslicht brennen müsste. Nur waren die Bewohner viel zu arm, um sich das leisten zu können.

Der Geruch, der Fred entgegenschlug, war schwer zu ertragen, aber er würde bald wieder gehen, die, die hier lebten, konnten dem Gestank nicht entkommen. Eine einzige Toilette für dreißig oder vierzig Mieter war keine Seltenheit, und Wasser, um sich zu waschen, gab es nur draußen aus den Pumpen auf der Straße, öffentlichen Zapfstellen aus Gusseisen mit gewaltigen Schwengeln, mit denen das Wasser aus der Tiefe hochgepumpt werden musste. Das tägliche Heranschleppen von Wasser gehörte zu den Pflichten der Kinder. Je höher die Wohnungen lagen, umso schwerer war diese Arbeit, und die ganz Kleinen schafften sie nur zu zweit. Kinder gab es hier reichlich, sie schrien und tobten, und kaum, dass sie ihn sahen, wuselten sie neugierig um ihn herum, als wäre er ein exotisches Wesen, wie sie keins bisher zu Gesicht bekommen hatten.

Fred musste sich durchfragen, bis er zu der Erdgeschosswohnung im dritten Hinterhof fand, in der die Grümmers wohnten. Schon bevor er klopfte, wusste er, welcher Anblick ihn erwartete. Sechs Menschen in einer winzigen Wohnung, womöglich nur ein einziger Raum, Betten, in denen gleich mehrere schlafen mussten. In manchen Familien, wenn sie Schlafgänger hatten, also einen Schlafplatz an Wohnungslose vermieteten, schliefen die Kinder auf zusammengeschobenen Stühlen, auf die man eine Decke legte, damit es nicht allzu hart war. Die Frau, die Fred öffnete, sah aus wie fünfundfünfzig, wahrscheinlich war sie Mitte dreißig, die Haut blass, das Gesicht durchzogen von harten Falten, und ihre Augen irrten umher, als suchten sie ununterbrochen nach etwas, was entweder Nahrung war oder sich irgendwie verwerten ließ.

»Was?«, fragte sie mit sehr rauer, leiser Stimme. Im Hintergrund lugten mehrere Kinder neugierig zu ihm, nur blasse Gesichter, mehr konnte Fred von ihnen nicht erkennen.

»Ich möchte mit Ihrem Sohn Herbert sprechen.« Fred hörte von drinnen ein Geräusch, ein Stolpern. Keines der Kinder hatte sich bewegt.

»Nicht da.«

»Er ist da.« Fred hielt ihr die Polizeimarke entgegen. Frau Grümmer sah nicht hin.

»Was wollen Sie von ihm?« Sie gab sich unbeeindruckt, doch Fred spürte den Schreck, der ihr durch die Glieder fuhr. Es war klar, dass diese Familie nur überleben konnte, weil ihr Sohn Geld heranschaffte, und dies wahrscheinlich nicht immer auf legale Weise.

»Ihrem Sohn geschieht nichts. Ich brauche nur seine Hilfe.«

Sie lachte abgehackt auf, eine Mischung aus Erleichterung und erstauntem Unverständnis. »Der Polizei helfen?«

Fred deutete in das dunkle Zimmer. »Ihr Sohn trägt frühmorgens Zeitungen aus. Ich bin sicher, er hat sich für einen kurzen Schlaf hingelegt, bevor er weiter seinem Tagewerk nachgeht.«

»Er ist nicht da«, beharrte sie.

»Herbert Grümmer?«, rief Fred an der Frau vorbei in die Wohnung hinein. »Ich möchte mit Ihnen reden. Das ist keine Aufforderung, keine Vorladung, kein Befehl. Nur eine Bitte.«

Fred wartete. Frau Grümmer schwieg, als wäre sie selbst neugierig, wie ihr Sohn reagierte. Fred nahm eine Bewegung wahr, Herbert Grümmer tauchte aus der Dunkelheit auf. Sofort hängten sich seine Geschwister ängstlich an ihn. Er zog sie ohne eine Spur von Unwillen hinter sich her, ein großer Bruder, der seine Pflicht, die kleineren Geschwister zu beschützen, nicht nur ernst nahm, sondern auch gerne erfüllte.

»Ich habe Ihnen gesagt, ich weiß nichts, dabei bleibt es.«

»Können wir in Ruhe und alleine miteinander reden?«

»Klar, kommen Sie mit in meinen Salon«, erwiderte Herbert Grümmer sarkastisch. »Dann lass ich die Mamsell Speisen und gekühlte Getränke servieren.«

»Wir holen uns was im Kiosk um die Ecke. Ich lade Sie ein.«

»Na, das ist doch mal ein Wort, klingt nach Bestechung«, sagte er belustigt und schob seine Geschwister sanft von sich weg. »Jetzt lasst mich mal, ich bin gleich wieder zurück und bring 'ne Schokolade für euch mit.« Sein drohender Blick traf Fred.

»Versprochen, für jeden eine«, sagte Fred und lächelte die Kleinen an, und obwohl sie misstrauisch blieben, zog ein Strahlen über ihre Gesichter.

»Bin gleich zurück, Muttern«, sagte Herbert Grümmer und trat hinaus in den Flur. Anders als heute Morgen war sein Blick hellwach. Fred spürte, dass dieser junge Mann in einem Schicksal feststeckte, das er verfluchte, für das er jedoch weder seine Mutter noch seine Geschwister verantwortlich machte. Er hatte die Rolle des im Krieg verstorbenen Vaters eingenommen, auch für die offenbar unehelichen Kinder, die seine Mutter nach dem Krieg bekommen hatte.

»Haben Sie eine Pistole?« Im Hof hielt Grümmer sich mit freundlicher Geduld die Jungs vom Hals, die sich sofort auf ihn stürzten, als er in den Hof hinaustrat.

»Habe ich«, antwortete Fred.

»Na klar, Mordkommission. Schon mal geschossen?«

»War noch nie nötig.«

»Hm.« Grümmer trottete weiter neben ihm her. »Sie sind nicht viel älter als ich, stimmt's?«

»Stimmt.«

»Und schon bei der Kripo.«

Draußen auf der Straße wandten sie sich nach rechts.

»Ihre Geschwister hängen sehr an Ihnen«, sagte Fred.

Ein Lächeln huschte über Grümmers Gesicht. »Die kleinen Racker. Sind wie Hunde, immer neugierig, immer hungrig.«

»Ich habe eine ältere Schwester. Für die war ich der kleine Hund. Zumindest am Anfang.«

»Und was ist am Ende?«

»Soldaten haben sie vergewaltigt, die Rote Armee. Danach war sie ein anderer Mensch.« Freds Herz klopfte heftig, es war das erste Mal, dass er ausgesprochen hatte, was die Seele seiner Schwester zerstört hatte, und es erschien ihm unredlich und herzlos, es in solch kurzen, harten Worten zu sagen. Hatte er es so formuliert, um Grümmer zu beeinflussen? Nein, er hatte es gesagt, weil es irgendwann einmal herausmusste.

Bis zum Kiosk schwiegen sie. Fred kaufte vier Tafeln Vollmilchschokolade, für sich eine Afri-Cola, für Grümmer eine Käse- und eine Wurstschrippe.

»Wie heißt das bei euch? Spesen?« Grümmer lachte. »Außer Spesen nichts gewesen.«

Sie setzten sich auf die nächste Parkbank.

»Sie haben etwas gesehen letzten Dienstag. Sie wollen es nicht zugeben, weil Sie nicht in etwas hineingezogen werden wollen. Ich bin sicher, Sie überprüfen alles, was passiert, und alles, was Sie tun, unter einem Gesichtspunkt: Ist es gut für mich, für meine Geschwister, für meine Mutter, oder nicht? Wenn nicht, kümmern Sie sich nicht weiter drum. Habe ich recht?«

Grümmer biss herzhaft in seine Käseschrippe und zuckte mit den Schultern.

»Zeuge in einem Mordfall zu sein, bringt nichts«, sagte Fred.

»Nehme ich an«, nuschelte Grümmer, »oder werden Zeugen bezahlt?«

Fred schüttelte den Kopf und schwieg.

Grümmer schluckte seinen Bissen unter. »Mit ’ner Armbrust, haben Sie gesagt?«

»Der Tote ist so alt wie Sie. Heißt Gottfried, hat als Barmixer in dem Nachtklub gearbeitet. Seine Mutter und beide Schwestern leben in Ostberlin. Na ja, nur eine, die andere hat die Stasi weggenommen und in ein Kinderheim gesteckt.«

»War die …?«, Grümmer machte eine Geste für verrückt.

»Nein. Das haben sie gemacht, um Gottfried unter Druck zu setzen.« Fred musste aufpassen, mehr durfte er auf keinen Fall preisgeben, im Grunde war das schon zu viel.

»So’n Dreck.«

»Herr Grümmer, Sie kämpfen jeden Tag darum, dass Ihre Familie überlebt, Sie wollen sich nicht auch noch die Probleme anderer aufhalsen. Ich kann das verstehen. Wissen Sie, wie das bei mir war?«

»Woher denn? Ich kenn Sie nicht.«

»Als ich nach Berlin gekommen bin, ich bin in Buckow in der Märkischen Schweiz aufgewachsen, habe ich als Gaslaternenanzünder gearbeitet. Vier Jahre lang. Jeden Tag, um zu überleben, es reichte so gerade, ich habe mich um mich gekümmert, mehr ging nicht. Bis ich zufällig an einem Tag Zeuge wurde, wie zwei Männer eine junge Frau vergewaltigt haben. Da ist mir klar geworden: Es geht nicht nur darum zu überleben. Es geht auch um Würde.« Grümmer aß weiter, als würden ihn Freds Worte nichts angehen, doch Fred war sich sicher, dass er aufmerksam zuhörte. »Ich habe begriffen, wenn ich nichts unternehme, wenn ich mich abwende, werde ich jedes Mal, wenn ich in den Spiegel sehe, denken: Du feiges, würdeloses Arschloch! Deshalb bin ich zur Polizei gegangen. Ich kümmere mich um Verbrechen, die andere begangen haben, weil ich versuchen will, die Würde der Opfer wiederherzustellen. Dieser Gottfried, der Barmixer aus dem Nachtklub: Er musste sterben, weil ein anderer sich das Recht herausgenommen hat, über sein Leben zu entscheiden. Der Mörder hat eben nicht nur getötet, sondern er hat auch die Würde seines Opfers in den Dreck getreten.«

Grümmer hatte inzwischen seine Käseschrippe weggeputzt. Er deutete auf Freds Afri-Cola. »Kann ich mal?« Fred reichte sie ihm. Grümmer trank reichlich und rülpste laut.

»Haben Sie die Typen geschnappt, die diese junge Frau da geschändet haben?«

»Noch nicht.«

»Warum nicht?«

In diesem Moment kam Fred sich sehr erbärmlich vor. »Ich wusste nicht, wie. Jetzt bin ich bei der Kripo, seit zwei Wochen, jetzt habe ich angefangen, mich darum zu kümmern.«

Grümmer tippte auf die Tafeln Schokolade, die er neben sich auf die Bank gelegt hatte. »Hoffentlich schmelzen die nicht.«

Fred zog die Fotos von Harry Renner, Otto Zeltinger, Gerda Kalitz und Alfred Schwinn hervor und breitete sie auf der Bank aus. »Welche von diesen Personen haben Sie am Dienstagmorgen auf dem Lehniner Platz gesehen?«

Grümmer hatte die nächste Schrippe in Angriff genommen, kaute aber weit weniger intensiv. Hin und wieder hielt er inne, von den eigenen Gedanken abgelenkt. Die Fotos beachtete er nicht, fast als wollte er sich nicht durch einen unbedachten Blick verraten. Freds letzter Rest an Unsicherheit, ob Grümmer den Mörder an jenem Morgen gesehen hatte, verschwand, und mit einem Mal war ihm klar, was Grümmer davon abhielt zu reden.

»Herr Grümmer, der Täter hat eine Armbrust benutzt. Kein Mensch würde mit einer derart auffälligen Waffe morgens durch Berlin laufen. Er musste sie also so schnell wie möglich irgendwo verstecken. Sie haben ihn dabei beobachtet. Sie haben gewartet, bis er weg war, dann haben Sie die Armbrust an sich genommen, um sie zu Geld zu machen. Und jetzt denken Sie sich: Wenn ich als Zeuge aussage, muss ich sie wieder hergeben, dann zahle ich für etwas drauf, was mich gar nichts angeht. Und wahrscheinlich wissen Sie auch, dass man sich mit dem Besitz einer solchen Waffe strafbar macht.«

Grümmer reagierte nicht.

»Ich verstehe das sehr gut. Sie haben an Ihre Geschwister, an Ihre Mutter gedacht und sich gesagt: Die sind mir wichtiger.«

»Ich habe nichts geklaut.«

»Ich weiß, Sie haben etwas genommen, was ein anderer weggeworfen hat. Der Teil interessiert mich nicht, und ich werde dafür sorgen, dass Sie keine Schwierigkeiten wegen illegalem Waffenbesitz bekommen. Aber um es auf den Punkt zu bringen: Ihre Aussage ist die einzige Chance, den Mörder zu überführen. Wenn Sie schweigen, wird er ungestraft davonkommen.«

Grümmer betrachtete die halbe Schrippe, als wollte er herausfinden, an welcher Stelle er als Nächstes abbeißen wollte. Stattdessen legte er sie auf die Papiertüte und warf einen Blick auf die Fotos.

»Wieso er?« Er tippte auf das von Gerda Kalitz. »Die war's.«

• • •

Fred rollte mit der BMW in den Hof des LKA. Herbert Grümmer saß auf dem vorderen der drei Sitze, die statt eines Beiwagens an die Seite des Motorrads montiert waren. Er war sichtlich enttäuscht, dass die Fahrt vorbei war. Unter seinem Arm klemmte ein mit Zeitungspapier vielfach umwickeltes Paket. Sie gingen hinauf in den zweiten Stock. Fred spürte, wie bei Grümmer mit jedem Schritt die Unsicherheit zunahm und er sich zugleich bemühte, diese hinter Trotz zu verbergen. Fred konnte das gut verstehen, eine Institution wie das LKA hatte etwas Ehrfurchtgebietendes, das trutzburgartige Gebäude, die Atmosphäre, die einen empfing, die verschwenderische Größe des Treppenhauses, die Dunkelheit der mit Eichenholz vertäfelten Wände und vor allem die fast bedrohliche Akustik: Aus allen Richtungen drangen Geräusche auf sie ein, schnelle Schritte auf Marmorstufen, Schreie, Lachen, laut schließende Türen und vielstimmiges

Murmeln von Stimmen. Viele Mitarbeiter, denen man begegnete, umgab eine merkwürdige Aura, eine Art von Überheblichkeit, so als wären sie, gleichgültig, um welche Fragen es ging, grundsätzlich im Recht. Für Fred war das eine unangenehme Erkenntnis, die er nach einigen Tagen in seiner neuen Stelle beim LKA gewonnen hatte und der er sich allzu gerne verweigert hätte. Welche Gründe das hatte, konnte er sich lediglich zusammenreimen. In einem der Bücher, die er in Ihlow gefunden und gelesen hatte, hatte er ein Zitat von einem frühen amerikanischen Präsidenten gefunden, Abraham Lincoln, wenn er sich recht erinnerte: »Willst du den wahren Charakter eines Menschen kennenlernen, gib ihm Macht.« Wurde man selbstgerecht mit der Macht, die einem diese Arbeit gab? War bei vielen Menschen Selbstgerechtigkeit ein wesentlicher Charakterzug?

Dass Fred diese Gedanken ausgerechnet jetzt überfielen, da er mit Herbert Grümmer die Treppen hinaufstieg, hatte mit dessen Verhalten zu tun: Der Trotz, mit dem Grümmer sich schützen wollte, verschwand Stück für Stück mit jedem Schritt und machte einer hilflosen Ängstlichkeit Platz. Die Furcht, dass die Menschen hier, dass diese Behörde mit Leichtigkeit sein gesamtes Leben und das seiner Familie zerstören konnten und dass er nicht den Hauch einer Chance hatte, sich dagegen zu wehren, war übermächtig.

»Machen Sie sich keine Sorgen, Herr Grümmer«, sagte Fred. »Ihnen wird nichts passieren, Sie sind ein Zeuge, ein wertvoller Zeuge, sonst nichts.«

Als Antwort nickte Grümmer hektisch. Fred bedauerte, nicht als Erstes zu Moosbacher gegangen zu sein, dessen ruhige, freundliche Ausstrahlung hätte Grümmer sicherlich ruhiger und vertrauensvoller gestimmt.

Im Büro war es bedrückend still. Auweiler blätterte mit einem zufriedenen Gesichtsausdruck durch einen Stoß Unterlagen, Ellen saß an ihrem Schreibtisch und las Freds letzten Tagesbericht. Als er zusammen mit Grümmer eintrat, lächelte sie. Zwei Welten trafen aufeinander: Fred, völlig verdreckt, neben ihm Grümmer in schmuddeliger, fadenscheiniger Hose und fleckigem Hemd, und ihnen gegenüber Ellen, die frisch geduscht und elegant gekleidet eher einem Model als einer Polizistin glich.

»Sie haben das Beste verpasst, Fred«, sagte sie.

»Das Beste kommt gerade«, erwiderte Fred und fragte sich, was sie damit meinte.

Auweiler schloss die Akte und erhob sich. »Folgen Sie mir, Lemke, und zwar subito.«

»Können Sie sich um Herrn Grümmer kümmern«, bat Fred Ellen.

Ellen legte den Tagesbericht zur Seite. »Nein, das machen wir zusammen.«

»Tut mir leid, Frau von Stain, ich habe die dringende Anweisung, Herrn Lemke sofort zu Kriminalhauptkommissar Merker zu bringen.«

»Gehen Sie, Kommissar Auweiler, und richten Sie dem Kollegen Merker Folgendes aus: Kriminalassistent Lemke ist es gelungen, einen Zeugen zu finden, durch den der Fall des Armbrustmörders geklärt ist. Die Vernehmung des Zeugen und die Niederschrift der Zeugenaussage haben jetzt Vorrang vor allen anderen Belangen.«

Auweiler schnappte sprachlos nach Luft. Zum einen wegen der Zurückweisung, zum anderen war Fred sich sicher, dass Auweiler sofort fieberhaft zu überlegen begann, wie er seinen Anteil an der Aufklärung als möglichst groß, wenn nicht ausschlaggebend darstellen konnte.

»Und sagen Sie ihm bitte, dass jetzt die Anwesenheit von Kommissar Leipnitz, der ja federführend mit dem Fall betraut ist, dringend erforderlich ist.«

Auweiler entfernte sich ohne ein weiteres Wort.

»Der Fall ist doch geklärt, oder?«, fragte Ellen.

Fred nickt lächelnd. »Wollen Sie einen Kaffee?«, fragte er den Zeitungsboten.

»Kaffee, ja.«

»Milch? Zucker?«

»Nee, schwarz.«

Fred besorgte bei Sonja Krause Kaffee und reichte ihn Grümmer, der ihn so hielt wie jemand, der nie eine Untertasse benutzt hatte. Seine Hand zitterte und ließ das Porzellan klappern. Sein Blick schmerzte Fred: entschuldigend, unsicher und hilflos und zugleich wütend über das eigene Gefühl von Kleinheit. Fred tat so, als nähme er das alles nicht wahr. Er zog für Grümmer einen Stuhl heran, setzte sich an seinen Schreibtisch und nahm einen Notizblock zur Hand.

»Gehen wir alles von Anfang an durch, Herr Grümmer. Und danke noch mal, dass Sie sich als Zeuge zur Verfügung stellen.«

»Ich schließe mich dem an, Herr Grümmer, das verdient

großen Respekt«, fügte Ellen für Fred unerwartet hinzu und erntete von dem jungen Mann ein stolzes Lächeln.

»Ja«, sagte er nur und sah sich in dem Raum um. »Wir hatten noch nie mit der Polizei zu tun.«

Anders als Ellen, die Grümmer fragend ansah, verstand Fred, was dieser damit ausdrücken wollte: Wir sind zwar arm, und ich mache alles Mögliche, damit wir überleben, aber ich bin anständig.

Fred wartete, bis Leipnitz erschien. Der Kommissar zitterte, und seine Haare waren verschwitzt, Merker war ihn wohl sehr heftig angegangen. Trotzdem lächelte er Fred freundlich an.

»Wunderbar, Herr Lemke, wunderbar. Ich bin sehr gespannt.«

»Wir haben mit Herbert Grümmer einen Zeugen finden können«, sagte Fred und betonte das ›Wir‹.

Zwei Stunden später lag die Aussage des Zeitungsboten protokolliert und unterschrieben vor: Grümmer hatte am Dienstag, dem Morgen, als Gottfried Sargast starb, seine Zeitungen in der Damaschkestraße abgeliefert und war im Begriff, das Haus zu verlassen. Damit die schwere Eichentür nicht laut zuschlug, musste er sie vorsichtig zuziehen, es hatte in der Vergangenheit immer wieder von Mietern Beschwerden gegeben. In dem Moment sah er einen Menschen aus dem Gebüsch gegenüber herauskriechen, bekleidet mit einem langen Umhang, eine Kapuze über dem Kopf. Zu dem Zeitpunkt hätte Grümmer noch nicht sagen können, ob es sich um einen Mann oder eine Frau handelte. Die Person bewegte sich auf auffällige Art mit eiligen, kleinen Tippelschritten. Zuerst vermutete er, sie wäre behindert oder betrunken, möglicherweise sogar gefährlich. Er zog sich vorsichtig wieder hinter die Tür zurück und beobachtete sie durch einen schmalen Spalt weiter. Nein, gefährlich war die Person nicht, das wurde ihm klar. Was verbarg sie unter ihrer Kutte? Aus seiner Vorsicht wurde Neugierde, er witterte, dass da für ihn vielleicht irgendetwas zu holen war. Als sie um die Ecke in die Roscherstraße einbog, schlich Grümmer hinterher. Er musste sehr vorsichtig sein, denn sie blickte sich ständig um, als würde sie ihren Verfolger spüren. Er sah, wie sie in dem Trümmerfeld zwischen den von Trümmerfrauen schon vor Jahren zurechtgekloppten und zu hohen Bergen aufgeschichteten Ziegelsteinen und einem riesigen Areal ineinander verschachtelter, zerfetzter Betonplatten verschwand, ein lebensgefährliches Gelände, wie die in engen Abständen aufgestellten Warnschilder besagten. Er folgte ihr weiterhin. Nach einiger Kletterei streifte sie ihren Umhang ab, erst jetzt sah er, dass es sich um eine Frau handelte. Sie hielt zwei Gegenstände in den Händen, einen sperrigen und einen kleineren, ließ beide in einen Schacht fallen, warf den Umhang hinterher und verschloss die Öffnung mit herumliegenden Trümmerstücken. Als die Frau wieder auf die Straße trat, konnte er ihr Gesicht für einen Moment deutlich im Licht einer Laterne sehen. Ein schönes Gesicht, eins, das man leicht in Erinnerung behielt, eins, das nicht zu dieser eigenartigen Klettertour im Schutt passte. Er wartete, bis er sicher sein konnte, dass sie fort war, legte den Schacht frei, fischte den Umhang, einen Campinghocker und die Armbrust heraus und verstaute alles in seinen großen Zeitungstaschen. Zu Hause schneiderte seine Mutter aus einem Teil des Umhangs gleich zwei Röcke für die Mädchen. Die Armbrust und den Hocker bewahrte Grümmer unter seinem Bett auf. Den Hocker konnte er am kommenden Wochenende auf einem Flohmarkt im Wedding verkaufen, für die Armbrust würde er sich ein wenig umhören müssen.

»Ich bin beeindruckt, Fred«, sagte Ellen. »Ihre Intuition hat die Lösung gebracht. Sogar den Campinghocker haben Sie vorhergesagt.«

»Man darf es durchaus fahrlässiges Herumraten nennen«, nörgelte Auweiler, der nach kurzer Zeit kommentarlos aus Merkers Büro zurückgekehrt war. »›Quaere et invenies‹ heißt es, ›Suche, und du wirst finden‹, und nicht ›Affirma et invenies‹, also ›Behaupte, und du wirst finden‹.«

Niemand ging auf seinen Einwand ein, was den Kommissar sichtlich ärgerte. Fred hatte Moosbacher herbeigebeten, der die Armbrust vorsichtig aus dem Zeitungspapier wickelte, in das Fred sie zum Schutz gehüllt hatte. Es handelte sich um ein modernes Gerät mit einem stählernen Bogen und einer Sehne aus Nylon oder Seide. Im Grunde sah es wie ein Gewehr aus, bei dem man den Lauf durch den Bogen ersetzt hatte. Vorne war ein herunterklappbares Stativ montiert, das Zielfernrohr unterschied sich nicht von dem eines Scharfschützengewehrs. Ebenfalls mitgebracht hatte Fred die beiden aus dem Umhang geschneiderten Röcke und den restlichen Stoff, auf dem sich zwei Außentaschen befanden. Moosbacher tastete hinein und fand eine halbierte Feder: die von der Täterin von dem Bolzen abgerissen worden war, um seine Zielgenauigkeit zu erhöhen.

»Jetzt kommt doch Licht in die Angelegenheit«, strahlte Moosbacher Fred an. »Und das ist wieder mal ein Beispiel dafür, dass es keinen perfekten Mord gibt.«

»Ihr Plan an sich war perfekt«, sagte Fred. »Die Kalitz hatte einfach nur Pech.«

»Perfekt?«, fragte Auweiler und fischte eine Panatella aus dem hölzernen Kästchen vor ihm auf dem Schreibtisch. »Da frage ich allenthalben: Warum ist die Dame nicht gleich nach dem todbringenden Schuss auf und davon? Sie hätte die erste Bahn durch die Zone nach Westdeutschland nehmen können, und Sie wären ihrer wohl schwerlich habhaft geworden, Lemke.«

»So wie es aussieht, hatten Kalitz und Sargast reichlich belastendes Material in ihrer Wohnung versteckt«, erwiderte Fred. »Das musste Kalitz verschwinden lassen. Solange Gottfried lebte, konnte sie das nicht tun, das wäre ihm sicherlich verdächtig vorgekommen.«

»Na und? Wie schon angemerkt: Sie hatte unmittelbar nach dem Mord ausreichend Gelegenheit und Zeit.«

»Gehen wir es durch«, sagte Fred. »Der Mord geschah gegen 5 Uhr, um 5 Uhr 30 hätte Kalitz in der Wohnung sein können. Es war viel Material, sie musste zweimal gehen, um es wegzuschaffen. Trotzdem, Sie haben recht, Herr Auweiler, spätestens um sieben hätte sie abhauen können. Ihr Pech war die Razzia in der Kurfürstenstraße, die sie nicht vorhersehen konnte. Sie musste warten, bis die Polizei ihre Aktion beendete, deshalb war sie so spät dran, deshalb konnten wir sie schnappen. Ein kleines, völlig unvorhersehbares Ereignis, eine Unregelmäßigkeit.«

»Dann haben Sie also lediglich Glück gehabt, Lemke, wiederholt und erneut, das ist alles.«

Fred schwieg, er erinnerte sich an das zwingende Gefühl, Gottfried Sargasts Wohnung so schnell wie möglich aufzusuchen. Er erinnerte sich auch an den Petticoat in seinem ersten Mordfall, von dem er entgegen allen Widerständen gespürt hatte, dass er ihn zum Täter führen würde. Intuition. Wieder einmal nahm er sich vor, immer darauf zu vertrauen. Im Grunde wie Harry Renner. Der weiße Panther.

• • •

»Ein eigenartiges Gefühl«, sagte Fred, als er neben Ellen die Treppe hinunterging. Sie hatte dafür gesorgt, dass sie beide Feierabend machen durften.

»Sie meinen, wir haben die Täterin, und niemand wird je erfahren, was wirklich hinter dem Mord steckt.«

Fred nickte.

»Abgehakt«, sagte Ellen.

»Ich hoffe, der nächste Fall wird weniger kompliziert.« Fred gähnte. »Ich war noch nie in meinem Leben so müde.«

»Mit anderen Worten: Wenn Sie nach Hause kommen, in Ihre Duft der Rose-Pension, legen Sie sich gleich ins Bett?«

»Klingt gut für mich.«

»Hm.«

»Was soll das heißen, hm?«

»Der Schlaf ist der kleine Bruder des Todes.«

»Mir egal. Ich bin todmüde.«

»Dann passt es ja. Ich hingegen geh heute Abend in den Ballroom. Leben statt Tod.«

»Wenn man Sie reinlässt.«

»Ganz sicher. Zumindest heute gehöre ich zu den Promis.«

»Ja, da ist was dran.«

»Wollen Sie mit?«

Mit Ellen von Stain den Samstagabend verbringen? Das Nein lag Fred schon auf den Lippen. »Warum nicht?«, antwortete er.

»Gut, ich hole Sie ab. Um zehn, okay?«

»Okay.«

Draußen stieg Ellen in ihre Floride und brauste davon. Fred war froh, dass sie nicht angeboten hatte, ihn mitzunehmen. Er wollte mit seinen Gedanken alleine sein, so leicht wie Ellen konnte er den Fall nicht abhaken.

Auf dem Weg zur U-Bahn spielte er in Gedanken durch, wie es weitergehen würde. Im folgenden Gerichtsprozess würden Richter und Staatsanwalt die Täterin immer wieder nach ihrem Tatmotiv befragen und keine Antwort erhalten, sie würde verurteilt werden, wahrscheinlich zu lebenslänglich, und ins Zuchthaus gehen. Vielleicht würde sie irgendwann schwach werden und dem BND ein Geschäft anbieten: Informationen über die Stasi gegen Freiheit und eine neue Identität in der Bundesrepublik. Vielleicht würde sie aber einfach nur abwarten, bis das Ministerium für Staatssicherheit den bundesdeutschen Behörden einen Austausch vorschlug: Kalitz gegen einen in der DDR inhaftierten Agenten.

Fred gestand es sich nicht gerne ein, aber es hatte etwas, ja, Erhebendes, mehr zu wissen, als die Öffentlichkeit je erfahren würde. Er könnte es dabei belassen. Die Welt der Geheimdienste hatte ihre eigenen Regeln und verschlungenen Wege, die zu verstehen, war nicht seine Aufgabe als angehender Kriminalkommissar. Aber ein Mord war ein Mord, und es kam nicht von ungefähr, dass Angehörige eines Opfers immer dieselbe Frage stellten: Warum? Warum musste er, warum musste sie sterben?

Dem geschundenen Opfer seine Würde zurückgeben, wenigstens das.

Fred drehte um. Leipnitz war noch im Büro. Ohne Fragen zu stellen, kam er Freds Bitte nach und rief in der JVA Moabit an, um Fred zum Verhör von Gerda Kalitz anzumelden. Die Antwort ließ ihn nervös zusammenzucken. »Wiederholen Sie das, bitte«, sagte er und starrte Fred fassungslos an, während er seinem Gesprächspartner zuhörte. »Und wer?« Hastig kritzelte er etwas auf ein Blatt Papier, verabschiedete sich und legte auf. »Die Kalitz wurde heute Morgen abgeholt. Von zwei Männern von der CIA.«

»Denny Witcomb und Eliott Anderson«, entfuhr es Fred, und er biss sich erschrocken auf die Zunge.

Leipnitz warf ihm einen scharfen Blick zu. »Wie ich schon einmal sagte: Ich denke, Sie verheimlichen mir etwas.«

Fred schwieg betreten.

Leipnitz nickte, zuerst zögernd, dann entschieden. »Gut, ich vertraue Ihnen«, sagte er. »Sie müssen mir nichts erklären.« Er erhob sich, deutete auf sein Telefon. »Falls Sie telefonieren wollen ...« Dann verließ er das Büro.

Fred blickte ihm überrascht hinterher, mit allem Möglichen hätte er gerechnet, nicht jedoch damit. Er hob den Hörer ab und wählte die Nummer, die Witcomb ihm vor ein paar Tagen gegeben hatte.

»Und wieso glauben Sie, dass Ihnen irgendjemand das alles glauben wird?« Witcomb lächelte Fred betont lässig an, während sein Kollege Anderson Mühe hatte, seine Wut zu beherrschen.

»Ist das wichtig?«, fragte Fred zurück. »Wenn die Hintergründe in allen Zeitungen stehen, dürfte das für die CIA ziemlich unangenehm sein.«

»*We should kill'm*«, sagte Anderson.

Fred hatte keine Mühe, die Bedeutung dieser englischen Worte zu verstehen. »Sehr witzig.«

»Das war nicht ernst gemeint«, sagte Witcomb.

»Wie beruhigend«, erwiderte Fred. »Ich will wissen, was Sie mit Gerda Kalitz, oder wie auch immer sie heißt, vorhaben. Und ich will wissen, warum sie Gottfried Sargast getötet hat.«

»*Fuckin' Kraut*«, knurrte Anderson und verließ den Raum.

»Ich würde gerne sagen, dass er es nicht so meint«, sagte Witcomb mit freundlichem Grinsen. »Aber ich fürchte, er sieht es genauso.«

»Ich will wissen, was und warum«, insistierte Fred.

»Was wir mit ihr vorhaben, das überlasse ich Ihrer Fantasie«, antwortete Witcomb. »Und warum sie ihn getötet hat?

Schwer zu sagen. Wir können es uns auch nur zusammenreimen.«

»Dann will ich wissen, was Sie sich zusammenreimen.«

Witcomb stemmte einen Fuß gegen den Schreibtisch und begann seinen Stuhl vor und zurück zu kippeln. Er ließ sich Zeit.

»Sie sind ein netter Junge, Fred. Vielleicht zu nett für die Welt.«

»Wenn das so wäre, wäre ich nicht zur Kripo gegangen.«

»Okay.« Wieder ließ Witcomb sich Zeit. »Gottfried Sargasts kleine Schwester, die die Stasi einkassiert hat, ist gestorben. Im Kinderheim.« Er zuckte mit den Schultern. »Ich weiß nicht, ob Kinder aus Kummer sterben können.«

Fred schoss ein kalter Schauer durch den Körper, das Bild der weinenden Erna Sargast tauchte vor ihm auf. Ihr Schmerz und zugleich dieser kleine Hoffnungsschimmer, irgendwann ihre Tochter wieder zurückzubekommen. Diese entsetzliche Furcht, dass man ihr auch ihre zweite Tochter nehmen könnte. Der Tod des Sohnes. Und jetzt der des kleinen Mädchens, das man ihr entrissen hatte.

»Ihr Tod lässt sich nicht unterm Deckel halten, auch von der Stasi nicht«, fuhr Witcomb fort. »Eher früher als später hätte Gottfried Sargast es erfahren. Die Stasi nahm wohl an, dass er dann auspacken würde.«

»Das soll der Grund für einen Mord sein? Nur eine Annahme, eine Vermutung, mehr nicht?«, fragte Fred, er hatte Mühe, seine Stimme zu kontrollieren.

»Was Sie Vermutung nennen, nennen andere Strategie, Freddy-Boy. Und Strategie ist das Spiel, das alle Geheimdienste dieser Welt zu spielen lieben.« Witcomb ließ seinen Stuhl wieder nach vorne kippen. »Es ist besser, Sie gehen jetzt.«

Ellens Hände umklammerten das Lenkrad ihrer Floride. Ihr Blick wanderte zu Fred, der wie betäubt auf dem Beifahrersitz saß. Während er erzählt hatte, hatte er schon gespürt, wie ihm Tränen in die Augen stiegen. Er hatte sich dagegen gewehrt, Jungs weinen nicht!, am Ende aber hatte er es nicht verhindern können. Und dann war es ihm egal, sollte sie sich doch über ihn lustig machen.

Ellen schwieg. Nach einer Weile startete sie den Motor und fuhr los, langsam, nicht so wie sonst. Würde sie tatsächlich zum Ballroom fahren? Wenn ja, würde Fred sich verabschieden und seiner Wege gehen. Unvorstellbar, sich jetzt zu den feierlustigen Gästen in Harry's Ballroom zu gesellen. Er schloss die Augen und ließ den Fahrtwind seine Tränen trocknen. Der Heckmotor der Floride brummte und vibrierte auf sonore Art, als wollte er ihn beruhigen. Lass die Dinge nicht so nah an dich herankommen, schien er ihm zuzuflüstern. Ein guter Rat, dachte Fred, und zugleich wusste er, er wollte niemand sein, der nichts an sich herankommen ließ. So wie in den ersten Jahren, als er aus seiner Heimat geflohen und nach Berlin gekommen war und wie ein Grottenolm im Winterschlaf gelebt hatte.

Nein, das war ein für alle Mal Vergangenheit. Es ging darum zu leben, nicht zu überleben. Wichtig war nur, sich dabei nicht zerbrechen zu lassen.

Fred erwachte, als der Motor der Floride verstummte.

Erschrocken riss er die Augen auf. Vor ihm in der Dunkelheit konnte er die mit Gittern verschlossenen Zugänge vom Strandbad Wannsee erkennen.

»Kommen Sie«, sagte Ellen und stieg aus.

»Wohin?«

»Wir gehen schwimmen«, antwortete sie und ging auf den Zaun seitlich des Gebäudes zu. Fred folgte ihr fast automatisch, der kurze, tiefe Schlaf machte ihn benommen.

»Sie halten mir eine Räuberleiter. Wie Sie selbst über den Zaun kommen, ist Ihr Problem. Das Sie hoffentlich lösen werden.«

Sie zog ihre Schuhe aus und warf sie über den Zaun. Er verschränkte seine Finger, sie stellte einen Fuß darauf, und er wuchtete sie in die Höhe. Erstaunlich flink zog sie sich hoch und ließ sich auf der anderen Seite zu Boden gleiten.

»Alle Achtung«, sagt Fred, »hätte ich Ihnen nicht zugetraut.«

»Das kommt vom Gebirgstraining auf der Lauterburg.«

»Müssten Sie es dann nicht ohne Räuberleiter schaffen?«

»Sehr witzig. Ich sehe mich schon alleine schwimmen gehen.«

Fred packte den Zaun und überlegte, wie er ihn überwinden konnte.

»Und können wir dieses alberne ›Sie‹ endlich mal sein lassen?«, fragte Ellen.

»Können wir«, antwortete Fred und nahm den Zaun in Angriff. »Ich bin gleich bei dir.«

ENDE